DIE TOTEN VON FISCHERHUDE

In Hamburg geboren, in Bremen aufgewachsen, zum Medizinstudium in Brüssel, Leiden und Hamburg, lebt die niedergelassene Ärztin seit über zwanzig Jahren im Künstlerdorf Fischerhude. Ihr erster Kriminalroman »Letzte Nacht am Hexenberg« wurde 2014 beim Verlag Atelier im Bauernhaus veröffentlicht.

MIMI ZÖHL

DIE TOTEN VON FISCHERHUDE

Kriminalroman

emons:

Bibliografische Information der Deutschen Nationalbibliothek
Die Deutsche Nationalbibliothek verzeichnet diese Publikation
in der Deutschen Nationalbibliografie; detaillierte bibliografische
Daten sind im Internet über http://dnb.d-nb.de abrufbar.

© Emons Verlag GmbH
Alle Rechte vorbehalten
Umschlagmotiv: Christie Goodwin/Arcangel.com
Umschlaggestaltung: Nina Schäfer, nach einem Konzept
von Leonardo Magrelli und Nina Schäfer
Umsetzung: Tobias Doetsch
Gestaltung Innenteil: DÜDE Satz und Grafik, Odenthal
Lektorat: Hilla Czinczoll
Druck und Bindung: CPI – Clausen & Bosse, Leck
Printed in Germany 2022
ISBN 978-3-7408-1555-4
Originalausgabe

Unser Newsletter informiert Sie
regelmäßig über Neues von emons:
Kostenlos bestellen unter
www.emons-verlag.de

Für Jojo

Den Ersten de Dot,
den Tweden de Not,
den Dreden dat Brot.

Weisheit der Moorbauern im Teufelsmoor

Run silent, run deep.

Motto der U-Boot-Fahrer

Prolog

Rabea kannte den Mann. Er saß oft auf einem Stuhl in den Wiesen, vor sich die Staffelei. Meist sah er sie nicht, wenn sie suchend durch das hohe Gras stapfte. Das war ihr recht. Sie wollte nicht, dass die Dorfbewohner sie bei der Suche nach Kräutern und anderen Zutaten beobachteten. Sie würden ihr weniger vertrauen, wenn sie ihre Geheimnisse kennen würden: die Stellen, wo sie in den Niederungen der Wümme Blutwurz, Schlangenknöterich, Bilsenkraut und Beinbrech sammelte. Die Orte, an denen die magischen Steine lagen und die heilenden Pilze wuchsen. Die Tiere, die sie fangen und töten musste, damit sie ihr das Geheimnis des Lebens verrieten.

Es schien, der Mann versuche, den Grund des Flusses zu erkennen. So reglos, wie er nun auf dem Wasser lag. Die Sonne schien auf das gelbgrüne Gras, das braune Wümmewasser reflektierte die Umrisse der Bäume und den Himmel. Ein Eichelhäher flog vorüber, sonst schien das Leben stillzustehen.

Sie stellte den Korb mit der toten Kröte, den Fischen und Insektenleichen einige Meter entfernt in das Schilf. So hatte sie die Hände frei, um eins der Neunaugen mit dem Messer auszunehmen. In den Innereien der Fische konnte sie viel genauer die Zeichen erkennen als aus dem Flug ihrer Eule. Die halbe Nacht hatte Aletheia sie mit ihren Rufen wach gehalten. Ihr war klar gewesen, dass heute ein Unglück passieren würde.

Als sie den Mann zuletzt schlafend am Fuß des Deichs sah, hatte sie wieder dieses bestimmte Gefühl erfasst. Wie zuletzt bei Pastor Sähmann, kurz bevor er letzten Monat an Magenkrebs gestorben war. Er war bereit für sein Ende gewesen. Seit Jahren hatte er seine Krankheit als Weg zu einem wahrhaftigeren Leben gelebt. Doch der Mann, der jetzt einige Meter entfernt tot in der Wümme schwamm, war nicht bereit gewesen. Voller Wut und Energie hatte er noch mit jemandem gestritten. Keine Spur von Gelassenheit, dem Gespür für die wichtigen Dinge, die Wurzeln des Seins. Sie fühlte eine gewisse Genugtuung, dass sie sein baldiges Ende dennoch erahnt hatte.

Kniend im hohen Ufergras öffnete sie den Fischbauch mit einem kurzen Schnitt. Im Wasser spiegelte sich ihr schmales Gesicht. Sie ähnelte ihrer Mutter: scharfe Nase, grüne, tief liegende Augen, glattes, etwas dünnes Haar, das sie zu einem Zopf geflochten hatte. Schon vor Jahren ergraut. Es war ihr gleich. Die Schönheit eines Menschen war nicht von äußeren Dingen abhängig. Sie liebte ihr Leben im Einklang mit der Natur. Die Menschen im Dorf vertrauten ihrem Urteil. Obwohl Rabea wusste, dass sie einigen von ihnen unheimlich war.

Der Tote hatte Schuld auf sich geladen. Er hatte das Leben von Menschen zerstört, ungeborenen und auch älteren. Nun hatte das Schicksal ihn bestraft. Doch das Böse wirkte weiter. Sie stand auf und warf die Eingeweide in den Fluss. Den Fisch legte sie zu den anderen zurück in den Korb: Sie würden ihr eine gute Mahlzeit sein.

Sie ging zu ihrem Fahrrad, das an einer Eiche lehnte. Den Korb hängte sie an den Lenker. Auf dem Deich war ein schmaler Trampelpfad, den sie mit flatterndem Rock entlangradelte, bis sie ein kleines Wäldchen erreichte. Sie wollte welke Blätter finden. Ein paar Meter weiter, im Garten der Tütort-Bewohner, standen duftende Rosen. Marianne würde von ihr erwarten, dass sie ihr und ihren Freunden ein Zeichen gäbe: die Kerze auf der Schwelle der Haustür als Symbol für ihr Mitgefühl, die Blätter als Zeichen für den Tod. Und die Rose als Zeichen ihrer Verschwiegenheit.

September 1905

Otto hatte natürlich wieder das letzte Wort gehabt. Sie kam einfach nicht gegen ihn an. Sie solle sich mehr um den Haushalt kümmern! Die Wäsche sei nicht richtig sauber, die Fenster fleckig. Als ob das ihre Aufgabe wäre. Das neue Mädchen war aber auch eine echte Transuse. Nichts konnte es, ohne dass man hinter ihm herging. Dafür war ihr die Zeit zu kostbar. Wie sollte sie malen, wenn sie sich um diese lästigen Haushaltsdinge kümmern musste? Sie hatte Größeres im Sinn. Sie durfte nicht ihr Ziel aus den Augen verlieren!

Paula Modersohn ging mit großen Schritten über den Moordamm. Ihre Schuhe waren durchnässt. Der Regen hatte mittlerweile aufgehört, aber die Wolken hingen tief und grau über der Landschaft. Diese düsteren Tage waren die ersten Vorboten eines langen, öden Winters.

Sie dachte an das Bild von Beke, die sie im Armenhaus getroffen hatte. Den ernsten Blick und ihre vom Leben erschöpfte Haltung hatte sie innig und fein in dem Gemälde festgehalten. Die Formen einfach, die Farben kraftvoll. Zufrieden hatte sie die letzten Pinselstriche auf das Bild gesetzt, als Otto ihr Atelier betreten hatte.

Im Graben neben dem Weg sprang ein Frosch in die Höhe und brachte den violetten Blutweiderich am Ufer zum Zittern. Hinter dem Graben lagen Dunkelheit und das schimmernde Grün des Waldes. Sie atmete die feuchte Waldluft ein. Sie liebte diesen würzigen Geruch, den es nur jetzt gab, da die frische Herbstluft sich mit dem sommersatten Boden vermischte.

Sie hatte gleich gewusst, dass er ihr die Stimmung verderben würde. Zunächst stand er nur da. Sein Blick hatte diesen bestimmten Ausdruck, der sie in Rage brachte. Und sie ahnen ließ, dass er sie mit seiner Oberlehrer-Art wieder zurechtweisen würde.

Die Erinnerung ließ ihren Puls ansteigen. Sie ging an einer Weide vorbei. Hinter weißen Birkenstämmen blitzte regennasses

Gras mit Sprenkeln von Löwenzahn. Drei Kühe unterbrachen ihr monotones Wiederkäuen und blickten neugierig auf die Spaziergängerin.

Otto hatte zunächst Lob für die Elevin: »Sehr schöne leuchtende Farben, sehr harmonisch.« Mit der rechten Hand hatte er sich über den Bart gestrichen und war näher an die Staffelei getreten. »Aber diese klobigen Hände. Und die viel zu große Nase. So kannst du es nicht machen. Diese Figur ist vollkommen unmalerisch, viel zu hart.« Er drehte sich zu ihr um und blickte streng durch die runden Brillengläser. »Paula, besinne dich doch auf die Technik. Alles, was du gelernt hast, scheinst du zu vergessen.«

Technik, Technik, Technik. Otto wusste genau, dass dies ein Reizwort für sie war. »Ich sehe die Seele dieser Frau. Sie ist rein und eins mit dem Leben in der Natur. Das«, sie spuckte das Wort beinahe vor ihm aus, »ist es, was wichtig ist: die Seele!«

Otto sah wieder auf das Bild der Alten. »Dieses Maskenhafte! Dem Ganzen fehlt jegliche Feinheit.«

Für ihn war Feinheit doch nur die detaillierte Wiedergabe der Natur. Er verstand nicht, worauf es ankam. Seine Bilder waren gefällig und hatten den Ballast von Schadow und Konsorten nicht abgelegt. Dabei war das doch das Aufregende: die Natur und das Wesen zu spüren, sich von der Wirklichkeit zu lösen, zu vereinfachen und damit etwas Großes zu schaffen.

»Ganz recht. Ich male nicht wie deine Düsseldorfer. Ihr habt doch nie den großen Schritt gewagt, euch von den Großvätern zu lösen. Ihr traut euch nichts!«

»Meine Freunde, die nebenbei gesagt auch deine Freunde sind, haben eine vollkommen neue deutsche Malkunst entwickelt. Ich glaube nicht, dass du das Recht hast, dich über Mackensen, Overbeck oder auch Vogeler zu stellen.«

»Bei euch muss alles schön, harmonisch und bedeutend sein. Meint ihr, dass so eine ›neue Kunst‹ aussieht? Ihr habt alle keinen Mut. Niemand, der den Esprit eines Cézanne, Derain oder Matisse hat!«

»Die Expressionisten sind auch uns große Vorbilder.«

»Es gibt nicht nur die Expressionisten. Was ist mit den Japanern, den Spaniern, den alten Kulturen? Oder Paul Gauguin? Davon bekommt ihr doch nichts mit auf eurer Insel der Glückseligkeit!«

»Du musst nicht denken, dass du die Einzige bist, die sich mit den neuen Strömungen in der Kunst auskennt. Die du für weltgewandt und modern hältst. Nur weil du dir in Paris immer wieder eine Auszeit von deinem anscheinend recht eintönigen Worpsweder Familienleben nimmst.«

»Das bist wieder ganz du! Diese Eifersucht auf die Freiheit, die ich mir ab und zu nehme.«

»Ich bin, wie auch deine Mutter und deine Schwester Milly mir immer wieder bestätigt haben, sehr verständnisvoll, was deine Eskapaden angeht. Andere Männer wären nicht so geduldig mit einer so egoistischen Ehefrau.«

Dass sie egoistisch sei, nur an sich selbst denke, hatte ihr schon der Vater vorgehalten. Das würde sie wohl ihr Leben lang hören. Denn es schickte sich nicht, dass ein Weibsbild eigene Wünsche und Ideen für sein Leben hatte. Zwar sollte es Kenntnisse in den schönen Künsten haben, gebildet sein, Klavier spielen können. Aber von allem nur ein bisschen. Nur keine Passion. Keine großen Pläne. Zumindest nicht für sich selbst. Wenn es dann heiratete, sollte es sich für das Fortkommen und die berufliche Verwirklichung des Ehemannes begeistern. Und für die eigenen Kinder.

Nun, Letzteres war zumindest für Paula kein Thema. Und sie hatte nicht vor, diesen mächtigen Drang nach Farben und Formen, den Rausch des Malens für ihren Ehemann aufzugeben und sich seinen Anweisungen zu beugen. Das Leben als Ehefrau wurde ihr mehr und mehr zu eng. Otto dagegen schien die Ruhe und das geregelte Leben zu genießen. Er malte stetig. Und zwischen der Kunst ruhte er sich aus. Mehr brauchte er wohl nicht.

»Es würde auch deinen Bildern guttun, wenn du dich einmal aus der Gemütlichkeit unseres Heims lösen würdest.« Ihre Stimme hatte einen scharfen Ton, sie wollte ihn ebenfalls verletzen. »Das Leben in den großen Städten ist voller Inspirationen!«

»Ich habe hier genug Inspirationen. Und ich habe meine Pflichten, denen ich nachzukommen habe. Etwas, das dir offenbar sehr schwerfällt.«

Und dann zählte er ihre Versäumnisse im Haushalt auf. Das war zu viel. Er führte sich auf, als sei er ihr Vater. Und sie war nur das kleine dumme Mädchen. Paula war aufgesprungen, hatte ihren Hut aufgesetzt, hastig nach ihrem Mantel gegriffen und war aus der Tür gestürmt. Den lauten Knall beim Zufallen, den Matsch unter ihren Füßen, der ihre schönen kalbsledernen Schuhe durchdrang, und den Nieselregen hatte sie nicht wahrgenommen. Sie wollte nur weg.

1

»Mein Handicap? Das ist gar nicht mal so schlecht.« Lennard Cordes lachte in sein Handy. »Ich freue mich auf unser Treffen. Bis dann!«

In dem Moment, in dem er das Gespräch mit Kevin Brauer beendete, entspannten sich seine Gesichtszüge, und die Mundwinkel sanken nach unten. Kevin arbeitete bei der Bank. Und er handelte mit Aktien, wie Lennard. Ein interessanter Typ, der von seiner Studentenzeit im Marxistischen Bund erzählte und in einer WG bei Fischerhude lebte. Außerdem war er Mitglied im Rotary Club und fuhr einen Land Rover.

Sie hatten sich vor zwei Wochen beim Fitness kennengelernt und zum Golfen verabredet. Von ihm erhoffte sich Lennard nützliche Tipps und weitere Kontakte. Dass der Banker in einer Wohngemeinschaft auf dem Land wohnte, hätte er nicht von ihm gedacht. Mit lauter Freaks, die sich selbst verwirklichten. Eine der Frauen machte riesige Skulpturen. Eine war Punk oder Rockerin, das hatte er nicht behalten. Ein Maler war auch dabei. Wahrscheinlich alle Hartz IV.

Er hätte sich auf das Golfspiel mit Kevin gefreut. Wenn nicht dieser Brief gekommen wäre. Er schaute durch das große Fenster auf die Weser, deren Fluten hinter der Uferpromenade in der Sonne funkelten. Fröhliche Bremer mit Kind und Hund zogen spazierend vorbei. Gegenüber leuchtete der rote Backstein der Weserburg. Es war ein schöner Spätsommertag, der Lust auf ein Sonnenbad am Deich oder eine Landpartie machte. Und er passte überhaupt nicht zu seiner Stimmung.

Vor einer Stunde hatte er mit Susi noch am Frühstückstisch auf der Terrasse seiner Penthousewohnung Pläne für die baldige Thailandreise gemacht. Er hatte ihr den Flug mit Übernachtung im Fünf-Sterne-Hotel zu ihrem Einjährigen geschenkt. Jetzt musste er alles stornieren.

Er riss ungeduldig an einem vertrockneten Blatt der Yuccapalme, die, zwei Meter hoch, der perfekt designten Wohnung einen exotischen Touch verleihen sollte. Schwarzes Ledersofa, ein großer Fernsehbildschirm auf einer sonst leeren Anrichte, eine ausladende bogenförmige Stehlampe und zwei abstrakte Bilder in Blautönen an den Wänden.

Wieso schickten die Behörden unangenehme Briefe immer am Sonnabend? Sie versauten einem das ganze Wochenende. Konnte er noch etwas drehen an seiner Misere? Dass er seinen Porsche verkaufen musste, hatte ihm Schlöber schon gesagt. Aber die paar Euros wären nur Peanuts. Der Schuldenberater war mit ihm jeden Posten durchgegangen. Ein trockener Typ ohne Empathie. Den Fernseher könne er behalten. Dieser Pfennigfuchser. Sah aus wie ein Buchhalter, mit dünnem Haar und blassen Augen hinter fleckigen Brillengläsern. Sein billiges Deodorant kombiniert mit Kohlgeruch lag ihm jetzt noch in der Nase. In Gedanken an die Ratschläge von Herrn Schlöber stieß er ein verächtliches Lachen aus.

Wahrscheinlich würde seine wunderbare Wohnung dran glauben müssen. Sein Zwerchfell verkrampfte sich. Er hatte Mühe zu atmen.

Oma war begeistert gewesen, als er ihr vor einem Jahr das große Apartment mit der phantastischen Aussicht in der Bremer Innenstadt gezeigt hatte. »Ich wusste gar nicht, dass man als Medizintechniker heutzutage so gut verdient. Die Wohnung ist ein Traum!«

Natürlich hätte er sich so eine Bleibe nie von seinem kümmerlichen Gehalt kaufen können. Aber er hatte Glück gehabt. Ein geschickter Deal an der Börse hatte ihn mit einem Schlag um eine halbe Million Euro reicher gemacht. Endlich hatte er beweisen können, dass er es auch ohne Unterstützung der Familie zu etwas brachte.

Dabei war Oma nicht besonders ehrgeizig. Sie hatte immer Verständnis für ihn gehabt, besonders nach dem Tod seiner Eltern vor fünfzehn Jahren. »Solange du nur glücklich bist, mein Junge, machst du alles richtig.« Er war aber nur glücklich, wenn er sich auch einen gewissen Lebensstandard leisten konnte. Er hätte es gehasst, ein Leben mit Kleinwagen und Zwei-Zimmer-Wohnung führen zu müssen. Seine Eltern hatten so gelebt. Der Geruch des Spießbürgertums von damals war immer noch in seinem Hippocampus abgespeichert.

Auch Oma kam aus »kleinen Verhältnissen«, hatte aber wenigstens reich geheiratet. Doch diese nervende Bescheidenheit! Nie eine aufregende Reise oder ein teurer Restaurantbesuch. Gediegene Kleidung ohne Schick, Schuhe, die ein Leben lang hielten. Bloß nicht zeigen, dass man Geld hatte.

Als er sie einmal kritisierte, dass sie sich nicht mal zur Feier ihres runden Geburtstags Champagner gönnte (statt Rotkäppchen-Sekt), sagte sie: »Meine Großeltern haben hart für ihr Leben kämpfen müssen. Hunger und Entbehrungen bestimmten ihren Alltag, sieben Tage die Woche. Und keine Aussicht, diesem Schicksal zu entkommen.« Dann sah sie ihn mit ernstem Blick an. »Alles, was wir haben, unser Wohlstand, unsere Bequemlichkeiten und die Freiheit, unser Leben zu gestalten, ist ein Geschenk Gottes. Und wir sollten dies jeden Tag schätzen und genießen, solange wir noch können.«

Er konnte verstehen, dass sie so dachte. Sie war alt und blickte auf ein erfülltes Leben zurück. Grund genug, dankbar zu sein. Wem auch immer. Aber er hatte eine Zukunft. Und die würde ihm das bringen, was ihm zustand. Schließlich würde er alles einmal erben. Sie könnte ihm doch schon jetzt … Er schrie laut auf, voller Wut auf die ausweglose Situation.

Das gewonnene Geld, das ihm wie ein Vermögen vorgekommen war, war innerhalb von Wochen aufgebraucht gewesen. Die Wohnung, der Porsche, schicke Anzüge, teures Essen und zwei Luxusreisen. Und leider dieser Flop beim Kauf einer Ladung Weizen bei einem Warentermingeschäft. Es kamen Mahnungen. Als er vor sechs Monaten die letzte Zahlungsaufforderung bekam, hatte er seine Großmutter gefragt, ob sie ihm helfen könne. Sie war voller Mitgefühl gewesen, hatte ihr Portemonnaie geholt und ihm einen Fünfziger und eine Tafel Schokolade zugesteckt, was er nicht hatte annehmen wollen. Weil er an eine viel höhere Summe gedacht hatte. Aber Oma hatte ihre Tricks.

Wenn sie etwas nicht wollte, spielte sie die Verwirrte. »Ganz reizend weggetreten«, so hatte seine Mutter es früher genannt. Oma wollte ihm nicht helfen. Dabei war sie reich. Aber sie hütete ihr Vermögen wie eine Henne ihre Eier. Ihm wurde schwindelig, wenn er daran dachte, wie einfach sich alle seine Probleme lösen könnten.

Der Termin beim Amtsgericht für das Insolvenzverfahren war für Donnerstag in drei Wochen anberaumt. Dann würde sein Leben auseinandergenommen werden. Und ob er eine Restschuldbefreiung bekäme, war noch ungewiss. Schließlich habe er recht verschwenderisch gelebt, meinte Herr Schlöber. Eine Gefängnisstrafe sei jedenfalls nicht ausgeschlossen.

Er stöhnte, als er an die Golfverabredung dachte. Vor Kevin würde er noch den schönen Schein wahren müssen, doch bald wären zumindest die Partys mit Freunden Vergangenheit und natürlich auch die Mitgliedschaft im Golfclub.

September 1905

Allmählich hatte sie sich wieder beruhigt. Das hohle Hämmern eines Spechts klang aus der Tiefe des Waldes. Es roch nach Pilzen und feuchter Erde. Nasses Laub raschelte unter ihren Füßen. Paula fühlte, wie ihre Muskeln die Beine bewegten, die Kraft ihres jungen Körpers. Ihre Haut war ganz weich und frisch vom Regen. Mit allen Sinnen wollte sie die Wiesen, den Wald und das Moor in sich aufnehmen. So liebte sie ihr Worpswede, ihr Teufelsmoor.

Sie hatte den Waldrand erreicht und blieb stehen. Ein schmaler Damm trennte die Bäume von einer Wiese, die zentimetertief unter Wasser stand. Wie ein großer See, in dem sich der blasse Abendhimmel und die dünnen weißen Birkenstämme auf dem Damm spiegelten. Am Wiesenende erhob sich wie ein Riff die leuchtend braune Torfkante. Die Schwarztorfschicht zog nur wenige Zentimeter unter der hellen Brauntorfschicht horizontal durch den mannshohen Wall. Unten vor dem Wall in der Torfkuhle waren zwei Frauen und drei Männer dabei, gestochene Torfballen auf einen Wagen zu stapeln. Es waren Tagelöhner aus dem Dorf, Anna und ihre Familie, die den getrockneten Torf vor dem Herbstregen in Sicherheit bringen wollten. Eilig gingen sie zwischen den meterhohen Haufen aus getrockneten Torfsoden hin und her.

Paula kannte sie. Im Frühjahr, als die Männer den nassen schwarzen Torf aus dem Graben vor der Torfkante geerntet hatten, war sie auf einem ihrer Spaziergänge schon einmal ins Wrockmoor gekommen. Anna und ihre Töchter hatten auf dem Lagerplatz oberhalb der Torfkante einen merkwürdigen Tanz veranstaltet. Neugierig lächelnd war Paula auf die Tanzgruppe zugegangen.

»Wat wult Se hier?«

Paula erkannte ihren Irrtum, als sie den Lagerplatz erreicht hatte. Vor Scham wäre sie am liebsten weggelaufen. Die schwit-

zenden, stampfenden und erschöpften Frauen sahen sie nur misstrauisch an. Mit Holzschuhen und Spaten waren sie dabei, eine ausgestrichene Fläche Torfbrei zu bearbeiten. Die armen Leute schufteten wie die Sklaven, und sie wollte tanzen. »Was machen Sie da?«, hatte sie gefragt.

»Wi pletten de Torf.«

Das Wasser wurde so aus dem Torf gepresst. Wenn der Torf dann einige Tage getrocknet war, wurde er zu Soden gestochen und zum Trocknen gestapelt. Die Frau, die ihr dies erklärte, hatte tief liegende müde Augen und eingefallene Wangen. Hunger und häufige Krankheiten hatten in ihrem Gesicht Spuren hinterlassen. Wie für die Moorbewohner typisch, war sie ein ernster Mensch. Schon ihre Vorfahren hatten ums Überleben kämpfen müssen. Die Tagelöhner, die für ein paar Mark für die Moorbauern arbeiteten, hatten keine Hoffnung, der Armut zu entkommen.

Jetzt entdeckte sie unter einer Birke zwei kleine blonde Mädchen, nicht älter als sieben, in eine Decke gehüllt auf einem Baumstamm. Sie schmiegten sich ganz eng aneinander. Die Jüngere hatte den Kopf auf die Schulter der anderen gelegt und schlief.

Paula näherte sich den beiden mit langsamen Schritten, bis sie erkennen konnte, dass das größere Mädchen ein dunkelrotes Kleid anhatte. In dem Moment riss die Wolkendecke auf, und ein Sonnenstrahl tauchte die Kinder in goldenes Licht. Und Paula wusste, dass sie die Mädchen malen musste.

Sie tastete die Taschen ihres Mantels ab. Irgendwo hatte sie noch ein Stück Kreide und ein zusammengefaltetes Stück Papier verstaut. Das musste fürs Erste reichen. Mit einigen wenigen Strichen skizzierte sie die beiden Kinder. Dann ging sie weiter, bis sie direkt vor ihnen stand.

»Guten Tag, ihr beiden.«

Das kleine Mädchen, es war ungefähr vier, wachte auf und rieb sich verschlafen die Augen.

»Wie heißt du?« Die Frage richtete sich an die Ältere. Paula sah in ihre Augen, blau und ernst, von blonden Brauen gerahmt.

Sie hatte eine zierliche Nase und ein schmales Kinn. Sie wirkte klug und misstrauisch gegenüber Paulas freundlicher Ansprache.

»Meta.« Ihre Stimme war hell.

»Ihr seid wohl ganz schön müde. Musstet ihr auch mithelfen?«

Meta nickte. »Ich, ja.«

»Deine Schwester ist sicher noch zu klein. Wie heißt sie denn?«

»Hanna.«

»Hallo, Hanna.«

Die Kleine lehnte sich zurück und versteckte sich hinter dem Arm der größeren Schwester.

»Ich habe ein kleines Bild von euch gemacht. Möchtet ihr es sehen?« Paula beugte sich vor und hielt ihnen das bemalte Papier hin.

Meta stützte sich mit beiden Armen auf dem Baumstamm ab. Sie linste, ohne den Kopf zu bewegen, auf die Skizze, so als ob sie nicht erkennen könne, dass es sich bei den Gestalten um sie und Hanna handeln würde.

Ein Räuspern hinter ihrem Rücken ließ Paula sich umdrehen.

»'n Abend, leve Fru.«

»Guten Abend. Ist die Arbeit getan?«

»För hüüd schon. Morgen geiht dat wieder.«

»Ich habe gerade Ihre hübschen Deerns kennengelernt. Ob ich die mal malen kann?«

»Tja, dat weet ik nich. De mööt hier helpen. Wi mööt dat morgen torechtkriegen, anners geeft de Buur keen Geld.«

»Es soll Euer Schaden nicht sein. Ich zahle Euch Malgeld.«

Vor Paulas innerem Auge sah sie das Bild, das sie von Meta malen würde. Es würde perfekt werden. Morgen sollte das Wetter trocken sein, hatte Bauer Brünjes gesagt. Sonst hätte er wieder das Reißen in seinen Knien gespürt.

»Ich komme morgen um acht bei eurer Hütte vorbei.«

2

Max grunzte. Er wischte sich mit seiner rechten Hand über das Gesicht. Gleich würde er den perfekten Farbton für den Winterhimmel finden. Vor seinem inneren Auge nahm er noch eine Spur Violett auf den Pinsel. Wieder kitzelte es auf seiner Stirn. Jemand kicherte. Ärgerlich schlug er die Augen auf und blickte in ein lächelndes Gesicht. Es hatte blaue Augen und milchweiße Haut mit kleinen Sommersprossen. Die rotblonden Haarspitzen berührten seine Wange.

»Hi.«

Langsam wurde er wacher. Er lag in seinem Bett. Die Sonne warf ein Gittermuster durch das Fenster auf die Wand am Fußende. Es war viel zu hell.

»Hast du gut geschlafen?«

Nach und nach verließ er seine Traumwelt. Die Frau neben ihm war sehr jung. Anfang zwanzig vielleicht. In den Tiefen seines verkaterten Gehirns suchte er nach ihrem Namen.

»Du bist so süß, wenn du schläfst.«

Lena oder Lisa. Er bereute jedenfalls, dass er sie nicht nach dem Sex nach Hause geschickt hatte. Sie drückte ihren weichen Körper gegen seine Brust und küsste ihn. Eine Kokosduftwolke raubte ihm den Atem. »Lena ...«

»Lea!«

»Äh, Lea, ich ... muss mal.« Er schwang sich, schneller, als er sollte, aus dem Bett und taumelte zur Tür.

Der Geschmack von zu vielen Zigaretten und sein alkoholisierter Atem brachten ihm die Erinnerung an den gestrigen Abend zurück. Bis in die Morgenstunden hatte er im »Bergwerk« getanzt. Erst nach Mitternacht wurden die guten Sachen aufgelegt: Metallica, AC/DC, Bloodhound Gang. Er war ziemlich stoned gewesen. Hatte alle Frauen auf der Tanzfläche umarmt. Und zum Schluss mit der Kleinen wild rumgeknutscht. Wie war er bloß nach Hause gelangt?

Er öffnete die Tür zum Flur. Kaffeeduft holte ihn in die Gegenwart. Auf kalten Fliesen huschte er über den Flur ins Bad.

»Max?« Marianne hatte ihn durch die geöffnete Küchentür entdeckt.

Er drückte die Spülung und griff sich das Handtuch neben dem Waschbecken, um es um die Hüften zu schlingen. Grinsend betrat er die Küche, nahm sich einen Becher vom gedeckten Tisch und schenkte sich aus der Kanne ein.

»Ich fasse es nicht!« Marianne hatte die Hände in die runden Hüften gestemmt und sah ihn mit geröteten Wangen an. »Du bist wirklich unmöglich!«

Sie sah aus wie Mutter Courage, nur hübscher. Sie trug eine schwarze Schürze über dem langen türkisfarbenen Kleid, das wie immer tief dekolletiert war. Ein paar blonde Strähnen hatten sich aus der aufgesteckten Frisur gelöst, und lange bunte Ohrringe zitterten wütend an ihrem Kopf.

»Du warst heute mit dem Frühstück dran!« Sie riss ihm die Kaffeekanne aus der Hand. »Wenn du dich schon wieder nicht an die Regeln hältst, kannst du wenigstens warten, bis wir am Tisch sitzen.«

»Tut mir leid.« Er versuchte zerknirscht zu klingen.

»Tut es dir nicht. Ausgerechnet heute. Es ist bereits zehn Uhr. In drei Stunden kommen die Gäste.«

Er wich ihrem Blick aus und überlegte hektisch, was heute geplant war.

»Die Portweinprobe!« Marianne knallte die Kanne auf den Tisch. Ein Messer fiel klirrend zu Boden. »Die Kisten stehen alle noch in der Scheune. Zieh dich an und hol wenigstens ein paar ins Haus.«

»Das kann John doch –«

»Der ist seit dem frühen Morgen unterwegs. Er musste ausgerechnet heute auf den Kajenmarkt.«

»Und Kevin?«

»Ha!« Marianne schnaubte. »Ich will von dir keine Vorschläge hören, wer deine Arbeit machen kann. Deine Hilfe ist gefragt. Also komm in die Hufe.« Sie drehte sich zur Anrichte, nahm einige Weingläser heraus und stellte sie auf ein Tablett.

Durch das Küchenfenster schimmerten Rosen mit teefarbenen Rändern und dunkle Malvenblüten. Büsche und Bäume im Garten leuchteten im blassen Grün des Spätsommers, einzelne Blätter hatten sich schon gelb verfärbt. Auf dem Deich hinter dem Gartenzaun trabte ein Pferd mit Reiter: Kevin.

»Na endlich. Er wollte seinen blöden Gaul noch bewegen. Jetzt kann er dich gleich unterstützen.«

Max stöhnte und trat leise den Rückzug an. Mariannes Wutschrei hörte er nur noch gedämpft durch die geschlossene Tür. Statt zur Zimmertür wandte er sich nach rechts und öffnete die Tür ins »MAMU«.

Die ehemalige Diele des alten Bauernhauses war Mitte des zwanzigsten Jahrhunderts zu einem Wohnzimmer umgebaut worden. Von den Unterständen für das Vieh und den Kammern der Knechte und Mägde war nichts mehr zu sehen. Stattdessen war ein großer lichter Raum mit deckenhohen Fenstern an der Giebelseite entstanden. An den niedrigen Seitenwänden befanden sich unter kleinen Butzenfenstern Bücherregale, vollgestellt mit Romanen, Gedichtbänden, politischen Aufsätzen und philosophischen Texten. Dazwischen kleine Figuren, Schalen, Muscheln und andere Mitbringsel vom Flohmarkt oder von Reisen der Bewohner. Verteilt im Raum neben dicken Balken hatte Marianne fünf ihrer bis zu drei Meter hohen Skulpturen aufgebaut, die »großen Mütter«. Den Namen »Mariannes Museum«, kurz MAMU, hatte der Saal von Mariannes holländischem Mäzen bekommen, der bei jedem Kauf einer Figur versicherte, dass sie seiner Frau wie aus dem Gesicht geschnitten sei.

Unter den monströsen Brüsten einer schlafenden Urmutter standen drei afrikanische Sessel, ein orientalischer Messingtisch und ein Java-Diwan mit zwanzig Kissen. Vorsichtig balancierte Max den Kaffeebecher, während er sich darauf niederließ. Im Sinken griff er noch nach einer Zigarettenpackung und einem Feuerzeug, die auf dem Tisch neben einem überquellenden

Aschenbecher und mehreren Gläsern mit Rotweinrändern lagen.

Er seufzte. Zu viel Stress für einen Sonntagmorgen. Er zündete sich eine Zigarette an und nahm einen tiefen Zug. Auf einem der klobigen Sessel, die John gezimmert hatte, lag Mim, die schwarz-weiße Katze, und beobachtete ihn aus gelben Schlitzen. Zwischen vorsichtigen Schlucken aus dem heißen Becher stieß Max Rauchkringel in die Luft.

»Herr, es hilft mein spätes Sorgen auch mein frühes Wachen nicht.« Dies war die erste Zeile der Giebelschrift des mehr als zweihundert Jahre alten Fachwerkhauses. Ganz in seinem Sinn. John hatte den alten Balken wiederaufgearbeitet, die Spalten gefüllt, gebeizt und die Buchstaben mit Goldbronze nachgemalt. Es war ein Haus, wie es typisch war für die Wümmeniederung. Alle Zimmer hatten Sprossenfenster. Sie waren etwas zugig, und im Winter bildeten sich Eisblumen auf dem Glas. Die Holzböden knarzten bei jedem Schritt und waren an einigen Stellen durchgetreten. Aber in der Küche gab es einen schönen Ziegelboden, und an der Wand stand der große grüne Kachelofen mit Jugendstilverzierungen. Max liebte das Haus.

John hatte es vor fünf Jahren günstig erstanden. Damals hatte er Max und Marianne gefragt, ob sie mit ihm hier eine WG gründen und ihm dabei helfen würden, das Haus wiederherzurichten. Sie hatten sich auf einer Party in der Ottersberger Kunststudienstätte kennengelernt. Marianne war dort Dozentin, und Max machte gerade seinen Abschluss. John, der ursprünglich Philologie in Essen studiert hatte, musste bei seiner Ottersberger Freundin ausziehen. »Die hat nicht alle Tassen im Schrank«, war sein abschließender Kommentar zu der Beziehung gewesen.

Johns Ex gehörte zu den Walpurgisweibern, die mit ihren mystischen Happenings in den Wäldern und Wümmewiesen in seinen Augen zu den Spinnern des Dorfes gehörten. Marianne war ebenfalls Mitglied der Gruppe.

Max fand Mariannes Glauben an Geister und alte Mythen inspirierend. Seine Bilder enthielten oft geheime Botschaften und versteckte Traumfiguren, die in den Landschaften wie Moorgeister wirkten. »Eine Mischung aus Surrealismus und Worpsweder Schule«, hatte ein Laudator sein Werk einmal auf einer Vernissage beschrieben. Wie sein großes Vorbild Richard Oelze, der es immerhin bis ins MoMA in New York geschafft hatte. Max wollte eine malerische Verbindung zwischen ihm und der »Worpsweder Künstlerkolonie« schaffen. Eines Tages würden auch seine Bilder wie die von Paula Becker-Modersohn oder Vogeler in den großen Museen gezeigt werden. Davon war er überzeugt.

Das Haus war damals in einem schlechten Zustand gewesen. Zwei Jahre hatten sie gerissen, gehämmert, gesägt und gemalt. Die Handwerker des Dorfes hatten ihnen dabei geholfen. Dafür mussten sie einen Kredit aufnehmen. Zu dritt waren sie in der Volksbank erschienen. Der Bankangestellte, ein smarter Typ in Max' Alter, hatte darauf bestanden, sich das Haus anzuschauen. Bei der Besichtigung war er begeistert. Es begann eine feucht-fröhliche Verhandlung in der Küche. Am Ende duzten sie sich (»Nennt mich Kevin«). Es war ein sehr günstiger Kreditvertrag herausgekommen. Und ein Mietvertrag für Kevin.

Durch die geschlossene Tür hörte er, wie Marianne und Kevin die Portweinkisten ins Haus trugen. Es polterte, klirrte. Begleitet von einem dumpfen Beat, der aus Zoes Zimmer drang. Sie saß schon wieder an den Drums und übte für den Bandauftritt mit den True Heart Suzies.

»Zoe?« Marianne fluchte. Eine Tür klappte. »Komm mal raus. Wir brauchen dich hier.«

Ein Glück, dass er sich rechtzeitig verzogen hatte. Die Schlepperei wäre viel zu anstrengend. Besonders für den Rücken. Da war Kevin, der Sportler, viel besser geeignet. Zoe war durch ihr tägliches Üben am Schlagzeug auch gut durchtrainiert, obwohl man ihrer schmalen Figur keine große Kraft zugetraut hätte.

Er legte die Reste der Zigarette in den Kippenhaufen und drehte sich auf die Seite. Seine Glieder waren schwer. Sein Kopf fühlte sich wie mit Watte gefüllt an. Jetzt noch eine kleine Ruhepause. Er musste nachher fit sein. Irgendein angesagter Galerist war auch eingeladen. Einer von Johns »Beziehungen«.

Mit einem lauten Klacken ging die Tür auf. Max setzte sich mit einem Ruck auf.

»Schau dir das an!« John betrat mit wehenden Haaren und einem großen Paket den Raum.

»Mann, kannst du nicht normal reinkommen? Da bleibt einem ja das Herz stehen!«

John beachtete seinen Protest nicht, sondern legte das Paket auf den Boden und riss mit großzügigen Bewegungen das Papier herunter. »Hier! Alles Ende 19. Jahrhundert oder Anfang 20. Rate mal, was ich dafür bezahlt habe.«

Irritiert sah Max auf die drei Ölschinken, die John vom Flohmarkt mitgebracht hatte. Ein düsteres Porträt eines dicklichen Ehepaars, ein hässliches Stillleben mit Äpfeln und eine alte Bauernkate in blassen Farben. »Das ist doch Schrott.«

»Nur dreißig Euro! Habe ich aber lange für verhandelt.« John grinste selbstgefällig. »Angeblich alter Familienbesitz aus einer Oberneulander Villa. Bullshit.« Er kratzte seinen Dreitagebart, der den Ansatz des Doppelkinns verdeckte.

»Was um Himmels willen willst du damit?« Max hatte sich vom Diwan erhoben und starrte auf das künstlerische Elend. »Willst du die aufhängen? Davon wird einem ja schlecht.«

»Quatsch. Die Bilder sind uninteressant. Die Rahmen!« Er hockte sich breitbeinig hin, sodass seine Jeans den oberen Teil des breiten Hinterns freigab. Mit der Rechten fuhr er zärtlich über das Holz. »Sieh mal die Dreifachlackierung mit der gefrästen Goldlinie. Kaum Lackschäden. Und hier die Stuckatur. Noch eins-a erhalten. Mit denen werden wir noch viel Geld verdienen.«

Er stand wieder auf, musterte Max' verkatertes Gesicht und sog schnüffelnd die Luft ein. »Mein Lieber! Wie siehst du denn aus? Geh mal duschen!« Er langte in seine Hosentasche, zog einen Plastikbeutel mit Pillen heraus und schüttete zwei auf seine Handfläche. »Hier, nimm die. Du musst dich heute von deiner besten Seite zeigen.«

3

Als Isabelle und Ferdinand Mathieu durch das Hoftor traten, setzten für den Bruchteil einer Sekunde Gespräche und Bewegungen der plaudernden Grüppchen im Garten aus: Portweingläser stoppten vor den Lippen, ein Lachen wurde verschluckt, Feuerzeuge verlöschten vor Zigaretten, Blicke erstarrten.

Mathieu, ganz in Schwarz mit Sonnenbrille, trat auf wie Agent K aus »Men in Black«. Seine Frau dagegen sah wie ein Paradiesvogel aus: Die roten Haare waren kunstvoll hochgesteckt und mit Strasshaarnadeln fixiert. Sie trug ein weißes kurzes Kleid, auf dem Spiralen aus lachsfarbenen Pailletten in der Sonne glitzerten. Sie ähnelte einem Flamingo, wie sie mit zehn Zentimeter hohen Sandalen, ohne zu wanken, über das Kopfsteinpflaster auf John zuging, der in der geöffneten Tür vom MAMU stand.

»Willkommen, Isabelle. Ferdinand.« John musste sich ein wenig strecken, um der schlanken Frau einen Kuss auf die Wange zu hauchen. Ihrem Mann klopfte er auf die anzugbewehrte Schulter. Ferdinand Mathieus dunkles Outfit, zu dem auch noch ein halb offenes nachtblaues Hemd, ein großer Siegelring und spitze schwarze Schuhe gehörten, wirkte düster und unpassend für den milden Spätsommertag.

Auch Ella Carbonne beobachtete den Auftritt des Paares. Sie verzog kaum sichtbar die Mundwinkel. Die Ärztin und Bandfreundin von Zoe hatte schon viele Partys in der Tütort-WG mitgefeiert. Anzugträger waren bisher noch nicht dabei gewesen.

Mittlerweile hatte das Stimmengewirr wieder eingesetzt. Die Septembersonne tauchte Menschen, Apfelbäume und Blumenbeete in ein goldenes Licht. Der feucht-modrige Geruch des Grases vermischte sich mit Parfums und Ausdünstungen der Gäste. Ella wandte sich wieder ihren Freundinnen Kallioupi und Irmtraut zu.

»Ihr müsst dann rechts abbiegen, am Osterfeuer-Platz vorbei und Richtung Otterstedt fahren.« Kallioupi erzählte von ihrer Entdeckung auf einer Radtour. »Dort, wo der Wald beginnt, auf der linken Seite ist es.«

»Was ist dort?« Marianne trat mit Zoe in den Kreis der Frauen.

»Der Kunstgarten vom ›Künstler‹!« Irmtraut beugte sich zu Marianne, um sie zu umarmen. »Hallo, meine Liebe.« Ketten und Armreife, die ihr erdfarbenes Rohseidenkleid schmückten, klirrten leise.

»Welcher Künstler?« Ella versuchte, interessiert zu klingen, obwohl sie die Gegend hinter dem Quelkhorner Reitstall seit der Sache mit Rainer mied.

»Grotti. Alle nennen ihn aber nur ›den Künstler‹. Er wohnt im Moor.« Kallioupi nippte an ihrem Portwein. »Nicht schlecht. Aber wenn ich weitertrinke, kippe ich bald aus den Latschen.«

»Leute, diese Portweinlieferung ist der Wahnsinn!« John stand hinter einem Tisch unter einer großen Kastanie. Seine Stimme war laut und etwas verwaschen. »Hier noch ein feiner Tropfen mit ausgereiften Frucht- und Gewürzaromen und …«, er roch an dem vollen Glas in seiner Hand, »einer wunderbaren Walnussnote.«

»Er hat ganz zauberhafte Objekte in diesem Garten.« Irmtraut berichtete weiter von dem »Künstler«. »Gleich am Eingang steht ein indianischer Marterpfahl.«

»Er wohnt im Moor?« Ella war irritiert. In Fischerhude gab es einige Lebenskünstler, die in Bauwagen oder Tipis wohnten. Im Moor aber hatte sie auf ihren Joggingtouren noch keine Behausung entdeckt. Seit der Trockenlegung und dem Ende des lokalen Torfabbaus hatten die Tiere das Moor übernommen. Häuser gab es wegen des feuchten Grunds nur am Rand. Auf den schmalen Pfaden traf man selten Spaziergänger oder Reiter.

»Er wohnt in mehreren Hütten, die er sich in den Wald gebaut hat. Er möchte die Natur mit seinem ganzen Sein erleben.« Irmtraut war ein Fan des »Künstlers«. »Dort versteckt er sich. Rabea ist die Einzige, die ihn ab und zu besucht. Er nimmt nur Kontakt zu anderen Menschen auf, wenn er es möchte.«

»Wie unheimlich.«

Zoes Stimme war so leise, dass Irmtraut sie ignorierte. »Wir könnten doch unser nächstes Vollmondtreffen bei ihm machen.«

»Wahrscheinlich beobachtet er uns heimlich, wenn wir spazieren gehen.« Zoe verzog angeekelt den Mund.

»Genau! Ein Spanner, der den anthroposophischen Gedanken benutzt, um seine geheimen Gelüste zu befriedigen.« Jetzt machte Ella die Unterhaltung wieder Spaß.

Zoe grinste. »Wie dieser Aura-Chirurg, der Irmtraut bei den Heilmineralien in der Amtshof-Buchhandlung seine Dienste angeboten hat.«

Alle feixten. Nur Irmtraut nicht. Sie hatte den Typen zu sich nach Hause bestellt. Dort bestand der Heiler darauf, dass die Therapie nur in sehr engem Körperkontakt ausgeführt werden könne. Sie hatte ihn schreiend weggejagt.

»Grotti ist ein sehr netter und interessanter Mann.« Mariannes Augen blitzten ärgerlich. »Max und ich haben ihn sogar schon öfter bei uns zu Besuch gehabt. Die Gespräche mit ihm sind inspirierend. Er versteht die Natur und ihre Botschaften.«

Der schöne Max verkehrte mit dem »Künstler«. Das hätte Ella nicht gedacht. »Was für Botschaften?«

»Dass wir vergänglich sind. Dass immer wieder Neues entsteht. Und wir Mutter Erde nicht weiter zerstören dürfen, weil sie sich sonst gegen uns richtet.«

Ella gähnte innerlich. Genau die Antwort, die sie erwartet hatte. »Was geht das Max an? Der ist doch zufrieden, wenn man ihn in Ruhe lässt, er genug Pot und Bier hat und ab und zu mal 'ne Party mit netten Mädels macht.«

»Das kannst du wohl kaum beurteilen. Seit einigen Monaten hat er seinen Malstil geändert. Er möchte dem Betrachter etwas mitteilen. Seine Bilder sind voller Geheimnisse, die jeder für sich selbst entdecken kann.«

»Stimmt. Er ist jetzt auf einem neuen Trip.« Zoe sah Ella mit großen Augen an, als müsse sie sie überzeugen. »Das musst du dir ansehen. Er malt Figuren in die Landschaften, die seine Gefühle und Gedanken symbolisieren.«

Das klang nach Siebziger-Jahre-Kitsch. Ella erinnerte sich an psychedelische Plattencover und mystische Comics im Wohnzimmerregal ihrer Eltern. Hoffentlich waren Max' Gemälde anders. Das sollte sie sich mal angucken. Ella nickte den Freundinnen zu und ging in Richtung Scheune, wo sich das Atelier befand. Sie winkte John an der Bar zu.

»Ella, ich habe hier einen wunderbaren Late Bottled Vintage. Sechsjährige Reifung im Eichenfass.« John fuhr sich mit den Händen durch seine fettige Mähne und betrachtete das Etikett der Portweinflasche. »Ich lese mal vor: ›Ein Port mit großartiger Fülle und vollem, ausgereiftem Fruchtton in außergewöhnlicher Qualität.‹ Möchtest du probieren?«

Ella nickte und trat an den Tisch. »Wo hast du nur dieses Portweindepot her?«

»Im Internet ersteigert. Spottbillig. Ich habe jetzt schon drei Kisten verkauft.« Er reichte ihr ein gefülltes Glas.

»Von wie viel?«

»Von dreißig.« John zuckte mit den Schultern. »Zur Not müssen wir einen Teil selber trinken.«

»Gute Idee! Prost.« Ella nahm einen Schluck. Die erdige Süße gefiel ihr. Im nächsten Moment wurde ihr speiübel. Ein beißender Geruch stieg ihr in die Nase. Qualm zog durch den Garten. Das Knistern von frischem brennendem Holz. Blitzartig erschienen Bilder von lodernden Flammen in ihren Gedanken. Das Osterfeuer. Der letzte Tag mit Rainer damals.

»Alles okay?« John trat neben sie und nahm sie an die Hand. Neben der Bar stand eine Bank, auf die sie sich fallen ließ.

Sie versuchte, ihre Atmung zu kontrollieren. »Es geht schon wieder.« Im hinteren Teil des Gartens entdeckte sie einen Feuerkorb, an dem Kevin zusammen mit einem Paar stand und Holzscheite in Brand steckte. »Ist Max im Atelier?«

»Ja, er zeigt gerade ein paar Bilder.« John sah sie bedeutungsvoll an. »Max steigt jetzt ganz groß ein. Er wird ein paar gute Aufträge bekommen. Das hat mir Ferdinand Mathieu versprochen.« John wischte sich den Mundwinkel trocken, an dem noch ein Tropfen Port hing. »Mathieu ist Kunsthändler. Seine Frau

Innenarchitektin. Da wird hoffentlich Geld fließen. Und das«, er grinste zufrieden, »ist ganz in meinem Sinn. Dann kann Max endlich seine Schulden bei mir bezahlen.« Er ging zurück an die Bar, wo er zwei Frauen umarmte und sie zu einem »ganz wunderbaren Ruby mit einer Note von Beeren und Vanille« überredete.

Nach einer Weile stand Ella auf. Sie ging am Haus entlang zu dem länglichen Backsteingebäude dahinter. Aus dem geöffneten oberen Teil der Stallpforte lugte ein brauner Pferdekopf und nickte ihr zu, als ob er sie begrüßen würde. Das rote Ziegeldach ragte rechts vom Stall noch vier Meter über das Haus hinaus und bildete einen Unterstand. Darunter stand auf einer Plastikplane ein mannshoher weißer Stein mit zwei Armen und einer Brust: eine Arbeit von Marianne.

In dem linken Teil war das Atelier von Max. Durch die großen Sprossenfenster sah Ella den Flamingo mit Mann. Ihre Stimmen drangen durch die nur angelehnten Fenster nach draußen. Auf der Staffelei stand ein halb fertiges Gemälde in Brauntönen, ein Herbstwald. Auf dem Holztisch lehnten weitere Bilder an der Wand, alles Landschaften.

»Diese Bilder habe ich nach meinem Examen an der Kunststudienstätte gemalt.« Max stand in einer Ecke, eine Zigarette im Mund, in der Hand ein Portweinglas. Er hatte eine Jeans und ein weißes T-Shirt an. Die halblangen Haare waren frisch gewaschen, der kleine Soul Patch am Kinn akkurat gestutzt. Der Flamingo ließ den Maler nicht aus den Augen und trug ein kirschrotes Dauerlächeln. Ihr Mann dagegen machte ein ernstes Gesicht, grummelte vor sich hin. Ella beschloss, die Gesellschaft nicht zu stören und die Bilder lieber von draußen zu betrachten.

Max räumte die ausgestellten Bilder vom Tisch und stellte eine weitere Serie an deren Platz.

»Dies sind Werke aus den letzten zwei Jahren.« Weitere Gemälde in gedeckten Farben. Blauviolette Nebel, kahle Flächen mit knorrigen Bäumen, schwarze Wälder, tiefblaue Wasserflächen. Max hatte die melancholische Stimmung in Moor und

Flusswiesen gut festgehalten. Ella versuchte, Details auf den Gemälden zu erkennen. Sie entdeckte einzelne Figuren, die sich in einem Baum versteckten oder in hohem Gras gestikulierten. Sie waren, anders als das restliche Bild, besonders detailliert gezeichnet. Eine Frau im Halbprofil hinter verblühten bleichen Rosen ähnelte Marianne.

»Hm.« Mathieu hatte die Sonnenbrille gegen eine schwarzrandige Brille ausgetauscht und starrte in gebeugter Haltung aus kurzer Distanz auf die Leinwand.

»Darf ich euch ein Glas Portwein einschenken?« Ella hatte nicht bemerkt, dass John mit Flasche und Gläsern in der Hand wankend an ihr vorbei das Atelier betreten hatte. »Ein Vintage-Port aus dem Jahr 1981. Dreißig Jahre im Fass gelagert! Da trinkt man gleich Geschichte mit. So etwas bekommt man nicht alle Tage!«

Abwesend nahm Mathieu das angebotene Glas entgegen.

»Isabelle?« Ein Teil des Portweins schwappte aus dem Glas, als John es vor dem Flamingo auf den Tisch stellte.

Nach einigen Minuten schweigenden Betrachtens und Trinkens drehte sich Mathieu zu Max. »Haben Sie noch weitere Bilder? Ich würde gerne ein paar Porträts sehen.«

Max verschwand, und John versuchte, die Zeit für den Portweinhandel zu nutzen. »Dieser Tawny streichelt die Zunge. Er schmiert die Kehle. Prost!« Er stieß mit dem mürrischen Kunsthändler an, der ihm eher widerwillig sein Glas entgegenhielt. »Ich mache euch ein Superangebot: sechs Flaschen für zweihundert Euro.«

»Mein Gott, John. Du musst jetzt aber nicht bei jeder Gelegenheit deine Weine verkaufen.« Kevin hatte den Raum betreten, zusammen mit dem Paar vom Lagerfeuer. »Guten Tag, Herr Mathieu.«

Kevin hatte heute einen eher legeren Aufzug in Jeans und blassrosa Lacoste-Shirt gewählt. Ella fand, dass er in die WG wie ein Windhund in ein Rudel von Straßenhunden passte. Mit seinen pseudolinken Ansichten wollte er wohl lässig und unangepasst wirken. Er betonte immer, dass er zwar Banker, im

Herzen aber immer noch Marxist sei, wie zu Studentenzeiten. Ihr kam er aalglatt und unehrlich vor. Auch wegen Zoe, die er bei einer Flüchtlingsinitiative in Ottersberg kennengelernt hatte.

Kevin hatte die WG überzeugt, dass Zoe in das kleine Zimmer neben Max ziehen durfte. Sie, die im Heim aufgewachsen war und von ihrer ständig alkoholisierten Mutter kaum Liebe bekommen hatte, war seitdem voller Bewunderung für ihn. Er fühlte sich wahrscheinlich wie der barmherzige Samariter. Seine gönnerhafte Anteilnahme, wenn er mit Zoe sprach, stieß Ella ab.

»Darf ich Ihnen Lennard Cordes vorstellen?« Kevin nickte seinem Nachbarn zu, der dem Kunsthändler brav die Hand reichte. Der Typ sah Kevin irgendwie ähnlich: schlank, Polohemd und Jeans, allerdings dunkle kurze Locken statt der Popperfrisur.

Die Freundin konnte Ella nur von hinten sehen. Eine schlanke Blondine in einem zu kurzen Kleid und pinkfarbenen Pumps. Sie stellte sich mit so leiser Stimme vor, dass Ella sie nicht verstand.

»Herr Cordes hat ein Problem, bei dem Sie ihm vielleicht helfen können.« Jetzt klang Kevin wie ein Anlageberater.

Ella würde Max' neuen Malstil heute wohl nicht von Nahem besichtigen können. Die Besprechung im Atelier würde sich noch hinziehen. Sie beschloss, sich auf den Heimweg zu machen. Sie hörte den Stimmen der Männer schon nicht mehr zu.

Im Weggehen stolperte sie über einen Blecheimer, der scheppernd umkippte. Als sie sich wieder gefangen hatte, blickte sie geradewegs in die Gesichter der Atelierbesucher. Und in die Augen der Blondine. Es war Susanne Meier, die sie erst erstaunt, dann mit zusammengepressten Lippen hasserfüllt anstarrte. Ella zuckte zusammen. Rainers Ex. Die Einzige, die wusste, was damals passiert war.

September 1905

Rauch stieg durch die offene Tür im Giebel der Hütte. Metas Mutter saß auf dem Boden neben dem Feuer und rührte in einem Topf. Durch den Qualm konnte Paula kaum erkennen, wer sich in der Dunkelheit befand.

»Moin!« Paula rief den Gruß ungerichtet ins Innere, damit man ihr Kommen wahrnähme. Sie hielt sich mit einer Hand am Strohdach fest und beugte sich durch die Tür hinein.

»Moin, leve Fru!« Vor der niedrigen Wand aus Torfsoden saßen die beiden Mädchen auf Stroh, das den Boden aus gestampfter Erde bedeckte. Sie tranken aus irdenen Bechern.

»Ich habe euch Äpfel mitgebracht.« Paula betrat die kleine Hütte, die trotz des Feuers noch klamm und kalt von der Nacht war. Kleidungsstücke hingen an Haken von den Dachsparren, auf dem Boden standen Krüge, Schüsseln, Werkzeug und ein Haufen Binsen. Hinten in einer der Butzen lag eine Gestalt und schnarchte.

Meta sprach mit leiser, heller Stimme. »Dat is de Grootvader.« Sie stand vor ihr und freute sich über das Obst, das Paula ihr reichte. Eine schöne Abwechslung zu dem täglichen Buchweizenbrei.

Paula zog die Börse aus dem Mantel, zählte ein paar Geldstücke ab und wandte sich an die Mutter. »Ich danke Ihnen, dass Sie mir Meta für heute ausleihen. Ich werde ein schönes Bild von ihr malen.«

Anna sah sie nur stumm an, steckte das Geld ein und senkte die Lider. »Bilder malen« war bei den hart arbeitenden Leuten »Tünkram«. Und es würde ein anstrengender Arbeitstag werden ohne die Hilfe der Ältesten.

Paula wollte sich den Tag nicht durch trübe Gedanken verderben lassen. Schon vor dem Frühstück war sie singend durchs Haus getanzt, voller Vorfreude auf die Farben und das Licht, das sie auf die Leinwand bannen wollte. Es musste ein Leuchten *im Hintergrund des Kindes geben, ein Leuchten ohne Sonne. Und Metas klugen, ernsten Blick sollte der Betrachter für alle Zeit auf sich gerichtet sehen. Dies würde ein gutes Bild werden.*

Mit Otto hatte sie beim Frühstück kaum ein Wort gewechselt. Der Dorn seiner spitzen Kritik vom Vortag saß noch immer tief. Stumm saßen sie einander gegenüber, während Paula die meiste Zeit aus dem Fenster starrte. Der Wind bewegte die Zweige der Birken vor dem Haus. Einige Blätter hatten sich schon gelb gefärbt. Sie sah, wie hohe Wolken in einem weiten lichten Raum über die Wiesen zogen. Wie eine Verheißung. Sie musste raus. Raus aus der engen Heimeligkeit und den täglichen Ritualen. Das Leben hatte noch so viel zu bieten.

4

Eine Windböe erfasste Lennards Schirm, als er am Dom vorbeiging, und drehte ihn so, dass ihm der heftige Regen ins Gesicht peitschte. Im Zickzack bahnte er sich seinen Weg über den Bremer Marktplatz, vorbei an Pfützen und gurgelnden Bächen, die in der Kanalisation versanken. Neidisch sah er die Gäste des »Alex«, die in dem großen Glaskasten am Kopf des Platzes Kaffee tranken und ihm gelangweilt zusahen, wie er sich durch das Wetter kämpfte.

Der Herbst hatte seinen ersten Sturm in die Stadt geschickt. Der zerrte knatternd an den Planen der letzten Marktstände und seinem feuchten Mantel. Im Tunnel unter dem Wall blieb er kurz stehen und trocknete mit dem Taschentuch sein Gesicht. Die Lederslipper waren durchnässt, ihm war kalt. Lennard verfluchte seine Idee, zu Fuß zur Galerie von Ferdinand Mathieu zu gehen. Auf den matschigen Wegen der Wallanlagen rutschte er über bunte Blätter.

Er überquerte die Brücke über den Wallgraben und erreichte endlich den Fedelhören. Zweistöckige Reihenhäuser, einige mit Markisen und Glasdächern vor den Geschäften, säumten beidseits die Straße. Bei Regen sah es hier genauso trostlos aus wie in den anderen Straßen, deren Häuser in der Nachkriegszeit in die Brandlücken gebaut worden waren. Dennoch war es eine der besten Adressen in Bremen. Das lag an den schönen Geschäften mit Antiquitäten, Kunst und Teppichen und an dem Edel-Italiener, der bei der Oberneulander Schickeria gerade angesagt war.

Ein Auto fuhr neben ihm durch eine Wasserlache auf dem Kopfsteinpflaster. Lennard machte gerade rechtzeitig einen großen Satz in den Eingang der Galerie und betrat fluchend den Laden.

»Ach, Sie Armer. Sie sehen ja aus, als ob Sie hergeschwommen wären. Warten Sie, ich hole ein Handtuch.« Isabelle Mathieu trug heute einen langen Strickmantel über einem hautengen Kleid im Ethnostil. Es hatte ein verwirrendes Muster in Türkis und Schwarz. Auf Plateausandalen stöckelte sie in die hinteren Räume. »Ferdi, Herr Cordes ist da.«

An den Wänden hingen Ölgemälde. Zwei davon konnte Lennard identifizieren: eine Landschaft von Heini Linkshänder und ein Stillleben mit Muscheln von Werner Zöhl. Die Namen kannte er aus einem Kalender mit Kunstdrucken, der auf der Arbeit im Flur hing.

»Bitte schön.« Frau Mathieu stellte sich neben ihn und reichte ihm ein graues Frotteehandtuch. Eine Wolke aus Moschus und Patschuli raubte ihm kurz den Atem. »Wir stellen hauptsächlich zeitgenössische Kunst aus Bremen und Umgebung aus. Die Worpsweder sind unser Spezialgebiet. Wir haben auch schon Bilder der klassischen Moderne gezeigt.«

»Ich grüße Sie, Herr Cordes.« Ferdinand Mathieu betrat den Verkaufsraum und reichte ihm die Hand. »Das ist aber ein Mistwetter, was Sie da mitbringen.«

Er breitete theatralisch seine Arme aus. »Das ist sie, meine Galerie. In den oberen Räumen habe ich noch weitere Bilder. Die ganz wertvollen werden hier natürlich aus versicherungstechnischen Gründen nicht ausgestellt. Aber«, er blickte ihn lächelnd aus den Augenwinkeln an und zog die Brauen nach oben, »ich habe meine Spezialkunden, denen ich die exquisiten Werke persönlich zeige.«

Er ließ den linken Arm fallen und schob seinen Gast mit dem rechten zu einer Sitzgruppe am Fenster. »Isabelle, meine Liebe, kochst du unserem verkühlten Gast einen Tee? Oder ist Ihnen Kaffee lieber?«

Lennard nahm auf einem der harten Stühle Platz. Aus seiner Umhängetasche holte er einen Laptop und stellte ihn auf das runde Tischchen. Während Ferdinand Mathieu die Tassen holte, sah er nachdenklich in den unentwegten Regen. Wie sollte er sein Anliegen formulieren?

Es war der Typ aus der WG, John, der die Portweinprobe organisiert hatte. Er hatte ihm geraten, sich an Mathieu zu wenden. John hatte ihn, gleich nachdem Kevin ihn vorgestellt hatte, ausgefragt. Wahrscheinlich auf der Suche nach einem lukrativen Geschäft. Er sei ein Selfmademan, er könne alles besorgen, habe beste Kontakte und immer eine Lösung – egal, wie das Problem laute. Da war John aber schon nicht mehr nüchtern gewesen und hatte eher gelallt als gesprochen.

»Halt! Reden Sie nicht weiter.« Der Kunsthändler war, sobald Lennard an dem Abend sein Anliegen zu äußern begonnen hatte, sehr streng geworden. Erschrocken hatte Lennard mitten im Satz abgebrochen. Hatte er Mathieu verärgert? Hatte der ihn durchschaut und wollte mit der Sache nichts zu tun haben? Mathieu hatte ein silbernes Kartenetui aus seiner Jackettinnentasche gezückt und ihm eine Visitenkarte gereicht. »Rufen Sie mich an. Wir machen einen Termin aus. Dann können wir uns in Ruhe unterhalten.«

Jetzt kam Ferdinand Mathieu mit einem Tablett und drei japanischen Teeschalen zurück. Er drapierte alles rund um Lennards Laptop. Isabelle stakste hinter ihm her und goss aus bedenklicher Höhe eine hellgrüne Flüssigkeit in die Schalen. »A Li Shan Chulu.« Ihre Stimme klang andächtig.

»Wie bitte?«

»Ein Oolong-Tee, hergestellt nach uralter chinesischer Tradition.«

Lennard nickte anerkennend. Normalerweise trank er Kaffee und bei seiner Oma Büntings Ostfriesenmischung. »Könnte ich vielleicht Zucker haben?«

Isabelle sah ihn an, als habe er eine obszöne Bemerkung gemacht, drehte sich und eilte zurück in die Küche.

»Nun, was haben Sie mitgebracht?« Mathieu schien neugierig zu sein.

Lennard war nervös. Er hatte gegenüber John zwar angedeutet, ein Geschäft im Sinn zu haben, »das eine gewisse Diskretion erfordere«. Das war aber untertrieben. Es war ein illegaler Deal, den er plante. Aber die einzige Möglichkeit, seine Existenz zu retten. Er öffnete die Datei mit den Fotos, die er gemacht hatte, und wartete mit klopfendem Herzen auf Mathieus Reaktion.

»Wow!« Mathieu zog sich den Computer dichter heran. »Ist es das, wonach es aussieht?«

»Absolut.«

»Das Original?«

Lennard nickte.

»Wo haben Sie es? Kann ich es sehen?«

Lennard schluckte. Kurz durchzuckten ihn Bedenken. Was er vorhatte, war Betrug. Gewissermaßen.

»Oder haben Sie es gar nicht?«

»Doch, doch.« Er würde es dem Kunsthändler zunächst einmal zeigen. Wie es weiterginge, würde er von Mathieus Interesse und dessen Beziehungen abhängig machen. Hoffentlich konnte er ihm schon einen Vorschuss geben. Ein schlechtes Gewissen konnte er sich jetzt nicht leisten. »Ich bringe es Ihnen nächste Woche vorbei.«

September 1905

Paula schnallte die Staffelei auf den Rücken, schulterte die Mappe mit dem Papier und reichte Meta die Hand. Sie mussten langsam gehen, denn die Kleine hatte Holzschuhe an den Füßen. Die Tagelöhner wohnten am Rand von Worpswede, und schon bald liefen sie über weichen, morastigen Moorboden. Der Wind hatte etwas nachgelassen, und wie angekündigt war es trocken. Sie gingen in Richtung Weyerberg. Dort, etwas erhöht über der weiten Ebene nach Norden, sollte Meta sich in ihrem roten Kleid an eine Birke lehnen. So wollte Paula sie malen.

Aus der Nähe betrachtet war das Kleid ein fadenscheiniger Fetzen mit einigen Löchern und einem Riss am seitlichen Saum. Es war viel zu dünn für das beginnende Herbstwetter, aber Paula nahm an, dass Meta kein anderes Kleidungsstück besaß. Es war schon ein Glück, dass sie Schuhe trug. Viele Kinder der armen Leute mussten bis in den Winter barfuß gehen.

»Gehst du auch zur Schule?«

Meta schüttelte den Kopf. »Nee, ik mutt den Öllern helpen.«

»Kannst du denn lesen?«

Wieder Kopfschütteln.

»Schade. Sonst hätte ich dir ein Buch geschenkt.«

Sie waren an einer Biegung des Wegs angekommen. Eine Birke warf Schatten auf ein abschüssiges Feld, hinter dem sich weite Moorwiesen erstreckten. Hier sollte Meta Modell stehen. Paula stellte die Staffelei auf und legte den Zeichenblock darauf. Dann zeigte sie Meta, wie sie stehen sollte. Schnell machte sie mit der Zeichenkohle eine Skizze, die eine erste Gliederung des Bildes darstellte. Sie wollte das Gemälde ganz einfach halten.

»Hast du noch den Apfel?« Einen Apfel der Erkenntnis, dachte sie. Vielleicht würde er helfen, Klarheit darüber zu gewinnen, wie ihr Leben weitergehen sollte.

Meta suchte in den Taschen ihres Kleides.

»Nimm ihn in die rechte Hand.« Paula ging zu dem Mädchen und führte den Arm mit dem Apfel. »So.«

Mit kräftigen Pinselstrichen gestaltete sie jetzt das Bild. Die Haltung des Kindes hatte sie gut eingefangen. Den Kopf leicht zur Seite geneigt, den Blick ernst und etwas traurig. Die Gesichtszüge malte sie flächig, fast grob. So wirkte es echter, ursprünglicher. Am Dienstag war die Farbenlieferung aus Düsseldorf eingetroffen: Lukas' feinste Künstlerfarben. Damit malte man sogar in Paris. Siena, Magentarot, Grüne Erde, Umbra, Indigo, Kadmiumrot – der Anblick der prall gefüllten Aluminiumtuben hatte sie berauscht.

Voller Lust nahm sie mit dem Pinsel die Zinnoberfarbe auf. Leider teuer, aber es war ihre Lieblingsfarbe. Das Kleid sollte Lebensenergie und Freude symbolisieren. Vielleicht auch ein wenig Paulas Wut. Die spürte sie immer noch, nachdem sie am Morgen fluchtartig das Haus verlassen hatte. Es hatte keine Versöhnung gegeben. Otto schwieg, wie immer. Sie wollte nicht daran denken.

»Was möchtest du denn später einmal machen? Weißt du das schon?«

Meta sah sie schweigend an. Paula war sich nicht sicher, ob das Mädchen ihre Frage verstanden hatte. Dann, mit zaghafter Stimme: »Ik will later in een echten Huus wohn.«

»In einem Haus? Wie willst du das erreichen? Hast du schon mal darüber nachgedacht?«

»Ik ...« Meta stockte. Sie drehte ihren Kopf zur Seite und blickte in die Ferne.

»Nicht bewegen!«

Der Kopf drehte sich wieder zurück. »Ik kunn villicht 'n Posten in een Huushollen annehm.«

»Dann musst du aber auch etwas lernen. Sonst wird man dich in keinem Haushalt einstellen.«

Meta sagte nichts.

»Aber sicher möchtest du später heiraten und Kinder kriegen.«

Das Mädchen zuckte die Schultern. Wahrscheinlich war das

eher ein Fluch als ein Wunsch. Die armen Leute im Moor bekamen so viele Kinder, dass sie oft keinen Platz in den kleinen Hütten für sie hatten. Hunger und Kälte waren ständige Begleiter. Die Lebensumstände waren so schwer, dass viele von ihnen starben, bevor sie zehn Jahre alt waren.

»Wenn der Torf jetzt abtransportiert ist, hast du doch sicher etwas Zeit? Du könntest doch im Winter zur Schule gehen.«

Meta stand schweigend an die Birke gelehnt.

»Frag deine Mutter. Du musst ein bisschen dafür kämpfen, dass du mal etwas wirst.« Das sagte Paula sich selbst jeden Tag. Sie wollte doch auch »etwas werden«. Und nicht nur als »Frau vom Maler Modersohn« durchs Leben gehen. Sie saß genauso fest wie das kleine Mädchen. Kein Geld, keine Anerkennung, kein Erfolg. Nicht einmal ihr Ehemann glaubte an sie. Was war die Ehe wert, wenn die Loyalität fehlte? Wenn Otto ihre Kunst nicht mochte, konnte er sie auch nicht lieben. Denn sie war alles nur durch ihre Kunst.

Das Licht war nun ein wenig wärmer geworden. Es ging auf fünf Uhr zu, und wie erwartet fiel durch die schattigen Bäume am Wegesrand das Abendlicht. Die Wiesen bekamen einen duffen silbrigen Schimmer, und das Leuchten am Horizont verhieß einen Weg.

5

Sie hatte wieder von ihm geträumt. Genau konnte sie sich nicht an den Traum erinnern. Aber an das Gefühl panischer Angst. Und an den kalten Blick hinter gelben Gläsern von Kommissar Tietjen.

Jetzt stand Ella müde, mit brennenden Augen und einem pelzigen Gefühl im Mund vor der »Seniorenresidenz Hanseat«, einem renovierten Gebäude aus den Sechzigern. Sie betrat die Lobby durch einen Glasanbau mit automatischer Schiebetür. Hinter dem Buchenholztresen im gleißenden Licht der Deckenstrahler stand Frau Bärmann, die leitende Pflegekraft. »Hallo, Bärchen.«

Frau Bärmann war etwas älter als Ella. Eine patente Frau mit blondem Kurzhaarschnitt, Ende vierzig. Sie trug einen schmal geschnittenen weißen Kittel und war dezent geschminkt. Sie kannten sich, seitdem Ella vor ein paar Jahren den ersten Hausbesuch bei einer Heimbewohnerin gemacht hatte.

»Hallo, Doktorin. Geht es dir nicht gut? Du siehst etwas blass aus.«

»Schlecht geschlafen. Du hattest mich wegen Frau West angerufen.«

Ella machte nur selten Hausbesuche, aber einige ältere Patientinnen waren so eingeschränkt in ihrer Mobilität, dass sie die gynäkologische Versorgung vor Ort vornahm. Frau West war bisher nicht ihre Patientin gewesen.

»Frau West ist schon über neunzig, aber noch ganz fit. Gestern hat sie beim Waschen einen Knoten in ihrer linken Brust getastet. Sie ist sehr besorgt und nervös. Seitdem ist ihr Blutdruck viel zu hoch. Schau sie dir einmal an. Vielleicht kannst du sie ein bisschen beruhigen.«

Sie gingen durch den Aufenthaltsraum, in dem noch der Geruch des Frühstückskaffees hing. Drei Frauen saßen an einem Tisch und verfolgten eine Tiersendung im Fernsehen.

»Hallo, die Damen.« Ella betrachtete die grauen stumpfen Haare und die dunkle Kleidung. Warum sahen alte Menschen oft so traurig aus? Würde es ihr auch so gehen, wenn sie siebzig war? Ob ihre Tochter Clara sich um sie kümmern würde? Sie hatte Angst davor, allein und ohne jemanden, der sie liebte, im Heim zu sterben.

»Ist jetzt nicht gerade Gymnastik im Fitnessraum? Keine Lust?« Frau Bärmann ging zügigen Schrittes zur Terrassentür auf der anderen Seite des Raums. Eine der Frauen winkte genervt ab.

Ella und die Pflegerin verließen das Hauptgebäude und durchquerten den Garten. Ein breiter gepflasterter Weg führte vorbei an duftenden Rosenbeeten zu einem Pavillon mit ebenerdigen Wohnungen. Frau Bärmann klingelte an der ersten Tür. Eine elegant gekleidete Dame öffnete ihnen.

»Guten Tag, Frau West. Dies ist Frau Dr. Carbonne.«

»Oh, wie schön. Treten Sie ein.« Sie war klein, höchstens einen Meter fünfzig. Ihre Haare waren perfekt frisiert und hatten die gleiche Farbe wie ihre Perlenkette.

Die Wohnung war hell, der Teppichboden in gedecktem Weiß. Sie nahmen zunächst im Wohnzimmer auf einem sandfarbenen Sofa Platz. Ella sah sich um. Ein Strauß gelber Rosen verzierte den antiken Tisch vor ihr. Gegenüber standen auf einem Biedermeiersekretär silbern gerahmte Familienfotos. Ella erkannte lachende Paare mit und ohne Kinder, einen älteren Herrn in dunkelblauem Pullover, sepiafarbene Bilder mit besorgt blickenden Eheleuten in altmodischen Kleidern, zwei Fotos von Soldaten in Uniformen aus dem Zweiten Weltkrieg und ein Studioporträt aus den Achtzigern: eine Frau und ein kleiner Junge, der aus großen grauen Augen ängstlich in die Kamera blickte.

»Ist das Ihre Familie?«

»Ja. Mein Bruder ist im Krieg gefallen. Und mein lieber Mann und meine Tochter sind auch verstorben. Es ist nicht immer leicht, so alt zu werden.«

Ella wies auf ein Foto aus den dreißiger Jahren. Eine Frau

in dunklem Kleid mit weißer Schürze und Häubchen lächelte schüchtern in die Kamera. »Ist das Ihr Kindermädchen?«

Frau West lachte. »Nein, das ist meine Mutter. Sie hat lange Zeit bei einer reichen Familie in Schwachhausen gearbeitet. Als Dienstmädchen. Ein Kindermädchen hat sich meine Familie nicht leisten können. Mein Vater war Gärtner.«

An der Wand hinter dem Sekretär hingen verschiedene Aquarelle und Ölbilder.

»Sie haben eine schöne Wohnung.«

»Vielen Dank.«

»Und schöne Gemälde. Die sehen aus, als wären sie Originale.«

»Mein Mann kannte viele Künstler. Wir haben über die Jahre eine große Sammlung zusammenbekommen. Unser Haus war voll davon. Dies sind nur meine Lieblingsbilder, denn mehr Bilder haben hier keinen Platz.«

Ella stand auf, um eine Zeichnung etwas näher zu betrachten. »Ist dies von Horst Janssen?« Pastellfarbene Blüten einer Amaryllis füllten das gesamte Bild aus.

»Ja, mein Mann hat es mir zur goldenen Hochzeit geschenkt.«

Ella schaute sich weiter um. Lauter interessante Bilder, sie kam sich vor wie bei einem Galeriebesuch: ein Leuchtturm hinter schäumender Gischt, umtost von hohen Wellen, eine Zeichnung mit Weinglas und beschwipstem Künstler, der den Betrachter mit wirrem Blick fixierte, ein Holzschnitt mit einer düsteren Häuseransammlung und Sternenhimmel in schrillen bunten Farben. Und ein Kinderbild in Öl. Ein Mädchen mit roten Wangen und honigfarbenen Haaren. Der Malstil wirkte einfach, fast schon naiv. Ella erkannte ihn sofort.

»Das kann aber doch kein Original sein.«

»Oh doch!« Frau West schien sich über Ellas verblüfften Gesichtsausdruck zu freuen.

Die Kleidung des Mädchens sah ärmlich aus. Ein rotes Kittelkleid auf schmalen Schultern. Der Farbauftrag war flächig mit irdenen Pigmenten. Die Hände waren etwas grob ausgefallen, viel zu groß für das zarte Kind, in einem hellen Rotton, sodass sie schwielig wirkten. In der rechten hielt es einen Apfel. Es lehnte an einer Birke, den Kopf zur Seite geneigt. Im Hintergrund Moorlandschaft mit einem hellen Streifen am Horizont, als ob die Sonne unterging.

Ella ging näher an das Gemälde heran. Die dunklen Augen des Mädchens sahen auf die Betrachterin. Ein trauriger Blick.

»Dieses Bild bedeutet unserer Familie sehr viel. Es ist meine Mutter Meta Burmann im Alter von sieben Jahren.« Frau West saß kerzengerade auf der Kante ihres Lehnstuhls. »Sie ist in Worpswede aufgewachsen. Meine Großeltern waren arme Häusler und bauten im Teufelsmoor Torf ab.«

»Das war ein hartes Leben. Wahrscheinlich musste Meta den Eltern bei der Arbeit helfen?«

»Ja, so war es. Sie waren acht Kinder zu Hause. Da musste jeder mit anpacken. Sie hat bei der Wäsche geholfen, später auch Torfballen gestapelt.«

Ella setzte sich wieder auf das Sofa. »Wie kam es, dass Paula Modersohn sie gemalt hat?«

»Frau Modersohn kannte viele Dorfbewohner in Worpswede. Die Familie meiner Großmutter hat sie wohl bei einem Spaziergang entdeckt, als die Familie im Torf arbeitete. Meine Großeltern haben das Malgeld, das die Künstlerin ihnen für das Modellsitzen von Meta gezahlt hat, gerne genommen.« Frau West schwieg kurz. Die Geschichte des Bildes war auch ein Teil ihres Lebens.

»Von dem, was der Bauer ihnen für den Torfabbau zahlte, konnten sie kaum leben. Sie hausten ja wie die Tiere. In Hütten mit Lehmboden. Zwei jüngere Geschwister sind gestorben.«

»Und Ihre Mutter ist später Dienstmädchen geworden?«

»Die Bekanntschaft mit Frau Modersohn hat meine Mutter tatsächlich sehr beeindruckt. Ihren Rat, zur Schule zu gehen, hat sie befolgt. Glücklicherweise hat meine Großmutter Anna sie bei diesem Plan unterstützt. Als meine Mutter vierzehn war, hatte sie ihre erste Anstellung als Zweitmädchen bei einer Lehrerfamilie. Später kam sie dann zu der Bremer Familie, wo sie auch meinen Vater kennenlernte.«

Ella lehnte sich zurück und betrachtete das Gemälde. Sie war begeistert und bewegt. Ein ganzes Schicksal lag in diesem Kunstwerk. Und noch über hundert Jahre später berührte Metas ernster Blick die Betrachter.

Frau Bärmanns Räuspern weckte Ella aus ihrer Andacht. Sie nahm den Laptop aus dem Koffer und stellte ihn geöffnet auf den Tisch. »Frau West, bitte erzählen Sie mir, wann Sie zum ersten Mal den Knoten getastet haben.«

»Vor einem Monat ist mir beim Waschen aufgefallen, dass da etwas an der linken Brust war. Ich habe es aber nicht wichtig genommen und es wieder vergessen. So ist das leider in meinem Alter.« Die alte Dame blickte sie unglücklich an.

Ella nickte ihr freundlich zu.

»Gestern unter der Dusche habe ich den Knoten wieder getastet. Ich meine, dass er etwas größer war als beim letzten Mal.«

»Haben Sie Schmerzen?«

Frau West schüttelte den Kopf.

»Auch keine Knochenschmerzen? Gewichtsabnahme?«

»Nein, nein. Mir geht es gut!« Das klang fröhlich. Aber die lächelnden Lippen waren eine Spur zu verkrampft.

»Ich würde mir das gerne einmal ansehen. Wo kann ich Sie untersuchen?«

Frau West stand auf. »Am besten im Schlafzimmer.«

Ella folgte ihr in einen kleinen Raum. Neben dem Bett mit hohem Plumeau unter einer seidig glänzenden hellen Tagesdecke war kaum noch Platz für die beiden Frauen. Frau West hatte ihre altrosa Strickjacke abgelegt, die weiße Bluse aufgeknöpft und den Verschluss des BHs geöffnet. Nun untersuchte Ella mit beiden Händen erst die linke, dann die rechte Brust. Schließlich tastete sie unter beiden Armen die Lymphknoten ab.

»Da ist ein Knoten. Er ist relativ derb. Ich schätze ihn auf etwa eineinhalb Zentimeter. Lymphknoten sind nicht zu fühlen.«

»Glauben Sie, dass das Krebs ist?« Frau Wests Stimme zitterte leicht. Sie knöpfte ihre Bluse wieder zu.

»Zunächst sollten wir abwarten, was die Mammografie ergibt. Wir besprechen gleich, wie es weitergeht.« Ella ging zurück ins Wohnzimmer. Auf dem Sofa übertrug sie die Anamnese und das Untersuchungsergebnis in den Laptop.

Frau West folgte eine Minute später und setzte sich auf den Lehnstuhl. »Ich habe es befürchtet.«

»Ich verstehe, dass dieser Befund Ihnen Angst macht.« Ella drehte sich so, dass sie der Dame direkt in die Augen schauen konnte. »Es ist gut, dass Sie den Knoten entdeckt haben und sich an mich gewandt haben. Das ist der erste Schritt.« Sie legte ihre Hand auf den Arm der Patientin. »Jetzt können wir den Knoten entfernen lassen. Eine kleine Operation, die Sie gut überstehen werden.« Sie überlegte. »Haben Sie Familienangehörige, die Ihnen zur Seite stehen können?«

»Nur einen Enkel. Er ist ein lieber Junge, aber er hat wenig Zeit. Seine Arbeit nimmt ihn sehr in Anspruch.«

»Vielleicht kann er sich ein bisschen freimachen, damit er sich nach der Operation um Sie kümmern kann. Sie werden nicht lange im Krankenhaus bleiben.«

»Ich kann ihn fragen.« Frau West sah nicht sehr überzeugt aus.

»Wir kümmern uns um Sie.« Frau Bärmann war aufgestanden und legte den Arm um Frau Wests Schulter. »Machen Sie sich keine Sorgen.«

Ella verband den Computer mit einem kleinen Drucker aus ihrem Koffer. »Selbst wenn sich die Diagnose Brustkrebs bestätigen sollte, besteht kein Grund zur Panik. Die Erkrankung hat in Ihrem Alter eine gute Prognose. Die Heilungsaussichten sind meist sehr gut, weil die Zellen oft nur langsam wachsen.« Der Drucker ratterte und spuckte eine Überweisung zur Mammografie aus.

Frau West sah sie an, als ob sie an ihren Worten zweifelte.

»Ich melde Sie jetzt erst einmal in der Radiologie an. Wahrscheinlich wird dann auch eine Gewebestanze aus dem Knoten durchgeführt. Das Ergebnis bekommen wir schon kurze Zeit später. Dann sprechen wir noch einmal miteinander.« Sie ergriff

Frau Wests Hand. »Ich bin überzeugt, dass alles gut ausgehen wird. Sie schaffen das. Frau Bärmann und ich, wir helfen Ihnen dabei.«

Die alte Dame nickte. Sie wirkte ernst, hatte sich aber gefasst.

6

Schneegriesel hatte den Boden zwischen Haus und Scheune aufgeweicht. Seit Tagen konnte der Winter sich nicht entscheiden, ob er die Landschaft weiß verhüllen oder in Wasser auflösen sollte. Max hatte den Ofen in seinem Atelier mit Holzscheiten gefüttert. Jetzt wärmte ein Feuer den großen, schlecht isolierten Raum. Durch die offene Tür sah er Matisse, der schnaubende Geräusche von sich gab und mit den Hufen ab und zu gegen seine Box schlug. Kevin hatte den braunen Hengst vorletztes Jahr als Fohlen von Bauer Ohlrogge in Fischerhude gekauft. Mittlerweile war er gut eingeritten, und Kevin trabte an schöneren Tagen mit ihm über die Felder.

Vor Max stand eine große Leinwand im Querformat auf der Staffelei. Er hatte endlich wieder Zeit, an seiner Winterlandschaft zu arbeiten. Ein Bild in Grau- und Blautönen. Bäume und Gräser waren nur schemenhaft und mit einer zarten Transparenz gemalt. Dazu die eisblaue Wümme. Er trat ein paar Schritte zurück. Die Atmosphäre sollte kalt und mystisch sein. Unentschlossen sah er auf das Gemälde. Was der Betrachter erst auf den zweiten Blick sehen sollte, war viel zu auffällig: Am rechten Bildrand auf dem Weg zum Horizont erkannte man einen Elefantenkopf. Tiefe Runzeln, gezackte Ohrränder und fleckige Stoßzähne gaben ein fotorealistisches Bild des Tieres. Es war hinter herabhängenden Zweigen eines Weidenbaums halb verborgen.

In China und Indien wurde der Elefant als Symbol für Glück, Erfolg und Weisheit verehrt. Auf Weisheit würde er wohl noch warten müssen. Aber vielleicht kam nun bald der Erfolg.

Wenigstens finanziell ging es ihm besser. Mit den Aufträgen der Mathieus konnte er sich über Wasser halten. Seit Oktober hatten sowohl Isabelle als auch ihr Mann bei ihm Genrebilder, Bildrestaurationen und eine Kopie bestellt. Aber das waren reine Handwerksarbeiten, sie hatten nichts mit künstlerischer

Schaffenskraft zu tun. Als Maler war er kaum bekannt, seine eigenen Bilder verkauften sich nicht. In ein paar Tagen würde noch einmal eine größere Summe gezahlt werden. Dann konnte er sich neue Farben kaufen und seinen Vorrat an Marihuana aufstocken. Mathieu hatte ihm schon den nächsten Auftrag angekündigt. Er würde ihn bitten, ihm etwas mehr Zeit zu lassen.

Er sah durch das Fenster auf die Wiesen. Ein Eisvogel flog mit ruhigen Schwingen auf die Scheune zu, drehte eine Kurve und setzte sich auf einen Baum am Flussufer. Graue Haufenwolken wurden über den Himmel gejagt und filterten das blasse Licht so, dass die Winterwiesen schmutzig und öde wirkten. Max liebte diese Weite und Klarheit der Landschaft.

Er starrte weiter in die Ferne und konnte sich nicht aufraffen, den Pinsel in die Hand zu nehmen. Trotz des Feuers war ihm kalt. Die Glieder schmerzten, im Nacken fühlte er ein unangenehmes Ziehen. Er hatte sich so darauf gefreut, wieder seine eigene Kunst machen zu können. Und jetzt waren seine Hände wie gelähmt. Die Finger brannten, als ob seine Haut aufreißen wollte.

Stöhnend stand er auf und ging langsam zur Leiter, die vom Stall auf den Heuboden führte. Oben, hinter einigen Heuballen verborgen, befand sich die Tür zu einem weiteren Raum. Dort an der Giebelseite stand ein großer Schreibtisch, in dessen unterster Schublade Max das fand, was er brauchte: eine Metalldose mit einer kristallinen Substanz. Er hatte sich fest vorgenommen, nach Vollendung seiner Auftragsarbeiten nichts mehr davon zu nehmen.

John hatte ihm das Ice vor einem Monat besorgt, damit er das Arbeitspensum besser bewältigen konnte. Nächtelang hatte er durchgearbeitet. Dabei mehrere Kilo Gewicht verloren. Die Droge hatte seinen Blick geschärft. Das sah man an dem gemalten Glitzern in den Augen. Oder der feinen Linie der einzelnen Haare. Blätter und Gräser schimmerten wie in der Natur in Gras-, Tannen- und Olivgrün, Gelb- und Brauntönen und Schatten von Violett und Blau. Die Bilder waren ihm sehr gut gelungen. Wenn nur die Herzprobleme nicht wären. Wie ein unsichtbarer Drummer begleitete ihn das Pochen seines Herzens Tag und Nacht. Schwere Schläge erschütterten seinen Brustkorb. Wenn er nachts wach lag, meinte er, dass seine Bettdecke im gleichen Rhythmus vibrierte. Bis zum Morgengrauen hörte er schlaflos zu. Er musste von der Droge wieder runterkommen. Doch heute wollte er ein letztes Mal einen Krümel Crystal rauchen. Für die Nacht musste John ihm ein bisschen Cannabis geben. Damit die Angst ihn verließ.

»Huhu, Ma-ax!«

Max sah durch das Dachfenster, wie Isabelle Mathieu auf zentimeterhohen Absätzen durch den Matsch balancierte. Die glimmende Pfeife im Mund stieg er rasch die Leiter hinunter.

»Hallo, Chérie.« Isabelle legte beide Arme um seinen Hals und küsste ihn auf den Mund. Sie schmeckte nach Mentholzigaretten. »Ich bin ein bisschen früher gekommen, damit wir noch ein wenig Zeit für uns haben.« Sie zog eine Flasche Champagner aus ihrer Umhängetasche, während sie Max ins Atelier folgte. »Du siehst schlecht aus. Bist du krank?«

Max nahm zwei fleckige Wassergläser von der Fensterbank und wischte sie mit einem Geschirrtuch ab. »Nur müde.«

Während Isabelle die Tür schloss, rümpfte sie die Nase. »Dass du diese Geruchsmischung aus Pferdedung und Terpentin aushältst!«

»Daran gewöhnt man sich. Außerdem finde ich Matisses Schnauben und Poltern beruhigend. Dann weiß ich, dass ich alleine mit ihm bin und uns keiner stört.«

»So wie ich?«

»Du störst nie.« Er zog sie an sich und küsste sie. Dabei glitt seine Hand den Rücken entlang und umfasste ihren Hintern.

Nach einer Weile löste sie sich von ihm. »Und, wo sind die Bilder?«

Max leitete sie mit den Händen, sodass sie sich um die eigene Achse drehte. »Taraaa!« An der Wand aufgereiht auf dem mit Farbflecken übersäten Tisch standen fünf Bilder im DIN-A3-Format. Sie zeigten verschiedene Szenen einer Jagdgesellschaft aus dem neunzehnten Jahrhundert. Hunde, Pferde, Jagdaufseher und mehrere Herren in roten Jacketts mit Zylinder jagten vor sanften Hügeln und englischen Landhäusern quer über die Bilder.

Isabelle ging dicht an die Gemälde heran und studierte sie. »Sehr schön.« Sie nahm die Stehlampe, die neben der Staffelei stand, und beleuchtete die Arbeiten. »So habe ich mir das vorgestellt. Sehr gekonnt, wie du die Patina hinbekommen hast.« Sie drehte sich lächelnd zu Max. »Das wird den Kunden freuen. Er hat sich sein Arbeitszimmer in Teak auskleiden lassen. Ich werde alles in englischem Stil für ihn einrichten.«

Max zuckte die Schultern. Er war froh, diese Fleißarbeit hinter sich zu haben. »Lass mal sehen, was du da in der Flasche hast.« Er nahm noch einen letzten Zug aus der Pfeife und legte sie in einen Aschenbecher auf der Fensterbank.

Allmählich merkte er, wie seine Power wiederkam. Außerdem spürte er ein angenehmes Wärmegefühl im Lendenbereich. Das Ice begann schon zu wirken. Er entkorkte die Flasche mit dumpfem Plopp und goss den Schaumwein in die Gläser, die auf dem Tisch bereitstanden.

»Cheers, mein großer Künstler.« Isabelle stieß mit ihm an. Der Raum war mittlerweile vom Dämmerlicht und von der Stehlampe, die auf die Bilder gerichtet war, erleuchtet. Draußen war hinter schwarzen Bäumen nur noch ein grauer Schimmer am Horizont zu sehen.

Max leerte das Glas in einem Zug. Der immer stärker werdende Drang ließ seinen Atem schneller gehen. Blut pulsierte durch seinen Leib, löschte alle anderen Gedanken aus. Er sah Isabelle prüfend an. Schön, wie ihre rote Mähne im Schein der Lampe leuchtete. Er hatte keine Lust, sie mit Worten oder Händen zu verführen. Stattdessen drehte er sie mit einer fast groben Bewegung zum Tisch, drückte ihren Oberkörper nach vorn und nestelte unter ihrem weiten Rock nach dem Bund ihrer Strumpfhose. Mit einem Ruck zog er Hose und Slip nach unten.

Nach zwei Minuten war alles vorbei. »Wow.« Isabelle richtete sich langsam auf und lehnte sich an den Tisch. »Und ich dachte, dir geht es nicht gut.«

»Jetzt geht es mir wieder besser.« Max grinste. »Wenn du möchtest, können wir das Ganze noch mal in langsam wiederholen.« Er nahm sie in den Arm und küsste sie. »Wir lassen das Essen ausfallen und lieben uns die ganze Nacht.«

»Du bist verrückt.« Isabelle löste sich und zog sich wieder an. »Das kannst du John nicht antun. Außerdem würden die anderen dich suchen. Schließlich bist du der wichtigste Mann des Abends.«

»Das stimmt nicht. Wir sind ein Team. Ohne Kevins und Johns Hilfe könnte ich nicht arbeiten.«

Sie sah auf die Uhr und nahm einen letzten Schluck Champagner. »Lass uns ins Haus gehen. John hat den Braten schon im Ofen. Und ich will mich vor dem Essen noch etwas herrichten.«

7

Vibrierende Beats einer Basstrommel dröhnten durch den Flur, als Isabelle und Max das Haus betraten. Darüber wurde ein rockiger Groove mit Snaredrum und anderen Schlagzeugen gespielt. Zwischendurch abrupter Abbruch der Perkussion, dann erneuter Einsatz. Isabelle ging nach links und verschwand im Bad.

Max hörte, wie Zoe in ihrem Zimmer fluchte. Er öffnete ihre Tür einen Spalt und winkte ihr zu. Sie wedelte mit der linken Hand, mit der anderen notierte sie etwas auf einem Papier. Wahrscheinlich ein neuer Rap, den sie komponierte. Die Stücke ihrer Band True Heart Suzies waren eher konventionell, rockig bis jazzig. In letzter Zeit traute Zoe sich jedoch, während der Konzerte Soloeinlagen mit Drums und eigenen Gedichten zu geben. Sehr experimentell.

Er schloss die Tür und ging in die Küche. Ein Schwall von Bratenduft, Kartoffeldampf und lautem Gesang, der den dumpfen Rhythmus aus dem Nachbarzimmer übertönte, kam ihm entgegen.

»›Ton Steine Scherben‹?«

»Macht kaputt, was euch kaputt macht!« Kevin brüllte mehr, als dass er sang, während er eine Flasche Rotwein entkorkte.

John stand rührend am Herd und hatte Max nicht bemerkt. Seine langen strähnigen Haare klebten an den Schläfen. Ein dunkles Sweatshirt voller Flecken wölbte sich über seinen Bauch. Die Jeans hing ihm fast in den Kniekehlen.

Marianne saß neben dem Kachelofen und fummelte ein Blättchen und Tabak aus einer abgegriffenen Metalldose. Die Fenster waren beschlagen, es herrschte eine feuchte Hitze.

»Max, kannst du die Teller aus dem Schrank holen?«

»Was kochst du für uns?« Max überging Kevins Aufforderung und sah John über die Schulter.

»Wildschwein. Mit Pilzen und Artischocken-Kartoffel-

Püree. Vorweg eine Rote-Bete-Suppe mit Scampi.« John griff nach einem halb vollen Weinglas, das neben der Kochfläche stand. »Super, der Wein.« Er drehte sich zum Tisch und prüfte anerkennend das Etikett der Weinflasche. »Valpolicella Superiore Ripasso, 2012.« Er ging zurück an den Herd.

»Marianne, hilfst du mir, den Tisch zu decken?« Kevins Frage ging in dem Gesang von John unter: »Menschen schuften! Maschinen laufen!«

Max nahm einige Gläser aus dem Schrank, stellte sie auf den Tisch und füllte eins davon mit Rotwein. Trinkend lief er um John herum, schnappte sich eine Karottenscheibe vom Schneidebrett, tauchte einen Finger in den Soßentopf, langte nach der Pfeffermühle.

John nahm ihm die Mühle aus der Hand. »Hände weg! Hier koche ich!«

Kevin verdrehte die Augen und holte mehrere flache Teller aus der Anrichte. Max setzte sich an den Tisch.

»Ihr seid solche Egoisten! Sollen wir euch jetzt bedienen?« Kevin schnaubte empört, während er die Teller verteilte. »Das wäre in meiner Berliner WG ein Grund für eine Sondersitzung gewesen.«

»Ja, heul doch. Erzähl mir nur nicht wieder, dass in deiner APO-Kommune alles besser gewesen ist.« Marianne griff nach der Flasche und schenkte sich ein.

»Alles nicht. Aber wir haben wenigstens eine gerechtere Arbeitsteilung gehabt als hier.«

»Haha, gerechtere Arbeitsteilung wünsche ich mir auch manchmal. Dann würde ich endlich mal meinen Auftrag fertigstellen können und nicht dauernd aufräumen und das Klo putzen.« Marianne klang schon etwas undeutlich. Wahrscheinlich hatte sie schon einiges getankt.

»Jetzt fang nicht schon wieder –«

»Macht mal Platz.« John unterbrach die Auseinandersetzung und stellte schwungvoll die Schüssel mit dem dampfenden Püree auf den Tisch.

»Du musst nämlich wissen, Max«, Marianne zupfte sich einen

Tabakkrümel von der Lippe, »dass dieser geschniegelte Typ hier eine ganz bewegte Vergangenheit hat.«

Max wusste, dass Kevin früher in Berlin politisch aktiv gewesen war. »Was habt ihr eigentlich genau gemacht?«

»Flugblätter gedruckt und diskutiert. Ab und zu demonstriert.« Marianne grinste spöttisch und nahm einen weiteren Schluck. »Was man damals als Linker eben so machte.«

»Wir haben uns damals besonders um illegale Flüchtlinge gekümmert. Und den einen oder anderen vor Abschiebung, Folter und vielleicht Tod gerettet.« Kevin konzentrierte sich darauf, das Besteck in der korrekten Reihenfolge auf dem Tisch zu deponieren.

»Eine edle Tat.« Marianne hob das Glas und prostete Kevin zu. »Dann bist du ja inzwischen ganz schön in die Bürgerlichkeit abgesunken.«

»Marianne, jetzt halte dich mal zurück!« Max war sauer. Heute war ein wichtiger Abend, und er hatte keine Lust auf Streit und miese Stimmung. Er war angespannt. Ein Kribbeln, als ob Ameisen statt Blut durch seinen Körper strömten, ließ ihn kaum still sitzen.

Kevin ließ sich nicht von seiner Arbeit abhalten und legte ungerührt Löffel, Messer und Gabeln neben die Teller. »Wir haben ihnen falsche Pässe besorgt. Ich beherrsche das Handwerk der Dokumentenfälschung perfekt.« Er grinste Max und John an, der mit einer großen Bratenplatte vor dem Tisch stand.

»Guten Abend!«

Alle drehten den Kopf, starrten sekundenlang auf den Mann, der in der Küchentür stand. Regentropfen schimmerten auf den Schultern, die nassen Haare lagen platt auf dem Kopf.

»Ich hatte geklingelt, aber –«

»Ah, unser Ehrengast!« Kevin reichte Lennard Cordes die Hand.

Lennard schälte sich aus seiner Jacke und gab sie Kevin. Dann legte er die Hände an den Kachelofen. »So ein Mistwetter. Es regnet nicht richtig, und für Schnee ist es nicht kalt genug.«

»Komm, setz dich neben mich.« Marianne rückte vom Ofen

ab, um Lennard Platz zu machen. »Hier ist es am wärmsten.«
Sie nahm die Weinflasche und schenkte ein leeres Glas voll.

»Bei Dunkelheit ist es gar nicht so einfach hierherzufinden.«

»Einfach auf die Lichter zufahren. Entweder du landest im Morast, weil es ein Irrlicht ist, oder es ist unser Haus.«

»Marianne, unsere Spökenkiekerin.« Max glaubte nicht an die Mythen, über die sie immer wieder mit Begeisterung berichtete. Über die Magie der Natur, Moor- und Wassergeister.

»Ihr werdet noch sehen, dass es Dinge zwischen Himmel und Erde gibt, die –«

»Hast du wieder Botschaften aus dem All erhalten?« Isabelle betrat die Küche, ging um den Tisch herum und ließ sich auf einen Stuhl fallen. Eine Parfumwolke füllte kurz die Atmosphäre, dann übernahm der Bratenduft wieder die Kopfnote. Max setzte sich neben sie.

Marianne sah sie mit schmalen Augen über den Rand ihres Glases an. »Guten Abend, liebe Isabelle. Sollte ich jemals Kontakt mit Außerirdischen haben, wirst du es als eine der Ersten erfahren.« Sie drehte sich zu Lennard um und murmelte für alle hörbar: »Ich werde die Aliens auffordern, sie zu entmaterialisieren.«

»Hallo, Herr Cordes.« Isabelle nickte Lennard zu. Dann strahlte sie John an. »Es riecht wunderbar!« Sie hielt Max ein leeres Glas hin. »Bist du so lieb, Chérie?«

»Es gibt Irrlichter.« Marianne sah Lennard eindringlich an. »Ich habe im Moor schon mal ein sekundenlanges Leuchten gesehen. Sie sind gefährlich, denn sie leiten Wanderer in der Nacht in die falsche Richtung.«

»Ja, wenn man so verrückt ist, nachts durchs Moor zu spazieren.« Isabelle stieß ein helles Lachen aus. Es klang wie in einer Operette.

»Ich finde deine Kommentare verletzend. Nur weil du die spirituelle Kraft der Natur nicht spürst, musst du nicht abfällig über andere urteilen.«

»Leute, langt zu.« John stellte den Suppentopf auf den Tisch und ließ sich auf einen der Stühle fallen, sein halb volles Glas balancierend.

Marianne gab nicht auf. »Wir leben hier auf dem Land im Einklang mit den Pflanzen, den Tieren, dem Wasser und der Erde. Wir sind ein Teil der Natur. Und das spüren wir bei allem, was wir tun.«

»Na ja, Marianne. Das gilt besonders für dich.« Kevin stand auf und nahm einen Stapel Suppenteller aus dem Schrank. Dann füllte er mit der Kelle die blutrote Suppe in die Teller und verteilte sie.

Max griff nach dem Löffel und probierte. »Schmeckt nicht schlecht.« Er sah Marianne an. »Ich glaube nicht an Geister oder die Seele eines Baums.«

»Schade. Ich hatte geglaubt, dass du in deinen Bildern auch die Stimmen der Natur sprechen lässt. Deine Gemälde lösen bei mir immer ein Gefühl der Verbundenheit mit Mutter Erde aus.« Marianne pustete auf den dampfenden Teller. »Du bist dir deiner Spiritualität nur nicht bewusst.«

»›Mutter Erde‹!« Isabelle verschluckte sich an dem Wein. »Glaubst du ernsthaft an diesen metaphysischen Kram?«

Marianne ignorierte Isabelles Frage. »Besonders gefallen mir deine geheimen Botschaften. Das sind doch Hinweise auf Mythen der Menschheit.«

»Nein, das sind eher Symbole für die Gedanken, die mir während des Malens kommen. Oder Traumbilder.« Max fuhr sich mit der Hand durch die langen Haare. »Etwas, das nur ich verstehe. Und auch ein Rätsel für den Betrachter. Vielleicht inspiriert es ja den einen oder anderen.« Er kippte seinen Stuhl nach hinten und wippte hin und her.

»Was ist bloß los mit dir?« Isabelle sah ihn irritiert an. »Du bist so unruhig.«

Das verdammte Crystal hatte ihn voll im Griff. Er war zwar nicht mehr so erregt wie eine Stunde zuvor. Aber er hatte das Gefühl, unter Strom zu stehen. Eine lange Zeit des Schaffens war heute zu Ende. An solchen Abenden war er immer erschöpft.

Oft hatte er gedacht, die Arbeit überfordere ihn. Nächtelang hatte er Bücher studiert, mit John und Kevin diskutiert, immer wieder gezweifelt und korrigiert. Jeder Pinselstrich war eine Entscheidung für die Ewigkeit. Jeder Fehler ein Risiko. Dazu noch der Druck von John, dass er sorgsam mit den Materialien umgehen möge.

»Wo bleibt eigentlich Zoe?« John hatte die Suppe schon fast aufgegessen. »Kann ihr mal jemand Bescheid sagen?«

Max sprang auf und ging zur Tür, bevor einer der anderen ihm zuvorkam. Er war froh, sich bewegen zu können.

»John, das war köstlich.« Isabelle tupfte sich mit der Serviette den Mund ab. »Du musst mir unbedingt das Rezept von dem Wildschweinbraten geben.«

»Was, du willst kochen?« Marianne sah sie mit großen Augen an. »Ich dachte, du ernährst dich nur von Himalaya-Tees und der Kunst.«

»Und der Liebe.« Isabelle gab Max einen langen Kuss und stand auf. »Bevor ich noch weitere Spitzen von Marianne ertragen muss, fahre ich lieber nach Hause. Danke für den schönen Abend.« Das war an die gesamte Runde gerichtet. Als Max sie zur Tür brachte, winkte sie allen mit klirrenden Armreifen.

John entkorkte die sechste Flasche Rotwein. »Wie geht's deiner Oma? Ist sie noch in der Reha?«

Lennard wirkte nervös. Er hatte nur eineinhalb Gläser getrunken und wenig gegessen. »Ja, bis zum zweiten März. Sie hat sich schnell von der OP erholt, ihr geht es prima. Jetzt will sie sich im Fitnessstudio anmelden.«

»Respekt. Sie ist doch schon Anfang neunzig?«

»Wahrscheinlich wird sie mindestens hundert. Auf den Erbfall kann ich also noch lange warten.«

Max lachte trocken, während er durch die Küche ging. »Den brauchst du nicht mehr. Du hast doch jetzt ausgesorgt.« Er öffnete die Tür zum Garten. Frische kalte Luft flutete die Küche und verdrängte Bratenduft und Qualm.

Zoe hatte den ganzen Abend kaum ein Wort gesagt. Blass und still hatte sie neben Kevin auf dem Sofa gesessen, ihre mageren

Schultern in eine alte Strickjacke von John gehüllt. Sie wirkte glücklich. Max wusste, dass sie alle hier für Zoe mehr waren als eine WG. Sie waren ihre Familie: John, der mitten in der Nacht Käsekuchen buk, nach einer Argentinienreise allen in der WG Tango beibrachte und einen Container mit Teakgartenmöbeln ersteigerte, dessen Verkauf ihm wieder nicht den erhofften Reichtum brachte; Marianne, die in wallenden Kleidern mit Hilfe von Tarotkarten und Handauflegen den Freunden die Zukunft voraussagte, wunderschöne Frauen mit riesigen Schenkeln und Brüsten in Stein meißelte und die sie an schlechten Tagen in den Arm nahm und tröstete; Kevin, den Zoe schon kannte, als sie noch im Heim lebte, und der immer ein offenes Ohr für sie hatte. Und er, Max, mit dem sie nächtelang auf dem Diwan im MAMU Joints rauchen und vor sich hin kichern konnte, der sie morgens mit einer Kissenschlacht weckte und auf jedem ihrer Konzerte in der ersten Reihe stand.

Sie hob ihr Weinglas ins Licht und blickte verträumt auf den dunkelroten Schimmer. »Max, zeigst du uns heute das Bild, das du gemalt hast?«

Max räusperte sich. »Äh, heute Abend ist schlecht. Ich zeige es dir morgen.« Er nahm sein Glas und trank einen großen Schluck.

»Aber heute Abend ist doch Bilderparty. Wie immer, wenn du eins vollendet hast. Es ist doch fertig, oder?«

Max schwieg. In Gedanken war er schon im Atelier.

John wandte sich an Lennard. »Können wir?«

»Ey, kannst du mir gefälligst antworten?« Zoe brüllte. Lennard starrte sie erschrocken an. Eine Ader an ihrer Schläfe trat pulsierend hervor. Das Gesicht war gerötet. Sie hasste es, ignoriert zu werden. Das wussten mittlerweile alle WG-Mitglieder. Früher im Heim war sie wohl öfter handgreiflich geworden. Einmal musste ein Mädchen aus ihrer Lerngruppe ins Krankenhaus. Zoe hatte ihr eine Platzwunde über dem rechten Auge verpasst, weil die sie nicht beachtet hatte.

»Beruhige dich, Zoe.« Max räusperte sich. »Wir haben etwas zu besprechen. Morgen zeige ich dir das Bild, versprochen.«

Lennard sah ihn unsicher an. Max beachtete ihn nicht. Er wollte die Sache schnell hinter sich bringen.

John öffnete die Küchentür und winkte den Männern, ihm zu folgen. »Wir gehen jetzt ins Atelier.«

Die Frauen standen ebenfalls auf. Marianne gähnte. Es war schon spät, fast Mitternacht.

Auf dem Weg zur Scheune sah Max in den kalten Winterhimmel. Gleich, wenn sie Lennard verabschiedet hätten, würde er noch ein wenig auf der Bank vor dem Haus sitzen. Und sich freuen, dass die stressigen letzten Monate zu Ende waren. Es hatte ihm noch nie gefallen, Disziplin zu üben. Täglich um zehn mit der Arbeit anzufangen und bis zum Abend zu malen, in den letzten Wochen sogar bis in die frühen Morgenstunden. Ohne Johns »kleine Helfer« hätte er das nicht schaffen können. Er fühlte sich immer noch wie unter Strom. Er musste endlich mal runterkommen.

Er würde einen Joint rauchen und die Sterne zählen. Und sich über seine geheime neue Liebe freuen.

8

Als Ferdinand Mathieu sich nachts in seinen schwarzen Jaguar setzte und ihn startete, machte der Wagen zunächst einen Satz gegen die Garagenwand. Glücklicherweise bremsten alte Reifen und Benzinkanister den Zusammenstoß. Er zitterte vor Wut. Wut auf Max. In seiner Hektik hatte er den falschen Gang eingelegt.

Kurz zuvor war Isabelle nach Hause gekommen und hatte ihm von dem »wundervollen Abend« mit einem »exquisiten Drei-Gänge-Menü« vorgeschwärmt. Die Bilder seien »ganz zauberhaft« und Max ein »begnadeter Künstler«. Dabei war sie durch die Wohnung gewandert, hatte die Pumps in eine Ecke gekickt, das Bilderpaket abgestellt, sich einen Drink eingeschenkt und ihn schließlich mit einem Kuss begrüßt. Er hatte es sofort bemerkt. Sie hatte diesen speziellen Geruch. Trotz des Tabakatems mit einem Hauch Knoblauch, der sich mit dem Alkohol vermischte. Leicht bitter und etwas süß. Er erinnerte ihn immer an Orangen.

Sofort beschleunigte sich sein Puls. Der Schädel vibrierte, und er hatte Mühe, Luft zu bekommen. Schnell drehte er sich weg, damit Isabelle nichts merkte. »Und hast du Max schon bezahlt?«

»Ach, das habe ich ganz vergessen.« Sie lachte. »Wir haben gar nicht über Geld gesprochen.«

»Das habe ich mir gedacht.« Er stellte sich vor, was sie stattdessen gemacht hatten. Wie der Maler Isabelle umarmte. Sie auszog. Wie sie es beide auf dem Ateliertisch miteinander trieben. »Gib mir das Geld. Ich werde es ihm vorbeibringen.«

»Jetzt?« Isabelles Ausruf schrillte in seinen Ohren. »Es ist ein Uhr nachts!«

Er ging in den Flur und nahm ihre Handtasche. »Ich kann jetzt noch nicht schlafen. Du kennst mich doch: Vor vier Uhr komme ich nicht zur Ruhe.«

Seit Jahren litt er unter Schlaflosigkeit. In letzter Zeit wurde es schlimmer. Mit dem Erfolg seiner Galerie wuchsen auch die Arbeit und die Sorgen. Die Käufer erwarteten von ihm immer exquisitere Werke von bekannten Künstlern. Eine anspruchsvolle und schwierige Klientel. Die meisten von ihnen hatten keine Ahnung von Kunst und wollten die Bilder lediglich besitzen. Sie hofften auf eine sichere Geldanlage. Da musste es schon eins von Vogeler oder Paula Modersohn sein, denn erst ab einem Wert im sechsstelligen Bereich waren die Kunden bereit, sich für Kunst zu interessieren. Dann allerdings überboten sie sich gegenseitig, sodass er oft eine absurd hohe Summe für ein Bild erhielt.

Diese Wünsche waren schwer zu bedienen. Der Aufwand war wesentlich größer im Vergleich zu früher, als er noch aufstrebende Künstler aus der Region förderte. Das war lange her. Wie auch Isabelles erste Affäre – von der er wusste; vielleicht hatte sie ihn schon davor betrogen – mit einem langhaarigen Schwachkopf. Der erstellte seine Bilder im Koksrausch, indem er verschiedene Acrylfarben auf eine Leinwand schüttete und sich nackt darauf umherwälzte. Seitdem hatte Mathieu keine Lust mehr, sich mit der Szene der jungen Glücksritter zu beschäftigen.

Max war anders. Er hatte das Handwerk des Malens gelernt. Er beherrschte alle Techniken und Stile. Er lebte für seine Kunst. Seine Bilder waren Teil von ihm. Sein Können hatte sich über Jahre entwickelt. Jetzt hatte er einen unverkennbaren Strich, ohne dass er eine Masche aus seiner Malerei gemacht hatte. Seine Bilder hatten eine Geschichte. Und sie berührten.

Max, dieser Arsch. Poppte seine Frau. Mathieu wollte seine Wut herausschreien. Seine Hände zuckten. Am liebsten würde er Isabelle schlagen. Immer wieder in ihr falsch-freundliches Gesicht. Bis es aussah wie eins dieser Bilder von dem ersten Lover. Dann wäre endlich ein Ende. Er umklammerte die Handtasche seiner Frau und atmete tief durch.

»Ist was?« Isabelle klang besorgt. »Bleib lieber zu Hause. Du hast getrunken.«

»Nur ein Glas Wein.« Er klang jetzt wieder ganz entspannt.

Das Geld war in einem Umschlag. Er nahm ihn und steckte ihn ein. »Bis später.«

Mathieu brauchte nur zwanzig Minuten. Eine Rekordzeit für die Strecke zwischen Bremen und dem Tütort. Der Schneeregen machte die Straßen nass und glatt. Eine gefährliche Witterung. Ihm war es egal, ob der Wagen die Kurven bewältigte. Sein Blut war voller Adrenalin.

Im Haus brannte noch Licht. Die kahlen Rosenzweige vor dem Fenster wankten im Schimmer der Flurlampe. Er sprang aus dem Jaguar, knallte die Tür zu und ging mit großen Schritten auf das Haus zu.

»Ferdinand?« Die Stimme aus der Dunkelheit vor dem MAMU klang erstaunt. Er roch den würzigen Duft von Cannabis. Max.

Wut stieg erneut wie eine Welle in ihm hoch. Ferdinand Mathieu hatte diesmal keine Lust, sich zu beherrschen. Er brüllte. »Wo bist du?«

»Was ist denn los?«

Der schwarze Schatten des Giebels ragte mächtig vor ihm auf. Die Stimme kam von rechts, aber er konnte Max nicht ausmachen. Du scheinheiliges Bürschchen. Zeig dich, damit ich dir in die Fresse hauen kann.

»Verdammt.« Er stolperte. Max sprang auf ihn zu und fing ihn auf, bevor er fiel. Statt sich zu bedanken, holte Mathieu aus, um ihm einen Haken zu versetzen.

»Max? Herr Mathieu?« Der Strahl einer Taschenlampe beleuchtete die beiden Männer. Mathieu ließ seine Hand sinken.

»Lennard!« Überraschung und Angst klangen aus Max' Stimme.

Lennard Cordes stand mit nassen Haaren und vor Wut verzerrtem Gesicht vor ihnen. »Los, kommt rein.« Er ergriff Max' Arm und zerrte ihn am Haus vorbei zum Kücheneingang. »Wenn ihr glaubt, ihr könnt mich verarschen, dann habt ihr euch geschnitten!«

September 1905

Paula schickte Meta nach Hause, nachdem sie ihr noch einmal Mut zugesprochen hatte, in die Schule zu gehen.

»Glaube an dich. Dann kannst du vieles schaffen.«

Den Rest des Bildes wollte sie in Ruhe allein fertigstellen, versuchen, die tiefe farbige Leuchtkraft des Himmels festzuhalten. Sie drückte einen Klecks Preußisch Blau auf die Palette. Für die Wiesen brauchte sie nur wenig Grün, aber reichlich Ocker und Grau. Am Horizont ein bleiweißer Streifen, ganz fein, der sich auflöste in grauviolette Wolkenmassen mit einem leichten Sonnenschimmer in blassem Gelb. Neapelgelb. Sie mischte die blauen Farbreste mit einem Hauch Magenta. Und natürlich viel Weiß. Die Metalltube sah mitgenommen aus, überzogen mit Paulas bunten Fingerabdrücken. Mit großzügigen Pinselstrichen gestaltete sie Wolkenberge.

Das Licht wurde allmählich schlechter, sie musste aufhören. Die letzten Feinarbeiten wollte sie am nächsten Tag erledigen. Zufrieden betrachtete sie das Gemälde:»Das Mädchen mit dem roten Kleid«. Ein feuchtkalter Hauch stieg aus der Ebene. Sie roch den irdenen Dunst, der den baldigen Winter ankündigte. Die warme Erde speicherte noch den Duft des Tages, während die kalte Abendluft ihr in die Nase biss.

Sie suchte ihre Malsachen zusammen und dachte an die stillen grauen Tage und langen Abende, die die dunkle Jahreszeit bestimmten. Sie fürchtete ihre »Winterkrankheit«, ihre Schwermut. Und das tägliche Einerlei, das das Zusammenleben mit Otto bestimmte. Wenn sie an die Anfänge ihrer Ehe dachte, die Unbeschwertheit und den Spaß, den sie miteinander gehabt hatten, wurde sie wehmütig. Damals hatte sie sich geliebt gefühlt. Lange hatte sie gehofft, dass er sie richtig zu seiner Frau machen würde. Es war bis heute nicht dazu gekommen. Er begehrte sie nicht.

Sie nahm die Staffelei mit dem Bild. Sie musste es vorsichtig transportieren, solange die Farben feucht waren. Mit großen Schritten ging sie den Berg hinunter. Der Weg verschwamm durch die Tränen. Das sollte ihre Zukunft sein: an der Seite eines Mannes, dem Bequemlichkeit wichtiger war als das Leben, das auf sie wartete? Der kein Verständnis für ihre Malerei und ihr Wesen hatte? Sie war eine Frau voller Kraft und Kreativität. Sie wusste, dass sie etwas konnte. Dass ihre Kunst besonders war. Sie wollte lernen, sich ausprobieren. Ottos ständige Belehrungen und Kontrollen waren dabei wie ein Hemmschuh.

Sie schniefte und hielt an, um sich die Tränen zu trocknen. Dann streckte sie sich und atmete tief durch. Sie hatte keine Zeit zu verlieren. Bald wurde sie dreißig, und sie hatte noch nichts erreicht. Sie musste raus aus dieser Ehe. Sich befreien. Ein neues Leben beginnen mit der Chance, sich weiterzuentwickeln. Und schließlich so zu malen, dass sie Anerkennung in der Kunstwelt fände.

9

»*Of course, I've had it in my ear before.*« Ella sang aus voller
Kehle den alten Hit von Iggy Pop. Sie hatte das Radio in ihrem
Mercedes laut aufgedreht. Die Scheibenwischer hatten den
Rhythmus des Liedes übernommen. Im Strahl der Scheinwerfer
flohen hinter silbern schimmernden Regentropfen die Bäume
rechts und links der Landstraße. Sie hatte Lust, Schlangenlinien
zu fahren. Besser nicht. So weit wollte sie das Schicksal nicht
herausfordern. Sie war glücklich. Den ganzen Abend hatte sie
getanzt. Der DJ im »Lagerhaus« hatte genau ihre Musik aufgelegt. Kallioupi und ein paar andere Freunde aus Fischerhude
waren auch da gewesen. Sie hatte mal wieder ein paar Bier zu
viel getrunken.

Vielleicht hätte sie den Gin Tonic an der Bar ausschlagen
sollen. Aber der Typ, der sie eingeladen hatte, hatte einfach zu
gut ausgesehen. Leider war er auf einmal verschwunden. Sie
hatte sich nur kurz umgedreht, weil Joost Tietjen sie begrüßt
hatte. Den Kommissar hätte sie dort am wenigsten erwartet.
Trotz seiner Lederjacke, der gegelten Haare und der komischen
Brille hatte er steif und fremd gewirkt unter all den zuckenden
Gestalten.

Rechts und links standen Einfamilienhäuser mit gezirkelten
Vorgärten hinter Jägerzäunen und Buchenhecken mit scharfen
Kanten, alle in tiefer Dunkelheit. Hier in Oyten ging man früh
ins Bett. Die Bürgersteige wurden schon vor Mitternacht hoch-
geklappt.

»*That's like hypnotizing chickens!*«

Nach ein paar Floskeln, die sie ausgetauscht hatten, war sie
wieder auf die Tanzfläche gegangen. Schade, dass der süße Typ
weg gewesen war. Tietjen dagegen hatte sie an ihre schlimmste
Zeit erinnert. Daran hatte sie an so einem schönen Abend nicht
denken wollen und sich noch zwei oder drei Drinks gegönnt.
Wellness-Trinken.

Sie war entspannt und beschwingt. *»I've a lust for life cause I've a lust for life!«*

Morgen war Sonntag. Eigentlich heute, es war schon nach drei Uhr. Keine Praxis. Seit sie im Gesundheitszentrum arbeitete, hatte sie wieder Spaß bei der Arbeit. Trotzdem freute sie sich über die freien Wochenendtage. Ihre Tochter Clara kam erst nächste Woche. Sie lebte jetzt bei ihrem Vater und dessen Freundin in Bremen. Dort ging sie auch in die Grundschule. Ihre kleine Prinzessin. Manchmal vermisste sie ihr zärtliches »Mamou, bist du schon wach?«, mit dem sie morgens oft zu ihr ins Bett gekrabbelt war.

Sie fuhr am Sagehorner Bahnhof vorbei. Von dem roten Backsteingebäude erkannte man nur den großen schwarzen Schatten.

Sie sah Clara alle zwei Wochen. Dann kam sie zu Besuch nach Fischerhude. Der Sandkasten im Garten war schon verschwunden, aber an einer der hohen Eichen hing noch die Schaukel. Und natürlich gab es noch das Kinderzimmer von früher, bevor Clara zu ihrem Vater ziehen musste. Damals, als Ella nach der Sache mit Rainer den Zusammenbruch hatte. Sie wollte ihre Tochter gern öfter sehen, aber die restliche Zeit brauchte Ella für sich. Die freien Tage reichten gerade, um mit Sport und Yoga wieder das innere Gleichgewicht zu finden. Und mit viel Schlaf. Oder Gras. Das half immer. Besonders, wenn sie wieder schlecht geträumt hatte.

»Yeah, I'm through with sleeping …«

Sie zuckte zusammen: Rainer auf dem Boden, regendurchnässt. Ein Trugbild, das sie durch die Regenwand zu sehen glaubte. Immer wieder überfielen sie diese Bilder vollkommen unerwartet.

Die heisere Stimme des Sängers vertrieb die Erscheinung. Sie blinzelte. Es war nur die leere Landstraße. *»No more beating my brains!«* So sollte es sein. Sie wollte sich die gute Stimmung nicht durch trübe Gedanken vermiesen lassen.

Jetzt kamen ein paar schöne Kurven, die sie elegant ausfahren wollte. Die Sicht durch die Schlieren auf der Frontscheibe war schlecht, aber sie konnte die Strecke auch im Schlaf fahren. Das Tempo-siebzig-Schild sah sie nur aus dem Augenwinkel. Uninteressant.

»*Well, I've a lust for life!*« Ihre dunkle, etwas raue Stimme hallte laut durch ihren Benz.

Ein Hauch von faulen Eiern lag in der Luft. Der Wind kam von Osten und wehte die Gase der Kläranlage in Ellas Richtung. Sie sah die weite Linkskurve vor sich. Die konnte sie locker mit Tempo hundert nehmen. Ella drückte das Gaspedal leicht herunter.

»*Oh, a lust for life!*«

Ein Knall, ein Stoß. Sie schrie. Vor der Scheibe ein bleiches Gesicht. Aufgerissene Augen. Der Mann blickte sie entsetzt an, bevor er in die Luft flog und in der Nacht verschwand. Sie verriss das Lenkrad, kam ins Trudeln. Mit aller Kraft presste sie das Bremspedal in den Fußraum. Ein Baumstamm kam ihr entgegen. Das Relief der Rinde hatte tiefe Furchen. Schlingernd zog der Benz wieder zur Gegenseite. Die Reifen glitten von der Fahrbahn ins weiche Grün. Der Wagen senkte sich rechts in den Abhang. In letzter Sekunde kam der Mercedes zum Stillstand. Wie gelähmt blieb sie sitzen. Zitternd. Beide Hände umklammerten das Lenkrad. Die Knöchel leuchteten im reflektierten Scheinwerferlicht. Ihr war speiübel.

Sie atmete tief ein und aus. Dann stieß sie die Tür auf, setzte den Fuß auf die Straße. Sie taumelte, als sie ausstieg. Eine kurze Weile hielt sie sich an der Fahrertür fest und sog die klamme Winterluft ein. Dann rannte sie los.

Zunächst konnte sie nichts erkennen. Um sie herum war Dunkelheit. Mit weichen Beinen wankte sie zurück zum Auto und stellte den Motor aus und die Blinkanlage an. Dann nahm sie die Taschenlampe aus dem Handschuhfach und ging zurück zur Unglücksstelle. Die großen Eichen am Straßenrand wurden im Blinkrhythmus in orangefarbenes Licht gehüllt. Hinter einem der Bäume am Ende der Kurve musste der Mann hervorgestürzt sein. Wo war er jetzt? Neben dem Asphalt war der Boden abschüssig.

»Hallo? Wo sind Sie?« Ella hoffte, dass das Unfallopfer noch antworten konnte. Sie lauschte. Außer dem Rauschen des Regens war nichts zu hören. Sie spürte die Nässe und Kälte nicht. Nur die Angst ließ sie zittern. Der Lichtstrahl der Taschenlampe wanderte über die Böschung. Hinab zu den Büschen. Erfasste einen Fuß. Schwarze Schnürschuhe mit geringelten Socken. Ihr Herz machte einen Sprung. Sie rutschte den Abhang hinunter und stürzte beinahe über das Bein. Es war verdreht und hatte einen Knick nach außen. Es steckte in blauen Jeans.

Ella beleuchtete den Rest der Gestalt. Ein Mann, nicht älter als Mitte dreißig. Dunkle nasse Haare und kurzer Vollbart. Er blickte mit starrem Blick in den Regen. Fahrig versuchte sie, seinen Puls am Hals zu fühlen. Nichts. Mit der Lampe leuchtete sie in die Pupillen. Keine Reaktion. Sie kniete sich neben ihn, öffnete die Jacke und ertastete Brustbein und Rippen. Sie legte den Daumenballen der rechten Hand in Herzhöhe auf den Brustkorb, darauf die linke und pumpte mit ihrem ganzen Gewicht in schnellem Takt. Nach ungefähr einer Minute kontrollierte sie erneut den Puls. Immer noch nichts. Dabei war sie schon jetzt vollkommen erschöpft. Es war sinnlos. Sie wiederholte die Herzmassage. Immer wieder. Regen und Schweiß rannen ihr in die Augen. Arme und Schultern taten weh. Endlich gab sie auf.

Mit einem Stöhnen setzte Ella sich neben den Mann auf den Boden. Was sollte sie bloß tun? Natürlich sollte sie die Polizei rufen. Sie zog ihr Handy aus der Jackentasche, suchte nach dem Tastenfeld und gab die hundertzehn ein – und zuckte mit dem Finger zurück, bevor sie die »Wählen«-Taste berührte.

Was kam danach? Die Polizei würde ihre Aussage aufnehmen und einen Alkoholtest machen. Dann käme eine Anzeige wegen fahrlässiger Tötung unter Alkoholeinfluss, anschließend Gerichtsverhandlung und Strafmaß: schlimmstenfalls Gefängnis, mindestens auf Bewährung, und Entzug der Approbation. Sie würde nie wieder als Ärztin arbeiten können. Eine Katastrophe.

Alle würden mit dem Finger auf sie zeigen. Sie wäre geächtet. Und ruiniert. Sie hatte noch nicht mal die Hälfte des Kredits für den Einstieg ins Gesundheitszentrum abbezahlt. Sie wimmerte leise.

So weit durfte es nicht kommen. Es würde den Mann auch nicht wieder lebendig machen. Eine Weile blieb sie reglos sitzen. Die Haare klebten an ihrem Gesicht. Die Füße steckten in nassen, verdreckten Schuhen. Ihr war kalt. Mit der Taschenlampe beleuchtete sie das Gras. Einzelne Halme bogen sich unter der Last der Regentropfen, die wie kleine blinkende Perlen an ihnen hingen. Sie richtete den Strahl auf das Gesicht des Mannes. Die blutigen Schürfwunden, die bleiche Haut. Wie damals: Rainer. Sein wehrloser Blick. Blitzartig begann ihr Puls zu rasen. Alles drehte sich. Sie bekam keine Luft mehr. Japsend lehnte sie sich an die Böschung.

Es dauerte Minuten, bis sie sich wieder beruhigt hatte. Ein Auto raste über ihr auf der Landstraße vorbei. Erneut erschien das Gesicht des Toten im Licht der Scheinwerfer. Es kam ihr bekannt vor. Sie hatte es schon einmal gesehen. Der Mann einer Patientin? Oder hatte sie ihn auf einer Party getroffen?

Sie seufzte erleichtert, als das Motorgeräusch in der Ferne verschwand. Der Wagen hatte nicht angehalten. Sie sollte so schnell wie möglich weiterfahren, bevor sie entdeckt würde. Sie sprang auf, lief die Böschung hinauf und rannte zu ihrem Auto. Erst als das Blinklicht ausgeschaltet war und der Benz wieder Fahrt aufgenommen hatte, konnte sie wieder normal atmen. Sie hoffte, dass der Regen eventuelle Spuren von ihr wegwaschen würde. Und dass ihre Fahrerflucht unentdeckt bliebe.

10

Vicky winkte triumphierend, als sie mit Schwung einen Opel Corsa überholte, der sie seit Fischerhude mit seiner langsamen Fahrweise aufgehalten hatte.

Hauptkommissar Joost Tietjen klammerte sich am Armaturenbrett des Cinquecento fest. Seit er in den kleinen roten Fiat seiner Kollegin gestiegen war, litt er. Dafür gab es unterschiedliche Gründe.

Als Vicky Müller-Esteban ihn abgeholt hatte, hatte er sich ungläubig in den Wagen gebeugt: »Was ist das?«

»Das ist Speedy Gonzales. Toll, nicht? Mein nagelneuer Flitzer. Da habe ich den Dienstwagen einfach mal stehen lassen.«

»Und wie soll ich da reinpassen?«

»Das geht, du wirst sehen! Der ist größer, als du denkst!«

Tietjen faltete seine zwei Meter auf ein gefühltes Drittel zusammen und blieb bis zur Ankunft am Tatort in einer Art Hockstellung. Vicky trug ein buntes, tief ausgeschnittenes T-Shirt, das ihre körperlichen Vorzüge betonte. Sie nahm mit ihren achtzig Kilo etwas mehr Platz ein, als der Fahrersitz hergab. Eine Wolke ihres süßen Parfums erfüllte den ganzen Innenraum. Tietjen versuchte, ihrem sinnlichen, aber aufdringlichen Körper auszuweichen, indem er sich so weit wie möglich gegen die Beifahrertür presste.

Während der Fahrt führte Vicky einige beängstigende Manöver aus, nur um ihm zu beweisen, dass die Fiat-Sportversion genauso spritzig war wie der Dienstwagen. Sie hatten sich über die Dörfer bis kurz hinter den Ortsausgang von Fischerhude durchgekämpft, als sie auf eine Autoschlange trafen.

»Gleich sind wir da.« Vicky langte nach dem Signallicht, das mit dem Zigarettenanzünder verbunden war, und setzte es mit der linken Hand durch das geöffnete Fenster auf das Dach. Der Sirenenton führte sie am Stau vorbei bis hinter die Absperrung.

Mit einem Seufzen stieg Tietjen aus dem Wagen. Er streckte

beide Arme in die Luft und dehnte sich. Vicky stellte sich neben ihn und blickte zu ihm hoch. Sie reichte ihm nur bis zur Brust. Wahrscheinlich sahen sie aus wie Don Quijote und Sancho Pansa.

»Moin, Vicky.« Der Einsatzleiter kam ihnen entgegen.

»Moin. Das ist Tietjen.«

Joost Tietjen hatte den drahtigen Mann in Uniform noch nie gesehen. Zumindest glaubte er das, denn er hatte in der letzten Zeit so viele neue Kollegen kennengelernt, dass er den Überblick verloren hatte. Seit sechs Monaten arbeitete Tietjen in der Abteilung für Kapitalverbrechen in Verden. Er hatte es in Bremen nicht mehr ausgehalten. Nachdem sein langjähriger Kollege Bertram Flachs ins LKA nach Hannover gewechselt war, wurde sein Chef noch unerträglicher. Nach dem letzten Tobsuchtsanfall hatte Tietjen an der Tauschbörse der Personalstelle in Oldenburg nach einem Kollegen gesucht, der gern nach Bremen wollte. Mitte letzten Jahres hatte es geklappt. Der Tauschpartner kam aus Verden und war ebenfalls KHK.

»Ah, der Neue aus Bremen. Hallo. Degen.« Der Einsatzleiter gab ihm die Hand. »Schon eingelebt? Na, ist ja alles im Großen und Ganzen immer die gleiche Wichse, oder?«

Ohne die Antwort abzuwarten, zeigte Degen auf die Landstraße und begann mit seinem Bericht: »Der Tote ist ungefähr in Höhe der letzten Kurvenmarkierung auf die Fahrbahn getreten und dort von einem Pkw erfasst worden. Etwas weiter, also hier«, er lief auf eine Gruppe kniender Männer in weißen Overalls zu, »sind auf dem Grünstreifen neben der Fahrbahn Reifenspuren. Wir gehen davon aus, dass der Fahrer dort nach dem Unfall gehalten hat und ausgestiegen ist. Er hat wahrscheinlich nach dem Toten gesehen.« Er ging weiter vor ihnen her, sprach dabei über die Schulter.

Fünfzig Meter vor ihnen fuhr ein Rettungswagen an und stellte sich quer auf die Landstraße.

»Der Tote liegt dort hinten. Der Fahrer ist entweder sehr schnell gefahren oder hat gedrömelt. Vielleicht kann die KTU ja etwas aus den Reifenspuren herauslesen.«

Der Rettungswagen manövrierte in der Kurve auf der Fahrbahn. Er fuhr hin und zurück. Eine Dieselwolke hüllte die drei sich nähernden Polizeibeamten ein. Schließlich meisterte er die Kurve und fuhr aufheulend davon.

Kopfschüttelnd schaute Degen ihm hinterher, während er anhielt. »Hier ist das Opfer gelandet, nachdem der Wagen es erfasst hat. Aufgrund der Prellmarken gehen wir von einem Pkw aus.«

Unterhalb der Straße sah Tietjen mehrere weiß gekleidete Gestalten, die den Toten umringten. Er lag auf dem Rücken im Gras. Ein Bein war verdreht. Die dunklen feuchten Haare lagen wirr über der Stirn.

»Es sieht so aus, als ob der Fahrer Maßnahmen zur Reanimation unternommen hat. Herzmassage oder so. Zumindest ist die Jacke des Opfers geöffnet. Neben dem Toten sind auch Fußspuren. Ob da etwas Verwertbares bei ist, wird sich herausstellen. Er hat Knochenbrüche an den unteren Extremitäten und eine Kopfwunde, Schürfwunden im Gesicht und Hämatome an den Armen. Auf den ersten Blick ist nicht zu erkennen, welche Verletzungen zum Tod geführt haben.«

»Können wir die Leiche jetzt einpacken?« Ein junger Beamter von der KTU blickte fragend zu ihnen hoch.

»Jjj…« Tietjen nestelte an seinem Notizbuch, das sich in der Manteltasche verhakt hatte.

»Gleich!« Vicky war wie immer schneller als er.

Mit seiner schleppenden Sprechweise war er ihr nicht gewachsen. Tietjen hatte bisher niemanden in sein Sprachproblem eingeweiht, das er mittlerweile ganz gut im Griff hatte. Als Kind war er wegen seines Stotterns oft verhöhnt worden. Seit dem Sprechtraining im Teenageralter hakte es nur noch ab und zu, meistens am Satzanfang.

Sie stiegen die Böschung hinunter und warfen einen Blick auf die Leiche.

»Wer macht die Obduktion? Petersen ist doch im Urlaub, oder?« Vicky drückte eine Taste auf ihrem Handy, mit dem sie den Bericht von Degen mitgeschnitten hatte.

»Drei Wochen. Gran Canaria, der Glückliche.« Degen seufzte und blickte missmutig in den grau verhangenen Himmel. Immerhin war es jetzt trocken. »Ich weiß nicht, wer ihn vertritt.«

»Wann war denn der Unfall?«

»Irgendwann heute Nacht. Das muss die Gerichtsmedizin uns genauer sagen.«

»Und … wwwer … hat Meldung gemacht? Der Fahrer ist doch geflüchtet, oder?« Tietjen hatte sich die Frage vorher zurechtgelegt. Sie kam ihm fast flüssig über die Lippen.

»Ein Dreiradfahrer.«

Tietjen sah Degen mit hochgezogenen Brauen an.

»Irgendein Lebenskünstler aus Fischerhude, der hier in der Morgendämmerung mit Tempo zwanzig vorbeigezuckelt ist. Dabei hatte er genug Zeit, die Landschaft zu beobachten. Er wollte eigentlich prüfen, wie lang der Krötenzaun sein muss.«

»Wie bitte?«

Degen zuckte mit den Schultern. »Wegen der Krötenwanderung im Frühjahr. Unklar ist, was das Opfer mitten in der Nacht hier auf der Landstraße gemacht hat.«

»Gibt's in der Nähe Häuser?« Tietjen sah sich suchend um.

»Das nächste ist die Kläranlage. Etwas weiter Richtung Fischerhude auf der linken Seite ist eine Kneipe: ›Am Backsberg‹. Und ein paar hundert Meter östlich sind einige Höfe. Ein Auto oder andere Vehikel, die der Tote hätte benutzen können, haben wir bisher nicht entdeckt.«

»Vielleicht ist er getrampt?« Vicky war in die Hocke gegangen, hatte das Unterhemd des Mannes hochgeschoben und sah nach den Totenflecken an der Rückseite der Leiche. »Merkwürdige Leichenflecken. Was sagt denn der Notarzt dazu?«

»Todesursache ungeklärt. Er überlässt alles den Rechtsmedizinern.«

»So ein Ignorant. Die Ärzte arbeiten auch nicht mehr als nötig.« Vicky schnaubte. »Wie heißt der Tote?«

»Nicht bekannt. Er hat weder Papiere noch Portemonnaie in den Taschen.«

Die Trompetenfanfare eines Paso-doble-Orchesters unterbrach ihn. Vicky verdrehte die Augen und zog ihr Handy aus der Gesäßtasche ihrer Jeans. »*Sí.*« Sie drehte sich weg. »*Sí.*« »*No.*« »*No, cuarenta grados.*« »*Sí.*« »*Querido*, das schaffst du schon. *Besos.*« Sie wandte sich wieder den Kollegen zu.

»Jesús. Er will Wäsche waschen.« Jesús war Vickys spanischer Freund, der sie täglich mehrmals telefonisch zu Problemen im Haushalt konsultierte. »Ich nehme mir mal Arndt mit, und wir klappern die Höfe und die Kläranlage ab. Vielleicht kennt ja jemand das Opfer.«

»Sag Schmitti, dass ich seinen Dienstwagen nehme. Er muss dann mit dir zurückfahren.« Es würde eng werden für Vicky und den Kollegen, obwohl Schmitti sein Übergewicht immer herunterspielte: »Alles Muskeln. Auf meinen Rippen kann man Xylophon spielen.«

Tietjen freute sich jedenfalls, dass er seinen Körper nicht wieder in den kleinen »Speedy Gonzales« manövrieren musste. Er sah Vicky hinterher, wie sie auf allen vieren die Böschung hinaufkroch. »Ich … fffahr dann mal wieder. Und informiere die Staatsanwaltschaft.« Das war an Degen gerichtet.

Der nickte, verfolgte aber grinsend Vicky mit seinen Blicken. »Schöner Arsch.«

Tietjen verzog die Mundwinkel, schob sein Notizbuch in die Manteltasche und drehte sich ostentativ von Degen weg.

»Kollege, ich würde mal die Sonnenbrille absetzen. Das gibt vielleicht mehr Durchblick.« Die Leute von der Technik lachten über Degens Bemerkung, während sie den Leichnam in einen Sarg legten.

Tietjen ignorierte alle. Die Brille mit den gelben Gläsern war inzwischen sein Markenzeichen. Außerdem sah die Welt dadurch viel sonniger aus. Das konnte man im norddeutschen Winter gut gebrauchen.

11

»Dr. Carbonne?«

Ella blickte auf und sah in das fragende Gesicht der Patientin. »Entschuldigung, was haben Sie gesagt?«

»Kann ich jetzt runter?«

»Äh, natürlich.« Sie trat einen Schritt zurück und ließ den Untersuchungsstuhl abwärtsfahren.

»Jedenfalls war das Wiedersehen alles andere als …«

Ella hatte die Frau mechanisch untersucht, ohne sich auf den Befund zu konzentrieren. Und auch nicht auf die Geschichte von ihrem Mann, dem Kapitän eines Frachtschiffs auf großer Fahrt. Den ganzen Morgen rotierten die Gedanken. Hatte sie vorletzte Nacht einen Fehler gemacht? Sollte sie sich doch lieber bei der Polizei melden? Vielleicht sollte sie ihren Freund Jensen befragen. Als Rechtsanwalt hatte er Schweigepflicht und könnte sie beraten, ohne dass sie ein Risiko einging.

»… und natürlich ruft er nicht an, obwohl er weiß, dass ich seit einer Woche wieder zu Hause bin.« Erwartungsvoll sah die Patientin sie an. »Soll ich mich jetzt oben frei machen?«

»Äh, bitte.« Die Frau war eine ihrer nettesten Patientinnen. Ella sollte sich lieber auf ihre Arbeit konzentrieren. Sie trat zu der Patientin und tastete nacheinander die Brüste ab.

Sie konnte sich vorstellen, was Jensen ihr sagen würde: »Fahrlässige Tötung und Fahrerflucht? Da kommst du nicht raus, Ella.«

Abwesend hörte sie die Klagen ihrer Patientin. »… das sagen alle: in jedem Hafen eine andere. Meine Freundin meint, ich solle mir auch …«

Sie musste den Wagen verschwinden lassen. Die halbe Front war verbeult und hatte Lackschäden. Wahrscheinlich würden sie Lackspuren ihres hellblauen Mercedes in den Wunden des Opfers entdecken. Dann würde es keine zwei Tage dauern, bis sie ihn finden würden.

»Ist etwas nicht in Ordnung?« Die Frau sah sie unsicher an. Gedankenverloren hatte Ella die rechte Brust zum zweiten Mal untersucht. »Ich ... bin ... war mir nicht sicher.« Sie lächelte die Patientin an. »Nein, alles in Ordnung.« Sie schob beide Hände in die Achselhöhlen und tastete nach Lymphknoten.

Sie könnte den Wagen als gestohlen melden. Und Matjes bitten, ihn heimlich nach Polen zu verscherbeln. »Sie können sich wieder anziehen.«

»Ach, da bin ich erleichtert. Meine Schwiegermutter ist ja an Brustkrebs gestorben. Seitdem habe ich Angst, dass ...«

Oder sie ließ den Benz in einer anderen Farbe spritzen. Dunkelblau oder schwarz. Ihr Kumpel Matjes kannte einen Spezi, der im Moor eine Werkstatt für Lackschäden betrieb. In Bülstedt oder Horstedt.

»Es besteht kein Grund zur Sorge. Medizinisch ist alles in Ordnung. Und Ihr Mann hat doch kaum Gelegenheit fremdzugehen. Der ist doch die meiste Zeit auf See. Wann kommt er denn wieder?«

»In zwei Wochen.«

»Ich schreibe Ihnen eine Creme gegen Trockenheit auf.« Ella drehte sich zum Tisch, unterschrieb das Rezept und reichte es der Patientin. »Die müssen Sie regelmäßig anwenden. Dann wird das Wiedersehen noch mal so schön.« Sie grinste. Die Patientin verabschiedete sich lachend.

Ella schloss die Tür und ließ sich auf den Schreibtischstuhl fallen. Auf der anderen Straßenseite sah sie das Haus, in dem ihre ehemalige Praxis war. Als sie vor ein paar Jahren dort arbeitete, hatte sie noch mehr Probleme gehabt: mit dem Gesundheitsamt, der Kassenärztlichen Vereinigung, mit dem Anästhesisten Rainer Rüppel. Und finanzielle Sorgen. Damals war sie genauso verzweifelt gewesen. Aber wenigstens hatte sie eine Lösung gefunden.

Diesmal sah es schlecht aus. Im schlimmsten Fall gab es sogar Zeugen, die ihren Wagen in der Nacht auf der Straße gesehen hatten. Das Auto, das an ihrem blinkenden Benz vorbeigefahren war. Oder im Dorf, als sie mit dem verbeulten Wagen durch die

Straßen gefahren war. Niemand außer ihr fuhr in der Gegend einen hellblauen Mercedes.

Wie war der Mann so plötzlich vor ihr Auto geraten? Sie war zwar zu schnell gefahren, aber die Straße war übersichtlich und menschenleer gewesen. Vor und hinter ihr kein Fahrzeug. Als ob er auf sie gewartet hatte. Und sich dann auf die Fahrbahn gestürzt. Dann der Knall. Danach die Stille.

Vor ihrem inneren Auge sah sie das Gesicht des Toten. Als sie versucht hatte, ihn zu reanimieren, hatte sie nur auf seine bleiche Lippen- und Hautfarbe geachtet. Aber sie hatte den Mann schon einmal gesehen. Lebendig. Eher konventionell gekleidet. Ein schweigsamer Typ. Kurzer Bart, dunkle Locken, braune Augen, schlank. Wo hatte sie ihn getroffen?

Sie stand auf und stellte sich ans Fenster. Draußen fuhren die Autos im Schritttempo Kolonne. Passanten eilten unter Schirmen von einem Geschäft zum nächsten. Der Regen legte einen grauen Schleier über alles.

Dann fiel es ihr ein: der Freund von Susanne, der Frau am Atelierfenster auf der Portweinprobe am Tütort. Rainers Ex. Das war jetzt fünf Monate her. Ella erinnerte sich an den eher unscheinbaren Mann, der ein ähnlicher Typ wie Kevin gewesen war. Er hatte dem Kunsthändler die Hand gereicht.

Wieso war der mitten in der Nacht zu Fuß unterwegs gewesen? Wahrscheinlich hatte er zuvor die Leute aus der WG besucht. Sie musste herausfinden, was vorgestern Abend am Tütort passiert war. Möglichst bald. Aber zunächst war der Benz dran. Sie musste sich von ihm trennen, auch wenn es ihr schwerfiel. Und sie hatte schon eine Idee, wie.

12

Hauptkommissar Joost Tietjen grinste, als er seinen Handy-screen betrachtete. Sein Kollege Willi hatte ihm ein Foto von sich und seinem Bügelbrett vom Gipfel des Brockens geschickt. Er war passionierter »Rocky-Style-Bügler«. Es lag Schnee, und an der Ausrichtung seines Vollbarts erkannte man, dass es wohl auch recht stürmisch gewesen war. Willi war bei Raub/Erpressung. Zusammen mit Schmitti und Al Pacino aus Tietjens Abteilung trafen sie sich regelmäßig zum Ausdauertraining und um Ausflüge zu machen. Ihr Hobby war Extrembügeln, und Tietjen war froh, dass er auf seiner neuen Arbeitsstelle überraschenderweise sofort Gleichgesinnte getroffen hatte.

»Guten Morgen!« Staatsanwältin Karola Kattenhorn kam mit wehendem Mantel durch die Tür und warf ihre große Beuteltasche auf den Konferenztisch. »Tut mir leid, dass ich so spät komme. Die A 27 war wieder mal dicht. Und vor der Schule natürlich auch ein Stau.«

Tietjen, Vicky, Arndt, Schmitti und Al Pacino kannten das schon. Frau Kattenhorn kam immer zu spät. Meistens war eins ihrer drei Kinder schuld. Oder der Verkehr. Oder beides.

Sie ließ sich mit einem Seufzen auf den Stuhl fallen. »Okay, fangen wir an. Worum geht's?«

Tietjen saß ihr gegenüber. Er räusperte sich, war aber irritiert von einem Kakaofleck an der Knopfleiste ihrer weißen Bluse. »Wwwir ...« Er öffnete sein Notizbuch. »Es geht um den tödlichen Unfall mit Fahrerflucht auf der Kreisstraße 2 zwischen Sagehorn und Fischerhude, direkt hinter der Schaphuser Dorfstraße. Der Unfall ereignete sich in der Nacht zum neunzehnten Februar. Der Todeszeitpunkt war zwischen kurz nach Mitternacht und vier Uhr nachts.«

»Ist das das Ergebnis der forensischen Untersuchung?« Frau Kattenhorn nahm eine blonde Haarsträhne, die ihr im Gesicht hing, und klemmte sie sich hinter das Ohr.

»Ja. Das ausführliche Ergebnis der vorläufigen gerichtsmedizinischen Untersuchung …«

»Wieso ›vorläufig‹?«

»Petersen ist im Urlaub, *qué suertudo*.« Vicky seufzte. »Und die halbe Belegschaft der forensischen Medizin hat die Grippe. Der Einzige, den sie aus der rechtsmedizinischen Abteilung Hannover schicken konnten, war dieser *bobo*, Sebastian Huber.«

»Huber? Darf der denn schon alleine …?«

»Ja. Hat gerade seine Prüfung bestanden.« Huber war bisher immer als Assistent mit Petersen angereist. Bei den Obduktionen hatte er durch häufige, meist dämliche Fragen bei den anwesenden Beamten genervtes Augenrollen provoziert.

»Na gut. Wer war noch anwesend?« Die Haarsträhne hing wieder vor dem linken Auge. Frau Kattenhorn pustete sie zur Seite, während sie in ihrer großen Tasche wühlte. Sie fischte schließlich eine Rolle Pfefferminz heraus.

»Irgendein Chirurg aus Achim. Der war eingesprungen. Zum Unfallhergang.« Tietjen gab Polizeianwärter Arndt Köster ein Zeichen. Der ging zu einem Flipchart am Kopf des Tisches. Auf dem Papier war eine Straßenskizze des Unfallorts zu sehen. An der Wand dahinter hingen mehrere Fotos von dem Fundort der Leiche und eine Straßenkarte.

»Das Opfer ist der fünfunddreißigjährige Lennard Cordes, Medizintechniker aus Bremen. Ledig.« Die Spusi hatte die Geldbörse mit Führerschein unter einem Busch einige Meter entfernt vom Fundort der Leiche gefunden. Sie musste dem Mann auf dem Flug nach dem Aufprall aus der Tasche gefallen sein.

»Der Mann trat ungefähr fünfzehn Meter hinter der Straßenmündung der Schaphuser Dorfstraße auf die Fahrbahn.« Arndt zeichnete ein Strichmännchen an entsprechender Stelle in die Skizze. Tietjen sah, dass sein weißes Hemd Schweißflecken an den Achseln hatte. Mutti Köster hatte wahrscheinlich mehrmals die Woche Waschtag bei dem Hemdenverschleiß.

»Dort wurde er von einem Pkw erfasst, der vermutlich mit überhöhter Geschwindigkeit aus Richtung Sagehorn unterwegs war. Dies wurde anhand der Bremsspuren ermittelt.« Arndt sprach hastig und verschluckte die Endsilben. Mit zitternder Hand malte er das Auto dazu.

»Durch die Wucht des Aufpralls wurde das Opfer zunächst acht Meter weit geschleudert und prallte schließlich gegen den Ast einer Eiche, die unterhalb der Straße stand, und landete am Fuß der Böschung.«

Arndt malte weiter. Frau Kattenhorn gähnte. »Ich bin fast die ganze Nacht wach gewesen. Paulinchen hat Magen-Darm.« Sie flüsterte.

Vicky, die neben ihr saß, lächelte verständnisvoll und sagte: »Vielen Dank, Arndt. Das war sehr gut.«

Der junge Kollege bekam rote Ohren und ließ sich mit einem Seufzen auf den Stuhl neben Schmitti fallen. Tietjen hatte den Bericht der Sektion in der Hand.

»Der Obduzent hat diverse Prellungen und Schürfwunden festgestellt: an der linken Wange, am Brustkorb und im Bauchbereich, außerdem einen Oberarmbruch rechts, drei Rippenbrüche links, einen Unterschenkelbruch rechts und einen Beckenbruch. Dazu einen Berstungsbruch des Schädels in Längsrichtung.« Er blätterte weiter. »Und … innere Blutungen.«

»Und woran ist der Mann gestorben?« Die Staatsanwältin wühlte schon wieder in dem Beutel und legte ein Notebook auf den Tisch.

»Huber schreibt in seinem vorläufigen Bericht, dass die Todesursache vermutlich Atemstillstand durch das Schädeltrauma war. Er will sich aber nicht endgültig festlegen.«

»Was ist das für ein Blödsinn? Wieso kann er die Todesursache nicht angeben? Also«, das Gesicht der Staatsanwältin war gerötet, »ich will diesen Quacksalber hierhaben! So können wir nicht arbeiten.«

Tietjen zuckte mit den Schultern. »Ich weiß nicht, ob das geht. Normalerweise ist er jetzt im gerichtsmedizinischen Institut in Hannover.«

»Heute nicht.« Al Pacino, der eigentlich Kaselow hieß, war

aufgestanden und ging zur Tür. »Er schneidet in der Sektion gerade einen Drogentoten aus Langwedel auf. Ich gehe runter und frage, ob er kommen kann.« Seit er sich den Vollbart hatte wachsen lassen, sah er genauso aus wie sein Vorbild. Er grinste in Richtung Staatsanwältin. »Natürlich ganz freundlich. Wir haben eine Meinung, aber die behalten wir für uns.« Der letzte Satz klang wie eine Ansage.

Tietjen verdrehte die Augen. Al Pacino konnte es nicht lassen. Der verschwand hinter dem tannengrünen Türblatt, nur um noch einmal um die Ecke zu lugen. »Sagen Sie es Ihrem Hund, wenn's sein muss.«

»›Achtundachtzig Minuten‹!«, rief Schmitti triumphierend. Ein Punkt für ihn. Er hatte das Zitat dem richtigen Al-Pacino-Film zugeordnet. Zufrieden lehnte er sich zurück und strich sich durch die strähnigen Haare.

»Kaffeepause.« Karola Kattenhorn stand auf und verschwand auf dem Flur.

Vicky ging zum Fenster und zückte ihr Handy. Natürlich, um Jesús anzurufen. Tietjen hatte den Freund noch nie gesehen, war aber trotzdem genervt von dem Typen. Ein Trottel, der mit seinem Studium »Tropical Ecology« vorhatte, die Welt zu retten. Allerdings war er zu blöd, einfache Haushaltsverrichtungen selbstständig durchzuführen.

Zehn Minuten später kam Al Pacino mit einem bleichen Mann in grünem Hemd und grüner Hose zurück. Er war Anfang dreißig, schlank und wirkte aufgrund einer Hornbrille mit dicken Gläsern wie ein Junge, der wusste, dass die bösen Jungs ihn gleich verhauen würden. Er riss sich die Papiermütze vom Kopf, ließ sich auf einen freien Stuhl neben der Tür fallen und stöhnte. »Gibt es ein Problem?«

»Hallo, Herr Huber. Schön, dass Sie sich die Zeit nehmen, unserer Konferenz beizuwohnen.« Die Staatsanwältin war hinter Huber in den Raum getreten, eingehüllt in eine Kaffeeduftwolke. Tietjen entdeckte einen weiteren Fleck auf ihrer Bluse, diesmal in Höhe der linken Brust. Erneut knallte sie ihren großen Lederbeutel auf den Tisch und setzte sich.

»Eigentlich habe ich gar keine –«

»Wir besprechen gerade den Unfall mit Todesfolge in Oyten-Schaphusen vom neunzehnten Februar. Können Sie uns vielleicht bei der Rekonstruktion des Unfallhergangs behilflich sein?«

»Nun«, Huber räusperte sich, »auffallend ist, dass es keine typischen Frakturen wie bei einem Frontalzusammenstoß gab. Ich stelle mir vor« – Karola Kattenhorn verdrehte die Augen –, »dass das Opfer vielleicht schräg gestanden hat und leicht gebeugt. Oder es war ein Pkw mit hoher Stoßstange. Dies führte dann zu den Verletzungen im Hüftbereich sowie dem Beckenringbruch.« Er sah Tietjen unsicher an.

»Und weiter?«

»Dann ist er von dem Pkw hoch- und wegkatapultiert worden.«

»Und?« Frau Kattenhorn zeigte eine nachsichtige Freundlichkeit.

»Er flog Richtung Eiche«, Huber stand auf und zeigte auf eins der Tatortfotos, »wo er vermutlich mit diesem Ast kollidierte. Daher der Schädelbruch …«

»Hat die Spusi denn Proben von der Baumrinde gemacht?«

»Bisher nicht. Habe ich aber veranlasst.« Tietjen fürchtete, dass die Chancen, nach dem Dauerregen noch fündig zu werden, eher gering waren.

»Können Sie Angaben zur Fahrzeugfarbe machen? Da gibt es doch bestimmt Spuren.«

»Ich habe Lackspuren aus den Wunden im Hüftbereich zur Analyse gegeben.«

»Das Ergebnis liegt uns bereits vor.« Vicky scrollte auf ihrem Handy. »Das Auto ist nicht in der Originalfarbe lackiert. Neben geringen Spuren von Weiß sind vor allem hellblaue Farbpartikel gefunden worden.«

»Na, das ist doch ein brauchbarer Hinweis. So viele hellblaue Autos kann es in der Gegend nicht geben. Weiter, Huber.« Frau Kattenhorn trommelte ungeduldig mit der Pfefferminzrolle auf den Tisch.

»Beim Aufprall sind dann noch diverse Prellungen und Brüche im Bereich Unterschenkel, Oberarm und Rippen entstanden. Steht ja alles in meinem Bericht.«

»Leider steht in Ihrem Bericht nicht die eindeutige Todesursache.«

»Nun, es sind verschiedene Verletzungen an dem Opfer, die ich dem Unfallhergang nicht eindeutig zuordnen kann.«

»Das müssen Sie uns erklären. Schließlich können wir unsere Arbeit nur machen, wenn wir einen zuverlässigen ärztlichen Bericht vorliegen haben.« Frau Kattenhorn beendete die aufgesetzte Empathie. Ihr Tonfall passte jetzt eher zu einer Lehrerin, die die Faxen ihres Schülers satthatte.

»Nun.«

Tietjen stöhnte innerlich, versuchte aber, Huber mit einem Lächeln aufzumuntern.

Der Rechtsmediziner räusperte sich erneut. »Die typischen Symptome eines Schädel-Hirn-Traumas sind auch hier evident: Hirnschwellung, Subduralhämatom, mehrere Gefäßrupturen und eine ausgeprägte Ischämie und Hypoxie des Hirngewebes können letztendlich zur Atemdepression und zum anschließenden Tod geführt haben. Schockzeichen, die im Zusammenhang mit inneren Blutungen wie hier nach Beckenbruch typisch sind, habe ich nicht feststellen können.«

»Was heißt das auf Deutsch?« Vicky war wieder einmal schneller als Tietjen, der genauso wenig verstanden hatte.

»Vermutlich bekam das Gehirn durch Blutmangel zu wenig Sauerstoff. Daraufhin kam es zum Atemstillstand.«

»Also war das Schädeltrauma Todesursache.« Tietjen wollte endlich ein Ergebnis. Sie hatten noch eine Menge Arbeit vor sich. Schließlich hatten sie noch nicht über den flüchtigen Unfallverursacher gesprochen.

»Ja. Es gibt aber noch ein paar andere Befunde, die die Diagnose erschweren. Zum Beispiel ist der CO_2-Gehalt des Blutes sehr hoch. Das wäre eher bei einer Asphyxie, also einer Atembehinderung, zu erwarten. Außerdem gibt es ein frisches rundes Hämatom seitlich in Rippenhöhe, wie nach einem Faustschlag.«

»Sind Sie sicher?« Vicky sah den Arzt erstaunt an.

»Das habe ich nun schon so oft gesehen. Da gibt es keinen Zweifel. Das passt nicht zum Unfallhergang.«

Tietjen hatte genug gehört. Petersen musste die Befunde der Obduktion noch einmal kontrollieren. Die Zeit drängte. »Gut. Dann wollen wir Sie nicht weiter aufhalten. Vielen Dank.«

Als die grüne Tür leise hinter Huber ins Schloss fiel, stand Vicky auf. »Da muss doch vor Cordes' Tod etwas vorgefallen sein. Vielleicht hat er sich geprügelt.« Sie ging zur Straßenkarte an der Wand. »Arndt und ich haben ja –«

»Moment. Eins nach dem …« Die Staatsanwältin schob sich das dritte Pfefferminzbonbon in den Mund. »Welche Spuren haben wir von dem Fahrer und dem Auto?«

»Der Fahrer des Autos hat achtzig Meter hinter dem Fundort der Leiche gehalten. Wir konnten dort Reifenspuren der Marke Michelin Pilot Alpin sichern.« Tietjen holte sein Notizbuch hervor. »Neben dem Toten hat die KTU noch einen Fußabdruck der Größe neununddreißig ausgemacht. Es gibt Hinweise, dass der Fahrer oder die Fahrerin versucht hat, Cordes zu reanimieren. Diverse DNA-Spuren sind noch in der Auswertung.«

»Jetzt kommen Sie, Frau Müller-Esteban. Was hat der Mann dort mitten in der Nacht getrieben? Wo kam er her? Das ist doch ziemlich einsam dort, oder?«

Das war das Rätsel: Wieso war Lennard Cordes nachts mitten in der Pampa bei strömendem Regen zu Fuß unterwegs? Tietjen blickte geistesabwesend auf den Kalender der Raiffeisen-Bank, der als einziger Wandschmuck neben der Tür hing.

»Wir haben die Bewohner der Häuser im Umkreis befragt. Auf dem Weg zur Landstraße hat ihn niemand gesehen«, erklärte Arndt. Mit seiner Hilfe war die Befragung am Tag nach dem Unfall sehr schnell vonstattengegangen. Sonntags blieb man auf dem Land zu Hause. Die Bauern mussten sich um das Vieh kümmern. Die anderen waren mit Hausarbeit und Reparaturen beschäftigt. Das Ergebnis: Sie hatten alle geschlafen und nichts bemerkt.

»Es gibt da eine WG am Ende des Backsbergs.« Vicky zeigte
auf einen Fleck auf der Straßenkarte. »Das nennt sich dort Tütort. Die WG-Mitglieder sind zwei Künstler, eine Musikerin, ein
Banker und ein Geschäftsmann. Die haben Lennard Cordes am
Abend zuvor bewirtet. Es gab ein Essen mit Rote-Bete-Suppe
und Wildschwein.«

»Das hat Huber bestätigt.« Tietjen zitierte aus dem Obduk-
tionsbericht. »Mageninhalt: Reste von Wildschwein, Pilzen,
Roter Bete, Kartoffeln, Mango und Wein. Blutalkohol: null
Komma drei Promille.«

»Das Treffen fand anlässlich eines Bilderverkaufs statt. Cordes habe die WG kurz nach Mitternacht verlassen. Er habe sein
Auto stehen gelassen, weil er meinte, zu viel getrunken zu haben.«

»Ein Übervorsichtiger.« Frau Kattenhorn klang spöttisch.
»Und das Bild hat er mitgenommen?«

»Er hat es im Auto gelassen. Ein Landschaftsbild, etwas
surreal. Von dem Maler Max Husten. Mein Fall ist es nicht.«
Vicky schwärmte für bunte Bilder in den Farben der Karibik,
der Heimat ihrer Mutter. Sie hatte von ihrer letzten Kubareise
zwei Kunstdrucke der Liebesgöttin Ochún und der Meeres-
göttin Yamayá mitgebracht und das Büro damit »verschönert«.

»Also ich finde es –«

Frau Kattenhorn unterbrach Arndt. »Dann ist er also kurz
nach zwölf mitten in der Nacht Richtung Landstraße gegangen.
Und warum hat er sich kein Taxi bestellt?«

»Angeblich waren die Taxis aus Oyten und Ottersberg gerade
unterwegs, und er hätte noch eine Stunde warten müssen. Da
hätte er lieber zu Fuß entlang der Wümme Richtung Bahnhof
Sagehorn gehen wollen.« Vicky sah die Kollegen mit gesenk-
tem Kopf an und hob die Augenbrauen. »Sagen die Bewohner
der WG. Ob das wirklich so war, wissen wir nicht. Immerhin
gibt es Hinweise, dass Lennard Cordes kurz vor seinem Tod
geschlagen wurde. Vielleicht gab es einen Streit an dem Abend.
Und er musste wegrennen.«

»Der Bahnhof ist drei Kilometer entfernt.« Das kam von

Schmitti, der die Zugverbindungen geprüft hatte. »Um zehn vor eins fährt noch ein Zug Richtung Bremen.«

»Wenn er um Mitternacht den Tütort verlassen hat, wann ist er dann am Unfallort angekommen?«

»Der Unfall müsste sich zwischen null Uhr zwanzig und null Uhr vierzig ereignet haben. Wenn er zwischendurch keine Pause gemacht hat.« Tietjen stand auf, ging zum Flipchart und schrieb den Zeitpunkt neben das Strichmännchen am Fuß der Straßenböschung.

»Was ich nicht verstehe«, er dachte an die Landstraße und die unübersichtliche Kurve, in der der Unfall passiert war, »warum ist er nicht auf dem Fußgängerweg auf der anderen Straßenseite gelaufen? Der Weg entlang des Wümmearms mündet rund dreihundert Meter von der Unfallstelle entfernt. Da hätte er ohne Risiko die Straße überqueren können.«

»Herr Tietjen, wir müssen zum Ende kommen. Ich habe gleich eine Verhandlung.« Die Staatsanwältin räumte ihre Sachen vom Tisch in ihre Tasche.

»Wir sollten einen Zeugenaufruf in den regionalen Zeitungen und im Radio veröffentlichen. Vielleicht hat jemand ein parkendes hellblaues Auto kurz nach dem Unfall am Straßenrand gesehen.« Tietjen nickte Schmitti zu. »Die Autowerkstätten inklusive Schrauber der Gegend müssen nach einem hellblauen Unfallauto befragt werden.«

Vicky hob den Finger, während Arndt die Anweisungen von Tietjen protokollierte. »Wir müssen von der Kfz-Meldestelle eine Liste aller hellblauen Autos aus den Kreisen Verden, Rotenburg, Osterholz und Bremen bekommen. Machst du das?«

Al Pacino nickte.

Vicky stand gleichzeitig mit Frau Kattenhorn auf. »Und wir sollten die WG-Mitglieder noch einmal befragen. An dem Abend fand offenbar mehr als ein gemütliches Essen am Tütort statt.«

1918

Mit klopfendem Herzen stieg Meta die breite Steintreppe der Villa in der Schwachhauser Heerstraße hinauf. Das Gesindebuch hielt sie mit schweißnassen Händen wie einen Schutzschild vor ihrer Brust. Sie hatte ihr schwarzes Kleid noch einmal gestärkt und gebügelt. Die dunkelblonden Haare saßen adrett zu einem Knoten gesteckt.

Der Herr Studienrat hatte ihr die Adresse auf einen Zettel geschrieben, und seine liebe Frau hatte ihr den Weg von der Scharnhorststraße bis zu diesem Haus beschrieben. Sie vermisste sie schon jetzt, obwohl sie erst in zwei Wochen nach Berlin ziehen würden. Den ganzen Tag hatte Meta zusammen mit Friederike, der Köchin, Porzellan in Papier gewickelt, Bilder von den Wänden genommen und in Decken gehüllt, Koffer gepackt und Bücher in Kisten gestapelt. Zwischendurch hatte sie immer wieder ihre Tränen getrocknet. Nun ging der schönste Abschnitt ihres Lebens zu Ende.

Sechs Jahre hatte sie bei der Lehrerfamilie mit ihren drei Kindern in Schwachhausen als Zweitmädchen gelebt und gearbeitet. Sie hatte zum ersten Mal ein eigenes Zimmer gehabt. Es gab einmal in der Woche Fleisch zu essen. Und sie hatte die große Stadt kennengelernt. Die Dienstherrin hatte sie immer freundlich behandelt, und Friederike war ihre mütterliche Freundin geworden.

Jetzt musste sie sich nach einer neuen Stelle umsehen, denn Mutter und Vater brauchten das Geld, das sie ihnen bis auf ein paar Mark jeden Monat gab.

Sie drückte den glänzenden Messingknopf neben der Tür. Nach einigen Minuten öffnete sich die Tür.

»Ah, du musst das neue Dienstmädchen sein.« Eine schwarz gekleidete Frau mit einem grauhaarigen Knoten sah sie mit strengem Blick an. »Du hast die falsche Tür benutzt. Der Dienstboteneingang ist an der Seite.«

Meta räusperte sich. Sie hatte Angst, dass ihr die Worte im Hals stecken blieben. »Entschuldigung.«

Die Frau trat zur Seite und bedeutete ihr einzutreten. »Wie heißt du?«

»Meta Burmann.« *Sie standen in einer Empfangshalle mit einer geschwungenen Treppe und einem Kristalllüster, der an einer langen Kette von der hohen Decke hing.*

»Wie lange hast du schon als Dienstmädchen gearbeitet?«

»Sechs Jahre lang. Seit meinem vierzehnten Lebensjahr.«

»Kannst du waschen und bügeln? Servieren? Feuer machen? Nähen?«

Nach jeder Frage nickte Meta. Sie hatte bei der Lehrerfamilie viel gelernt. Sogar Kochen hatte ihr Friederike beigebracht, sodass sie das eine oder andere Gericht zubereiten konnte, wenn die Köchin ihren freien Tag hatte.

Die Frau nahm das Gesindebuch aus Metas Händen und studierte es. Was sie las, schien ihr zu gefallen. In schwungvollen Lettern hatte die Dienstherrin sich über Metas Fleiß und ihr stets sittsames und treues Verhalten geäußert. Ein großer Stempel der Polizei besiegelte die Beurteilung.

»Frau Lambert hat dir ein gutes Zeugnis ausgestellt.« *Sie klappte das Buch zu.* »Ich denke, wir werden es mit dir versuchen. Wenn die gnädige Frau einverstanden ist. Mein Name ist Frau Müller. Warte hier.« *Sie drehte sich um, klopfte an eine Doppeltür auf der rechten Seite, trat ein und schloss die Tür hinter sich.*

Meta hörte gedämpfte Stimmen. Der Geruch eines großen Lilienbouquets auf einer gedrehten Blumensäule raubte ihr den Atem. Sie machte einige Schritte zur Seite und betrachtete die Ölgemälde, die den Treppenaufgang säumten. Es waren ein paar Porträts, aber auch Stillleben und ein abstraktes Bild in Erdfarben. Ihre neuen Dienstherren interessierten sich wohl für Kunst. Meta hielt das für ein gutes Omen. Seit der Begegnung mit Frau Modersohn waren Bilder ihre Passion. Sie war auch schon in der Bremer Kunsthalle gewesen. Die Tür öffnete sich wieder, und Frau Müller winkte sie in den Salon.

»Guten Tag.« *Auf einem der grünen Polstersessel saß eine schlanke blonde Frau in den Dreißigern in einem grauen Kostüm. Sie stellte mit leisem Klirren eine chinesische Teetasse auf den Tisch.*

Meta machte einen Knicks.

»Meta Burmann heißt du? Wahrscheinlich vom Land, oder?«

»Aus Worpswede.«

»Der Heimat von Heinrich Vogeler! Eine schöne Gegend. Frau Müller, wir haben doch letzten Sommer einmal ein Picknick dort gemacht. Auf dem Weyerberg.«

»Sehr wohl, gnädige Frau.«

»Wirklich ein zauberhafter Ort. Welch ein Glück, in so einer schönen Umgebung aufgewachsen zu sein.« *Sie sah Meta prüfend an.* »Für ein Mädchen vom Lande bist du aber recht blass und mager.«

»Ich bin ja schon ein paar Jahre in Bremen.« *Meta flüsterte beinahe. Die gnädige Frau machte ihr Angst.*

Die betrachtete sie eine Weile prüfend. »Gut. Frau Müller wird dir das Haus zeigen und dich in deine Arbeit einweisen. Dein Zimmer teilst du dir mit Rosa, dem Zweitmädchen. Dein Gehalt beträgt sechs Mark die Woche, dafür bekommst du hier Essen und freies Wohnen. Wann reisen die Lamberts ab?«

»Am Freitag in zwei Wochen.«

»Dann ist Freitag dein erster Arbeitstag.« *Sie nickte Frau Müller zu, was wohl das Zeichen dafür war, dass das Gespräch beendet war.*

Frau Müller schob sie mit sanftem Druck aus dem Raum. Sie führte sie durch die Räume im Erdgeschoss, das Esszimmer und den Empfangsraum. Die Bibliothekstür öffnete sie nur einen Spalt, damit Meta hineinsehen konnte. »Diesen Raum betrittst du nur auf ausdrückliche Anweisung. Der gnädige Herr wünscht nicht, dass das Personal sich hier ohne Aufsicht aufhält.«

Sie gingen weiter in den ersten Stock, wo sich die Schlafzimmer der Herrschaft, Kinderzimmer, Familienbäder und der Wäscheraum befanden. »Die Kinder heißen Ferdinand und

Gudrun. Ferdinand ist siebzehn und macht im nächsten Jahr Matura. Hier ist sein Zimmer.«

Die Abendsonne schien durch zwei hohe Fenster mit schweren braunen Vorhängen und ließ die Wände leuchten. Ein großer Schreibtisch, bedeckt mit offenen Büchern und beschriebenem Papier, stand vor einem der Fenster, an der linken Seite ein mächtiger Kleiderschrank und gegenüber das Bett. Und dort hing, rot schimmernd, »ihr Bild«. Meta starrte atemlos auf das Porträt, das Paula Modersohn vor dreizehn Jahren von ihr gemacht hatte. Wie ernst sie damals gewesen war. Und wie schön.

»Sieht aus, als ob das ein Kind gemalt hat, nicht? Hat Herr Pauli Ferdinand zur Kommunion geschenkt. Die Hofreiters sind katholisch.«

»Herr Pauli, der Museumsdirektor?«

»Genau, der Leiter der Kunsthalle. Na ja«, Frau Müller drehte sich und verließ den Raum, »über Geschmack lässt sich bekanntlich nicht streiten. Es gibt hier viele Bilder. Und weitaus schönere, wie du noch sehen wirst.«

Den Rest des Hauses, die kleinen Gesindekammern unter dem Dach, die Küche, Vorrats- und Wäschekeller im Souterrain, nahm Meta nur noch wie im Traum wahr. Selbst die Begrüßung ihrer neuen Kollegen, der Köchin Grete, Rosas und des Gärtners und Chauffeurs Fritz, erlebte sie wie in Trance. Sie hatte das Gefühl, dass der Geist von Paula Modersohn sie umgab und willkommen hieß. Das Bild war wie eine Botschaft aus der Vergangenheit.

Sie war wie benommen, als sich die Tür hinter ihr schloss und sie in der frischen Abendluft auf der Auffahrt vor dem Haus stand. Hinter den Eichen schimmerte das Laternenlicht der Schwachhauser Heerstraße. Dies war ihre neue Heimat. Sie lächelte.

13

Max stöhnte. Er wälzte sich hin und her. Als ob er dadurch dem Druck entkommen könnte. Schließlich machte er die Augen auf. Zitternd setzte er sich auf. Nur langsam begriff er, dass er schlecht geträumt hatte. Und dass die Realität viel schlimmer war. Sein Puls raste. Er sprang auf und lief in Unterhose zu Zoe, die morgens immer als Erste wach war.

»Hi, kann ich reinkommen?« Ihre Tür war nur angelehnt.

»Klar. Mann, du siehst echt schlecht aus.« Zoe war noch im Bett. Sie trug ein Achselshirt und stützte sich auf den rechten Arm, der mit blauen ornamentalen Tattoos bedeckt war.

Max schlüpfte unter ihre Bettdecke. »Ich habe wieder schlecht geträumt.« Er legte seinen Kopf an ihre magere Brust. Obwohl sie kleiner war als er, fühlte er sich seltsam geborgen, als sie ihren linken Arm um ihn schlang und seinen Rücken tätschelte. »Seit Sonntag geht das so.«

»Echt krass, dass Lennard tot ist.«

Max stieß einen klagenden Seufzer aus. Der krampfende Schmerz in seiner Brust nahm ihm die Luft. Er versuchte, seine Atmung zu kontrollieren. So lagen sie eine Weile. Durch das Fenster fiel graues Winterlicht. Zweige kratzten im Rhythmus des Windes an der Scheibe. Max konnte das kräftige Schlagen von Zoes Herz hören. Aus der Küche kamen Stimmen. Irgendjemand war zu Besuch.

Es klopfte zweimal an der Tür. Dann stand Marianne im Raum. »Ihr müsst euch anziehen und zu uns kommen. Die Polizei ist wieder da.«

»Sag, ich bin nicht da.« Max flüsterte. Er wollte mit niemandem sprechen. Schon gar nicht mit der Polizei.

»Zu spät. John ist schon bei ihnen. Wir haben gesagt, dass ihr noch schlaft. Sie wollten, dass wir euch wecken.«

Fluchend lief Max in sein Zimmer, schlüpfte in T-Shirt und Jeans und betrat zusammen mit Zoe die Küche. »Moin.«

»Guten Tag. Tut mir leid, dass wir noch einmal stören müssen.« Das kam von der kleinen, runden Polizistin, Kommissarin Müller-Esteban. Sie trug elegante goldene Ohrringe und schwarze halbhohe Pumps. Sie wirkte exotisch. Wahrscheinlich wegen ihrer dunklen Locken. Und weil sie unter dem Jackett aus schwarzem Leder eine fluoreszierende Bluse in Pink und Lila trug.

Neben ihr saß ein junger Kollege, ebenfalls in schwarzer Lederjacke. Die ließ ihn noch blasser und schmaler wirken. Er hatte Akne und rote Ohren. Es waren dieselben Beamten wie vor drei Tagen.

»Wir haben Ihnen doch schon alles gesagt.« Max hatte keine Lust, höflich zu sein. Er nahm einen Becher aus der Anrichte und schenkte Kaffee ein. Dann setzte er sich neben den Ofen auf die Bank. Er sehnte sich nach einem Joint.

»Könnte es sein, dass Sie etwas vergessen haben?« Die Beamtin lächelte ihn freundlich an.

»Nein. Ich bin zwar schlecht drauf, aber nicht senil.«

»Nun, etwas ist an dem Abend noch passiert.« Die Stimme der Polizistin klang schärfer. »Ihr Freund wurde geschlagen. Er muss ziemliche Schmerzen gehabt haben. Und wenn er Ihnen nicht davon erzählt hat, als er bei Ihnen war …«

»Was?« John sah die Bullen an, als ob sie ihm den Tod seiner Oma mitgeteilt hätten. Max war ihm dankbar, dass er die Aufmerksamkeit auf sich lenkte. Er konnte viel besser den Unschuldigen spielen.

»… dann«, der Jungbulle zog das Wort dramatisch in die Länge, »kann er sich die Verletzung nur bei Ihnen zugezogen haben.«

»Das kann nicht sein.« John klang entrüstet. »Er kann genauso gut auf dem Weg zur Landstraße überfallen worden sein.«

»Wer soll in dieser Einöde mitten in der Nacht einen Überfall begehen? Bei dem Wetter. Und warum?«

»So einsam ist es bei uns nicht.« Marianne sprach mit ruhiger Stimme, als ob sie die Gemüter besänftigen wollte. »Die Leute aus dem Dorf sind auch nachts noch unterwegs. Wir haben hier einige Kneipen. Oben am Backsberg sind oft Feste. Da trifft man durchaus nach Mitternacht noch den einen oder anderen Betrunkenen in den Wiesen.«

»An dem Abend war da nichts los. Das haben wir recherchiert.« Der pickelige Polizist sah triumphierend in die Runde.

»*No importa.* Sie bleiben also dabei: Nach dem Essen hat Herr Cordes das Bild in Empfang genommen und ist gegangen?«

»Ja.« John trug einen ausgeblichenen Baumwollschal um den Hals. »Er ist kurz nach Mitternacht aus der Haustür raus, hat das Gemälde ins Auto gelegt und ist zu Fuß am Ufer des Flusses Richtung Landstraße gegangen.«

»Was kostet so ein Werk? Hat er gleich bezahlt?« Müller-Esteban wandte sich wieder an Max.

»Äh …«

»Die Preise hängen von der Größe des Bildes ab. Wir hatten uns auf sechshundert Euro geeinigt. Es wurde vereinbart, dass er uns das Geld überweist.« John rettete ihn.

»Kann Herr Husten nicht selber reden?«

»Den geschäftlichen Teil des Kunsthandels übernehme immer ich.«

»Und Sie«, die Kommissarin sprach Zoe an, die die ganze Zeit in ihren Kaffeebecher gestarrt hatte, »Sie können den Ablauf des Abends auch so bestätigen?«

Erschrocken sah Zoe auf. »Ja.«

»Die Männer sind zusammen ins Atelier gegangen. Zoe und ich haben noch das restliche Geschirr in die Maschine gestellt. Als wir ins Bett gingen, war Lennard schon weg.« Marianne nahm Max und John die leeren Becher weg, als ob sie die Besprechung jetzt beenden wollte.

Die Kommissarin schien das nicht zu bemerken. »Und die anderen WG-Mitglieder? Haben Sie gesehen, dass die dann auch alle ins Bett gegangen sind?«

»Ich nehme es an. Ich gehe doch nicht von Zimmer zu Zimmer und kontrolliere jeden!«

»Und es gab keinen Streit zwischen den Männern? Keine Schlägerei?«

»Sicher nicht!« Marianne war aufgestanden. »Fragen Sie doch Isabelle Mathieu, wenn Sie uns nicht glauben. Die war auch da.«

Die Polizistin stand ebenfalls auf. »Das werden wir. Auch Ihren Mitbewohner Kevin Brauer. Wo ist der jetzt?«

»Bei der Arbeit, in der Bank. Irgendjemand muss ja die Miete verdienen.« John lachte trocken. Max wusste, dass er froh war, die Beamten verabschieden zu können.

»*Bueno*. Richten Sie Herrn Brauer bitte aus, er möge morgen um acht Uhr in die Polizeiinspektion nach Verden kommen.« Sie legte ihre Visitenkarte auf den Küchentisch und gab ihrem Begleiter mit dem Kopf ein Zeichen mitzukommen.

»Er soll uns seine Version von dem Abend schildern. Auf Wiedersehen.« Sie ging mit dem Kollegen im Schlepptau in den Flur. »Eine Sache noch: Kennen Sie jemanden aus der Gegend, der ein hellblaues Auto fährt?«

Die Freunde sahen sich ratlos an. Sie standen wie ein Rudel zusammengedrängt zwischen Ofen und Küchenzeile.

»Ich kenne jemanden.« Zoe hatte beide Arme um ihre Schultern geschlungen. Sie sah unsicher an den WG-Mitgliedern vorbei auf die Polizisten. »Meine Bandfreundin bei den True Heart Suzies. Sie spielt Trompete. Sie hat einen hellblauen Mercedes. Ella Carbonne.«

14

Es war schon dunkel, obwohl es erst kurz nach sechs war. Ella hatte sich für Mittwochabend entschieden. Es musste schnell gehen. Aber sie wollte auch noch genug Zeit für den Abschied haben. Ein letztes Mal lenkte sie ihn durch die Straßen am Bremer Stadtrand. Danach würde sie ihren geliebten himmelblauen Benz nie wieder fahren.

Am Montag hatte sie den Mercedes ab- und ihren Neuen angemeldet: einen charakterlosen Renault Megane, den sie aus zweiter Hand bei einem Händler in Bremen gekauft hatte.

Immer wieder lief der Unfall in einer Endlosschleife in ihren Gedanken ab. Was hatte der Typ dort gemacht? Es war kurz vor halb vier Uhr morgens gewesen, kalt und regnerisch. Eine Zeit, zu der selbst eifrige Partygänger sich nicht auf einer Landstraße inmitten von Wiesen aufhalten würden. In der Nähe gab es nur Bauernhöfe, keine Disco oder Kneipe mit Tanzabend. Er musste von der Tütort-WG gekommen sein. Was hatte er dort gemacht? Wieso hatte er kein Auto? Oder warum war er nicht über Nacht dortgeblieben? Sie musste sich mit Zoe verabreden. Die musste ihr erzählen, was Susannes Freund mit den WG-Bewohnern zu tun gehabt hatte.

Susanne. Bis letzten September hatte Ella Rainers einstige Geliebte seit dem denkwürdigen Zwischenfall mit den asiatischen Prothesenhändlern nicht mehr getroffen. Zum Glück. Sie wollte nicht an die Zeit erinnert werden. Sie hatte sich mit den Jahren eingeredet, dass sie sich damals richtig verhalten hatte. Dass sie keine Wahl gehabt hatte. Dass sie immer wieder so handeln würde. Und dass in ihrem jetzigen Leben alles so war, wie sie es sich damals erträumt hatte. Bis auf die Alpträume. Seit sie Susanne bei der Portweinprobe am Tütort wiedergesehen hatte, kamen sie häufiger.

Es hatte zu regnen angefangen. Windböen drückten das Auto zur Seite. Sie war bei der Uni auf die Autobahn gefahren. Der

Lichtkegel beleuchtete den Asphalt der A 27. Wie vor vier Tagen die Straße nach Fischerhude. Kurz blitzte das bleiche Gesicht des Toten auf, der in die Luft geschleudert wurde.

Warum war Susanne wieder in ihr Leben zurückgekehrt? Warum war Rainers Ex ausgerechnet die Freundin des Unfallopfers? Damals hatten sie einen Handel ausgemacht. Dass sie sich gegenseitig in Ruhe lassen würden. Jetzt war sie wieder da. Wie ein lästiger Fussel, der einem immer wieder am Ärmel klebte. Für sie, Ella, war diese Frau eine Strafe. Ein schlechtes Karma. Das würde ihre Freundin Irmtraut wenigstens sagen.

Ella nahm die Ausfahrt Richtung Industriehäfen. Sie überholte einen Zwanzigtonner-Lkw, der ihr mit seiner Gischt kurz die Sicht nahm. Dann bog sie rechts ab ins Hafengebiet. Kopfsteinpflaster ließ den alten Benz rumpeln. Im fahlen Schein einzelner Laternen erkannte sie einstöckige Backsteingebäude mit kleinen blinden Fenstern und Türen aus Eisen. Schienen kreuzten die Straße, endeten unter einer Asphaltdecke. Mächtige Lagerhallen tauchten neben ihr auf, zwei Silos leuchteten in hellem Beton. Neben der Straße verliefen in dieser Steinwüste Eisenbahnschienen durch einen befremdlich wirkenden Grünstreifen. Kein Mensch war zu sehen. Unheimlich. Und ideal für das, was gleich passieren würde.

Hinter einem roten Schornstein erschien ein kleines verputztes Backsteinhaus mit weißem Giebel. Die fensterlose Wand war mit Graffiti besprüht. Ella konnte im Scheinwerferlicht die Buchstaben entziffern: BÖSEZ. Ein Omen. Sie holte tief Luft.

Sie fuhr einen großen Bogen, die Schrift im Visier. Dann kniff sie die Augen zusammen und hielt die Luft an. Mit ohrenbetäubendem Krachen und Knirschen landete sie schräg an der Hauswand. Glas splitterte, ihr Körper wurde nach vorn geschleudert und schmerzhaft von dem Gurt gebremst. Sie stieß mit dem Kopf gegen das Lenkrad.

Atemlos starrte sie auf die hell erleuchtete Wand. Sie rieb sich stöhnend die Stirn. Der Motor brummte. Regen rann über die Windschutzscheibe und wurde unermüdlich von den winkenden Wischblättern zur Seite geschoben.

Ella löste den Gurt und stieg aus. Der linke Scheinwerfer leuchtete noch. Dafür war der rechte erloschen, eingedrückt in eine zerbeulte Kühlerfront. Traurig strich sie über die nasse Karosserie. Sie hatte ihren geliebten Benz verletzt.

Nun musste sie es noch nach Fischerhude schaffen, ohne angehalten zu werden. Matjes erwartete sie schon. Sie hatte ihn schon am Sonntag angerufen und gesagt, dass sie einen Unfall gehabt habe. Am Freitag, in Hamburg. Hoffentlich wurde er nicht misstrauisch. Und schaffte es, den Wagen vor Auftauchen der Polizei zu reparieren.

15

»Oh Mann, geht's mir schlecht.« Max ließ sich stöhnend auf den Diwan neben John fallen. Er legte sich auf den Rücken und stopfte eins der Kissen unter seinen Kopf. Er hatte das Gefühl, seit vier Tagen nicht geschlafen zu haben. Tagelang saß er in seinem Atelier und starrte durch das Fenster auf die Wiesen. Immer wieder durchlebte er den Streit mit Lennard am Abend nach dem Essen. Er hätte nicht gedacht, dass der introvertierte Freund von Kevin so ausrasten würde. Lennard hatte immer so kontrolliert gewirkt.

John hatte seine Beine angewinkelt und saß in der anderen Ecke des Diwans. Er balancierte einen Laptop auf seinen Knien und surfte im Internet. »Das ist unglaublich! Hier versteigert einer drei Bilder aus der Biedermeierzeit für achtzig Euro. So billig bekomme ich die nicht mal auf dem Flohmarkt.«

Max sah ihn aus geröteten Augen an. »Dass du dich jetzt mit solchen Dingen beschäftigen kannst.«

John schaute ihn an. »Na ja. Das Leben geht weiter.« Er massierte sein Doppelkinn und blickte wieder auf den Computer. »Außerdem«, er zögerte, »auch wenn er tot ist: Ich mochte Lennard nicht besonders. So 'n analer Typ. Verklemmt und aggressiv. Eine ungute Kombi.« Er hob wieder den Blick. »Du siehst übrigens fertig aus.«

»Ich brauche neuen Stoff.« Ohne Dope würde es ihm noch schlechter gehen. Morgens kam er nicht aus dem Bett. Sein Magen drückte, als ob er Steine gegessen hätte. Die Haut brannte, die Zunge fühlte sich an wie Papierklumpen.

John legte den Laptop neben sich auf das Polster und kreuzte die Beine. »Mensch, Max. So kann das nicht mehr weitergehen. Du machst dich kaputt. Auch wenn ich gerne an dir verdiene: Deine ganze Kohle geht für Drogen drauf. Dafür hast du doch nicht gemalt. Das ist Verschwendung.«

»Ist mir egal.« Alles war egal. Seine Kunst interessierte niemanden. Mit seinen Sorgen war er allein. Es konnte ihm niemand helfen. Er war niemandem wichtig. Selbst Isabelle war nur eine Episode in seinem verkorksten Leben.

»Aber uns ist es nicht egal. Wir sind doch beste Freunde. Gerade jetzt müssen wir zusammenhalten.«

Alles Floskeln, leere Worte. Sie würden ihm bei seinen Problemen nicht helfen können. Die Freunde hatten ihre eigenen Pläne, auch wenn sie sich gut verstanden. Sie würden den Weg nicht gemeinsam zu Ende gehen. Am Schluss war man immer einsam.

Die Tür vom MAMU ging auf. Marianne schob sich mit Zoe im Schlepptau hindurch. Sie hatten beide Kaffeebecher in den Händen. »Habt ihr noch Platz?«

»Klar.« John drehte sich, sodass sie neben ihm sitzen konnte. Zoe krabbelte hinterher und legte sich neben Max, der schwerfällig zur Seite rückte. »Max hängt durch. Wir müssen ihn aufbauen.«

»Was ist los?« Marianne legte Max eine Hand aufs Bein. »Ist es wegen Lennard?«

»Mensch, Alter. Nimm dir das nicht so zu Herzen.« Zoe kraulte seinen Kopf. »Der Typ war nicht unser Freund.«

Max verstand, was sie sagen wollte. Lennard kam aus einer anderen Welt, mit der die Freunde nichts zu tun haben wollten. Sie waren anders. Nicht so wie die vielen Bekannten, die sie ab und zu besuchten. Ihre Wohngemeinschaft war wie eine Familie. Und der alte Hof am Südarm der Wümme war ihr Zuhause. Hier folgten sie einem eigenen Rhythmus, der vom Glauben an ihre Freundschaft, Loyalität und Harmonie untereinander bestimmt war. Geld oder das Streben nach Einfluss war nicht wichtig. Menschen, die sich den Zwängen der regelmäßigen Arbeit unterwarfen und den Verlockungen des Konsums ergaben, verachteten die Freunde insgeheim.

Das galt auch für Kevin, der als Einziger eine andere Philosophie hatte: »Man muss die Leute mit ihren eigenen Waffen schlagen.« Damit verteidigte er seinen Job bei der Bank. Er wollte die Gier der Menschen bestrafen. Und die kriminellen

Methoden der Finanzwelt nicht nur ignorieren. Er kämpfte einen geheimen Kampf, indem er einfachen Sparern zu mehr Geld verhalf und den einen oder anderen vermögenden Anleger falsch beriet.

Max wünschte, er könnte die Zeit zurückdrehen. Als ihre Gemeinschaft noch unangreifbar war. Als Lennard für sie nicht existierte. Er schloss die Augen und atmete zitternd ein. Tränen sammelten sich unter seinen Lidern.

»Ach, Max.« Zoe schloss ihn in ihre Arme. So blieben alle vier schweigend beieinander. John umarmte Marianne.

Max' Tränen flossen weiter. Er war erschöpft, ausgelaugt. Am liebsten würde er für immer so mit seinen Freunden auf dem Diwan liegen bleiben. Ab und zu hörte er Mariannes Schlucke aus dem Becher. Der Wind rüttelte an den großen Fenstern, Zweige klopften gegen das Haus. Nach einer langen Weile setzte er sich auf und wischte sich mit dem Ärmel über die Augen. Im Raum war es dunkel geworden.

Marianne beugte sich vor und zündete eine Kerze auf dem Tisch an. »Er war ein merkwürdiger Mensch. Nicht im Reinen mit sich selbst. Aber natürlich ist es traurig, dass er verunglückt ist. Du musst dich deiner Trauer nicht schämen.«

Max stöhnte.

»Wir sollten auf die Beerdigung gehen. Das wird uns allen den Abschied von Lennard erleichtern. Und dann«, sie sah Max aufmunternd an, »kannst du wieder neu anfangen. Du hast doch noch so viele Bilder in dir. Die musst du rauslassen.«

»Ich kann nicht mehr malen.« Max' Stimme war ein Flüstern.

»So ein Quatsch. Du bist Maler. Du wirst doch kein anderer Mensch, nur weil du eine Krise hast.« Zoe klang ungeduldig.

»Hör mit dem Dope auf.« John sprach mit Nachdruck. »Wir helfen dir. Du wirst sehen, es geht dir bald besser.« Er stand auf. »Und die Sache mit der Polizei«, er fixierte Max, als ob er ihn hypnotisieren wollte, »das ist erledigt. Die suchen einen hellblauen Pkw. Der hat Lennard überfahren. Das ist traurig. Aber wir können nichts daran ändern.«

Max wich seinem Blick aus und schüttelte den Kopf.

»Lennard hat vorher bei uns gegessen. Wir haben Wein getrunken und eine schöne Zeit gehabt. Dann ist er gegangen. Wir haben nichts weiter mit ihm zu tun«, bekräftigte John noch einmal.

»Vergiss den Typen. Solange wir uns haben, werden wir jeden Schlamassel überstehen.« Zoe löste die Umarmung und gab Max einen sanften Knuff mit der Faust.

»Und jetzt, meine Lieben, wird getanzt!« John lief zur Musikanlage und nahm eine CD von einem Stapel. »Frisch eingetroffen aus Paris!« Er legte die Scheibe ein, drehte den Regler auf laut und zog Marianne vom Diwan. John stellte sich steif in den Raum, über ihm die ausladenden Brüste von Brünhilde, einer von Mariannes Skulpturen. Er legte die Rechte auf Mariannes Rücken und ergriff mit der Linken ihre Hand.

Im Rhythmus des Tangos von Gotan Project verschlangen sich ihre Glieder. Ihre Körper bewegten sich in perfekter Harmonie. Mit eleganten wiegenden Schritten umkreisten sie die Steinfigur. Ihre lang gezogenen Schatten verfolgten sie, wanderten über die Skulpturen wie schützende Geister aus einem fernen Land. Die Melodie des Akkordeons in Moll und die melancholische Sprache des Sängers wirkten wie ein geheimer Zauber.

Zoe und Max saßen nun wie auf einer Zuschauertribüne auf dem Diwan. Zoe lächelte, Max starrte mit leerem Blick in den Raum. Sie bemerkten Kevin, der sich leise durch den Türspalt geschlängelt hatte, erst, als er sich mit Schwung neben sie auf das Polster fallen ließ. Er hatte sein Sakko abgelegt. In tailliertem Hemd und grauer Bügelfaltenhose sah er aus wie Alain Delon zu Gast bei Eingeborenen.

John und Marianne machten eine letzte Drehung und setzten sich auf die fellbespannten afrikanischen Sessel, die gegenüber vom Diwan standen.

»Warst du in Verden? Wie ist es gelaufen bei den Bullen?« John goss sich einen Portwein in ein fleckiges Glas auf dem Tisch.

»Nervig. Ich musste stundenlang warten, bis ich drankam. Dann habe ich ihnen das Gleiche erzählt wie ihr.« Kevin grinste. »Wahrscheinlich waren sie enttäuscht.«

»Ich verstehe nicht, was die von uns wollen.« Marianne war ins Schwitzen gekommen und tupfte sich mit ihrem Seidenschal die Stirn ab. »Der Unfall hat doch nichts mit dem Treffen bei uns zu tun.«

»Hast du sonst noch etwas Schönes erlebt? Wie war's in der Bank?« John wechselte das Thema.

»Ich habe Susanne getroffen. Beim Fitness.«

»Susanne …?« Marianne kannte jeden im Dorf.

Max fielen gleich drei Frauen mit demselben Namen ein.

»Die Freundin von Lennard. Sie war ziemlich traurig.«

»Klar.«

»Ich habe mich ein bisschen mit ihr unterhalten. Sie will uns nachher besuchen.«

»Nein! Was soll das denn?« Max' Stimme hallte durch den Raum.

Kevin sah ihn ernst an. »Weil Lennard die Stunden vor seinem Tod mit uns verbracht hat. Mit uns zu sprechen, hilft ihr vielleicht, die Trauer zu bewältigen.«

»Jetzt komm mir bloß nicht mit deiner Psychotour. Die nimmt dir –«

»Max, bitte.« Marianne streckte besänftigend ihre flache Hand aus. »Ich finde die Idee auch nicht gut, Kevin. Zumindest nicht in nächster Zeit. Wir haben unsere eigenen Probleme.«

»Außerdem ist heute Leseabend.« John klang ebenfalls unwillig. Jeden Donnerstag las Marianne aus dem Roman »Das Bildnis des Dorian Gray« vor. Der Termin war »heilig«. Verabredungen oder Gäste waren an diesem Tag nicht vorgesehen.

»Zu spät.« Kevin erhob sich und brachte mit einer Kopfbewegung seine Haartolle in Position. »Ich erwarte sie in einer Stunde. Wenn es euch beruhigt: Ich kann mit ihr auf mein Zimmer gehen.« Dann drehte er sich um und verließ mit energischem Schritt das MAMU.

»Was ist denn mit dem los?« John sah ihm erstaunt hinterher.

»Vielleicht ist er auch angeschlagen. Wir hätten ihn fragen sollen, wie es ihm geht.« Marianne seufzte und erhob sich. »Immerhin war Lennard sein Freund.«

16

Tietjen war schon zweimal auf dem Grundstück im Wald gewesen. Damals im Ermittlungsfall Rüppel. Inzwischen war die Scheune, die damals gebrannt hatte, wieder aufgebaut. Das frische Holz leuchtete unter dunklen Tannen, durch die der Wind mit Rauschen fuhr. Durch die geöffnete Scheunentür erkannten sie einen silberfarbenen Renault. Den alten Mercedes von Ella Carbonne konnte er nicht entdecken.

»Ich …«, er sah auf Vicky hinunter, »kenne Frau Dr. Carbonne aus einem alten Fall. Sie war damals Zeugin im Vermisstenfall des Bremer Anästhesisten Rainer Rüppel.«

»Ah.« Vicky wirkte in ihrem schwarzen kurzen Lackmantel wie ein Fremdkörper auf dem alten Hofgelände in Fischerhude. Ihre Gummistiefeletten, ebenfalls in schwarzem Lack, waren von einer Schlammschicht überzogen. Sie stand vor ihm und suchte vergeblich nach einer Hausklingel. Regentropfen perlten dick und schwer von ihrer kurzen Hutkrempe auf Tietjens Slipper.

»So spät noch im Dienst, Herr Tietjen?« Die Tür mit den gelb geriffelten Glasfenstern wurde von innen geöffnet. Die Ärztin machte eine einladende Bewegung.

Es war Freitagnachmittag, und die beiden Beamten machten schon wieder Überstunden. Sie hatten im Umkreis von zwanzig Kilometern bereits neun Besitzer von hellblauen Pkws besucht und sie nach ihren Alibis befragt. Vicky machte einen Schritt nach vorn und trat in den dunklen Flur. »Müller-Esteban. Ich bin die Kollegin von Herrn Tietjen.«

Ella Carbonne tat einen halben Schritt zur Seite, sodass Vicky sich nur knapp an ihr vorbeizwängen konnte. Im Gänsemarsch gingen sie in die Küche. »Kaffee?« Die Ärztin nahm zwei Becher aus einem alten Küchenschrank, dessen weißer Anstrich an einigen Stellen abblätterte.

Tietjen ließ sich vorsichtig auf einem Holzstuhl älteren

Datums nieder. Vicky hängte ihre nasse Regenjacke auf den Stuhl neben ihm und setzte sich.

»Was führt Sie zu mir?« Ella Carbonne schenkte beide Becher voll, stellte sie auf den Tisch und lehnte sich an die Anrichte.

»Ww…ir …« Tietjen hasste es, dass die Sprachstörung ausgerechnet in Gegenwart der Ärztin zurückkam. Er räusperte sich und strich sich die feuchten Haare nach hinten. »S…ie haben vielleicht von dem Unfall auf der Straße nach Sagehorn gehört.«

Er beobachtete sie genau. Ihre braunen Augen senkten sich in ihren Kaffeebecher, den sie an ihre Lippen führte. Obwohl die dunklen Locken dabei ihr Gesicht verdeckten, meinte er zu erkennen, wie sie blass wurde. »Der Fahrer fuhr einen hellblauen Wagen. Er wird noch gesucht. Er beging Fahrerflucht.«

»Und da ermittelt die Kripo Bremen?« Sie hob die Lider.

Der tiefe Blick direkt in seine Augen verwirrte ihn. »Ääh … nein. Ich …«

»Herr Tietjen ist schon länger bei uns in Verden. Sie sind Fahrzeughalterin eines hellblauen Mercedes-Benz 280 SE. Können Sie uns bitte sagen«, Vicky zog das »i« immer in die Länge, »wo Sie in der Nacht zum letzten Sonntag waren?«

Frau Carbonne lachte laut auf.

Vicky sah sie mit schmalen Augen an. Tietjen wusste, dass sie irritiert war, und lieferte die Erklärung. »Wir haben uns zz…ufällig Samstagabend im ›Lagerhaus‹ getroffen. Wie lange sind Sie dortgeblieben?«

Ella Carbonne atmete tief ein und ließ die Luft schnaubend ausströmen. »Ich weiß es nicht genau. Vielleicht zwei oder drei Uhr.« Sie zuckte mit den Schultern.

»Kann das jemand bestätigen?«

»Ich denke, das Personal dort.«

»Und Ihren Mercedes, wo haben Sie den? Ich habe ihn draußen nicht gesehen.«

»Der ist hin. Ich fahre jetzt einen Franzosen, wie meine Vorfahren.«

Tietjen fand die Nachricht sehr verdächtig. Zusammen mit

der Information der Meldestelle. »Wieso haben Sie ihn am Montag abgemeldet?«

»Weil ich ihn zu Schrott gefahren habe. Ich hatte einen Unfall am Freitag. Glücklicherweise ist mir nichts passiert.« Sie lächelte ihn an.

Die Situation kam ihm bekannt vor. Vor drei Jahren hatte sie ihn bei einer Befragung genauso angelächelt. Und ihn wahrscheinlich belogen. Damals hatte er sich von ihrem Charme einwickeln lassen. Er war froh, dass Vicky ihn diesmal begleitete.

»Kann man ihn nicht reparieren?« Vicky klang streng. »So ein schönes Auto kann man doch nicht einfach aufgeben.« In ihrer Heimat Kuba hätte man wahrscheinlich alles getan, um den Oldtimer wieder auf Vordermann zu bringen.

»Vielleicht. Ich werde einen befreundeten Schrauber fragen.«

»Wie heißt er? Ist der Wagen jetzt dort?«

»Im Moment ist der Mercedes in Hamburg.«

Vicky sah sie überrascht an. »Wo?«

»Der Unfall ist in Hamburg passiert. Ich bin dort letzten Freitag gegen eine Mauer gefahren.«

»War jemand bei Ihnen? Gab es Zeugen?«

»Leider nicht. Ich war allein.«

»Wo genau war der Unfall? Ist er polizeilich aufgenommen worden?« Die Fragen schossen wie Pistolenschüsse aus Vicky heraus.

Ella Carbonne schüttelte den Kopf. »Ich bin selbst schuld an dem Ganzen. Ich …« Vicky und Tietjen sahen sie schweigend an. »Ich war ziemlich betrunken.«

»Wo«, Vicky betonte jedes einzelne Wort, »war der Unfall? Die Adresse?«

»Ich kann Ihnen leider die Adresse nicht sagen. Ich erinnere mich nicht mehr. Außerdem kenne ich mich in Hamburg nicht so gut aus.«

Tietjen stöhnte innerlich. Eine abstruse Geschichte, die Ella Carbonne ihnen erzählte. Immer gab es Probleme mit der Frau. Und wieder machte sie sich verdächtig. Wie damals.

»Wissen Sie wenigstens, wo der Wagen jetzt in Hamburg ist?«

»Bei Freunden. Ich werde ihn morgen abholen.«

Tietjen dachte kurz nach. »Geben Sie uns die Adresse. Wir werden die Hamburger Kollegen bitten, den Wagen zu sichern.«

»Was soll das denn?« Ella Carbonne stieß sich von der Anrichte ab. »Glauben Sie, dass ich etwas mit dieser Fahrerflucht auf der Sagehorner Landstraße zu tun habe?«

Vicky hatte den Laptop herausgeholt und aufgeklappt. »Die Adresse Ihrer Freunde bitte.«

»Das ist doch abstrus. Sie, Herr Tietjen, können doch bezeugen, dass ich am Sonnabend –«

»Jetzt geben Sie uns die Adresse. Wir wollen nur Ihre Angaben überprüfen. Das ist Routine.«

Ärgerlich vor sich hin murmelnd verließ Ella Carbonne die Küche und kam nach einiger Zeit mit einem Zettel zurück. Sie warf ihn auf den Tisch. »Wie geht es jetzt weiter? Nach Hamburg brauche ich wohl nicht mehr zu fahren, um den Wagen zu holen, oder?«

Tietjen steckte den Zettel ein und stand auf. »Wir melden uns.« Er nickte ihr zu und ging in den Flur.

Vicky nahm ihren Regenmantel und folgte ihm. Vor der Haustür drehte sie sich noch einmal um. »Und wie sind Sie dann am Samstag ohne Auto ins ›Lagerhaus‹ gekommen?«

»Mit Zug und Bahn. Und natürlich dem Bürgerbus.«

»Um wie viel Uhr?«

»Ich weiß nicht. Vielleicht gegen sieben. Oder acht.«

»Kann das jemand bezeugen?«

»Die anderen Fahrgäste? Ich weiß es nicht.«

Kaum hatte sich die Tür hinter ihnen geschlossen, stürzten die Worte aus Vicky heraus: »Ich weiß es nicht, ich weiß es nicht. Das ist doch faul! Diese Geschichte ist erfunden. Wetten, dass ihr Alibi nicht stimmt?«

Tietjen schob sein Notizbuch, in dem er bei allen Befragungen Informationen ergänzte, in seine Manteltasche. »Na ja, sie war zur mutmaßlichen Todeszeit um Mitternacht tatsächlich noch im ›Lagerhaus‹ in Bremen. Wir müssen die Angestellten fragen, wann sie gegangen ist.«

Er öffnete die Tür des Dienstwagens, der auf dem Waldweg unter tropfenden Eichen stand, und ließ sich auf den Sitz fallen. Betrübt schaute er auf seine verschmierten Slipper, die einen beachtlichen Teil des matschigen Waldbodens mitgenommen hatten. »Warten wir ab, bis wir die Lackproben von dem Benz haben. Vorher können wir kein Urteil fällen.«

1936

»Wo bleiben die Eier?« Frau Müllers Stimme hallte durch den Lautsprecher in der Küche.

»Na, das geht ja gut los. Die Müller'sche hat wieder mal eine Mordslaune.« Grete schepperte laut mit den Töpfen und schaufelte mit Schwung das Rührei aus der Pfanne. »Hier, und beeil dich, sonst wird ...«

»Ja, ja.« Meta hörte schon nicht mehr zu und stellte die dampfende Schüssel in den Aufzug, um dann über die Treppe nach oben zu eilen. Jeden Morgen die gleiche Hektik. Dabei war es für sie schon mitten am Tag, denn sie war seit vier Uhr morgens auf. Ihr Mann Fritz hatte es gut. Der konnte länger schlafen. Sie musste immer noch das Frühstück für ihre Kinder zubereiten und die Wohnung aufräumen. Ein Glück, dass Albert und Marlene jetzt schon so alt waren, dass sie sich nach der Schule selbst versorgen konnten. Und dass sie ein Fahrrad hatte, mit dem sie die Strecke zwischen ihrer Wohnung in Findorff und der Villa in der Schwachhauser Heerstraße in nur zwanzig Minuten zurücklegen konnte.

Außer Atem erreichte sie den Aufzug in dem Moment, als er gerade mit einem metallischen Klicken im Erdgeschoss einrastete. Hastig trug sie die Schale zur Anrichte im Esszimmer, wo neben Aufschnittplatten und Obstsalat silberne Kannen mit Tee und Kaffee auf dem Rechaud simmerten.

»Das wurde aber Zeit.« Frau Müller verzog ihre verkniffenen Mundwinkel gerade noch zu einem Lächeln, um die eintretenden Herrschaften zu begrüßen.

Meta blieb steif neben der Anrichte stehen, nachdem sie geknickst hatte. Eine Bewegung, die ihr immer schwererfiel. Die Knie machten nicht mehr mit. Kein Wunder, denn in dem riesigen Haus musste sie jeden Tag kilometerweit die Treppen hinauf- und hinunterlaufen. Sie blickte kurz in den Garten, wo hinter Rhododendronbüschen der graue Regenmantel von Fritz

*wie gelackt aufblitzte. In strömendem Regen stand er neben
dem Beet und beschnitt die Rosen.*

»Guten Morgen. Frau Müller, würden Sie bitte ein weiteres
Gedeck auflegen lassen. Unser Sohn kommt gleich und früh-
stückt mit uns.« Mit leichtem Stöhnen ließ der gnädige Herr
sich auf dem Stuhl nieder.

*Frau Müller gab Meta ein Handzeichen. Die holte eilig Teller,
Tasse und Besteck aus der Anrichte.*

*In der Halle war die laute Stimme von Ferdinand schon zu
hören, der mit polterndem Schritt das Esszimmer betrat.* »Heil
Hitler! Das ist aber ein Mistwetter!« *Er beugte sich zu seiner
Mutter, die am Kopf des Tisches saß, um ihr einen Kuss auf die
Wange zu geben.*

»Junge, musst du so herumlaufen?« *Die gnädige Frau sah ihn
mit hochgezogenen Brauen an.*

*Ferdinand trug die Uniform der SS, der er seit ein paar Mo-
naten angehörte.* »Ich muss gleich noch in die Rembertistraße.
Lagebesprechung Weser-Ems-Gau.« *Er hatte sich gegenüber von
seinem Vater niedergelassen. Jetzt stopfte er sich die Serviette in
das Revers, bedeutete Meta, dass sie Kaffee einschenken möge,
und langte nach dem Brotkorb.* »Habt ihr die Zeitung gelesen?«

Herr Hofreiter setzte die Teetasse mit leisem Klirren ab.
»Noch nicht. Gib mir mal die ›Bremer Zeitung‹, Meta. Was soll
denn drinstehen?«

»Sie wollen das Ludwig-Roselius-Haus jetzt doch nicht ab-
reißen.«

»Das ist doch eigentlich keine schlechte Nachricht.«

»Na ja. Dieser Hoetger hat uns dort einen Schandfleck hin-
gebaut. Die Kulturbolschewiken sind Abschaum! Und Herr
Roselius unterstützt das auch noch.«

»Also ich finde das Gebäude zumindest interessant.« *Der
gnädige Herr löffelte sich Rührei auf den Teller, während Meta
ihm die Schüssel hielt.*

»Es ist überhaupt nicht mehr zeitgemäß. Jetzt wird es uns als
Denkmal einer Verfallszeit daran erinnern, wie degeneriert diese
Architektur und auch die darin enthaltenen Bilder sind.« *Fer-*

dinand sprach mit vollem Mund und spülte mit einem Schluck Kaffee nach. »Wart ihr mal dort, in der Paula-Modersohn-Ausstellung?«

»Nein, bisher nicht.«

»Seid froh. Die Bilder sind abartig: grob und brutal hingepinselt, ohne Kunstverstand. Die hätte gut in die ›Schandausstellung‹ 1933 in Dresden gepasst. Das wird jetzt aber nicht mehr nötig sein. Die Zurschaustellung dieser entarteten Kunst wird beendet. Das ist jedenfalls beschlossen.«

»Du weißt, dass das Bild in deinem Kinderzimmer auch von Paula Modersohn ist?«

»Gut, dass du das erwähnst. Das muss natürlich auch abgehängt werden.«

Metas Herz machte einen Sprung. »Ihr Bild« war in Gefahr. Sie schaute angestrengt in den Garten, wo Fritz mit der Schubkarre die Schnittabfälle zum Kompost fuhr.

»Aber Ferdi, das hast du doch immer so geliebt.« Frau Hofreiter sah ihren Sohn vorwurfsvoll an.

»Damals war ich ein Kind. Jetzt habe ich genug Ahnung von Kunst, um zu wissen, dass dieses Bild zur deutschen Verfallskunst gehört. Es muss weg.«

»Was wird mit dem Bild passieren?«

»Es kommt erst einmal in ein Depot in Berlin. Dort wird dann entschieden, ob es Käufern aus dem Ausland angeboten oder vernichtet wird. Ich kann mir aber nicht vorstellen, dass jemand für so ein Geschmiere Geld hinlegen würde.«

Meta wurde schwindelig. Sie musste den Raum verlassen. Obwohl Frau Müller sie rügen würde, wenn sie während der Mahlzeit wegging. Toilettengänge hatten außerhalb der Essenszeiten zu erfolgen.

»Entschuldigung.« Sie flüsterte nur und übersah Frau Müllers giftigen Blick. Als sie hinausglitt, hörte sie noch Ferdinands abschließende Worte zu dem Thema:

»Natürlich müssen wir eure gesamte Bildersammlung durchgehen. Da kommt noch das eine oder andere Bild dazu.«

17

Alles lief schief. Der Plan würde scheitern. Wieso war ausgerechnet Tietjen der leitende Ermittlungsbeamte? Warum war er nicht bei seinem pummeligen Kollegen Flachs und dem unfähigen Chef in Bremen geblieben? Ella hatte nicht damit gerechnet, dass die Polizei so schnell bei ihr auftauchen würde.

Natürlich würden die Hamburger Polizisten den Wagen nicht finden. Schließlich war er bei Matjes. Aber dadurch würde sie nicht viel Zeit gewinnen. Schon bald würden sie hier in Fischerhude nach dem Wagen suchen. Matjes hatte den Benz schon in Arbeit und war gerade auf dem Schrottplatz, um Ersatzteile zu besorgen. Er hatte Ella die Geschichte abgenommen, dass sie Freitag betrunken gegen eine Mauer gefahren sei. Aber auch mit neuer Kühlerfront würden die Kriminaltechniker anhand der Lackfarbe sofort feststellen, dass ihr Auto der Unfallwagen gewesen war.

Am liebsten hätte sie die Bandprobe abgesagt. Sie war müde. Ausgepowert. Trotzdem hatte sie den Trompetenkoffer in den Fahrradkorb gelegt und war losgeradelt. Sie überquerte den Nordarm der Wümme. Das Gras am Ufer war gelb und lag flach und struppig am Boden. Unter der Brücke strömten schwarze Wellen flussabwärts nach Westen.

Nachdem Tietjen und die Kubanerin abgezogen waren, hatte sie stundenlang auf dem Küchenstuhl gesessen. Ihr Herzrasen legte sich erst nach zwei Gin Tonic und einem Joint. Aber die Aussichtslosigkeit ihrer Lage hatte sich nicht verändert.

Sie musste den Benz verschwinden lassen. Vielleicht in Marseille, der Stadt der Autoschieber, im algerischen Viertel mit steckendem Schlüssel an die Straße stellen. Oder über Irmtrauts Gärtner Pjotr nach Polen verkaufen. Heimlich verschrotten lassen. Oder in der Weser versenken.

Irgendwann war sie so betrunken gewesen, dass sie sich ins Wohnzimmer geschleppt hatte, um auf dem Sofa wie eine Bewusstlose in den Schlaf zu fallen. Mitten in der Nacht war sie schreiend hochgeschreckt. Im Traum war ihr das bleiche Gesicht vor der Windschutzscheibe erschienen. Es hatte die gleichen Schürfwunden wie Rainers nach dem Fahrradunfall. Sie konnte die Geschwindigkeit nicht drosseln. Und verlor die Kontrolle über den Wagen. Er näherte sich in Zeitlupe dem Baum und zerbarst mit lautem Krachen.

Sie hatte ihrem Ex gesagt, dass Clara dieses Wochenende bei ihm bleiben müsse, weil sie krank sei. Sie fühlte sich zumindest krank. Am liebsten wäre sie den ganzen Tag im Bett geblieben.

Aber sie fürchtete die Alpträume. Sie nahmen ihr die Energie. Wie damals, nach Rainers Verschwinden. Monatelang hatte sie sich übermüdet und erschöpft zur Arbeit geschleppt. Dann kam der Zusammenbruch mit Kreislaufkollaps und Magengeschwür. Kallioupis Bekannte, Heilerin mit psychotherapeutischer Ausbildung, hatte ihr aus diesem seelischen Tal herausgeholfen. Ihre Wesensglieder seien erkrankt gewesen. Sie hatte von einer Disharmonie zwischen Ätherleib und Astralleib gesprochen. Nach ein paar Wochen wurde es besser. Ella hatte sämtliche Erinnerungen an die Ereignisse in Gedanken in eine Schublade getan und sie geschlossen. Die Lebenslust war zurückgekehrt.

Natürlich hatte sie gewusst, dass die Schublade sich wieder öffnen könnte. Bisher hatte sie immer geahnt, wann die Vergangenheit durch einen Spalt drängte und sich wie ein dunkler Schleier auf ihr Leben legte. Sie hatte ihre Tricks, das zu stoppen: Arbeiten, Sport, Reisen, Partys. Mit und ohne Alkohol. Oder Cannabis.

Der Unfall hatte mit einem Schlag die Schublade weit geöffnet. Jetzt hatte sie das Gefühl, dass alles von vorn begann. Es war sogar schlimmer als damals.

So konnte es nicht weitergehen. Sie musste erfahren, warum Susannes Freund mitten in der Nacht in der Nähe vom Tütort auf der Landstraße gewesen war. Was vor dem Unfall passiert war. Die Antwort wussten die Bewohner vom Tütort.

Sie trat in die Pedale. Der Wind kühlte ihr Gesicht. Die Finger waren klamm vor Kälte. Wenigstens regnete es gerade nicht. Die Bredenau mit ihren Villen, schönen Häusern und alten Höfen war wie ausgestorben. Sie fuhr in Schlangenlinien um die Pfützen herum. Wo sonst Bremer Touristen in Scharen vom Modersohn-Museum zum Rilke-Café strömten, war es jetzt menschenleer.

Ihre französische Großmutter hatte ihr früher immer gesagt: »Kämpfe, es gibt immer eine Lösung.« Sie war schon tot, aber Ella wünschte sich, sie könnte, wie damals nach dem verhauenen Staatsexamen, einfach zu ihr in die Provence fahren und alle Sorgen vergessen.

Sie fuhr links über die kleine Brücke am Hohenzollern-Haus vorbei. Gleich danach bog sie rechts ab. Die Wiesen sahen schmutzig und öde aus. Graue Haufenwolken jagten über den Himmel auf der Flucht vor der Kälte aus Ost. Büsche und Bäume legten sich gegen das fahle Licht wie Scherenschnitte zur Seite. Seit Jahrhunderten hielt der Wind sie in gebeugter Haltung. Ella stemmte sich gegen den Widerstand der Lüfte, der ihr nun auf dem Weg zum Tütort erneut den Weg erschwerte.

Unter kahlen Bäumen parkte vor dem alten Bauernhaus ein blauer Golf mit Bremer Kennzeichen. Sie fuhr rechts am Haus vorbei und lehnte ihr Fahrrad an die Wand. Durch das Fenster neben der Haustür konnte sie Zoe an den Drums sitzen sehen. Die anderen Mädels der Band waren noch nicht da. Sie klopfte gegen die Scheibe, winkte ihr zu und öffnete die Haustür. Zoe grüßte durch die geöffnete Zimmertür mit einem ihrer Drumsticks. Die Luft im Zimmer roch etwas säuerlich.

Ella streifte ihre Schuhe noch im Flur ab, stülpte die Jacke über einen Garderobenhaken und ging hinein. Sie ließ sich auf Zoes ungemachtes Bett fallen. »Bin ich die Erste?«

Zoe machte sich noch eine Notiz, legte die Sticks auf eine der Trommeln und stand auf. »Ja. Janice kommt heute nicht. Doro und Nike sind auf dem Weg. Bier?«

Ella nickte. Während Zoe in die Küche ging, betrachtete sie das spartanisch eingerichtete Zimmer. Gegenüber vom Bett standen zwei Holzstühle. Darauf türmten sich Hosen, Sweatshirts und Pullover. Neben dem Bett war eine plüschige Stehlampe umringt von leeren Bierflaschen. Der Raum wurde von einer nackten Glühbirne beleuchtet, die von der Decke hing. Auf der Giebelseite thronte mittig das Schlagzeug. Dahinter hing ein rot-schwarzes Poster vom letzten Hurricane-Festival. Das elektronische Klavier schräg vor den Drums stand normalerweise im MAMU.

»Ist Beck's okay?« Zoe öffnete die Flasche mit einem Feuerzeug und reichte sie Ella. Schweigend nahmen beide den ersten Schluck aus der Flasche. Dann klappte die Haustür. Lachend und plaudernd betraten zwei weitere Bandmitglieder das Haus. Doro stellte den Saxophonkoffer ins Zimmer. Nike hängte ihre Jacken in den Flur.

»Hallo, *chicas*. Seid ihr fit?« Doro öffnete den Instrumentenkoffer.

»Wer hatte eigentlich die Idee, ›The Chicken‹ von James Brown zu spielen? Das Intro raubt mir den letzten Nerv.« Ella hatte, wie immer, zu selten geübt. Seit dem Unfall hatte sie die Trompete gar nicht mehr in die Hand genommen. Bei den hohen Tönen des Stücks scheiterte sie jedes Mal. Sie hatte die Lust verloren, sich weiter mit dem Song zu beschäftigen.

»Zoe, wie geht's dir?« Nike hatte einen der Stühle ans Klavier gerückt, nachdem sie den Kleiderhaufen aufs Bett geworfen hatte.

»Wieso? Gut.«

»Dieser Tote von der Landstraße, war der nicht ein Freund von euch? « Sie setzte sich.

»War kein Freund. Kevin hatte ihn mal angeschleppt.«

»War der am letzten Samstag bei euch? Der Unfall war doch hier in der Nähe.« Ella träufelte etwas Öl auf die Ventile der Trompete. Sie bemühte sich um einen beiläufigen Tonfall, hoffte aber, dass Zoe erzählte, was sich an dem Abend in der WG abgespielt hatte.

»Er war zum Essen bei uns.«

»Krass!« Doro sah Zoe mit großen Augen an. »Dann wart ihr ja die Letzten, die ihn lebend gesehen haben.«

»Hm.«

»Wieso ist der denn zu Fuß unterwegs gewesen? Hatte er kein Auto?«

»Lennard wollte wohl nicht fahren. Haben die Männer gesagt. Wegen Alkohol.«

»Wie war der denn drauf? Hier fährt doch jeder noch nach Hause!« Ella war empört. Wäre dieser Lennard nicht so eine Lusche gewesen, wäre dieser Unfall nicht passiert.

»Er hatte kaum etwas getrunken. Aber«, Zoe zuckte mit den Schultern, »er ist Bremer.«

»War.« Doro legte sich das Band vom Saxophon um den Hals. »Lasst uns anfangen. Mit ›Rehab‹.«

Ella hatte Mühe, sich auf das Lied zu konzentrieren. Warum musste Lennard nachts über die Landstraße gehen, statt mit dem Auto nach Hause zu fahren? Jetzt musste sie befürchten, als Totschlägerin von der Polizei entdeckt zu werden.

Es war dunkel, als die Probe zu Ende war. Nike und Doro hatten sich schon verabschiedet. Ella verstaute umständlich die Trompete im Koffer. »Hast du noch einen Kaffee für mich? Ich bin ganz schön geschafft.« Während der Probe hatte sie immer wieder an die letzten Stunden in Lennards Leben gedacht. Sie musste herauskriegen, wie der Abend am Tütort verlaufen war.

»Du musst mehr üben. Besonders das letzte Stück. Und natürlich ›The Chicken‹. Lass uns in die Küche gehen. John hat eine Espressomaschine ersteigert. Die macht super Cappuccino.«

Ella setzte sich an den großen Küchentisch neben dem Ofen. Zoe versuchte, mit der neuen Maschine klarzukommen.

»Habt ihr Samstag letzter Woche auch hier gesessen?«

»Klar. Verd…« Zoe rüttelte an der Maschine, betätigte vergeblich zwei Knöpfe. Schließlich hatte sie den Kaffeeeinschub gefunden und nahm zwei Kaffeepads und Tassen aus der Anrichte.

»Wie lange hat das Essen gedauert?« Ella überlegte, wie sie Zoe ausfragen konnte, ohne zu neugierig zu wirken. »Im Weser-Kurier stand, dass der Unfall nach Mitternacht gewesen sein soll.«

»Das weiß ich nicht genau. Ich bin gegen Mitternacht ins Bett gegangen. Da war der Typ noch da, wollte aber bald gehen. Hier.«

Ella stellte die heiße Tasse auf den Tisch, nahm einen Löffel und rührte nachdenklich in dem Schaum. Wieso war Lennard um vier Uhr morgens auf der Landstraße, wenn er schon kurz nach Mitternacht das Haus verlassen hatte?

»Ich bin einmal wach geworden.« Zoe drückte erneut auf den Start-Knopf. Dröhnend wurde die zweite Kaffeetasse gefüllt. »Die Männer haben sich gestritten. Ich glaube, Lennard war auch dabei.«

»Wann war das?«

»Kann ich nicht sagen. Ich habe nicht auf die Uhr geschaut und bin gleich wieder eingeschlafen. Wir hatten ganz schön gebechert.« Zoe setzte sich neben Ella.

Ella trank vorsichtig den Milchschaum von der Oberfläche. Ihre Hand zitterte leicht. Sie versuchte, sich nicht anmerken zu lassen, wie aufgeregt sie war. »Weißt du, worum es in dem Streit ging?«

»Nee. Es waren auch nur ein paar Minuten. Lennard hat einmal kurz geschrien. Danach haben sie wieder leiser gesprochen.«

»Wie geschrien? Vor Wut? Oder hatte er Schmerzen?«

Aus dem Flur drang ein klackendes Geräusch.

»Ella, du nervst. Ich weiß es nicht.« Zoe stellte die Tasse klirrend auf den Teller und stand auf. »Danach ist er gegangen. Und war immerhin noch in der Lage, zu Fuß bis zur Landstraße zu wandern. Wenn's ihm schlecht gegangen wäre, hätte er ja wohl sein Auto genommen.« Sie ging auf die Küchentür zu. »Sorry, aber ich möchte noch ein paar Sachen vor dem Abendessen erledigen. Du musst jetzt gehen.«

»Ja, ich trinke noch eben aus. Woher weißt du, dass er dann gegangen ist?« Ella klang drängend. Sie hatte ihre Stimme nicht mehr unter Kontrolle. Die Männer hatten gestritten. Vielleicht hatten sie Lennard aus dem Haus gejagt. Und er war voller Panik auf die Straße gelaufen. Auf der Flucht vor seinen Verfolgern.

»Von John und Kevin natürlich. Was soll die Fragerei?« Zoes Tonfall war verärgert. »Willst du –«

Als sie die Tür öffnete, wurde sie von einer hellen Frauenstimme unterbrochen. »Hmm, das riecht hier lecker nach Kaffee. Zoe, kann ich auch einen haben?«

Ella hatte die Stimme sofort erkannt. Sie spürte, wie ihr Puls sich beschleunigte. Diesen Tonfall, mädchenhaft, aufgeregt, gekünstelt, würde sie nie vergessen. Sie hatte die Frau auch schon anders sprechen gehört. Als Ella sie gezwungen hatte, ehrlich zu sein. Das war lange her.

»Kevins Neue«, flüsterte Zoe. Dann, mit normaler Stimme: »Mach ihn dir selber.« Sie schien die Besucherin auch nicht zu mögen.

Die schlanke Blondine stand jetzt neben dem Tisch und starrte sekundenlang auf Ella. »Ah. Frau Dr. Carbonne.«

»Guten Abend, Frau Meier.«

Susanne Meier zögerte. »Sie sind mit Zoe befreundet?« Sie klang überrascht.

»Und Sie? Waren Sie nicht mit Lennard Cordes befreundet? Und jetzt gehören Sie schon zur WG?« Ella war schockiert. Die ehemalige Arzthelferin und Geliebte von Rainer hatte sich offenbar auch jetzt wieder schnell neu orientiert.

»Wir … trauern gemeinsam um meinen Freund.« Sie sah Ella prüfend an. Der Klang ihrer Stimme signalisierte Betroffenheit. »Kevin hat mich eingeladen. Er kann gut zuhören.« Das war an Zoe gerichtet.

»Ich weiß.«

»Er findet genau die richtigen Worte. Es geht mir schon viel besser.«

»Tschüss, Ella.« Zoe ignorierte Susanne und verließ die Küche.

Ella erhob sich und ging zur Garderobe im Flur. Susanne beobachtete sie. »Wissen Sie, dass nach dem Fahrer«, sie sprach etwas lauter, »oder der Fahrerin gefahndet wird, die meinen armen Lennard getötet hat?« Der Tonfall war ätzend.

Ella antwortete nicht. Sie konnte die Frau nicht ertragen.

Ihr penetrantes Parfum raubte ihr den Atem. Und sie nahm den halben Flur ein, wie sie mit verschränkten Armen am Türrahmen lehnte.

»Die Person hat ihn einfach im Graben liegen gelassen. Im Matsch und in der Kälte. Hat ihn dort verrecken lassen.«

Ella zog ihre Jacke an, griff nach dem Trompetenkoffer und öffnete die Haustür. Sie wollte raus aus dem Haus. Es war egal, dass es schon wieder regnete.

»Und jetzt kommt der Clou: Die Fahrerin oder der Fahrer war mit einem hellblauen Auto unterwegs!« Susanne war Ella bis zur Eingangstür gefolgt. »Hatten Sie nicht mal einen Oldtimer in der Farbe?«

Ella hatte den Koffer in den Fahrradkorb geschleudert, das Rad gedreht, den Fuß auf die Pedale gesetzt und stemmte sich ab. Zügig rollte sie vom Hof.

»Ein merkwürdiger Zufall, finden Sie nicht?« Susanne Meiers hasserfüllte Worte verfolgten sie wie ein Fluch.

18

»Kein Problem, Herr von Brunau. Ich melde mich, sobald mir das Gutachten vorliegt.« Ferdinand Mathieu legte auf und nahm einen großen Schluck aus dem Cognacschwenker. »Arschloch.«

»Was ist los?« Isabelles monotone Stimme klang nicht wie eine Frage. Sie starrte auf die gegenüberliegende Wand, an der ein Beamer Fernsehbilder auf eine Leinwand warf. Gerade outete sich ein gelifteter Sechzigjähriger mit Diamantohrringen und Rod-Stewart-Frisur als Bordellbesitzer.

Der Käufer am Telefon war Oberstudienrat mit geerbtem Vermögen. Und ängstlich darauf bedacht, sein Geld sinnvoll anzulegen. Außerdem kulturell interessiert und Mitglied im Bremer Kunstverein. Dort habe man ihm geraten, ein Bild von Paula Becker-Modersohn nur käuflich zu erwerben, wenn ein Gutachten mit Echtheitszertifikat vorläge.

Mathieu betrachtete die schlanke Figur seiner Frau, eingehüllt in einen langen Wollmantel. Sie lag wie hingegossen auf dem grauen Filzsofa. Er beschloss, ihre Frage nicht zu erwidern. Wahrscheinlich waren ihr seine Sorgen vollkommen egal.

Sie hatten die Wohnung in dem Altbremer Stadthaus komplett entkernt. Die nackten weißen Wände brachten das einzige Kunstwerk, ein abstraktes Gemälde in Pastellfarben von Joe Allen, effektiv zur Geltung. Außer dem Sofa befand sich noch ein Barcelona-Sessel in dem Raum. Daneben die Lichtinstallation einer japanischen Künstlerin. In der Ecke neben der Leinwand eine zwei Meter hohe afrikanische Skulptur.

Mathieu stieg Säure in die Kehle. Er ging in die Küche und wühlte in einer der Schubladen nach seinen Magentabletten. Typisch Lehrer! Jetzt also auch noch ein Gutachten. Das würde noch mehr Zeit kosten. Seit drei Wochen scharwenzelte er um diesen Typen herum. Dabei war sein Angebot ein Sahnestück für Sammler von Worpsweder Kunst. Sie würden sich um das Bild reißen, wüssten sie, dass es zum Verkauf stand. Aber das wollte Mathieu nicht. Es sollte nicht zu viel Wirbel um dieses Bild entstehen. Dieser Bildungsbürger mit seinen vier bis fünf Originalen an der Wohnzimmerwand war genau der Richtige für »die Kleine«, wie er Paulas Mädchenbild nannte. Wenn Herr von Brunau nur nicht so unentschlossen wäre.

»Ich sagte ihr: Neues Auto oder Brüste, das musst du wissen.« Auf der Fernsehleinwand tätschelte der alte Lude seiner vierzig Jahre jüngeren platinblonden Gattin den Kopf. »Da hat sie sich für …«

Stöhnend ließ Mathieu sich neben Isabelle auf das Sofa fallen. Er legte seine Hand auf ihren Schenkel, wurde aber von ihr weggestoßen. Sein Herz zog sich zusammen. Er wünschte sich so sehr, getröstet zu werden. Es ging ihm dreckig. Die Last der Ereignisse war zu groß. Wie sollte er das alles bewältigen? Am liebsten würde er sich ins Bett verkriechen, sich besinnungslos trinken und erst in zwei Monaten wieder aufwachen. Aber er musste weitermachen. Jetzt erst recht.

Sein lang ersehnter Auftritt als Händler für die wirklich großen Künstler war in Erfüllung gegangen. Sein Plan war erfolgreich. Trotz der Komplikationen. Seine Augen wurden feucht.

Er versuchte, sich auf Schanaia, oder wie die Frau im Fernsehen hieß, zu konzentrieren. Sie hatte sich für einen Audi entschieden. Blitzartig flimmerten die Bilder vom letzten Wochenende in der Tütort-WG zwischen die Dokusoap-Szenen. Er sog scharf die Luft ein und kippte eine weitere Ladung Cognac in sich hinein.

»Was ist los mit dir?« Isabelle hob leicht den Kopf und sah ihn irritiert an.

Mathieu stieß ein dumpfes Grunzen aus und stand mit einem Ruck auf. Er verließ ziellos das Wohnzimmer, entschied sich dann für die Badezimmertür. Nachdem er sich reichlich kaltes Wasser ins Gesicht geschlagen und die Nase geputzt hatte, ging es ihm besser. Aber nur kurz. Als er das Taschentuch in den Müll werfen wollte, stutzte er. Auf roten azetongetränkten Wattebäuschen lag ein weißes Plastikstück. Er hob es auf und starrte darauf. Dann stürmte er damit ins Wohnzimmer.

»Was. Ist. Das?« Mathieu versuchte, trotz seiner Wut die Stimme nicht zu erheben. Er wedelte mit dem kleinen Plastikviereck vor Isabelle hin und her.

Ihre Hand schnellte vor und riss es ihrem Mann aus der Hand. »Das geht dich nichts an.« Sie steckte es in die Hosentasche ihres violetten Hausanzugs.

Ferdinand Mathieu nahm die Fernbedienung und schaltete das Fernsehbild aus. »Das ist ja interessant. Du hast einen Schwangerschaftstest gemacht. Dabei haben wir, seitdem ich die Tabletten gegen Hochdruck nehme, keinen Sex! Wieso hast du dann Angst, schwanger zu sein?« Das Gesicht vor Wut gerötet. Die Stimme leise. Er zischte die Worte durch verzerrte Lippen.

Isabelle verschränkte die Arme hinter ihrem Kopf und sah ihm direkt in die Augen. »Was glaubst du?«

»Ich glaube, dass es dir scheißegal ist, ob ich von deinem jeweiligen Lover erfahre oder nicht. Dabei hast du mir versprochen –«

»Ach, ja. Gut, dass du mich erinnerst. Wir hatten eine Abmachung: Ich bleibe dir treu. Und du gibst mir wieder das Gefühl, eine geliebte und begehrte Frau zu sein.« Sie stand auf und stellte sich vor ihn. »Das Gefühl habe ich aber nicht. Zumindest nicht durch deine halbherzigen Umarmungen oder lauen Streicheleinheiten. Ich habe mir nur das geholt, was du mir nicht gegeben hast.«

Mathieu zitterte vor Wut. Er ging zum Fenster und krallte die Finger um das Fensterbrett. Sein Blut rauschte. Er musste die Hände kontrollieren. Sie könnten sonst zuschlagen. Oder sich um ihren schönen langen Hals legen. Er atmete tief ein und presste die entscheidende Frage heraus: »Und, wie ist der Test ausgefallen?«

Es dauerte eine Weile, bis Isabelle antwortete. »Positiv.«

19

Mit schwarz glänzendem Gefieder umarmte der dunkle Engel den bärtigen Mann. Der sah Ella mit weiten Augen im bleichen Gesicht an, während sie ihn, ohne zu bremsen oder auszuweichen, auf ihre Kühlerhaube lud. Sein starrer Blick fixierte sie nur wenige Zentimeter entfernt durch die Windschutzscheibe, bevor er sich in Zeitlupe entfernte und im nächtlichen Himmel verschwand. In dem Moment drang aus der Tiefe der Dunkelheit ein schriller Alarmton.

Ella setzte sich mit einem Ruck auf. Ihr Hemd war schweißgetränkt. Der Puls raste. Sie brauchte einige Sekunden, bevor sie die schemenhaften Umrisse des Korbstuhls und der Kommode erkannte und merkte, dass sie in ihrem Bett war. Stöhnend rieb sie sich die Schläfen: Kopfschmerzen. Bei jedem Klingelton bohrten sie sich mit Stichen in ihr Hirn.

Das Klingeln hörte irgendwann auf. Zu spät bemerkte sie, dass es das Telefon war. Mit schweren Schritten schlurfte sie über den Flur ins Badezimmer. Diese verdammten Träume. Voller Angst legte sie sich abends schlafen, obwohl sie von Tag zu Tag mehr Sehnsucht nach ihrem Bett hatte. Der Schlafmangel machte sie zittrig und weinerlich.

Sie war gerade aus der Dusche gestiegen, als das Telefon erneut läutete. Diesmal konnte sie den Anruf entgegennehmen. »Carbonne.«

»Tietjen. Moin.«

Ella schwieg.

»Ich ... rufe an«, die schleppende Sprechweise des Kommissars ließ Ella kurz Zeit, ihre Strategie für dieses Gespräch zu überdenken, »weil die Kollegen Ihren Wagen nicht gefunden haben.«

»Was?« Ella hoffte, es klang überzeugend. »Waren die auch wirklich an der richtigen Adresse?«

»Sie haben sogar noch bei Ihren Freunden geklingelt. Aber es war keiner zu Hause.«

Ein Glück. Sonst wäre der Schwindel jetzt schon aufgeflogen. »Aber dann muss jemand den Mercedes gestohlen haben.« Sie bemühte sich um einen aufgeregten Tonfall.

Schweigen am anderen Ende, dann: »In Hamburg?«

»Ich frage mich, wer so ein demoliertes Auto mitnimmt.«

»Ich auch.« Tietjens Stimme klang beißend. »War es denn noch fahrbereit?«

»Ja. Es hatte nur Beulen an Kühler, Kotflügel und Stoßstange.« Ihr fiel es schwer, normal zu atmen und beim Sprechen die Stimme zu modulieren. Nervös wanderte sie mit dem Telefon durchs Haus. In Claras Kinderzimmer blickte sie durch das Fenster in den Wald. Die Fichten schwankten leicht im Wind. Durch den Nebel schimmerten kahle Büsche und Bäume. Es war ein grauer kalter Wintermorgen. Nicht einmal Eichhörnchen oder Vögel hatten Lust, sich diesem Wetter auszusetzen. Nur eine Spaziergängerin, die helle Mütze tief ins Gesicht gezogen, ging schnellen Schrittes hinter den Baumstämmen am Grundstück vorbei.

»Wir werden den Wagen zur Fahndung ausschreiben. Immerhin ist Ihr Benz quasi ein Oldtimer. Der fällt auf und wird sicher schnell gefunden.«

»Ich hoffe es. Vielen Dank.« Ella sah der Gestalt, die sich einmal kurz zum Haus umdrehte, hinterher. Merkwürdig, an so einem Morgen jemanden im Wald zu sehen, der ohne Hund unterwegs war.

Sie legte auf, zog sich an und verließ das Haus. Der Waldboden war weich und mit braunem Laub bedeckt. Sie lief im Zickzack um die Pfützen, bis sie die asphaltierte Straße erreichte. Nach einigen Minuten trat sie durch das Tor des alten Bauernhofs von Matjes' Eltern. Sie öffnete die schwere Holztür vom Schuppen, in der Matjes seine Werkstatt hatte, und lugte ins Dunkel. Ihr Benz schwebte einen Meter über dem Boden auf einer Hebebühne.

»Moin.«

Aus dem Schacht unter dem Auto leuchtete helles Licht. Dann sah sie Matjes' verschmiertes Gesicht unter verstrubbelten roten Haaren. »Moin.«

»Das sieht ja schon ganz gut aus.« Die Ersatzteile waren montiert und die Front wiederhergestellt. Der Kotflügel schimmerte nun in Schlammgrün.

»Ich bin fast fertig. War nicht ganz einfach, alles zu bekommen. Besonders die Stoßstange.«

»Ich wusste, dass du das schaffst. Du bist der Beste.« Sie grinste ihn an. »Ich hab die Kohle dabei.« Sie ging zur Werkbank am Kopf des Schuppens und schob einige Werkzeuge und Metalldosen zur Seite. Auf die freigeräumte Fläche zählte sie ein paar grüne und braune Geldscheine. »Du musst mir noch sagen, was der Lackierer bekommt.«

Matjes war aus der Arbeitsgrube gekrochen und stand neben ihr. »Ich habe einen Kumpel, der das macht. Aber die Farbe ist nicht einfach zu bekommen.«

»Ich habe mir sowieso überlegt, das Auto komplett umspritzen zu lassen.«

»Okay, welche Farbe?«

Sie sah ihn von der Seite an. »Schwarz.«

»Was?« Matjes schüttelte den Kopf. »Das passt doch gar nicht! Das sieht aus wie ein Leichenwagen!«

Ella gab ihm in Gedanken recht. Aber sie musste den Wagen, ohne aufzufallen, aus der Gegend bringen. Sie wollte mit ihm an die polnische Grenze fahren und ihn am Straßenrand abstellen. Dort würde er hoffentlich zügig einen »Interessenten« finden. »Schwarz ist doch ganz elegant. Und passt gut zu meiner momentanen Stimmung.«

Matjes legte ihr den Arm um die Schulter. »Was ist los? Hat dich der Unfall so umgehauen?«

Ella hatte kurz das Bedürfnis, sich an ihn zu lehnen. Tränen stiegen ihr in die Augen. Sie holte tief Luft und bemühte sich, nicht weinerlich zu klingen. »Das auch. Und dunkle Schatten aus der Vergangenheit.« Sie ließ die Worte dramatisch klingen und drehte sich mit verkrampftem Lächeln aus seiner Umarmung. »Ich muss los. In einer Stunde muss ich in der Praxis sein.«

»Ich schicke dir eine SMS, wenn du den Wagen abholen kannst.«

Sie winkte ihm zu und trat nach draußen. Während sie die Tür schloss, sah sie aus dem Augenwinkel wieder die Spaziergängerin mit der hellen Mütze. Die hatte sich von einem dicken Baumstamm gelöst, hinter dem sie gestanden hatte. Ella sprintete ihr hinterher, während die Frau schnell Richtung Quelkhorner Landstraße lief. Innerhalb einer Minute hatte Ella sie eingeholt. Von der Seite erkannte sie blonde Locken, rote Wangen und geschminkte Lippen.

»Susanne Meier! Verfolgen Sie mich?«

Sie sah Ella nur kurz an und ließ den Blick unsicher in die Ferne schweifen. »Und wenn?«

»Was machen Sie hier?«

»Ich hatte nur wissen wollen, wo Sie Ihre Spuren beseitigen lassen. Immerhin ist mit Ihrem Auto mein armer Lennard getötet worden.« Susannes klang aggressiv.

Ella suchte nach Worten. »Sie … sind ja besessen! Ich hatte Freitag einen Unfall. Seitdem bin ich mit dem Wagen nicht mehr gefahren. Deshalb wird der Benz hier repariert!«

»Freitag vor einer Woche?«

Ella nickte. »Ich war in Hamburg. Bin besoffen gegen eine Mauer gefahren. Ich habe der Polizei schon alles berichtet. Sie brauchen also nicht zu petzen.«

Susanne sah sie mit schmalen Augen an. Ihre Lippen waren verzerrt. »Ich glaube Ihnen kein Wort. Die suchen nach einem hellblauen Täter-Wagen. Und das einzige hellblaue Auto, das ich kenne, ist Ihres.«

Ella sah sie kopfschüttelnd an. »Mein Gott, Frau Meier. Sie sind noch genau so wie früher. Als Rainer nach dem Betrug mit den Hüftprothesen damals verschwand, hatten Sie auch diese fixe Idee, dass ich dafür verantwortlich sei.«

»Rainer ist nicht einfach verschwunden!« Sie schrie die Worte voller Hass. Hinter ihr bewegte sich die Gardine am Fenster des Brünjes-Hofs. Erna Brünjes' Schatten stand regungslos dahinter.

Ella legte den Zeigefinger auf die Lippen.

»Sie wissen genau, was mit Rainer passiert ist.« Frau Meiers

Stimme war nun ein wütendes Fauchen. »Ich hätte nur der Polizei –«

»Die Polizei hat die Machenschaften von Ihrem Liebsten aufgedeckt. Klar, dass der nicht gefunden werden wollte. Und dass sie Ihnen und Ihren Kontakten zum asiatischen Prothesenhandel nicht auch auf die Schliche gekommen ist, haben Sie mir zu verdanken.«

Susanne Meier sah sie schwer atmend an. Dann drehte sie sich weg und stiefelte weiter Richtung Landstraße.

Ella sah ihr nachdenklich hinterher. Susanne Meier war ihre Feindin. Wenn die Tietjen anrief, wäre die Polizei sofort vor Ort und würde den Benz entdecken. Ihr wurde schwindelig.

20

»Mann, pass doch auf!« Schmitti zog fluchend eine Mappe aus der Kaffeepfütze, die durch Al Pacinos schwungvolles Einschenken entstanden war.

Al Pacino hatte sich schon ein paar Servietten vom Stapel auf dem Konferenztisch genommen und in die Lache gelegt. »Gib mir nicht die Schuld, Charlie. Ich kann doch nichts sehen.«

Schmitti kicherte. Arndt, der auf seinem Handy »Pac-Man« spielte, grinste.

»Jaaa, ›Der Duft der Frauen‹. Können wir jetzt mal anfangen?« Tietjen hatte seine Stimme erhoben. »Das ist hier wie im Kindergarten.« Genervt ließ er sich auf einen der Stühle fallen.

Vicky saß ihm gegenüber und gab Arndt ein Zeichen, an den Flipchart zu gehen.

»Zunächst mal die Ergebnisse der KTU«, begann Tietjen. »Was ist bei der Lackbestimmung rausgekommen?«

»Das ist keine gängige Autolackierung, sondern Lack aus der Dose. Konnte man bis vor fünf Jahren im Baumarkt kaufen.« Vicky hatte den Bericht der KTU vor sich liegen.

»Dann handelt es sich bei dem Pkw vermutlich um ein älteres Modell. Was ist mit den weißen Farbpartikeln?«

»Die konnten bisher nicht identifiziert werden. Wir schicken sie noch mal nach Berlin. Dort haben sie ein umfangreicheres Archiv.« Vicky blätterte in den Unterlagen.

»Es gab außerdem einige DNA-Spuren an der Kleidung des Toten, allerdings von verschiedenen Personen. Am Tatort haben die Kollegen weitere DNA und ein braunes längeres Haar aufgesammelt. Die stammen von einer Frau. Die DNA ist aber nicht in der Datenbank.«

»Das könnten die Spuren der Täterin sein.« Arndt klang aufgeregt, während er hastig die Neuigkeiten protokollierte.

»Der Regen hat viele Spuren von der Lederjacke des Opfers

weggespült. Unter den Armen wurden aber Fasern von einem Tau auf der Kleidung gefunden. Von einem Synthetikseil, das man in jedem Baumarkt bekommen kann.«

»Was ist mit dem Ast, der die Wunde am Kopf verursacht hat? Gibt es da auch Ergebnisse von den Technikern?«

Vicky blätterte in dem Bericht. »Die haben nichts gefunden. Vielleicht hat der Regen auch die Spuren am Baum weggewaschen.«

Tietjen sah Al Pacino an. »Und der Zeugenaufruf? Hat sich jemand gemeldet?«

Al Pacino wiegte seinen Kopf. »Es gab ein paar Feedbacks. Aber nichts, was uns weitergeholfen hätte.«

»Bei der Suche nach dem hellblauen Pkw ist auch noch nichts Konkretes herausgekommen.« Tietjen hatte wieder seinen Notizblock vor sich liegen. »Die Kollegen und wir haben insgesamt zweiundfünfzig Halter von hellblauen Pkws aus der Gegend befragt. Fünfundvierzig konnten uns ihren Wagen zeigen, alle ohne Unfallschäden. Die anderen hatten ihr Auto verliehen, in der Firma abgestellt oder zum Reifenwechsel gegeben. Eine Halterin hatte ihr Auto zu Schrott gefahren. Allerdings haben fast alle Autofahrer angegeben, in der Zeit geschlafen zu haben. Die Alibis wurden in der Regel lediglich vom Partner bestätigt, fünf Leute hatten um Mitternacht alleine vorm Fernseher gesessen.«

Al Pacino rührte in seinem Kaffeebecher. »Was ist mit der Frau mit dem Schrottauto?«

Vicky sah Tietjen feixend an. »Die hat ein super Alibi. Das Auto war wohl schon einen Abend zuvor gegen eine Mauer in Hamburg gesetzt worden. Und – sie hat den Unfallabend mit dem Chef verbracht.«

Tietjen wurde rot. »Da...s kannst du so nicht ...«

»Das ›Lagerhaus‹ hat sie erst kurz vor drei verlassen. Wir müssen noch weitersuchen.« Vicky wühlte in ihrer Handtasche. »Wir haben auch noch nicht alle Betreiber von Autowerkstätten befragt. Ah!« Sie zog ihr Handy heraus und betrachtete den Bildschirm.

»Gab es in der Nacht auf der Strecke Verkehrskontrollen?«
Tietjen lehnte sich zurück und wippte kurz mit der Stuhllehne.
Schmitti schüttelte den Kopf.

»Na, wäre auch zu schön gewesen.«

Vicky tippte in rasender Geschwindigkeit ein paar Sätze in ihr Handy.

Tietjen ahnte, dass sie wieder praktische Lebenshilfe an Jesús sendete. »Wir haben im Moment fast nichts. Keine Hinweise, keine Verdächtigen. Kein hellblaues Unfallauto. Nur die Spuren einer unbekannten Frau.« Er war frustriert.

Die Tür hinter ihm öffnete sich einen Spalt. Ein bebrillter Lockenkopf schob sich in den Raum. »Chef?«

»Frau Kübel, was gibt's?«

Sie wedelte mit einer Notiz und legte sie auf den Tisch. »Ein Zeuge hat gegen halb vier in der Nacht zum Sonntag einen blinkenden Wagen am Unfallort gesehen. Er stand am Straßenrand.«

Tietjen nahm den Zettel. »Rufen Sie ihn an. Er soll sofort zur Befragung kommen.«

»Ich habe ihn für heute Nachmittag einbestellt.« Sie schlüpfte wieder durch die Tür und verschwand.

Tietjen nickte zufrieden. Frau Kübel dachte mit. Sie hatte ihm in der kurzen Zeit, in der er bei den Verdenern arbeitete, schon oft geholfen. Sie war seit dreißig Jahren Sekretärin in der Polizeiinspektion und konnte wahrscheinlich den Job des Hauptkommissars allein erledigen.

»Endlich mal eine Nachricht, die uns voranbringt.« Manchmal fühlte er sich wie ein Jagdhund: Man musste ihm nur eine Reizangel vorhalten, schon nahm er die Fährte auf. Er spürte wieder das Kribbeln im Körper. Seine Stimmung hatte sich schlagartig gebessert. »Wir müssen die kleinen Werkstätten und Schrauber noch ausfindig machen. Irgendwo muss der Unfallwagen repariert werden. Und heute Nachmittag werden wir hoffentlich den Wagentyp von dem Zeugen erfahren.«

»Wann ist der Zeuge am Unfallort vorbeigefahren?« Arndt, der die wichtigsten Ergebnisse auf den Flipchart geschrieben hatte, stand mit roten Ohren am Kopf des Tisches.

Tietjen sah sich den Zettel von Frau Kübel genauer an. »Halb vier. Das ist ja viel später, als wir vermutet haben.«

»Joost, diese Typen aus der WG haben uns Märchen erzählt.« Vicky hatte vor Aufregung wieder einen stärkeren spanischen Akzent. Das »S« klang wie ein Zischen. »Diese blauen Flecken, die in dem forensischen Bericht erwähnt sind. Sie haben bestimmt Streit mit dem Opfer gehabt und sich geprügelt. Und er hat erst danach den Tütort verlassen.«

Schmitti stöhnte. »Dann müssen wir sämtliche Alibis noch einmal abfragen.«

Tietjen klappte seinen Notizblock zu. »Nicht unbedingt. Der Streit ist für den Unfall mit Fahrerflucht unwichtig. Wir müssen endlich den genauen Todeszeitpunkt erfahren. Hoffentlich hat der Zeuge die Automarke erkannt. Dann werden wir die Halter überprüfen, die dieses Modell besitzen. Und zwar in Hellblau.«

Seine Hose brummte. Er griff in die Tasche der Jeans und zog sein Handy heraus. Auf dem Screen war eine neue Nachricht: »Sehr geehrter Herr Kommissar. Habe wichtige Neuigkeiten zum Tod meines Verlobten. Bitte rufen Sie mich an. LG Susanne Meier«.

1947

Dass die Vögel zwitscherten und die ersten grünen Triebe an den Bäumen und Büschen in der Sonne leuchteten, merkte Meta nicht. Sie sah nur rechts und links Geröllhaufen und Ruinen. Viele Häuser blickten mit leeren Fenstern und Rußspuren seelenlos in den Frühling. In ihrer Straße hatten zum Glück nur wenige Bomben der Alliierten eingeschlagen. Miesners waren ausgebombt, und die alte Mutter war bei dem Angriff gestorben. Aber ihr Haus war verschont geblieben.

Sie hatte zwei Flüchtlingsfamilien aufnehmen müssen. In den Kinderzimmern unter dem Dach wohnten Kobats mit drei Kindern. Sie kamen aus Pommern. Im ersten Stock hatte das alte Ehepaar Zabelstein ihr ehemaliges Schlafzimmer bezogen. Es hatte wie durch ein Wunder in einem Versteck die Nazis überlebt.

Sie selbst lebte im Erdgeschoss. Dort hatte sie auf der Anrichte einen kleinen Altar eingerichtet, wo sie jeden Morgen mit einem Gebet für Fritz begann. Er war in russischer Gefangenschaft. Sie hoffte, dass er wenigstens genug zu essen hatte und nicht verwundet war. Die Nachricht seiner Gefangennahme hatte sie vor einem halben Jahr erhalten. Ihre Tochter Marlene hatte ihr Mut gemacht und vorgeschlagen, ihre Beziehungen zu den Amerikanern auszunutzen, um zu erfahren, wo ihr Vater interniert war.

Meta atmete tief ein und schob den Tragegurt ihrer Tasche höher auf die Schulter. Sie ging mit schweren Schritten, musste oft Kratern und Gesteinsbrocken auf der Straße ausweichen. Bremen war ein Trümmerfeld, das trotz der massiven Aufräumarbeiten immer noch aussah, als ob nie wieder normales Leben in den Straßen möglich wäre. Sie selbst hatte als Trümmerfrau mitgeholfen. Triene Schmitt aus der Nachbarschaft hatte sie überredet mitzumachen. Die Arbeit würde sie auf andere Gedanken bringen. Es hatte funktioniert. Während sie Steine sammelte, Eisenträger aus Mauern löste und Holz auf Haufen stapelte, hatte sie kaum an ihren toten Sohn gedacht. Abends spürte sie schmerzhaft jeden ihrer Knochen. Dann hatte sie das Gefühl, die Last der Welt zu tragen.

In Gedanken erlebte sie immer wieder den Moment, in dem sie das Schreiben der Wehrmacht öffnete. Und die Nachricht las, dass ihr Sohn Albert gefallen war. Wie ihr das Blut in die Beine sackte. Das Rauschen in den Ohren. Und der entsetzliche Schmerz in ihrem Herzen.

Sie hatte ihn noch nicht einmal begraben können. Sein Grab war auf einem Soldatenfriedhof irgendwo im Osten. Marlene hatte versprochen herauszubekommen, wo Albert lag. Sie kümmerte sich um sie, brachte ihr ab und zu Kaffee oder Schokolade mit und half ihr auch mit Geld aus. Sie hatte eine Stelle als Sekretärin bei der britischen Militärverwaltung. Und manchmal gelang es ihr, ihre Mutter mit ihrer Lebensfreude und Zuversicht anzustecken.

Vielleicht hatte sie deshalb die Kraft gehabt, nun endlich zur Villa in der Schwachhauser Heerstraße zu gehen. Sie musste ihr Gewissen erleichtern. Vielleicht würde ihr dieser Tag den Weg in die Zukunft ein wenig erleichtern. Seit dem Ende des Kriegs hatte sie sich vorgenommen, die gnädige Frau Hofreiter zu besuchen. Ob sie noch lebte? Der gnädige Herr war kurz nach der Nachricht vom Tod seines Sohnes gestorben. Ferdinand war bei der Bombardierung von Ostende gefallen. Das war vor fünf Jahren gewesen. Frau Hofreiter hatte damals das gesamte Personal entlassen, bis auf Frau Müller.

Meta stolperte und konnte sich gerade noch an einem einsamen Gartentor festhalten. Der Zaun und die Gartenmauer rechts und links davon waren umgestürzt. Dahinter ragten die Ruinen der alten Schumacher-Villa in den blauen Frühlingshimmel. Meta erinnerte sich noch, wie an manchen Abenden die Limousinen Stoßstange an Stoßstange in der Auffahrt vor dem Haus vorgefahren waren. Ein Butler half Damen in eleganter Robe mit Perlen und Seidenschals beim Aussteigen. Herren in Frack und Zylinder gaben ihnen Geleit in die prachtvoll beleuchtete Halle. Alles vorbei.

Die Tasche wog schwer. Sie hatte sie vor ein paar Jahren selbst genäht, damit sie sie bei Bombenalarm schnell schultern und in den nahen Bunker in der Zwickauer Straße mitnehmen konnte. Wenn sie ängstlich bei flackerndem Licht den dumpfen Detonationen in den Straßen lauschte und die Tasche umklammerte, hatte Triene sie oft geneckt. Was sie denn für einen Schatz in dem großen Beutel verberge? Sie hatte nie geantwortet. Sie konnte nicht darüber reden, dass der Inhalt ihr seit Jahren eine große Last und ein noch größerer Trost war.

Sie hatte Schuld auf sich geladen. Am Anfang hatte sie sich noch eingeredet, dass sie nicht anders hätte handeln können. Dass es ihre Pflicht gewesen war, das Verbrechen an Paula Modersohns Werk zu verhindern. Und dass das Gemälde auch ein Teil von ihr war, dass es gewissermaßen auch zu ihr gehörte. Schicksalhaft – so war das Zusammentreffen gewesen zwischen der kleinen Meta auf dem Bild in Ferdinands Zimmer und der Frau, die sich dreizehn Jahre nach dem Entstehen dort wiederfand. Nie hätte sie sich verzeihen können, die Zerstörung dieses Bildes tatenlos zuzulassen.

Drei Gemälde hatten damals Tage nach den Ankündigungen von Ferdinand an der Wand im Flur gelehnt, wo sie für den Abtransport bereitstanden. Mit zitternden Händen hatte Meta Frau Modersohns Bild hinter einem Schmidt-Rottluff herausgezogen. Eigentlich hatte sie sich nur verabschieden wollen. Doch der ernste Kinderblick hatte sie aufgefordert, es mitzunehmen.

Sie hatte es unter ihre Schürze geschoben, war hastig die Treppe hinunter in die Küche gerannt und hatte sich ein Messer aus Gretes Sammlung genommen. Dann war sie auf der Dienstbotentoilette verschwunden. Nachdem sie das Bild aus dem Rahmen gelöst hatte, war sie kurz ratlos gewesen, was sie mit den Holzleisten machen sollte. Doch dann hatte sie sie einfach auseinandergenommen und in die Leinwand gewickelt. Das Ganze wurde mit reichlich Zeitungspapier zu einem Paket, das sie sich auf den Gepäckträger ihres Fahrrads klemmte. Zu Hause versteckte sie es auf dem Dachboden. Erst Wochen später, früh am Morgen, als die Familie noch schlief, traute sie sich, das Paket zu öffnen. Sie erinnerte sich, wie ihr die Luft weggeblieben war vor lauter Aufregung. Schwindelig saß sie in dem Staub unter der Dachluke und hielt schließlich die Leinwand in der Hand. Mit zarten Fingern strich sie über das Bild. Das rote Kinderkleid leuchtete in der Morgensonne. Und ihr eigenes Kinder-Ich, die kleine Meta, hielt mit ihr Zwiesprache: Du hast es richtig gemacht.

Danach hatte sie es Jahre nicht mehr aus dem Versteck geholt. Erst als ihr Mann eingezogen wurde und sie das Gefühl hatte, die Sorgen allein nicht mehr ertragen zu können, hatte sie das Bild erneut hervorgeholt. Sie hatte es wieder auf den Rahmen gezogen und auf den Frisiertisch in ihrem Schlafzimmer gestellt. Von dort hatte die kleine Meta einen Blick auf sie. Sie war ihr Trost. Besonders, als Albert sich freiwillig zum Dienst an der Waffe meldete.

Irgendwann hatte Marlene nach der Herkunft des Bildes gefragt. Und Meta hatte sich mit einer Notlüge herausgeredet: Es sei ein Abschiedsgeschenk von Frau Hofreiter gewesen. In Wirklichkeit hatte sie außer ihrem auf den Pfennig genau abgerechneten Lohn nicht einmal ein Wort des Dankes erhalten. Der Krieg hatte die Menschen härter gemacht.

Jetzt war Albert tot und ihr Mann verschollen. Da konnte es keinen Trost mehr geben. Man konnte nur noch versuchen, sein Leben mit Anstand zu Ende zu bringen. Sie hatte das Bild gestohlen. Jetzt wollte sie ihre Tat rückgängig machen und der Familie Hofreiter das Bild zurückgeben. Vielleicht verziehen sie ihr ja. Immerhin hatte sie es vor der Vernichtung bewahrt. Nach Meinung der Nazis damals war es »entartete Kunst«. Möglicherweise würde es jetzt wieder an Wert gewinnen, nachdem die Besatzer Deutschland geplündert hatten. Viele Kunstwerke befanden sich jetzt bei den Siegern.

Meta bog aus der Hollerallee in die Schwachhauser Heerstraße ein. Auch hier standen einige der Häuser nicht mehr. Aber die Erker der Villa ihrer ehemaligen Dienstherren konnte sie schon von Weitem erkennen. Das Haus war nicht den Bomben zum Opfer gefallen.

Immer schwerer wurde ihr der Gang. Sie strich über die Tasche, die ihr wie Blei über der Schulter hing. Bald würde sie sich von ihrem Schatz trennen müssen. Sollte die gnädige Frau sie anzeigen, wäre es auch egal. Dann würde sie eben ins Gefängnis gehen. Sie erwartete nicht, dass sie im Leben noch einmal Freude oder gar Glück erfahren würde. Im Kerker konnte sie genauso gut auf den Tod warten.

Nun hatte sie die Hofreiter-Villa fast erreicht. Doch etwas stimmte nicht. Die Fenster hatten keine Scheiben. Es gab keine Anzeichen für Bewohner. Dunkel gähnte die große Glastür im ersten Stock auf den Balkon. Erst jetzt sah Meta die Bretter, die vor Haustür und Fenster im Erdgeschoss genagelt waren. Ratlos stützte sie sich auf den Eingangspfeiler vor der Auffahrt, die jetzt mit Unkraut übersät war. Die Steintreppe, die sie vor beinahe zwanzig Jahren das erste Mal erklommen hatte, zeigte Risse und bröckelte. Das Haus war sicherlich schon eine Weile unbewohnt.

»Die sind alle gestorben oder weg. Die Frau Hofreiter ist zu ihrer Tochter nach Bayern gezogen.« Eine alte Frau mit Kopftuch und einem langen braunen Wollrock hatte sich neben sie gestellt. »Das ist schon drei Jahre her.« Die Frau zog einen Lappen aus den Tiefen ihres Mantels und wischte sich über ihr Gesicht. »Warm heute.« Sie sah Meta mit trübem Blick an. »Kennen Sie die Familie?«

»Ich habe hier früher gearbeitet.«

»Stimmt!« Die Frau musterte sie. »Ich erinnere mich an dich. Du warst Dienstmädchen da, nicht?«

Meta nickte.

»Ich bin Eier-Else. Hab Grete immer die dicksten Eier vorbeigebracht. Tja, traurig, wie die Familien sich aufgelöst haben. Viele von den feinen Pinkeln sind weggezogen. Einige fürchten sich wohl vor den Alliierten.« Sie schnäuzte sich mit Getöse in ihr Tuch.

»Allerdings ist die Hofreiter wohl wegen ihrer Krankheit weggezogen. Hatte Tuberkulose. War auch schon ziemlich hinüber.« Sie hatte einen Korb mit Deckel, den sie jetzt öffnete und

Meta hinhielt. In der Tiefe konnte man ein paar weiße Eier leuchten sehen. »Na, willste Eier kaufen?«

Meta schüttelte den Kopf. »Kann ich mir nicht leisten.« Die Schwarzmarktpreise waren viel zu hoch. Sie wollte jetzt so schnell wie möglich nach Hause.

»Ich lass sie dir für den halben Preis. Oder haste was zu tauschen?« Eier-Else sah fragend auf Metas Tasche.

»Nein.« Meta drehte sich schroff zum Gehen.

Sie hörte noch, wie die Frau ärgerlich hinter ihr herrief: »Kein Grund, so un…«

Sie musste allein sein. Ihre Gedanken ordnen. Ihr Bild in Sicherheit bringen. Einen Plan für die Zukunft machen.

21

»Ihr würdet euch wundern, was ich schon an Giftstoffen im Fischerhuder Leitungswasser gefunden habe.« Rabeas helle Stimme kam aus der Küche. Max drückte die Tür auf und sah, dass sie gerade ein Weckglas mit Wasser in ihren großen Beutel steckte.

Marianne blickte zu ihm. »Hallo, Max. Hast du Lust, uns Gesellschaft zu leisten? Rabea will für uns Kaffeesatz deuten.« Sie hob ein Tablett hoch, das mit Kaffeekanne, einigen Tassen, Tellern, Zucker und Milch bestückt war.

»Und das Wasser?« Max deutete auf den Beutel.

»Das muss ich bei mir zu Hause analysieren.« Rabea folgte Marianne und Zoe aus der Küche durch den Flur. »Es wird ein paar Tage dauern, bis die Untersuchungen abgeschlossen sind.«

Max fragte sich, welche wunderlichen Methoden die Heilerin zur Wasseranalyse anwendete. Marianne schwärmte immer von der spirituellen Kraft ihrer Freundin. Max war eher skeptisch, was Rabeas mystische Fähigkeiten anbelangte. Trotzdem folgte er den Frauen ins MAMU. Vielleicht würde es ganz lustig sein, etwas über die Zukunft zu erfahren. Es konnte nur besser werden.

Marianne und Zoe zündeten mehrere Kerzen und zwei Räucherstäbchen an. Nach wenigen Minuten waberte Moschusduft durch den Raum und hüllte die großen Skulpturen in rauchigen Dunst. Max verteilte die Tassen. Das Einschenken überließ er Rabea. Er wollte nicht, dass man ihm vorwarf, er würde den Zauber durch unbedachte Handlungen zerstören. Zumal ihm die schöpferische Kraft der Frauen fehlte und er als Mann von der Heilerin wahrscheinlich nur geduldet war.

Sie verteilten sich auf die Sessel und den Diwan und tranken andächtig. Nach einer Weile begann Rabea leise in Moll zu summen. Es ergab keine erkennbare Melodie. Sie schien sich damit ein wenig in Trance zu bringen. Dann nahm sie erst Mariannes fast leere Tasse, stülpte sie kopfüber auf die Untertasse und starrte auf den Satz.

»Hm.« Rabea hob den Teller näher an die Kerze.

»Was ist es? Etwas Schlimmes?« Marianne lachte nervös.

»Du bist in einer Schaffenskrise.«

»Das weiß ich auch. Kannst du nicht mehr erkennen?«

»Ein schlechtes Karma liegt über diesem Haus. Es ist schwer zu deuten.« Rabea setzte den Teller ab und nahm die Tasse von Zoe. Die beiden Frauen schauten ihr angespannt zu. Max lehnte sich zurück. Er fühlte sich wie in einer windigen Zaubershow. Er bemühte sich, ernst zu bleiben.

»Dir geht es nicht gut.« Rabea schaute Zoe von unten in die Augen. »Du hast Angst. Angst vor dem, was das Geschehene mit der Zukunft macht.«

Zoe, die neben Max auf dem Diwan saß, zog die Schultern hoch und wickelte sich in ihre zu große Strickjacke. Dabei nickte sie. Rabea kippte nun Max' Tassensatz auf einen Teller. Sie blickte darauf, schwieg. Max beobachtete sie aus schmalen Augen.

»Ich weiß nicht, was bei euch los ist. Ich spüre eine dunkle Aura in dem Haus. Diese Spannung kann ich bei jedem Einzelnen von euch erkennen, aber nicht lesen. Ich werde jetzt noch einmal den Satz aus der Kanne ansehen.« Rabea goss den Bodensatz aus der Kanne auf einen großen Teller. Nach einer Weile blickte sie auf. »Es gibt eine Bedrohung für euch alle. Sie kommt aus der Vergangenheit.«

Max entwich ein prustendes Lachen. Marianne sah ihn mit zusammengepressten Lippen an.

»Sie wird für jeden von euch Folgen haben, aber«, Rabea sah aufmunternd in die Runde, »nicht jeder wird darunter leiden.« Sie schaute noch einmal auf die Furchen und Inseln im Kaffeebrei. »Dennoch: Eure Gemeinschaft wird durch das, was passieren wird, erschüttert.«

»Was soll das heißen?« Zoe hatte sich auf die Kante gesetzt. Sie sah beunruhigt aus. »Was wird mit uns passieren?«

»Ich weiß es nicht.« Rabea stand auf und ergriff ihren Beutel.

»Ich muss nun gehen. Einen Rat habe ich noch: Achtet auf die fremde Frau. Und auf das Kind.«

Sprachlos schauten sie Rabea hinterher, als sie das MAMU verließ.

»Und was sollen wir jetzt damit anfangen?« Marianne klang ratlos.

Max lachte trocken. »Gar nichts! Das ist doch alles Hokuspokus.« Er rutschte vom Diwan.

»Und wenn sie recht hat? Können wir uns nicht irgendwie schützen?«

»Zoe, du solltest dir von dieser Verrückten nicht Bange machen lassen. Die zieht hier doch nur eine Show ab.« Max legte einen Arm um Zoes Schultern.

»Das finde ich etwas hart ausgedrückt, Max.« Marianne stellte Tassen und Teller auf das Tablett. »Aber etwas mehr an Information hätte ich mir schon gewünscht. Wer soll denn die Frau sein? Hier gibt es viele Frauen. Wieso fremd? Wo kommt sie her?«

»Und was für ein Kind?« Zoe war ebenfalls aufgestanden. Sie pustete die Kerzen aus. »Ich kenne kein Kind außer der Tochter deiner Schwester. Und die wohnt in Bielefeld.«

»Also, vergesst Rabeas Unkerei. Es war jedenfalls ein interessanter Kaffeeklatsch.« Max winkte den beiden zu und verließ das Haus Richtung Atelier. Er wollte jetzt seine Ruhe. Seit Lennards Tod hatte er sich ein Ritual angewöhnt. Jeden Abend nach Einbruch der Dunkelheit nahm er sich eine Stunde Zeit dafür.

Matisse begrüßte ihn mit leisem Schnauben. Sein braunes Fell leuchtete im schwachen Licht der Stalllampe. Er streichelte ihm kurz die Blesse und erklomm dann die Leiter zum Heuboden. Zwei der Heuballen hob er zur Seite und öffnete dahinter die niedrige Tür zum Zimmer über dem Atelier. Er machte die Schreibtischlampe auf dem großen Kartentisch an und löste ein paar Bretter aus der Dachverkleidung an der Ostwand. Dann holte er ein in Leinentücher gewickeltes Paket hervor und legte es auf den Tisch. Bevor er es auspacken würde, wollte er sich noch ein Glas Wein einschenken. Er ging wieder zur Leiter, denn die Flasche stand unten im Atelier.

»Wo kommst du denn her?«

Er zuckte zusammen, die Klinke der Ateliertür in der Hand. »Mein Gott, Isabelle!«

Sie trat aus der Dunkelheit auf ihn zu und küsste ihn. »Du bist aber schreckhaft. Habe ich dich bei etwas Verbotenem erwischt?«

Er hielt ihr die Tür auf. »Was machst du hier?« Es klang unfreundlicher als beabsichtigt. Aber sie waren nicht verabredet. Max war ihr in den letzten zwei Wochen aus dem Weg gegangen.

Sie umarmte ihn. »Ich hatte Sehnsucht nach dir.«

Er löste sich, machte das Licht an und suchte nach der Weinflasche. »Möchtest du auch ein Glas?« Er schenkte zwei Gläser voll, die auf dem Tisch standen. Dann schob er ihr einen Stuhl hin und setzte sich auf den anderen.

»Es gibt Neuigkeiten.« Isabelle atmete tief ein. »Ich lasse mich scheiden.« Sie nahm einen großen Schluck und beobachtete ihn.

Max versuchte, sich nichts anmerken zu lassen. Sein erster Impuls war Flucht. Er war schockiert. Er wusste, was Isabelle von ihm erwartete. Dass er sich freute und sie bestätigte. Und ihr zur Seite stand. Aber er wollte nicht noch weitere Probleme. »Wieso?«

»Wir haben uns gestritten.«

»Das macht ihr doch dauernd.«

»Diesmal war's ernst. Es gab einen wichtigen Grund.«

Max hob sein Glas. »Du meinst uns? Du hast doch gesagt, dass es ihm nichts ausmachen würde. Dass er sich schon an deine Affären gewöhnt hätte.«

»Er war immer ein bisschen eifersüchtig. Das war aber nicht die Ursache für den Streit.«

Max sah sie an und wartete.

»Mit uns ist es anders als sonst.« Sie stand auf und setzte sich, bevor er es verhindern konnte, auf seinen Schoß. »Ich liebe dich.

Und ich möchte mit dir zusammenleben. Das habe ich Ferdi gesagt.«

»Was?« Max schob sie von sich weg und stand auf. Er ging zum Fenster, um Abstand zu gewinnen. »Hast du bei deinem Plan auch daran gedacht, meine Meinung dazu zu berücksichtigen? Du hättest mich fragen sollen. Und ich hätte dir geantwortet –«

»Bitte, Max. Du hast ja recht. Aber die Ereignisse haben uns eingeholt. Wir sind für immer miteinander verbunden.«

»Was soll das jetzt heißen?« Verächtlich sah er sie an. Er konnte seinen Ärger nicht mehr verbergen.

»Ich bin schwanger.«

Max wurde schwindelig. Er hatte das Gefühl, keine Luft zu bekommen. Auf einmal war der Raum zu klein für sie beide. Die Gegenwart von Isabelle wurde ihm unerträglich. Er ging zur Tür und riss sie auf. Er lief über den Hof, durch das Gartentor. Immer weiter. Die klamme Kälte der Wiesen schlug ihm entgegen. Tief sog er den modrigen Geruch in die Lungen.

Langsam ließ das Panikgefühl nach. Das Haus, die Brücke lagen schon weit hinter ihm. Er befand sich inmitten der Weiden, als er spürte, wie kalt ihm war. Erst jetzt konnte er wieder ruhig atmen und die Gedanken ordnen.

Er drehte sich um und sah die Lichter vom Tütort in der Ferne. Ein blasser Mond ließ die Landschaft silbrig flimmern. Es war still. Nur das Rauschen der Blätter in den Baumkronen. Eine Weile stand er da, schauend. Das Wiegen der Bäume. Schimmernde Wellen, die der Wind in das Gras der Wiesen drückte. Irgendwann ging er wieder zurück. Vielleicht war Isabelle ja inzwischen weggefahren.

Als er sich dem Atelier näherte, sah er durch die erleuchteten Fenster, dass seine Geliebte noch immer auf dem Stuhl saß. Mit klopfendem Herzen ging er hinein. »Ich kann das nicht.«

»Was soll das heißen?«

»Ich kann nicht mit dir zusammenbleiben. Es ist vorbei.«

Isabelle stand auf. »Was?« Sie ging auf ihn zu. »Ich bin schwanger!« Ihre Stimme war schrill. »Du denkst, du machst

Schluss und dann bist du aus allem raus?« Sie stieß ein trockenes Lachen aus. »So geht das nicht! Dieses Kind in meinem Bauch geht uns beide an.«

Max schaute an ihr vorbei auf den dunklen Hof. »Woher weißt du, dass es von mir ist?«

Sie drehte sich weg und schüttelte den Kopf. »Das kann ich nicht glauben. Dass du mich so verletzt.« Ihre Stimme war hart. »Es ist von dir. Du wirst Vater, ob du es willst oder nicht.«

Max ging auf seine Position am Fenster. »Es ist unmöglich. Geh zurück zu Ferdinand. Oder lass es wegmachen.«

22

Sie waren in die Praxis gekommen. Als sie die polternden Schritte und die lauten Stimmen auf dem Gang hörte, wusste Ella sofort Bescheid. »Ist Ihnen nicht gut?«, fragte die Patientin, mit der sie gerade die Behandlung ihres Harnwegsinfektes besprach. In dem Moment wurde die Tür geöffnet. Ihre Helferin schaute sie hilflos an, als an ihr vorbei zwei Beamte in Uniform eintraten. Entsetzt starrte die Patientin die Eindringlinge an.

Einer baute sich vor ihrem Schreibtisch auf. »Sind Sie Dr. Ella Carbonne?«

»Ja.« Es klang wie ein Seufzer.

»Wir haben einen Haftbefehl.« Er legte ein rotes Papier auf den Tisch.

Die Arzthelferin führte die fassungslose Patientin aus dem Zimmer, während der Polizist seine kleine Rede hielt: »Sie sind festgenommen wegen des Verdachts der Fahrerflucht mit Todesfolge. Gegen Sie wird ein Ermittlungsverfahren eingeleitet.«

Ella hörte seine Ansage über ihre Rechte wie durch eine Wand, im Ohr ein Rauschen. Er legte ihr Handschellen an und geleitete sie zusammen mit seinem Kollegen zum Fahrstuhl, vorbei an erstarrten Helferinnen und neugierigen Patientinnen.

Das Schlimmste war eingetreten: Sie wurde vor aller Welt als Täterin entlarvt. Vor Scham wäre sie am liebsten für immer im Fahrstuhlschacht verschwunden. Nun hatte die Vergangenheit sie doch eingeholt – wenn auch ganz anders, als sie befürchtet hatte.

Die Ermittlungsrichterin hatte Ellas Unterbringung in U-Haft angeordnet, nachdem sie kurz über die Beweislage informiert worden war. Sie hatten den Benz bei Matjes gefunden und eine Übereinstimmung der Lackproben mit denen aus den Wunden des Opfers festgestellt. Eben hatten sie noch einen DNA-Abstrich genommen, um ihre DNA mit der am Fundort des Toten abzugleichen. Wie das Ergebnis ausfallen würde, wusste sie ja.

Jetzt lag sie auf dem schmalen Bett der Gefängniszelle. Hier war es schlimmer, als sie es sich bisher vorgestellt hatte. Der Raum war eng und hoch, die grauweiße Farbe der Wände blätterte an einigen Stellen ab. Das Licht einer funzeligen Deckenlampe kämpfte gegen den Schimmer, der durch ein schmales hohes Fenster fiel. Ein nackter Betonboden, darauf ein Metall-WC. Es roch nach Chlorbleiche und Kloake. Ein trostloser Raum. Das hier war die Vorhölle. Damit die Sünder spürten, dass sie nichts mehr galten. Hier waren ihre Rechte ausgesetzt.

Sie starrte auf den Fleck an der Wand. Er hatte die Form von Korsika. Neben ihm hatte einer ihrer Vorgänger in krakeliger Schrift ein Graffito hinterlassen: »Heute ist ein guter Tag für einen Ausbruch d…« Der Rest war unleserlich. Womit hatte er das geschrieben? Ihr hatte man alle Gegenstände abgenommen: Handy, Kugelschreiber, Armbanduhr. Selbst den Gürtel. Jetzt hatte sie nur noch die Kleidung, die sie trug. Sie war schutzlos. Und allein. Es gab für sie keine Hoffnung. Ihre Zukunft sah trostlos aus. Selbst die forschen Reden von Rechtsanwalt Jensen, der die Staatsanwältin vor der Ermittlungsrichterin angegriffen und auf die fehlenden zeitlichen Zusammenhänge hingewiesen hatte, hatten sie nicht aufmuntern können.

Sie drehte sich stöhnend auf den Rücken. Sie war schuldig. Diesmal würde sie die Strafe des Gesetzes erhalten. Für den Unfall. Ob Tietjen sich freute, dass er sie nun doch erwischt hatte? Vor drei Jahren hatte er die Kröte schlucken müssen, sie laufen zu lassen. Was für ein dämlicher Witz des Schicksals: Damals war ihr niemand auf die Schliche gekommen. Jetzt würde sie verurteilt werden, obwohl sie nur Pech gehabt hatte.

Ihre Knochen schmerzten auf der harten Pritsche. Sie setzte sich auf. Auf dem Gang schlug eine Tür zu. Bald würde sie zum erneuten Verhör gerufen werden. Die Befragung direkt nach ihrer Festnahme war nur kurz gewesen. Was für ein Unglück, dass Matjes den Wagen nicht schon zum Lackierer gebracht hatte. Vielleicht wäre ihr Plan sonst aufgegangen.

Zeugen hätten ihren Wagen nachts am Straßenrand am Unfallort gesehen. Jensen, ihr Rechtsanwalt, hatte argumentiert, dass der Zeitpunkt der Zeugenaussage nicht mit dem vermuteten Todeszeitpunkt nach den Aussagen der WG übereinstimme.

»Wir werden die Wahrheit schon noch herausbekommen.« Kommissar Tietjen hatte sie ernst angeschaut.

Vor ihrem inneren Auge sah Ella den Mann im Lichtkegel, kurz vor dem Aufprall. Sie versuchte, sich an Details zu erinnern. Es kam ihr alles so surreal vor: die fröhliche Heimfahrt und dann, im Bruchteil einer Sekunde, der Mann, der mitten in der Nacht auf einer einsamen Landstraße vor ihr Auto fiel. Was hatte er dort gemacht? Vielleicht war er tatsächlich auf der Flucht vor Verfolgern gewesen. Oder hatte er sich umbringen wollen? Er hatte sie doch sehen können. Die Bäume trugen keine Blätter. Das Scheinwerferlicht war von Weitem sichtbar gewesen. Es ergab keinen Sinn.

Vor der Zellentür hörte sie Stimmen. Eine Männerstimme lallte. »Lasst mich in Ruhe, ihr Scheißbullen!« Dann schlug eine Tür. Es war wieder ruhig. Kurze Zeit später wurde ihr ein Tablett mit einem Plastikteller hereingebracht. Sie betrachtete die graugrüne Pampe, in der ein paar glibberige Fettstücke schwammen, und entschied sich, heute Diät zu halten. Immerhin gab es eine Flasche Wasser dazu.

Ella wartete den ganzen Nachmittag. Sie vermisste ihre Uhr, die ihr normalerweise den Tag einteilte. Die Stunden schlichen, den drohenden Termin wie zähe Lava vor sich herschiebend. Das schwächer werdende Tageslicht signalisierte ihr schließlich, dass der Gerichtstag beendet war und sie heute nicht mehr gehört werden würde.

Sie schloss die Augen und dämmerte weg. Die Begleiter der vergangenen Nächte waren sofort wieder zur Stelle. Unruhig warf sie sich von einer Seite zur anderen, um die Gesichter der Toten zu ertragen. Sie schlug schmerzhaft mit der Faust gegen die Mauer. Frierend suchte sie im Halbschlaf nach der muffigen Decke, die sie am Fußende vermutete. Der Mann auf der Straße erschien wieder und wieder. Und immer war er begleitet von dem schwarzen Engel. Der Engel trug eine Kapuze. Er hatte seinen rechten Flügel um den Mann gelegt. Er stützte ihn. Sie standen auf der Straße wie zwei Kriegsversehrte.

Mit einem Ruck setzte sie sich auf. Das war kein Flügel gewesen! Es war ein Arm.

Sie war kurz irritiert über die Gegenwart der fahl beleuchteten Zelle. Doch die Erinnerung an den Unfall, die im Traum neue Details aus ihrem Unterbewusstsein geholt hatte, war wichtiger als die Bestürzung über ihre Umgebung. Der Engel war ein Mann, der neben Lennard gestanden hatte.

23

Ermittlungsrichterin Schablonsky erinnerte Ella mit der maus-
grauen Dauerwelle an Fotos ihrer Tante Beate aus den Fünfzi-
gern. Die runden Brillengläser verliehen ihr etwas Eulenhaftes.
Jensen hatte gemeint, dass sie als Richterin streng, aber fair sei.
Ellas Herz pochte, sie spürte jeden einzelnen Schlag. Gleich
würde sich entscheiden, ob sie weitere Tage oder gar Wochen in
diesem Loch von Gefängniszelle sitzen musste oder, zumindest
auf Kaution, freikam.

Sie gab ihre Personalien an. Anschließend wurde sie über
ihre Rechte belehrt.

»Ihnen wird vorgeworfen, in der Nacht vom neunzehnten
auf den zwanzigsten Februar auf der Landstraße von Sagehorn
nach Fischerhude schuldhaft Lennard Cordes mit Ihrem Pkw
angefahren und getötet zu haben. Anschließend sollen Sie Fahrerflucht begangen haben. Sie haben nun die Möglichkeit, sich
zu diesen Vorwürfen zu äußern, können aber auch schweigen.
Sollten Sie Tatsachen geltend machen wollen, die zu Ihren
Gunsten sprechen, dann haben Sie jetzt die Gelegenheit dazu.«

Rechtsanwalt Jensen nickte ihr aufmunternd zu. Er trug
wieder eine seiner knapp sitzenden Westen unter dem Jackett,
die seinen Leibesumfang betonten. Ella blickte auf das Bücher-
regal hinter dem schmucklosen Schreibtisch der Richterin. Es
war mit dicken Wälzern über Strafgesetzgebung und juristische
Abhandlungen bestückt. Die beklemmende Nüchternheit des
Büros der Richterin ließ keinen Schluss auf die Person zu, die
hier arbeitete.

Ella schloss kurz die Augen und atmete tief ein. »Ich bin
gegen halb vier Uhr morgens mit meinem Mercedes aus Richtung Sagehorn gekommen. Hinter der Kurve am Klärwerk stand
plötzlich dieser Mann zusammen mit einem anderen mitten auf
der Straße.«

»Was?« Dieser Ausruf war der Staatsanwältin entwichen. Ella

betrachtete die große blonde Frau in dem verrutschten Jackett und der fleckigen Bluse. Sie war ihr unsympathisch.

Richterin Schablonsky zog die Brauen hoch und blickte dann auf Ella. »Fahren Sie fort.«

»Der Begleiter war größer als das Unfallopfer. Er trug eine dunkle Jacke, wahrscheinlich schwarz.« Ein Phantom. Lennard Cordes' Begleiter in den Tod. »Es sah so aus, als ob der zweite Mann das Opfer, Herrn Cordes, zwang, in der Mitte der Fahrbahn auf mein Auto zu warten.«

Die Staatsanwältin schnaubte.

»Bitte, Frau Kattenhorn.«

»Es regnete, und die Sicht war sehr schlecht. Sie standen ja auch direkt hinter der Kurve, da konnte ich sie vorher nicht sehen. Außerdem war die Fahrbahn rutschig. Ich konnte nicht mehr rechtzeitig bremsen.« Ella merkte, wie ihr übel wurde. Sie hatte kaum auf ihrer harten Pritsche schlafen können. Der Schlafmangel und die Erinnerung an die schrecklichen Ereignisse ließen Säure in ihrem Inneren aufsteigen. »Es ging alles ganz schnell. Der Aufprall ...« Ihre Stimme wurde brüchig.

»Fahren Sie fort.«

Ella sah Jensen an, der ihr beruhigend zublinzelte. »Ich bin sofort rechts an den Straßenrand gefahren und habe nach dem Verletzten gesucht. Er lag unterhalb der Straße am Rand zum Feld. Er schien nicht mehr zu atmen. Ich habe dann versucht, den Mann zu reanimieren.«

»Was genau haben Sie gemacht?«

Ella schilderte, wie sie die Kleidung gelockert hatte, keinen Puls fand, Herzmassage begonnen hatte und schließlich, nach langer Zeit, aufgeben musste, weil ihre Maßnahmen ohne Erfolg blieben. Es folgten weitere Fragen nach den zeitlichen Zusammenhängen.

»Haben Sie den zweiten Mann noch gesehen?« Das kam von Frau Kattenhorn.

»Nein, den habe ich auch erst –«

Jensen legte seine Hand auf Ellas Unterarm, um sie zu bremsen. Sie schwieg.

»Wie sah der zweite Mann aus?«

»Er trug eine Jacke mit Kapuze. Deshalb konnte ich sein Gesicht nicht sehen. Es lag im Schatten der Kapuze.«

»Aber er muss doch auch bei dem Unfall verletzt worden sein.« Das kam von der Richterin.

»Das hätte ich auch gedacht. Aber ich war so mit den Maßnahmen zur Wiederbelebung beschäftigt, dass ich den anderen Mann vergessen hatte.«

»Hmm.« Frau Schablonsky sah sie an, als ob sie ihr nicht glauben würde. »Wie ging es weiter?«

»Ich bin dann wieder zurück zu meinem Auto und …«

»Durch den Unfall und die vergebliche Reanimation war meine Mandantin vollkommen erschöpft und schwer traumatisiert«, unterbrach sie der Rechtsanwalt. »Das erklärt, warum sie versäumte, die Polizei zu informieren, und direkt nach Hause fuhr. Sie hat nach allen Regeln der ärztlichen Kunst versucht, das Opfer zurückzuholen. Es ist bekannt, dass Ärzte im Krankenhaus in ähnlichen Situationen ebenfalls häufig psychische Probleme haben, die sie in einen Ausnahmezustand bringen.« Er schob die schwarzrandige Brille, die seine Vollglatze krönte, auf die Nase und las aus einem Buch, das er aufgeschlagen vor sich liegen hatte. »Stichwort ›Second Victim‹, hier in Form eines Verwirrtheitssyndroms nach seelischem Trauma.«

»Nun, zunächst besteht der Tatbestand der Unfallflucht. Und das, nachdem das Unfallopfer zu Tode gekommen war und Sie, Frau Dr. Carbonne, sich darüber klar sein mussten, dass gegen Sie Anzeige erstattet werden würde.« Die Staatsanwältin sah sie streng an. »Statt sich bei den Behörden zu melden, haben Sie am fünfundzwanzigsten Februar gegenüber den Kommissaren Tietjen und Müller-Esteban auf die Frage nach Ihrem Pkw eine abenteuerliche Geschichte über einen Unfall irgendwo in Hamburg aufgetischt. Sie haben versucht, Ihre Tat zu verschleiern …«

»Das ist ihr Recht, verehrte Kollegin.« Jensens Tonfall war ruhig, aber nachdrücklich.

»Trotzdem ist da eine erhebliche kriminelle Energie Ihrer

Mandantin zu erkennen: Sie hat den beschädigten Wagen von einem befreundeten Mechaniker heimlich reparieren lassen.«

»Von ›heimlich‹ kann keine Rede sein.«

»Nun, wir werden den Mechaniker dazu noch näher befragen. Jetzt lassen wir mal die Fakten sprechen.« Die Staatsanwältin schlug mit Schwung eine andere Seite der Mappe auf. »Am Unfallort bestätigen die Spuren, dass eine Reanimation stattgefunden hat. Sämtliche Spuren weisen auf nur eine Person hin. Es wird noch ein DNA-Abgleich mit Frau Carbonne durchgeführt werden. Außerdem sind bei der Hausdurchsuchung der Beschuldigten zwei Schuhe sichergestellt worden, die zu den Abdrücken am Unfallort passen. Die Analyse der Bodenreste in den Sohlen läuft noch.«

»Dass meine Mandantin am Unfallort war und dem Verletzten zu helfen versucht hat, ist bereits von Frau Dr. Carbonne bestätigt worden. Interessant ist, dass an der Kleidung des Opfers auch noch DNA von weiteren Personen gefunden wurde.« Ellas Rechtsanwalt hatte die Ergebnisse der KTU und den Obduktionsbericht noch vor der Vernehmung lesen können.

»Es gibt einen Zeugen, der das blinkende Auto der Beschuldigten am Straßenrand gesehen hatte. Er bestätigte, dass es sich um einen hellblauen Mercedes gehandelt habe. Und«, Frau Kattenhorn hob die Stimme, »weitere Personen wurden von dem Zeugen nicht gesehen. Dass Sie jetzt plötzlich einen mysteriösen zweiten Mann aus dem Ärmel zaubern, ist ja wohl eher Ihrer Verzweiflung zuzuschreiben. Auch die KTU hat keinerlei Spuren gesichert, die auf eine dritte Person hinweisen.«

Sie streckte sich und blickte die Richterin an. »Die Beweislage spricht eindeutig für die Schuld von Frau Dr. Carbonne. Es besteht sowohl Flucht- als auch Verdunklungsgefahr. Ich beantrage daher die Fortführung der Haft.«

Ella wankte. Sie atmete tief ein.

Jensen nahm ihren Arm und hielt sie. »Es gibt allerdings noch weitere Wunden und Verletzungen, die bisher durch die Rechtsmedizin nicht erklärt wurden.« Seine Stimme war scharf.

»Stimmt das?« Die Richterin wandte sich an die Staatsanwältin.

»Der Kollege bezieht sich wohl auf die Kopfverletzung. Die konnte bisher leider noch nicht schlüssig geklärt werden. Es wurden an dem Baum, gegen den das Opfer geschleudert wurde, keine Spuren gefunden. Das liegt aber höchstwahrscheinlich an den Witterungsbedingungen. Es hat in der betreffenden Nacht ohne Unterlass geregnet.«

»Was ist mit den prämortalen Prellungen? Und«, Jensen geriet in Fahrt, »wieso ist das Unfallopfer überhaupt auf der Landstraße gewesen? Was hat es vorher gemacht?«

»Da laufen die Ermittlungen noch.«

»Frau Kollegin, das ist aber von essenziellem Interesse! Sie beschuldigen meine Mandantin eines schweren Verbrechens, obwohl Sie nur unvollständige Informationen über den Ablauf des Abends haben! Sogar bei der Todesursache gibt es Unstimmigkeiten. Wieso ist denn der CO_2-Gehalt im Blut so hoch?«

Die Staatsanwältin senkte die Augen, als ob sie die Aussagen von Jensen nicht interessierten.

»Ist das wahr?« Die Richterin klang erstaunt.

»Der Obduzent hat sich etwas unglücklich ausgedrückt. Er geht aber letztendlich davon aus, dass die Kopfverletzung zum Tod geführt hat.« Frau Kattenhorn strich eine blonde Strähne hinter das Ohr. »Da klar ist, dass der Unfall das Leben von Lennard Cordes beendet hat, halte ich die Suche nach den biologischen Abläufen für nebensächlich.«

»Nichts ist hier klar.« Man sah Jensen an, dass er am liebsten aufgestanden wäre. »Der Todeszeitpunkt liegt laut Gerichtsmedizin zwischen Mitternacht und vier Uhr morgens, das ist eine lange Zeitspanne …«

»Den Todeszeitpunkt haben wir soeben von Frau Carbonne erfahren. Der Unfall ereignete sich gegen halb vier Uhr morgens.«

Jensen achtete nicht auf den Einwurf von Frau Kattenhorn. »Der zweite Mann taucht in Ihren Ermittlungen überhaupt nicht auf –«

»Der zweite Mann ist eine Erfindung der Beschuldigten, um sich zu entlasten!«, unterbrach die Staatsanwältin den Rechtsanwalt.

»… und die nachgewiesenen Spuren eines Kampfes am Körper des Toten finden keine Berücksichtigung in Ihrem Bericht. Haben Sie schon einmal darüber nachgedacht, dass das Opfer vielleicht von einem Bekannten in den Tod gedrängt wurde? Dass er nicht aus freien Stücken auf der Fahrbahn stand?« Jensen sah die Richterin an. »Die Beweislage für eine Verhaftung meiner Mandantin ist überaus dürftig.«

Die Richterin schlug die Unterlagen zu und nickte in Richtung der Protokollantin, die Ella erst jetzt an einem kleinen Tisch in einer Ecke des Raumes entdeckte. »Das sehe ich nicht so. Natürlich müssen noch weitere Recherchen stattfinden, Frau Staatsanwältin. Ich werde eine Prüfung des Obduktionsberichts durch den leitenden Forensiker veranlassen. Die Beschuldigte hat gestanden, Fahrerin des Unfallwagens gewesen zu sein. Damit und durch die Ergebnisse der ermittelnden Beamten ist der Verdacht auf Fahrerflucht bei Unfall mit Todesfolge hinreichend belegt.«

Dann kam der letzte Satz, der Ella den Atem nahm: »Die Haft wird aufrechterhalten, eine Haftaussetzung ist aufgrund der Schwere der Tat nicht möglich.«

24

Max wackelte mit seinem großen Zeh, der blass und fleischig aus dem Loch seiner rechten Socke ragte. Die Füße lagen auf der Lehne der durchgesessenen Küchencouch, die er schon am frühen Abend in Beschlag genommen hatte. John stand am großen Profigasherd, den er vor vier Jahren dem Wirt seiner Stammkneipe abgekauft hatte. Er klapperte mit dem Topfdeckel, nachdem er stundenlang mit dem Kochlöffel Salz, Thymian und Harissa unter das Chili con Carne gerührt hatte. Wärmewolken des Kachelofens und Essensdämpfe standen wie ein Hitzeschild in der Küche. Draußen rüttelte ein strammer Westwind an den Fenstern. Das alte Haus ächzte, sein zweihundert Jahre altes Gebälk knarzte wie alte Knochen.

Max nippte an dem Rotweinglas und seufzte zufrieden. Hier in der Küche mit den Freunden konnte er seine Sorgen ganz gut ertragen. Er suchte vergebens nach dem Sofakissen und legte seinen Kopf auf die hohe Armlehne. Über ihm lief eine fette Spinne emsig über ihr Netz, in dem sie erfolgreich eine Fliege festgesetzt hatte.

»Spinnen sind ein Zeichen für ein gutes Raumklima.« Marianne schob einen Teller auf Max' Platz, während sie seinem Blick an die Decke folgte. »Du bist heute übrigens mit Aufräumen dran.«

Er antwortete mit einem dumpfen Murmeln. Der Abend war noch lang. Und die Flaschen noch fast voll.

Im Flur hörten sie die Haustür zuschlagen. »Hallo.« Eine fröhliche Frauenstimme. »Ich bin's nur!«

Max sah Kevin an, der sich schwerfällig von seinem Stuhl erhob. Die Tür öffnete sich, und Zoe schlurfte mit grimmigem Gesicht in die Küche. »Kevin, Besuch für dich.«

Hinter ihr erschien Susanne, rotwangig, mit blitzenden Augen. »Hallo, zusammen! Ganz schön warm bei euch.« Sie wickelte einen langen Schal von ihrem Hals und schälte sich aus der nassen Wetterjacke. Kevin umarmte sie und brachte die Jacke in die Garderobe.

»Wisst ihr's schon?«, fragte Susanne.

Max sah die Spinne an und erwartete fast, dass sie, wie bei »Kalle Wirsch« in der Augsburger Puppenkiste, wiederholen würde: »Wisst ihr's schon? Wisst ihr's schon?«

»Was?« Marianne hatte das letzte Besteck neben die Teller gelegt und richtete sich auf.

»Sie haben Ella Carbonne, die Ärztin, festgenommen.« Sie sah triumphierend in die Runde, als ob sie die Verhaftung selbst durchgeführt hätte.

Max setzte sich mit einem Schwung hin.

Marianne ließ sich auf einen Stuhl fallen. »Das kann ich nicht glauben.« Sie sah Zoe mit großen Augen an.

»Wieso …?« Zoes Frage blieb unvollendet im Raum hängen.

Max beobachtete John, der Kevin einen Blick zuwarf. Kevin zuckte mit den Schultern. John griff nach seinem Rotweinglas und leerte es in einem Zug. »Krass.« Er lehnte sich gegen die Anrichte. »Ist das amtlich?« Er räusperte sich. »Ich meine: Hat sie gestanden?«

»Ja, hat sie!« Susanne Meier jubelte beinah. »Sie hat den Unfallwagen gefahren. Und ist dann weggefahren. Lennard hat sie einfach im Graben liegen gelassen.« Sie senkte die Stimme und lächelte süffisant. »Ich habe es gleich vermutet.«

»Wieso hast du es ›gleich vermutet‹?« Zoes Stimme war voller Verachtung.

»Ich kenne Frau Carbonne schon länger. Ich weiß, dass sie sich verstellt. Ihr findet sie wahrscheinlich ganz nett, aber ich habe sie von einer anderen Seite kennengelernt.« Susanne zog die Mundwinkel nach unten. »Sie ist eine falsche Schlange.«

»Pass auf, was du sagst!« Zoe hob die Hand und machte einen drohenden Schritt auf Susanne zu. »Ella ist meine Freundin. Sie hat vielleicht einen Fehler begangen. Aber du«, sie baute sich dicht vor Kevins Freundin auf, »bist dagegen: ein mieses Stück Scheiße.«

Susanne wich zurück und klammerte sich an Kevin. »Ich

habe gesehen, wie Ella ihr kaputtes Auto von einem Freund reparieren ließ. Da war alles klar.« Sie blickte Zoe an. Ihre Stimme klang trotzig. »Wenn sie deine Freundin ist, dann weißt du ja, dass sie ein hellblaues Auto fährt. Und du hast hoffentlich die Polizei informiert, als sie nach dem Unfallauto gesucht haben.«

Zoe sah sie an, als ob ihr ein Messer ins Herz gerammt würde. Dann ging sie zum Sofa und setzte sich schwerfällig neben Max.

Minutenlang war es still. Nur das leise Brodeln des Eintopfs und das Heulen des Windes begleiteten das Schweigen. Max legte den Arm um Zoes Schultern. Er wusste, dass sie sich wie eine Verräterin fühlte. Die Polizisten hatten so ahnungslos gefragt. Und Zoe hatte arglos geantwortet. Niemand hatte damals gedacht, dass Ella etwas mit dem Autounfall zu tun haben könnte.

John nahm eine Schüssel aus der Anrichte und griff nach einer Kelle. »Lagebesprechung!« Er schaufelte das Chili aus dem Topf. Dann drehte er sich zu Susanne um. »Hast du schon gegessen?«

Susanne linste auf das kalorienhaltige Gericht. »Ja, danke.«

»Sehr gut. Dann muss ich dich bitten, uns zu verlassen. Ist 'ne WG-Besprechung.«

Er ignorierte ihren verblüfften Gesichtsausdruck und schob sich mit der dampfenden Schüssel an ihr vorbei.

Kevin begleitete sie nach draußen und kam einige Minuten später zurück. »Das war jetzt nicht gerade sehr taktvoll.«

»Susanne ist auch nicht gerade sensibel.« John griff schnaubend nach dem Löffel, um sich aufzutun. »Ich kann es nicht fassen, dass Ella ins Gefängnis muss. Sie tut mir so leid.«

Kevin setzte sich. »Ich finde, es ist gerecht.«

»*Du* findest das gerecht?« John spuckte eine Bohne quer über den Tisch.

»Fahrerflucht ist kein Kavaliersdelikt.«

John starrte Kevin an und schüttelte den Kopf.

»Was findest du eigentlich an der Ische?« Zoe griff nach der Weinflasche.

»Ich verstehe auch nicht, dass Susanne jetzt mit dir zusammen ist. Nach Lennards Tod hätte ich erwartet, dass sie um ihn trauert. Und sich nicht gleich dem Nächsten an die Brust wirft.« Marianne löffelte ein paar Bohnen von ihrem Teller und pustete.

Kevin füllte sich den Teller mit Chili. »Menschen verarbeiten Trauer unterschiedlich. Sie waren gerade mal ein Jahr zusammen. Außerdem hatte sie, kurz bevor er starb, über eine Trennung nachgedacht.« Er deckte die Schüssel zu. »Er war in letzter Zeit immer schlecht drauf. Das kann eine Beziehung schon belasten.«

»Dann kamst du ja gerade recht.«

»Genau, John. Ich konnte sie trösten. Jetzt ist sie wieder fröhlich und hat auch sonst einige Vorzüge.« Er grinste in sein Weinglas.

Zoe rutschte auf dem Sofa hin und her. »Vielleicht können wir jetzt mal über Wichtigeres reden als deine Flamme.« Ihr Gesicht war zornesrot. »Ich möchte wissen, was an dem Samstag im Februar hier passiert ist.«

»Wieso, du warst doch dabei.« Kevin visierte sie mit kühlem Blick.

»Verarsch mich nicht, Kevin. Ich rede über die Zeit nach Mitternacht.«

»Ja, du hast recht.« Johns Stimme klang besänftigend. »Lennard kam noch mal zurück, nachdem ihr ins Bett gegangen wart.«

Max stöhnte innerlich. Susannes Auftritt war eine Erlösung gewesen. Die Beklemmung, die ihn seit Wochen am Atmen hinderte, war von einem Moment zum nächsten verschwunden. Er fühlte sich jetzt beinahe euphorisch, wie auf einem seiner besten Trips. Das sollte John jetzt nicht zerstören. Max kannte Ella Carbonne nur vom Sehen. Und dass sie jetzt wegen Fahrerflucht verknackt wurde, war nicht nur gerecht, sondern auch der perfekte Abschluss jenes unsäglichen Abends mit all seinen Folgen. Besser hätte es gar nicht kommen können.

»Ach?« Marianne lehnte sich zurück und verschränkte die Arme. »Was wollte er denn?«

»Er war sauer.«

»Wieso? Wegen des Bildes?«

»Also …«

Zoe sah John mit gerunzelter Stirn und vorgestrecktem Kopf an. »Mensch, nun lass dir doch nicht alles aus der Nase ziehen!«

»Also, als Erster kam Ferdinand Mathieu. Der wollte mich fertigmachen.« Max spuckte die Neuigkeit wie eine Kröte auf den Tisch. Bevor John etwas sagen konnte, sprach er weiter. »Er hatte das mit mir und Isabelle herausbekommen. Er war rasend vor Eifersucht und versuchte, mir die Faust ins Gesicht zu rammen. Wir hätten uns beinahe geprügelt. Aber John hat ihn glücklicherweise zurückgehalten.« Er lachte kurz. »Das war wie in einem schlechten Roman. Beinahe hätte ich mich wegen Isabelle geschlagen!«

»Und was hat Lennard gemacht?« Marianne ließ nicht locker.

»Lennard kam kurz nach Ferdinand. Wir waren alle in die Küche gegangen. Sofort nach Ferdinands Angriff auf mich fing Lennard an, ihn wütend anzubrüllen.

»Das habe ich gehört. Davon bin ich wach geworden.« Zoe nickte. Sie sah etwas entspannter aus. »Dann habt ihr euch weiter gestritten.«

»Genau.« John übernahm wieder. »Lennard warf Ferdinand vor, ihn betrogen zu haben. Und wir hätten ihm geholfen.«

»Ich nehme an, es ging um eins eurer Geschäfte. Und nicht um das Bild.« Marianne starrte genervt auf die Küchenuhr über der Tür.

Max wusste wie sie, dass die ganze Wahrheit heute nicht ans Licht kommen würde. »Ach, der hat vollkommen überreagiert. Mathieu hat ihn aber abblitzen lassen. Er war ziemlich gemein, hat Lennard wie einen Loser dastehen lassen. John hat noch vermitteln wollen. Aber Lennard wollte sich nicht beruhigen. Er fühlte sich von uns allen verraten und wurde immer aggressiver. Er ist ein cholerischer Typ.« Er sah Marianne an, in der Hoffnung, sie würde ihm zustimmen. »Schließlich ist er auf John losgegangen und hat ihn gewürgt!«

»Daher das Halstuch am nächsten Morgen.« Marianne klang ungerührt.

»Ich habe noch tagelang Schmerzen beim Schlucken gehabt.«
John nickte Marianne zu, die ihn mit hochgezogenen Brauen
ansah. Sie schien keinem zu glauben.

»Erst als ich ihm in die Rippen geboxt habe«, gab Max zu,
»hat er John losgelassen. Am Ende ist Lennard wutentbrannt
aus dem Haus gelaufen.«

»Und wieso ist er nicht mit seinem Auto gefahren? Was hat
ihn dazu gebracht, zu Fuß auf der Landstraße zu laufen?«

Max und John sahen sich an.

Kevin stellte sein Glas bedächtig auf den Tisch. »Ich wollte
ihn nur ein bisschen vorführen. Ihm zeigen, dass er sich die
Falschen zum Streiten ausgesucht hat. Er sollte spüren, dass
wir am längeren Hebel sitzen.« Er grinste. »Als er rausging,
habe ich ihn überholt. Bevor er wegfahren konnte, habe ich
seinen Wagen mit meinem Auto zugeparkt. Damit er zu Fuß
nach Hause laufen musste.«

»Ihr habt ihn in den Tod geschickt.«

»Jetzt werd mal nicht dramatisch, Marianne.«

»So war's. Ihr alle hättet ihn auf seinem Weg einholen können,
damit er doch noch sein Auto nimmt. Oder habt ihr ihn sogar
gejagt?«

»Warum bist du denn so aggressiv?« John legte seine Hand
auf Mariannes Unterarm. Sie zog ihn weg. »Wir haben ihm
einen schlechten Streich gespielt, das stimmt. Aber Lennard
war gewalttätig. Wir konnten ihn nicht bändigen. Er hat uns
bedroht und verletzt.« Er fuhr sich mit der Hand durch die
fettige Mähne. »Wir waren nach dem Kampf vollkommen erschöpft. Ja, auch sehr wütend.« Er sah ihr in die Augen. »Aber
wir haben ihn nicht gejagt.«

Max beobachtete Zoe und Marianne. Schließlich nickte die
Ältere und erhob sich. Sie hatten es geschluckt. Glaubte er.

1948

Meta saß am Küchentisch, die Augen geschlossen. Draußen regnete es Bindfäden, die in langen Schlieren das dünne Fensterglas entlangliefen. Der Wind drückte durch den abgeblätterten Rahmen und strich ihr über das Gesicht. Sie zog ihr Schultertuch enger. Die Küche war kalt, aber die Kohlen, die die Kinder von Triene am Güterbahnhof in Oslebshausen organisiert hatten, wollte sie noch nicht vergeuden. Vielleicht würde es bald wieder frieren.

Sie hatte schlecht geschlafen. Im Traum war sie durch die Feuer in den Straßen geirrt, wie in der Brandnacht vor vier Jahren. Fast alle Häuser in der Nachbarschaft waren damals den Bombenangriffen zum Opfer gefallen, und ganze Familien waren verbrannt. Das Viertel glich immer noch einer Wüste.

Sie lauschte der Predigt im Radio. Seit Alberts Tod betete sie jeden Abend und hoffte, dass ihr Sohn nun sorgenfrei und glücklich im Paradies war. Die täglichen Rundfunkpredigten, die sie nie verpasste, gaben ihr Trost. Vor ihr stand eine Tasse Bohnenkaffee. Marlene hatte ihn mitgebracht. Ihre Stelle bei den Amis brachte viele Vergünstigungen mit sich. Die Nylonstrümpfe letzte Woche hatte Meta auf dem Schwarzmarkt schon gegen Kartoffeln getauscht, das Kaugummi gegen Eier.

Das »bubble gum« sah aus wie ein fester Papierstreifen, schmeckte wie Zahnpasta und durfte nicht verschluckt werden. Sie hatte vor ein paar Wochen eine schlaflose Nacht gehabt, als sie die merkwürdige Süßigkeit probiert hatte. »Nicht runterschlucken, sonst verklebt der Magen«, hatte Marlene noch gewarnt, da war es schon passiert. Zum Glück war aber alles gut gegangen.

Ihre Zigarettenration hatte Meta behalten, für Fritz. Vor zwei Wochen war eine Postkarte gekommen. Gelbstichiges Papier mit kyrillischer und französischer Schrift: Carte postale du prisonnier de guerre. Ein blasser rautenförmiger Stempel quer über *ihrem Namen und der Adresse. Weiter unten standen in blauer Tinte der Name Fritz Burmeister und die Lagernummer. Auf der Rückseite dann die verheißungsvolle Botschaft. Er würde bald aus der Gefangenschaft entlassen werden und nach Hause kommen.*

Sie seufzte, sog den aromatischen Kaffeeduft ein und nahm einen Schluck. Im Radio spielten sie jetzt eine Kantate von Bach. Es ging ihr gut, sie musste dankbar sein. Das Leben ging weiter, und sie hatten genug zu essen, im Gegensatz zu den meisten anderen Bremern. Sie konnte sogar den mageren, blassen Kindern ihrer Untermieter ab und zu einen Apfel oder gekochte Kartoffeln geben.

Schritte auf der Treppe kündigten Marlene an. Sie hatte das Schlafzimmer bezogen, aus dem die Zabelsteins letzten Herbst ausgezogen waren. Sie waren nach Palästina ausgewandert. Es war ein herzlicher Abschied gewesen, und Meta hoffte, dass sie dort ihr Glück fänden und auch ihre seelischen Wunden heilen würden.

Die Tür sprang auf, Marlene stürmte rein, setzte sich auf einen Stuhl und krempelte einen Nylonstrumpf auf, um ihn anzuziehen.

»Was ist denn mit dir los? Un maak de Dör dicht. Dat treckt.« Meta schlurfte zur Tür und stieß sie zu.

»Ich bin spät dran. Ich werde gleich abgeholt.«

»Ach.« Meta trank noch etwas Kaffee, um ihre Neugier zu verbergen. »Du gehst noch aus?« Es war später Nachmittag, und es wurde schon dunkel.

»Ja, im Gasthaus Schorf ist wieder Tanzvergnügen.« Marlene zog den einen Strumpf über und streckte ihr Bein in die Luft.

»Schick. Die Beine hast du von deinem Vater.« Meta sah sie liebevoll an. Hübsch sah ihre Tochter aus mit den rot geschminkten Lippen. »Hoffentlich werden die schönen Strümpfe auf dem Fahrrad nicht schmutzig.«

»Kein Problem.« Marlene klang aufgeregt. »Wir fahren mit dem Automobil nach Rockwinkel.« Der zweite Strumpf wurde hochgezogen.

»Oho, steigst du jetzt in die höheren Kreise auf?«

»Wer weiß? Vielleicht ist der Herr aber nur dankbar, dass wir ihm eine Sondergenehmigung für sein Fahrzeug ausgestellt haben.«

»Na, der wird wohl wichtig sein, der Herr.«

»Er ist Bauunternehmer und hilft der Stadt beim Wiederaufbau.«

In dem Moment schepperte die Klingel an der Haustür. Marlene sprang auf, schlüpfte in die hochhackigen Schuhe mit den Pfennigabsätzen und stöckelte in den Flur. Meta hörte ihr Lachen und eine sonore Männerstimme. Dann erschien der Gast in der Küchentür.

»Mutti, darf ich dir Herrn West vorstellen?«

Meta blieb sitzen, als sie dem hochgewachsenen Mann im grauen Anzug die Hand reichte. Das hatte sie sich bei Frau Hofreiter abgeguckt. Er sah gut aus. Dunkle Haare, Grübchenlächeln und braune Augen. Sie schätzte ihn auf Anfang dreißig, vielleicht etwas jünger. Der Krieg hatte bei vielen Männern Falten hinterlassen.

Er machte einen knappen Diener. »Ich danke Ihnen, dass Sie mir Ihre Tochter anvertrauen. Ich werde sie Ihnen wohlbehalten zurückbringen.«

»Das will ich hoffen.« Meta lächelte. »Ich wünsche Ihnen beiden viel Spaß.«

Sie ging zum Fenster, als Marlene und Herr West das Haus verlassen hatten. Durch den Regen sah sie, wie sie unter dem Regenschirm zu einem schwarzen Mercedes eilten. Sie freute sich für ihre Tochter. Sie hatte es verdient, sich zu amüsieren, wie alle jungen Menschen, die in den Kriegsjahren viel zu schnell erwachsen werden mussten.

Die Andacht im Radio wurde fortgesetzt. Es sprach wieder der Kölner Erzbischof, der vor einiger Zeit den hungernden Gläubigen versichert hatte, dass es im Sinne Gottes sei, das nehmen zu dürfen, was ein jeder zur Erhaltung des Lebens und seiner Gesundheit notwendig habe. Heute bezog er sich auf diese Predigt. »Ich glaube aber, dass in vielen Fällen darüber hinausgegangen worden ist.« Meta sah ihr Spiegelbild in den mittlerweile dunklen Scheiben. Sie hatte das Gefühl, dass der Erzbischof nur zu ihr sprach. »Und da gibt es nur einen Weg: unverzüglich unrechtes Gut zurückzugeben, sonst gibt es keine Verzeihung bei Gott.«

Diese Botschaft war klar. Meta hatte kein Recht auf das Modersohn-Bild in ihrem Schlafzimmer. Unrechtes Gut war es, das sie versteckt hielt und das ihr den Frieden raubte. Wenn Gott ihr nicht vergab, würde sie nie mit Albert vereint sein. Für sie gab es keinen Weg ins Paradies, wenn sie den Hofreiters nicht ihr Gemälde zurückgab. Sie musste herausfinden, wo Frau Hofreiter sich aufhielt. Vielleicht würde der »Bremen Port Command«, wo Marlene arbeitete, bei der Suche helfen. Die Amerikaner waren ja auch in Bayern die Besatzungsmacht. Gleich Montag würde sie mit dem Bild ins Haus des Reichs gehen, in dem die Militärregierung residierte.

25

Tietjen bekam langsam klamme Finger. Der Wind fuhr unter das Hemd, das er auf das Bügelbrett gespannt hatte, und zerrte es aus seiner Befestigung. Er fluchte. Bei der Hose war alles noch ganz einfach gewesen, trotz der Windböen. Mittlerweile war er aber schon ziemlich durchgefroren. Kein Wunder bei fünf Grad plus. Jetzt fing es auch noch an zu regnen. Er gab auf. Es war schließlich nur eine Trainingsstunde, die er auf die Terrasse seines Reihenhauses verlegt hatte. Eine der Nachbarinnen von gegenüber hatte ihn durch die zur Seite geschobene Gardine kopfschüttelnd beobachtet. Sonderlinge waren in Bremens bodenständigem Stadtteil Sebaldsbrück eher selten.

Er packte das Bügelbrett, klemmte die Kleidung unter die Arme und stieß mit dem Bügeleisen in der Hand die Glastür auf. Schnell ins warme Zimmer. Eine Viertelstunde später hatte er es sich mit einer Kanne Tee auf dem ledernen Clubsessel gemütlich gemacht. Er sollte seine Strategie für das Projekt »Extrembügeln bei Sturmflut in Duhnen« noch einmal neu durchdenken.

Stattdessen dachte er an Ella Carbonne. Wie es ihr wohl in der kargen Zelle erging. Sie war eine Frau, die einiges aushielt. Er erinnerte sich an die Ermittlungen im Fall Rainer Rüppel. Vor drei Jahren war der Anästhesist spurlos verschwunden. Tietjen hatte die Gynäkologin im Rahmen der Ermittlungen kennengelernt. Tolle Frau.

Er nippte an der heißen Teetasse. English Breakfast Tea. Hatte ihm sein Kumpel und Ex-Kollege Bertram Flachs von einer Shoppingtour aus Brighton mitgebracht.

Bei den Ermittlungen vor drei Jahren war er sich vorgekommen wie der Detective im Film »Sea of Love«, der sich in die mutmaßliche Täterin verliebt. Ella Carbonne hatte sich verdächtig verhalten und ausreichende Motive gehabt, den Kollegen zu töten. Rüppel war ein unsympathischer Typ gewesen, der seine Umgebung schlecht behandelte, massiven Druck auf die

Kollegin ausübte und einen illegalen Prothesenhandel betrieb. Außerdem hatte er seine Frau betrogen.

Erst jetzt fiel ihm auf, dass Susanne Meier, die Dr. Carbonne quasi »verpfiffen« hatte, die damalige Freundin von Rainer Rüppel gewesen war. Komischer Zufall.

Als er die Ärztin bei der Befragung wegen ihres Autos wiedergesehen hatte, war sein Puls sofort in die Höhe geschnellt. Diesmal würde er sich aber professioneller verhalten. Das Ganze war schon lange her. In einem anderen Leben. Dennoch ein rätselhafter Fall. Tietjen war damals überzeugt gewesen, dass der Anästhesist nicht mehr lebte. Mittlerweile war er auch der Meinung wie sein damaliger Chef, dass Rüppel sich irgendwo am anderen Ende der Welt ein schönes Leben machte. Geld genug hatte er ja.

Der Tee war ganz schön bitter. Er hatte ihn zu lange ziehen lassen. Er schwang sich aus dem Sessel, holte die Rumflasche aus dem Barschrank und goss einen reellen Schuss in die halb volle Tasse.

Dass Ella Carbonne bei der Befragung wieder so schnippisch gewesen war! Als ob sie mit der ganzen Sache nichts zu tun hätte. Er war schon wieder auf sie reingefallen. Allerdings tat sie ihm jetzt leid. Er konnte sich gut vorstellen, was in ihr vorgegangen war, als sie den Toten nach dem Unfall gefunden hatte.

Der Rum heizte ganz schön ein. Und entspannte. Sein Blick glitt über den Eisentisch und das Sofa aus antikem Rindsleder. An der alten Fotolampe blieb er hängen, und in dem gelben Schein erschienen ihm schemenhaft Ella Carbonnes dunkle Augen, umrahmt von braunen Locken, ein spöttisches Lächeln auf den Lippen.

Was für eine Dummheit, dass sie Fahrerflucht begangen hatte. Es wäre alles nicht so schlimm gekommen, wenn sie sich gestellt hätte. Und jetzt versuchte sie verzweifelt, aus der Sache rauszukommen, indem sie diesen dubiosen zweiten Mann ins Spiel brachte. Hanebüchen! Er hoffte, dass ihr windiger Anwalt sie wenigstens auf ein geringes Strafmaß raushauen würde.

Die Ergebnisse der Rechtsmedizin mussten sie noch abwarten. Dann konnte hoffentlich bald das Urteil verkündet und Frau Carbonne in eine Justizvollzugsanstalt verlegt werden. Dort waren die Haftbedingungen wesentlich humaner. Sie würde eine schöne Zelle bekommen, die sie sich ein bisschen einrichten konnte. Mit etwas Glück würde sie nach nur kurzer Haftstrafe entlassen werden.

Er seufzte und schenkte sich noch eine Rum-Tee-Mischung in die Tasse. Draußen war es dunkel, und er würde jetzt einfach ein wenig in seinem Sessel wegdämmern. Morgen würden sie besprechen, wer die Befragung der WG-Mitglieder zum wiederholten Mal durchführen würde. Er jedenfalls nicht. Auf seinem Schreibtisch türmte sich die Arbeit. In Verden war mehr für ihn zu tun als auf seiner alten Stelle in Bremen.

Was diese Künstlertypen vom Tütort auch immer mit Lennard Cordes angestellt hatten: Es änderte nichts an dem Tatbestand, dass die Ärztin den Mann über den Haufen gefahren hatte und anschließend geflüchtet war. Er war sich sicher, dass auch der Bericht vom Forensiker Petersen nichts Neues ergeben würde. Da konnte sich dieser Winkeladvokat Jensen auf den Kopf stellen. Noch einmal würde der ihn nicht vor seinem Vorgesetzten bloßstellen wie vor drei Jahren. Tja, man traf sich immer zweimal.

Während sein Kopf nach hinten sank, sich die Lider schlossen und sein Gaumensegel geräuschvoll im Takt seines Atems flatterte, nahm er Ella Carbonne bei der Hand, legte einen Arm um ihre Schultern und drückte sie an sich. Eng an eng tanzten sie Salsa vor den Augen der Gäste im »Lagerhaus«, die im Kreis um sie herumstanden. Leider ging nach einer gekonnten Drehung sein Handy.

Er öffnete träge die Augen und bedauerte das Ende seines schönen Traums.

»Tietjen.«

»Ja.« Die Frauenstimme am anderen Ende zögerte. »Sind Sie der Kommissar, der den Unfalltod von Lennard Cordes untersucht?«

»Jjj…ja.« Tietjen war noch nicht in der Gegenwart angekommen.

»Ich bin eine Mitbewohnerin der Wohngruppe vom Tütort. Ihre Kollegen hatten uns schon befragt. Lennard war ja kurz vor seinem Tod noch bei uns gewesen.«

»Hm.«

»Ist es wahr, dass ich mich strafbar mache, wenn ich durch Verschweigen von Tatsachen die Ermittlungen womöglich behindere?«

Jetzt war Joost Tietjen hellwach. »Wieso? Haben Sie etwas Wichtiges zu berichten?«

»Ich denke schon. Ich glaube, dass Lennard in den Tod getrieben wurde. Kann ich morgen zu Ihnen kommen?«

Wie schön, dass das deutsche Fernsehprogramm auch einmal etwas Positives bewirkte. Er würde der Dame jedenfalls nicht erklären, dass es, im Gegensatz zu englischen Krimis, in der BRD nicht strafbar war, etwas zu verschweigen. Zumindest, wenn man nicht gefragt wurde. »Natürlich. Wie ist Ihr Name?«

»Marianne Schwanitz.«

26

»Ihr Schweine! Ihr wollt mich umbringen!«

Ella schreckte hoch.

»Hilfe! Hilfe! Ihr lasst mich hier verrecken!«

Sie stöhnte. Dieser Krach machte sie fertig.

»Lasst mich hier raus!« Schläge gegen die Wand begleiteten das Geschrei.

Jede Nacht war hier ein Kommen und Gehen. Besoffene randalierten. Schwere Türen klappten unentwegt. Gestern war dieser Drogi nebenan eingezogen. Jetzt war er auf Entzug.

»Ich ficke euch! Ich ficke euch alle!«

Dann mach's doch. Wenn du nur still bist! Ella konnte diese unentwegte Fäkalsprache nur schwer ertragen. Die Typen, die hier strandeten, kamen zum größten Teil vom unteren Rand der Gesellschaft. Meist Männer. Mit solchen Personen hatte sie im normalen Leben nie zu tun. Wollte sie auch nicht.

Die Tür der Nachbarzelle wurde geräuschvoll aufgerissen und mit Wucht zugeschlagen. Eine polternde Männerstimme versuchte, den Verrückten nebenan zur Raison zu bringen. Natürlich ohne Erfolg.

»Bitte, gib mir Stoff.« Der Drogi war in ein ebenso unerträgliches Wimmern verfallen.

Der Mann brauchte medizinische Hilfe. Das müssten die Beamten doch wissen. Oder sie sollten ihm zu seinem Schuss verhelfen. Dann wäre endlich Ruhe.

Wahrscheinlich war es nach Mitternacht. Sie konnte es ungefähr an ihrem Müdigkeitsgefühl abschätzen. Sie wachte jede Nacht auf. Ihre Haut brannte. Die Lider waren geschwollen. Sie fühlte sich schmutzig und sehnte sich nach ihrer Badewanne.

Die Tage verbrachte sie in einem Dämmerzustand. Sie vergingen zäh und so interessant wie Sitzwachen bei einem Hirntoten. Und das seit mehr als drei Wochen. Kein Besuch. Kein Telefonat. Kein Fernsehen. Ostern war unbemerkt vorübergegangen.

Man hatte ihr einen Roman zum Lesen genehmigt. Aber es fiel ihr schwer, sich auf den Text zu konzentrieren. Die Gedanken ließen sich nicht abstellen. Manchmal weinte sie. Aus Langeweile. Und weil es ihr danach besser ging.

Ihre Tochter fehlte ihr so. Dieses Jahr hatten sie nicht im Garten nach Ostereiern gesucht. Sie sehnte sich nach Claras Jubelrufen, wenn sie ein Ei gefunden hatte. Und nach all den anderen schönen Momenten, in denen sie sich nicht sattsehen konnte an Claras lachendem Gesicht. Auch in den nächsten Jahren würde Ostern ohne sie stattfinden. Ihre Tochter würde wachsen, lernen und viele schöne Erlebnisse haben. Und sie wäre nicht dabei.

Ella drehte sich auf die Seite und ignorierte die abgeblätterte fleckige Wand. Sie schloss die Augen und stellte sich vor, wie sie ihre Kleine in die Arme schloss. Sie spürte das seidenweiche Haar. Ihre schmalen Schultern. Sie versuchte, Claras Duft einzuatmen.

Die Tränen liefen wieder. Sie konnte nicht aufhören. Sie war so unendlich einsam. Die Welt hatte sie vergessen. Alle Kraft, die sie jemals besessen hatte, hatte sie verlassen. Ihr Leben war kaputt. Sie war kaputt. Sie würde jahrelang im Gefängnis verrotten. Für etwas, das sie nicht erklären konnte. Für eine Schuld, die sie nicht hatte.

Natürlich war da noch die Sache mit Rainer. Die Erinnerung daran legte sich wie ein Stein auf die Brust. Aber sie hatte Buße getan, genug gelitten, seinetwegen genug schlaflose Nächte verbracht. Und jetzt würde das Schicksal sie trotzdem bestrafen.

Sie drückte ihren Mund in die Wolldecke, um ihr Jammern zu dämpfen.

Rainer hatte sie über Monate drangsaliert. Nur weil sie ihn hatte abblitzen lassen. Nach der kurzen Affäre auf Peters Segelboot. Er hatte alles viel zu ernst genommen. Ein eingebildeter Egomane, der sich nicht vorstellen konnte, dass er nicht bekam, was er wollte. Er hatte seinen Einfluss benutzt, um sich an ihr zu rächen. Machtmissbrauch – davon hatte sie schon oft erfahren. Viele ihrer Patientinnen mussten darunter leiden, wenn die Partner sich weigerten, den Unterhalt zu zahlen, sich um die Kinder zu kümmern, wenn sie schlugen, das gemeinsame Vermögen veruntreuten, die Frau mit dem gemeinsamen Lebensplan alleinließen. Es gab Tausende Geschichten. Sie hatte zu viele gehört. Fast jede der Frauen war Opfer gewesen, ohne dass sie sich hätten wehren können.

Das, was sie getan hatte, war Notwehr gewesen. Jeder, der Dr. Rainer Rüppel kannte, würde das bestätigen.

Sie setzte sich auf, atmete durch den offenen Mund. Sie hatte das Gefühl, keine Tränen mehr zu haben. Durch den feuchten Schleier, der an ihren Wimpern hing, brach sich das Licht aus dem hohen Fenster der Zelle. Wie schwach sie war.

Rainer war ein Schwein gewesen. Wie er sie gehasst hatte! Nur um sie unter Druck zu setzen, kaufte er das Gesundheitszentrum gegenüber von ihrer Praxis. Er hatte sich vorgenommen, sie beruflich zu ruinieren. Das hatte er ihr kalt lächelnd ins Gesicht gesagt. Über Monate schikanierte er sie. Dann drohte das Gesundheitsamt mit Schließung ihres OPs. Das war die Krönung von Rainers Rachefeldzug gewesen. Sie hatte keinen Ausweg mehr gewusst – bis auf einen.

Kommissar Tietjen, der große Wahrheitsfinder, hatte es nicht geschafft, ihr einen Mord nachzuweisen. Rainers Leiche wurde nie gefunden. Sie fand es gerecht: Der Mann war gemein und rücksichtslos gewesen. Er hatte seine Frau mit ihr und Susanne betrogen. Er hatte seinen chirurgischen Kollegen in den Tod getrieben. Er hatte mit dem illegalen Prothesenhandel einen Riesenreibach gemacht. Niemand vermisste ihn! Seine Frau und die Kollegen wären ihr wahrscheinlich dankbar, wenn sie wüssten, dass Ella sie von Rainer Rüppel befreit hatte.

Jetzt würde Tietjen doch noch triumphieren. Ob er immer noch glaubte, dass sie die Mörderin des Anästhesisten war? Damals hatte er sich darüber aufgeregt, dass die Justiz sie laufen lassen musste. Nun, diesmal konnte er sich selbstgerecht auf die Brust schlagen. Die Verdächtige würde verurteilt werden. Dank seiner Ermittlungen.

Wenn sie entlassen würde, wäre alles, was ihr wichtig war,

Vergangenheit. Clara würde ihr Leben ohne sie leben. Die Praxis konnte sie nicht wieder aufmachen, denn die Approbation würde sie auch abgeben müssen. Und im Dorf würden sie sich die Mäuler über sie zerreißen: Die war im Knast, die gehört nicht zu uns!

Ihr Gesicht war nass, die muffige Wolldecke feucht. Die Haare klebten an den Wangen. Sie bekam keine Luft durch die geschwollene Nase. Sie wischte sich mit dem Ärmel den Rotz ab. Das hätte sie früher nie gemacht. Es war ihr alles egal.

Nebenan war es ruhig geworden.

Als sie am nächsten Morgen durch das Scheppern des Frühstückstabletts geweckt wurde, fühlte sie sich wie jemand, den sie aus seinem Grab holen wollten. Lasst mich einfach in Ruhe!

»Na, Se sehen aber übel aus.« Der Wärter sächselte und hatte Übergewicht. »Machen Se sich 'n bisschen z'recht. Die Richterin will Se heute sehen.«

Ihr wurde übel. Jetzt würde die Strafe dafür erfolgen, dass sie Rainer auf dem Gewissen hatte.

27

»Na, bist du fit?« Al Pacino schlug Tietjen schwungvoll von hinten auf die Schulter. Tietjen zuckte schmerzerfüllt zusammen. Sein Muskelkater vom Training am gestrigen Abend steckte ihm in allen Gliedern. Der Trupp der Extrembügler hatte beschlossen, am Breitensport der Uni teilzunehmen. Sie waren die Ältesten, umgeben von langhaarigen Girlies und pickligen Studenten, die aber mindestens genauso laut wie sie bei den Übungen stöhnten. Der Trainer, ein fünfzigjähriger Brasilianer mit Militärausbildung, hatte eine grandiose Kondition und keine Gnade mit den ungelenken Kursteilnehmern.

»Pacino, du Mistkerl. Hast du die Abschlussberichte von der KTU?«

»Si, signore.«

Die anderen Mitglieder des Ermittlungsteams schlenderten zu ihren Plätzen. Vicky hatte noch das Handy am Ohr und gab Jesús die Einkaufsliste durch. Tietjen konnte nur *»queso holandés«* und *»vino blanco: Riesling«* (es klang wie »Rissling«) verstehen.

Als alle saßen, starrten sie stumpf auf den Tisch und schwiegen. Tietjen hatte schon seinen Kaffee ausgetrunken, als draußen das typische Klackern von Frau Kattenhorns Stiefeln erklang. Sie ließ, wie immer, die Tür mit einem Knall ins Schloss fallen und pflanzte sich auf den Stuhl neben Tietjen.

»Sorry. Hatte die Pizza vergessen und musste noch mal zurück. Ich bin heute bei Louises Hausaufgabenbetreuung mit Kochen dran.« Sie kramte in ihrem Lederbeutel nach dem Tablet und der Pfefferminzrolle. Sie nickte Tietjen zu.

»Moin, Frau Staatsanwältin. Ich denke, Pacino, du fängst an mit den Ergebnissen der Spusi.«

Arndt stand schon bereit und vermerkte den Unfallzeitpunkt, der laut der Angeklagten bei drei Uhr zwanzig am zwanzigsten Februar lag.

»Die Leute von der KTU haben die Schuhe von Frau Carbonne überprüft. Sie stimmen mit dem Abdruck überein. Außerdem waren Erdreste im Profil, die mit der Erde am Unfallort übereinstimmen. Die DNA am Tatort stimmte ebenfalls mit der DNA der Tatverdächtigen überein. An der Kleidung konnten, außer der von Frau Carbonne, noch zwei weitere DNA-Spuren festgestellt werden. Wahrscheinlich stammt eine davon von der Freundin des Toten.«

Al Pacino blätterte in der Mappe der KTU-Berichte. »Der Mercedes war schon komplett repariert. Die ausgewechselten Teile waren verschrottet und konnten nicht mehr gesichert werden. Allerdings gibt es bei der Autofarbe eine hundertprozentige Übereinstimmung mit den Lackpartikeln aus der Wunde, sowohl für den hellblauen als auch den darunterliegenden weißen Originallack.«

»Na, das klingt doch nach einer glasklaren Sache.« Frau Kattenhorn lehnte sich zufrieden nach hinten und stopfte sich ein Pfefferminz in den Mund.

Schmitti meldete sich. »Die KTU hat auch noch einmal das Gelände abgesucht. Es gibt keine Blutspuren an den Bäumen oder anderen Pflanzen. Es wurde überhaupt kaum Blut gefunden. Aber das lag vielleicht an dem Dauerregen.«

»Bevor Petersen aus der Rechtsmedizin kommt, will ich eben noch von meinem Treffen vor Ostern mit Marianne Schwanitz berichten.«

»Wer ist das?« Die Worte wurden von den Klickgeräuschen des Bonbons gegen Frau Kattenhorns Zähne begleitet.

»Frau Schwanitz ist Bildhauerin und Mitglied der Tütort-WG. Sie hat mir von einem Streit berichtet, der an dem Abend kurz vor dem Unfall in der Küche stattfand.«

Tietjen hatte die Künstlerin zusammen mit Al Pacino vor fünf Tagen im Polizeihaus empfangen. In dem nüchternen Büro hatte sie wie ein exotischer Vogel ausgesehen in ihrem gelb- und orangefarbenen Kleid, dekoriert mit wallenden Tüchern und einem passenden turbanartigen Stirnband.

»Ich wollte eigentlich nicht kommen«, waren ihre ersten Worte. »Vielleicht hat es ja gar nichts mit dem Unfall zu tun.«

»Alle Informationen sind wichtig. Nur so können wir uns ein detailliertes Bild der letzten Stunden im Leben von Herrn Cordes machen.« Tietjen hatte die Rolle des Befragers übernommen.

»Ich komme mir vor wie eine Verräterin. Aber«, sie atmete tief ein, »ich muss mir treu bleiben. Der arme Lennard hat es verdient, dass alles aufgeklärt wird.«

»Sie hatten schon ausgesagt, dass Herr Cordes kurz nach Mitternacht Ihr Haus verlassen habe und Sie dann zu Bett gegangen seien.«

Marianne Schwanitz lehnte sich zurück und ließ den Blick über die nackten Wände bis zum Fenster gleiten. Draußen sah man Bürogebäude hinter kahlen Bäumen. Es war bewölkt. »Dieser Raum hat irgendwie ein schlechtes Karma. Sie sollten ein paar Pflanzen aufstellen. Vielleicht einen Baumfreund. Der bringt frische Energie. Ist auch gut in verfahrenen Situationen.«

»Danke für die Anregung.«

»Oder eine Grünlilie. Sie bindet Gifte aus der Luft.«

Al Pacino grinste. Er wusste, dass die Männertruppe des Kommissariats bisher noch jede Pflanze vernichtet hatte. Sogar den Kaktus, den Vicky der Abteilung gespendet hatte. Ein Geschenk von Jesús, das bei ihr nicht gut angekommen war.

Tietjen schwieg. Er ärgerte sich, dass er seine kostbare Zeit mit der Vernehmung der Zeugin verbringen musste. Er hatte noch einen Fall von schwerer häuslicher Gewalt und den Drogentoten aus Langwedel auf dem Schreibtisch liegen, die seit Wochen überfällig waren. Frau Schwanitz wollte aber auf keinen Fall mit Vicky oder einem der anderen Männer sprechen.

Nach einer Minute der Stille begann sie mit ihrem Bericht. »Wir hatten vor zehn Tagen ein WG-Gespräch. Zoe, meine Mitbewohnerin, hatte mitbekommen, dass in der Unfallnacht doch ein Streit stattgefunden hatte.«

»Um welche Uhrzeit?«

Marianne sah Al Pacino an, als ob sie erst jetzt bemerkte, dass er auch noch da war. »Ungefähr eine Stunde nachdem Lennard sich verabschiedet hatte.«

»Ist er wiedergekommen, oder war er die ganze Zeit dageblieben?«

»Er ist wohl wiedergekommen. Ich hatte ja gesehen, wie er das Haus verlassen hat.«

Tietjen nickte ihr zu.

»Ich kann nur sagen, was uns die Männer berichtet haben. Lennard hat sich beschwert, dass er von Ferdinand Mathieu schlecht behandelt worden sei.«

»Inwiefern?« Al Pacino war interessierter an der Geschichte als Tietjen.

»Er hatte mit ihm geschäftlich zu tun. Und Ferdinand habe ihn dabei betrogen.«

»Das ist doch der Kunsthändler. Warum kommt Herr Cordes mit seiner Beschwerde zu Ihren Freunden?«

»Herr Mathieu war auch da. Er ist später gekommen. Davon wusste ich aber bisher nichts«, fügte sie hastig hinzu.

»Und dann haben Herr Mathieu und Herr Cordes sich gestritten?« Tietjen musste sich zwingen, den roten Faden dieses Abends zu verfolgen. Er fragte sich insgeheim, was diese Informationen an dem Tatbestand des Unfalls mit Fahrerflucht ändern sollten.

»Ja.«

»Und?«

Frau Schwanitz schwieg schon wieder. Tietjen hätte gern auf den Tisch gehauen, damit sie sich ein wenig konzentrierte und diese Vernehmung stringent zu Ende geführt werden konnte.

Sein Kollege erlöste ihn. »Wie ist es denn zu den Verletzungen gekommen? Der Tote«, Frau Schwanitz zuckte bei diesem Wort zusammen, »hatte Prellungen, die nicht von dem Unfall stammen können.«

»Lennard wurde handgreiflich.« Sie stockte. »Es kam zu einem Kampf.«

»Zwischen ihm und Herrn Mathieu.«

»Nein.« Pause. »John und Max haben sich mit ihm geprügelt. Aber nur weil sie angegriffen wurden.« Jetzt kam sie endlich in Fluss. Als ob sie einen Schalter umgelegt hatte, erzählte sie hastig den Ablauf des Zwistes und seinen Ausgang. »So haben die Männer es uns erzählt.«

»Nach zwei Stunden hatten wir die Befragung endlich in der Tasche.« Tietjen stöhnte. Dann grinste er. »Als Pacino sie zur Tür brachte, sagte sie noch: ›Irgendwie erinnern Sie mich an jemanden.‹ Und Pacino: ›Ja, das passiert mir öfter. Tut mir leid für Ihre WG, was da passiert ist. Aber: Freundschaft und Geld, das ist wie Öl und Wasser.‹«

»›Der Pate‹!« Schmitti klang wie ein Schuljunge, der die richtige Antwort wusste. »Das deckt sich ungefähr mit den Aussagen der anderen Mitglieder der WG. Die hatten wir gestern und vorgestern noch einmal vorgeladen.«

»Wisst ihr denn, um was für ein Geschäft es sich handelte?« Al Pacino klappte die KTU-Akte zu.

»Irgendein Bilderverkauf.« Vicky hatte die Vernehmungen geleitet. »Von Max Husten. Ist das wichtig?«

Tietjen bedankte sich insgeheim für die Frage. »Das Ganze hat mit dem Unfallhergang nichts zu tun. Wir wissen aber wenigstens, warum das Opfer zu Fuß gegangen ist und nicht seinen Pkw benutzt hat.

In dem Moment öffnete sich die Tür. »Moin.« Ein drahtiger Mann in grüner OP-Montur ging in großen Schritten um den Tisch, knallte einen Schnellhefter auf die Tischplatte und setzte sich an die Kopfseite. Seine struppigen schlohweißen Haare leuchteten wie Sahneeis über dem zerfurchten Gesicht.

Tietjen beneidete den vitalen Mittsechziger, der mit seiner Sonnenbräune zehn Jahre jünger wirkte. »Tach, Petersen. Sie sehen aus, als hätten Sie sich super erholt.«

»Drei Wochen nur Sonne. Ich glaube, ich fliege gleich wieder zurück.« Er lachte ein kerniges Lachen. Dann wedelte er mit den Akten. »Das war mühsam, der reinste Schund. Wenn ich noch mehr solcher Obduktionsbefunde nachzuarbeiten habe, ist die Erholung übermorgen wieder hin.« Dabei klang er, als ob ihn die Arbeit daran erst richtig auf Trab gebracht hatte.

»Also …« Er öffnete den Ordner und schaute bedeutungsvoll in die Runde. Petersen war bekannt für seine dramatischen Inszenierungen, die er gern mit einer Pointe abschloss. »Ich habe mir die Leiche noch einmal angeschaut. Und es gibt ein paar Überraschungen, die Sie bei Ihren Ermittlungen sicherlich …«, seine Lippen kräuselten sich zu einem maliziösen Lächeln, »… inspirieren werden.«

Karola Kattenhorn griff nach dem Kaffeebecher, den Schmitti ihr reichte. »Es würde uns schon *inspirieren*, wenn wir endlich mal den exakten Todeszeitpunkt und die Todesursache erfahren würden. Das hätte ich von Ihrer Abteilung vor vier Wochen erwartet.«

Tietjen stöhnte leise. Er wusste, dass die Staatsanwältin Chauvinisten im Allgemeinen und speziell Petersen nicht ausstehen konnte. Tietjen hasste Streit, besonders am frühen Morgen.

»Die Obduktion ist tatsächlich nicht ganz einfach gewesen. Dass mein werter Kollege Dr. Huber sich schwertat, alle Details zu erkennen, kann ich ihm nicht verübeln. Er hat sich vom Offensichtlichen blenden lassen und dadurch wichtige Fakten übersehen. Aber«, er lächelte milde, »jetzt bin ich ja da. Der Todeszeitpunkt wird auf einen Zeitraum zwischen ein und maximal vier Uhr morgens geschätzt.«

»Wissen wir.« Frau Kattenhorn klopfte mit der Pfefferminzrolle rhythmisch auf den Tisch.

Petersen hob nur leicht die Augenbrauen. »In Anbetracht der Witterung und der Fakten, von denen ich Ihnen gleich erzählen werde, eher zwei bis drei Uhr.« Er grinste Frau Kattenhorn hämisch an. »Die Totenstarre wurde in einigen Gelenken gewaltsam gelöst.«

Tietjen sah Vicky ratlos an. Sie schien genauso irritiert. Hatte die Spurensicherung geschlampt? Den Leichnam beim Auffinden gedreht? Oder hatte Frau Carbonne beim Versuch, Lennard Cordes zu reanimieren, die Starre gebrochen?

»Und jetzt kommt eine besonders interessante Neuigkeit: Der Fundort ist nicht der Tatort.«

»*Was?*« Das kam von Al Pacino. Er sprach das aus, was Tietjen dachte.

»Was soll das heißen?« Staatsanwältin Kattenhorn klang verblüfft.

»Das Opfer wurde mindestens eine Stunde nach Eintritt des Todes bewegt.«

»Wie kann das angehen? Ist das während der Reanimation passiert?« Tietjen machte sich eine Notiz, um Frau Dr. Carbonne dazu zu befragen.

Petersen schüttelte nur gut gelaunt den Kopf.

»Das …«, Karola Kattenhorn sprach bedächtig, »… wirft ein vollkommen neues Licht auf den Unfallhergang.«

»Ich habe noch mehr schöne Informationen.« Petersens Tonfall hatte eine penetrante Fröhlichkeit. »Der Körper weist verschiedene Einblutungen und Prellmarken auf, die dem Opfer vor Todeseintritt zugefügt wurden. Es gab zuvor einen Kampf.«

»Das haben wir schon erfahren. Wir haben zwar in diese Richtung recherchiert«, Vicky sah Petersen schuldbewusst an, »dachten aber, es wäre für den Unfallhergang nicht relevant.«

»Das denke ich nicht. Der Tote erhielt einen heftigen Schlag auf den Schädel. Die Holzrückstände in der Wunde bestehen aus Esche. Das Schlagwerkzeug ist länglich, abgerundet, ungefähr zehn Zentimeter breit. Passt am besten zu einem Baseballschläger.«

Tietjens Gedanken rasten. Dann konnte Ella Carbonne nicht für den Tod verantwortlich sein. Oder doch? Hatte sie ihn gekannt? Hatte sie ein Motiv, Lennard Cordes zu töten?

»Dann starb das Opfer nicht durch seine Unfallverletzungen, sondern wurde erschlagen?« Die Staatsanwältin sah auf die Uhr.

»Ad eins: ja. Ad zwei: jein.«

»Herr Dr. Petersen, wir sind etwas unter Zeitdruck. In fünf Minuten ist der Termin bei der Ermittlungsrichterin. Bitte sagen Sie uns endlich die Todesursache!«

»Der Unfall war tatsächlich nicht der Grund für den Tod des

Opfers. Die Prellmarken weisen zwar darauf hin, dass Cordes bei der Kollision mit dem Mercedes aufrecht stand. Da war er aber schon tot.«

Verwirrt sahen sich Tietjen, Vicky, Schmitti und Al Pacino in die Augen. Nichts passte zusammen. Die Theorie vom einfachen Unfall mit Todesfolge konnten sie fallen lassen. Welche Rolle hatte Frau Dr. Carbonne dabei gespielt?

»Also wurde Cordes erst erschlagen und dann auf die Landstraße verfrachtet, um einen Unfall vorzutäuschen.« Frau Kattenhorn schien die Einzige zu sein, die die Neuigkeiten wie eine schlechte Karte beim Skatspiel taktisch sinnvoll und vollkommen ungerührt unterbrachte. »Aber: Wie ist er gestorben?« Sie betonte jedes Wort.

Petersen kaute auf seiner Unterlippe und beobachtete die Staatsanwältin. Als ob er überlegte, wie sie den nächsten Schlag ertragen würde. »Ich habe noch ein paar schöne grüne Wollfasern gefunden.«

Er sammelte seine Papiere zusammen. Dann schaute er auf die Ermittler wie ein Lehrer, der eine Klassenfahrt nach Paris ankündigt. Er grinste mit blinkenden Goldkronen, als er die Todesursache verkündete. Die Staatsanwältin, Tietjen und seine Kollegen starrten ihn ungläubig an.

28

Die Tür von »Gemischtwaren Hühnerberg« war vollgeklebt. Durch die Zettel mit Ankündigungen und Anzeigen für Wohnungssuchen, Gartenarbeit und gebrauchte Schlittschuhe sah Marianne Irmtraut am Tresen stehen. Sie hatte Ellas Freundin seit der letzten Séance der Walpurgisweiber nicht mehr gesehen. Als sie den Laden betrat, entdeckte sie neben ihr den dicken Bernd, umgeben von einer Wolke Kuhdung. Wahrscheinlich hatte er das karierte Hemd und die Cordhose, die wie ein Sack an ihm hing, seit Wochen nicht gewaschen.

»Moin.« Frauke Hühnerberg blickte nur kurz hinter der Glastheke in ihre Richtung, um sich danach wieder auf das Gespräch zu konzentrieren. »Ich habe ja gleich gesagt, dass man so nicht mit ihr umgehen kann. Aber die Polizei ist ja vollkommen instinktlos.«

»Also«, Irmtraut hatte eine helle, etwas brüchige Stimme, »ich war schockiert, als ich von der Verhaftung gehört hatte.« Sie klang immer so, als wäre sie gerade aus einem tiefen Schlaf erwacht. »Dass jemand, den man so gut kennt, ins Gefängnis kommt. Ich habe keine Sekunde daran geglaubt, dass sie schuldig ist.«

»Mein Bruder war mal im Gefängnis«, bemerkte Bernd.

»Ja, damals nach der Schlägerei auf der Maifeier. Da war er stinkeblau.« Frauke winkte abwertend in seine Richtung. »Für Ella würde ich meine Hand ins Feuer legen.«

Marianne ging zum Kühlregal. Hinter ihr stapelten sich Kekse, Schokolade, Dosen und Pakete mit Reis, Zucker, Nudeln. In der anderen Ecke waren Zeitschriften und Schulbedarf, neben dem Obst und Gemüse stand ein Regal mit Schuhputzzeug und Waschmittel. Mit zwei Milchtüten beladen näherte sie sich der Gesprächsrunde. »Gibt's was Neues von Ella Carbonne?«

»Stell dir vor, sie ist wieder draußen.« Irmtraut strahlte sie an, und Marianne fürchtete kurz, dass sie ihr um den Hals fallen würde.

»Sie haben sie heute aus dem Gefängnis entlassen.« Die Ladeninhaberin strich sich eine graue Haarsträhne hinters Ohr. »Vorhin kam sie und hat eingekauft. Sie sah schlecht aus.« Sie wischte sich die Hände am grün gemusterten Kittelkleid ab, schob die Brille, die vor ihrem Busen hing, auf die Nase und drehte sich zur Wurstmaschine. »Sechs Scheiben?«

Bernd nickte.

Die Maschine fing an zu rotieren, während Frauke in einem routinierten Rhythmus einen großen Schinken hin- und herschob. »Mehr als drei Wochen war sie weg. Da müssten sie ihr eigentlich Schmerzensgeld für zahlen.«

»Wieso, ist sie unschuldig?« Marianne fühlte ihr Herz schlagen.

»Sie hat den Tod eures Freundes wohl nicht verursacht. Jetzt kommt sie mit einer Geldstrafe wegen Fahrerflucht davon.« Irmtraut kramte in der Tasche ihres Regencapes nach dem Portemonnaie.

»Das wird teuer.« Frauke legte das Päckchen mit dem Schinken auf die Waage. »Zwei Euro achtzig. Sonst noch was?«

Bernd schüttelte den Kopf.

»Das verstehe ich nicht.« Marianne fing an zu schwitzen. »Lennard ist doch tot. Hat jemand anderes ihn überfahren?«

Irmtraut machte große Augen und senkte das Kinn. »Nee. Er ist wohl nur nicht durch den Unfall gestorben. Es gäbe neue Erkenntnisse, sagt Ella.« Sie verstaute die Einkäufe im Korb. »Schönen Feierabend.« Das war an Frauke gerichtet. Sie umarmte Marianne, die indianischen Ohrringe drückten sich in ihre Wange. Sie flüsterte. »Übrigens, der Stein hat geholfen. Ich trage ihn gerade.« Vielsagend deutete Irmtraut auf ihren Unterleib.

Marianne erinnerte sich, ihr den geweihten Stein gegen Regelschmerzen gegeben zu haben. »Aber …« Sie sah Irmtraut mit zusammengezogenen Brauen hinterher. »… wie ist er denn gestorben?« Die Frage verlor sich hinter der Kühltruhe an der zufallenden Ladentür. Irmtraut hatte sie nicht gehört.

»Wir schließen jetzt.« Frauke Hühnerberg ließ Bernds Geld klackernd in die offene Kasse gleiten. »Ist das alles?«

Marianne legte ihre Münzen auf den Tresen. »Ich wollte dich bitten, eine Konzertankündigung meiner Freundin zu den Aushängen an eurer Tür zu kleben.«

Frauke nahm den Zettel entgegen und begleitete Marianne zum Ausgang. »›Besorgnis der Sperlinge‹«, las sie und hob die Brauen. »›Blockflöte und elektronische Zuspielungen. Anschließend Gespräch.‹ Klingt interessant.«

Marianne legte die Milchtüten in den Fahrradkorb und schwang sich aufs Rad. Die Freunde waren im Gasthof Berkelmann. Sie musste mit ihnen einige wichtige Fragen klären.

John winkte Marianne von seinem Stuhl durch die Rauchschwaden zu. Die anderen saßen mit dem Rücken zu ihr am Tisch direkt neben dem Ausschank.

Sie durchquerte den Raum. An der Wand stand eine Anrichte aus der Gründerzeit. Davor saßen Bauer Krischan und Matjes an dem blanken Holztisch vor zwei vollen Biergläsern. Neben dem Eingang, am runden Ecktisch, waren Kata und ihr kanadischer Freund François ins Gespräch vertieft.

»Ella ist frei.« Marianne setzte sich neben John auf die Bank und machte der Kellnerin am Zapfhahn ein Zeichen.

»Das ist ja toll!« John hob das Bierglas. »Darauf trinke ich.«

»Das wundert mich.« Marianne schaute ihn an. Ihre Stimme war beißend.

»Wie bist du denn auf einmal drauf? Das ist doch ein Grund zur Freude.«

»Ella hat Lennard zwar angefahren, aber wohl nicht getötet.« Sie ließ ihren Blick über die Gesichter der Freunde wandern. »Jetzt fragt man sich doch: Wie ist Lennard denn dann gestorben?«

»Ich freue mich jedenfalls, dass Ella wieder zu Hause ist. Ich habe mir Sorgen gemacht.« Zoe klopfte eine Zigarette aus der Packung und steckte sie in den Mund. »Und wahrscheinlich bin ich sogar mit schuld an ihrer Verhaftung.«

»Du meinst, wegen deiner Aussage zu ihrem Mercedes? Da wären die auch so draufgekommen.« Max gab ihr Feuer.

»Ein Glück, dass die Polizei erkannt hat, dass Ella nicht schuld an Lennards Tod ist. Sie hätte sonst die Strafe für jemand anderen absitzen müssen.« Marianne trank aus dem Bierglas, das die Kellnerin vor ihr abgestellt hatte, und leckte sich den Schaum von der Oberlippe. »Jetzt wird die Suche nach dem wahren Täter beginnen.« Sie sah in die Runde. Max und Kevin blickten auf ihre Gläser. John verzog den Mund und stöhnte.

Zoe war die Einzige, die unbekümmert weiterredete. »Ich verstehe das nicht. Wenn Ella Lennard nicht totgefahren hat, dann muss danach jemand vorbeigekommen sein, um ihn umzubringen.«

Marianne zuckte mit den Schultern. Keiner sagte etwas.

»Sehe ich das falsch? Was ist los mit euch?«

Marianne hätte gern geglaubt, dass es so gewesen war. Sie spürte, wie die Angst in ihr hochkroch. Sie zitterte leicht.

John legte den Arm um sie. »Wir müssen einfach alle zusammenhalten.« Er flüsterte beinah.

Max schob sein Glas von sich und schlug mit der Faust auf den Tisch. »Das ist doch Geschwafel. Die Bullen werden uns auseinandernehmen, und dann ...«

Marianne legte die Hand auf seinen Unterarm. »Nicht so laut, Max.«

»Jetzt reiß dich mal zusammen. Wir sind hier nicht unter uns.« Kevin zischte die Worte und sah Max eindringlich an.

Max atmete tief ein. »Du, Marianne, hast das Ganze ins Rollen gebracht. Wenn du nicht gepetzt hättest, wäre diese Sache endlich abgeschlossen. Jetzt geht alles von vorne los.«

»So siehst du das?« Sie sah ihn verächtlich an. »Erstens ist Lennards Tod keine ›Sache‹. Ich habe viele Nächte wach gelegen und mich gefragt, in welcher Verfassung er war, als er unser Haus verlassen hat. Ich fühlte mich schuldig, weil ich wusste, dass er nach dem Streit mit euch traurig und verletzt war. Und vielleicht habt ihr ihn auch so misshandelt, dass er gehandicapt war. Dass er auf die Straße gestolpert ist. Oder jemand ihn überfallen hat und er durch die Verletzungen zu schwach war, sich zu wehren. Dann wären wir tatsächlich mit schuld an seinem Schicksal.«

Sie lehnte sich zurück und seufzte. »Und zweitens gibt es neue Erkenntnisse zu Lennards Tod. Die sind der Grund für Ellas Freilassung. Da er nicht durch den Unfall gestorben ist, gehe ich davon aus, dass er gewaltsam getötet wurde. Mord.«

Die Männer schwiegen. Nur Zoe ließ einen Kommentar ab. »Krass.«

Kata und François sahen zu ihnen herüber, als die Stille sich ausdehnte.

Schließlich stellte Marianne die entscheidende Frage. »Hat einer von euch eine Erklärung?«

»Nein.« Das kam von Kevin. »Du weißt, was passiert ist. Lennard ist nach dem Streit Richtung Landstraße verschwunden. Wir sind alle ins Haus gegangen.«

»Was habt ihr da gemacht?«

»Aufgeräumt. Ins Bett gegangen.«

»Und Ferdinand Mathieu?«

»Der ist nach Hause gefahren, als Lennard den Tütort verlassen hat.«

»Ist das sicher? Oder hat er Lennard vielleicht verfolgt?«

»Meine Güte, Marianne, du klingst wie bei einem Verhör!« Max' Gesicht war gerötet.

»Dann sei froh! Ich versuche, euch zu helfen.« Marianne spürte, wie die Nasenschleimhaut anschwoll. Tränen sammelten sich in den Augenwinkeln. »Ich habe Angst um euch.«

John zog sie an sich heran. »Es wird alles gut. Wir haben der Polizei alles genau so gesagt. Und Ferdinand hatte doch gar keinen Grund, Lennard zu töten.«

Marianne löste sich aus seiner Umarmung. »Das weiß ich nicht. Sie haben sich doch gestritten. Um was für ein Geschäft ging es denn?«

»Bei dem Streit war Lennard wütend auf Ferdinand und nicht umgekehrt.«

Kevin kam ihr vor wie ein Anwalt der Männer. Als ob er auf alles eine Antwort hätte.

Max hatte seine Arme verschränkt und stützte sich auf den Tisch. »Eher hätte Ferdinand Grund gehabt, mich zu erledigen. Ich hätte nie gedacht, dass er so eifersüchtig sein würde.«

»Lenk nicht ab, Max. Was für ein Geschäft habt ihr da abgewickelt?«

»Das ist nicht relevant. Wir haben alle Lennard lebend verabschiedet.«

Marianne konnte Kevins kaltschnäuzige Art nicht mehr ertragen. »Was versuchst du mir eigentlich weiszumachen? Ihr verschweigt etwas! Und das hat mit Lennards Tod zu tun!«

»Beruhige dich. Mit Emotionen kommen wir nicht –«

»Das kann ich mir vorstellen, Kevin. Emotionen sind für dich ein rotes Tuch. Ich wundere mich, wieso du es überhaupt mit uns aushältst. Wir sind voller Gefühle füreinander. Wir leiden miteinander. Und wir helfen einander. Das ist doch für dich vollkommen uninteressant!«

»Bitte, Marianne. Das ist jetzt nicht der richtige –«

»Lass mich, John. Vielleicht sollten wir in unserer WG mal über Werte reden. Was wichtig ist, wenn wir zusammenleben. Zum Beispiel Ehrlichkeit!«

Kevin sah sie entschuldigend an. »Liebe Marianne, ich wollte doch nicht –«

»Von wegen ›liebe Marianne‹! Das kannst du dir sparen. Wenn ich deinem Lächeln nicht mehr trauen kann, weil du mich in Wirklichkeit austricksen willst, dann kannst du zum Teufel gehen!« Sie war laut geworden. Aber sie wollte den Druck loswerden, der sich wie ein Gürtel um ihre Brust gelegt hatte.

»*Hi, guys. Are you stressed?*« Katas Freund stand plötzlich an der Theke, um noch ein Bier abzuholen.

»Verpiss dich, François.« John machte eine wedelnde Handbewegung. »Marianne, du hast recht. Aber diese Geschäfte haben nichts mit der WG zu tun. Und Lennard hat *wirklich* den Tütort lebend verlassen.«

»Was ist eigentlich mit der ›fremden Frau‹?«

Alle sahen Zoe an, als ob sie Mandarin gesprochen hätte.

»Also, ich denke, dass Rabea vorausgeahnt hat, dass wir diesen Streit bekommen. Ich habe die ganze Zeit überlegt, wer die ›fremde Frau‹ sein könnte, von der sie gesprochen hat. Und ich glaube, es ist Susanne.«

Marianne zwang sich, auf Zoes Bemerkung ruhig zu reagieren. »Was hat das mit Lennards Tod zu tun?«

»Es gibt doch in unserer WG niemanden, der Lennards Tod gewünscht hat. Die Einzigen, die ein Mordmotiv hatten, waren Mathieu wegen dieses Geschäfts und Susanne, die eine Beziehung mit dem Opfer hatte. Vielleicht haben sie sich gestritten. Die meisten Morde sind doch Beziehungstaten.«

»Da ist was dran.« Max klang nachdenklich.

»Und wie soll Susanne mitten in der Nacht an die Landstraße gekommen sein?« Marianne hielt die Theorie für völlig absurd.

»Sie hat ein Auto.«

»Aber sie wusste nicht, dass Lennard zu diesem Zeitpunkt dort war.«

»Vielleicht haben sie vorher telefoniert.«

Marianne schüttelte den Kopf. »Das klingt alles zu konstruiert.« Sie stand auf. Sie war müde. Zu müde, um weiterzureden. Die Beine waren schwer, wie bei einer alten Frau. Sie wollte nicht darüber nachdenken, ob die Freunde ihr die Wahrheit sagten.

»Die Polizei wird bald wieder zu uns kommen. Überlegt euch, was ihr der für eine Geschichte auftischt. Mir ist es nicht so wichtig zu erfahren, was für Deals ihr mit Mathieu oder Lennard hattet. Aber die Polizei wird sich nicht so leicht zufriedengeben.«

In einem hatte Rabea recht gehabt: Lennards Tod erschütterte die Gemeinschaft. Und sie, Marianne, konnte nicht darauf wetten, dass sie diese Krise gemeinsam überstehen würden.

1950

Als der Wecker klingelte, war es noch nicht ganz hell. Meta war schon wach gewesen, zu aufregend war der Tag, der sie erwartete. Sie hatte Marlene versprochen, ihr die Haare zu machen. Fritz grummelte im Bett neben ihr und drehte sich auf die Seite. Hastig stand sie auf, schlug sich das kalte Wasser über der Waschschüssel ins Gesicht, schlüpfte in den Morgenmantel und klopfte an Marlenes Tür. »Aufstehen!«

Durch den Türspalt konnte sie das weiße Kleid am Schrank hängen sehen. Das Spitzenmieder war aus dem Taufkleid ihres Schwiegersohns genäht, darunter ein Rock wie eine Tüllwolke. Den langen Schleier hatte schon die Ururgroßmutter von Jürgen West auf ihrer Hochzeit getragen. Nur den Kopfschmuck, ein kleiner Blumenkranz aus Hundsrosen, hatte Meta gewunden.

Es wurde ein hektischer Morgen. Triene kam mit ihren Kindern vorbei und manikürte Marlene die Nägel. Die Kinder sollten den Schleier tragen. Die Nachbarin von gegenüber brachte eine Flasche Schnaps vorbei, kochte Kaffee und kommentierte das Geschehen vom Küchenstuhl aus, während Meta Trienes Tochter die Haare flocht und zu Schnecken feststeckte. Haarnadeln mussten organisiert werden, der Zwickel an Marlenes Strumpfband riss, und zum Schluss konnten die Brautschuhe nicht gefunden werden. Pünktlich um neun Uhr dreißig stand Jürgen mit einem Strauß roter Rosen und Chrysanthemen auf der Schwelle.

Sein schwarzer Mercedes war ebenfalls mit roten Rosen geschmückt. Durch ein Spalier der gesamten Nachbarschaft, die jubelnd am Straßenrand stand und ihnen zweideutige Wünsche zurief, geleitete er Marlene zum Wagen. Jürgens Bruder, im Auto dahinter, lud Meta, Fritz und Trienes Kinder ein und fuhr sie zum Bremer Dom.

Am Arm von Jürgens Bruder betrat Meta die Kirche. Sie

mussten bis vor den Altar in die erste Reihe gehen. Das riesige Kirchenschiff, die festlich geschmückten Bänke, die großen Blumengestecke vor dem Altar: alles für ihre kleine Marlene, die Tochter des Häuslermädchens. Meta war stolz, ihr Herz voll Freude. Dann dröhnten die Glocken, und Fritz führte Marlene zum Altar. Wie schön sie war. Die dunklen Schuhe fielen gar nicht auf. Fritz wirkte etwas verloren in dem Anzug, der ihm vor dem Krieg noch gut gepasst hatte. Jetzt saßen die Schulterpolster zu beiden Seiten am Oberarm, und die Hose hing unter dem Jackett frei schwebend an Hosenträgern.

Während der Predigt nickte Meta kurz ein. Die Kirchenbank war hart, aber der Trubel und ein kleines Gläschen Schnaps am Morgen, das man ihr aufgedrängt hatte, hatten sie erschöpft. Dann stieß Fritz sie an. Die Ringe wurden getauscht, und obwohl Meta gedacht hatte, dass bei all dem Kummer, der Alberts Tod, die Sorgen um Fritz und die Angst vor den Bomben ihr bereitet hatten, keine Tränen mehr übrig wären, musste sie beim Anblick ihrer glücklichen Tochter das Taschentuch aus ihrem Mantel ziehen.

Die Hochzeitsfeier fand im Haus der Familie West in Schwachhausen statt. Es gab ein großes Übergangszimmer, in dem heute ein acht Meter langer weiß gedeckter Tisch mit Stühlen stand. Die Hausangestellten legten noch das Besteck auf, und Meta erinnerte sich an ihre Zeit bei den Hofreiters.

Von der Gartenterrasse führte eine große Steintreppe in den sonnenbeschienenen Garten, wo Sekttulpen von silbernen Tabletts gereicht wurden. Ihre Schwester Berta hatte schon vor dem Essen einen im Kahn. Onkel Hermann und Tante Louise waren mit Cousine Erna die einzigen weiteren Verwandten aus Worpswede. Ihre Sonntagskleidung konnte mit den schicken Anzügen und Kleidern der Familie West nicht mithalten, und Ernas tiefes Dekolleté war regelrecht peinlich.

Das Essen begann mit einer langen Rede von Jürgens Vater, der nicht nur dem Brautpaar eine glückliche Zukunft ausmalte, jetzt, wo der Krieg vorbei war. Er erinnerte auch an all die Menschen aus beiden Familien, die Opfer der Angriffe geworden waren und jetzt an der Feier nicht teilnehmen konnten. Die gedrückte Stimmung ging während der Hochzeitssuppe bald im Geschirrgeklapper unter. Nach dem Braten war Meta vom Wein etwas angetüdelt, ebenso Fritz. Seine Rede fiel kurz aus, war aber willkommener Anlass zum Anstoßen. Es gab Torten, Kaffee und Likör, für die Herren Cognac und Schnaps.

Ein Plattenspieler wurde auf die Anrichte gestellt, ein Teil der Stühle und Tische wurde zur Seite geschoben. Beim Ehrentanz mit dem Bräutigam bekam Meta vor lauter Angst, ihm auf die Füße zu treten, Atemnot. Danach waren glücklicherweise die jungen Leute allein auf der Tanzfläche. Sie tanzten wild zu Musik mit englischen Texten, Schlagzeug und Blasinstrumenten.

Meta ging auf die Terrasse, setzte sich auf einen der Gartenstühle und hielt ihr Gesicht in die Sonne. Die Vögel zwitscherten, und die Sonne warf Schattenmuster auf den Rasen. Musik und Stimmengewirr drangen gedämpft durch die Fenster. Kurz ging die Tür auf, Erna kreischte: »Damenwahl!«, und übertönte damit den Schlager und den Vogelgesang, dann wurde es wieder stiller.

»Mutti, was sitzt du denn hier so ganz alleine?« Marlene umarmte sie von hinten. Sie war vom Tanzen verschwitzt.

»Ich will mich nur kurz ausruhen. Was für ein schönes Fest.«

Marlene nahm sich einen weiteren Stuhl und setzte sich neben ihre Mutter.

»Es ist wirklich sehr großzügig von deinen Schwiegereltern, dass sie dieses Fest bezahlen. Ich hätte alles gegeben, wenn ich deine Hochzeit hätte ausrichten können.«

»Mutti, darüber darfst du nicht nachdenken. Es ist Jürgens Eltern eine große Freude, dass sie alles so herrichten konnten, wie sie es wollten. Und du hast im Leben schon so viel gearbeitet, dass du es ruhig genießen kannst.«

Meta seufzte. Natürlich freute sie sich, dass Marlene es geschafft hatte, ein besseres Leben zu führen als ihre Eltern. Aber durch den Kontakt mit der Familie West war ihr erst deutlich geworden, wie arm sie waren. Natürlich hatten sie ein Dach über dem Kopf, und Fritz hatte wieder Arbeit als Gärtner gefunden. Früher hatte sie ihren Platz im Leben als privilegiert empfunden. Als Hausangestellte in einem hochherrschaftlichen Haushalt zu arbeiten, war ein weiter Sprung aus der Hütte in Worpswede gewesen. Aber in der neuen Bundesrepublik änderte sich alles. Die Menschen kümmerten sich nicht mehr darum, ob sie oder jemand anders aus einfachen Verhältnissen stammte. Junge Familien kauften sich Autos, zogen in schicke neue Wohnungen und machten Pläne, wie sie zu Wohlstand kommen konnten. Jeder konnte reich werden, schien es. Aber nur wenn man ein neues Leben begann. Dafür fühlte Meta sich zu alt.

Marlene stand auf und schlang die Arme um sie. »Du hast uns ein besseres Leben ermöglicht. Alles, was ich erreicht habe, habe ich euch zu verdanken. Und wenn dieser verdammte Krieg nicht gewesen wäre …«

Sie blieben kurz in enger Umarmung. Meta lehnte sich an Marlene und versuchte, nicht zu weinen. Dann drückte sie ihre Tochter sanft von sich und stand auf. »Ich finde, es ist jetzt ein guter Moment, mein Hochzeitsgeschenk zu überreichen.« Sie ging ins Haus und holte aus der Garderobe die alte Tasche aus Kriegszeiten. Das Bild hatte sie in ein buntes Tuch gewickelt.

Marlene nahm es aus Metas Hand entgegen und enthüllte es ehrfürchtig. »Wieso ist das Bild wieder bei dir? Die Amerikaner wollten es doch an die ursprünglichen Besitzer vermitteln.«

»Vor ein paar Monaten habe ich ein Schreiben erhalten, dass die Besitzer nicht ausfindig gemacht werden konnten. Frau Hofreiter ist tot, und Erben gibt es nicht. Ich sollte das Bild im Rathaus abholen.« Meta lächelte. »Und das habe ich gemacht. Ich glaube, dass die Leute, die sich damit befasst haben, sehr erleichtert waren, es los zu sein.«

Marlene strich mit den Fingerspitzen über das gemalte rote Kleid. »Ich habe es früher immer nur im Schlafzimmer hängen sehen. Die Geschichte, wie Frau Modersohn dich gemalt hat, wollte ich, als ich klein war, immer wieder hören. Wie schön es ist.«

»Jetzt ist es unser Bild, keiner kann jetzt noch Ansprüche erheben. Es ist das Kostbarste, was ich habe, und ich möchte, dass du es bekommst. Und später bekommen es deine Kinder. So wird in unserer Familie immer daran erinnert werden, wo unsere Wurzeln sind.«

29

Erste Tulpen leuchteten rot in der Morgensonne. Daneben wankten zwei Narzissen unentschlossen im Wind, als ob sie dem warmen, frühlingshaften Wetter nicht trauen würden. Der kleine Garten vor Frau Wests Appartement war eine Oase zwischen Wegen aus Waschbeton und praktischen Rasenflächen, die sich struppig grün zwischen den Häusern des Seniorenheims ausstreckten. Ferdinand Mathieu hielt einen Blumenstrauß in der linken Hand, während er mit der rechten die Messingtürklingel betätigte.

Nach einer Weile rief eine dünne Stimme von der anderen Seite: »Wer ist da?«

»Hier ist Ihr alter Freund Ferdinand Mathieu!«

Die Tür öffnete sich.

»Liebe Freundin, ich möchte Ihnen mein aufrichtiges Beileid aussprechen.« Mathieu ergriff die Hand, die nur widerwillig in seine glitt, trocken, knochig, voller Altersflecken.

Frau West hatte sich in all den Jahren nach dem Tod ihres Mannes kaum verändert. Sie hielt sich ein wenig gebückter. Aber sie hatte immer noch die wachen Augen und das volle silbergraue Haar von damals, als sein Freund Jürgen West noch lebte. Der Unternehmer hatte einige junge Künstler unterstützt. Und er hatte auch eine beachtliche Kunstsammlung berühmter Maler, bei deren Aufbau Mathieu ihn oft beraten und vermittelt hatte.

Frau West trat einen Schritt zurück und ließ ihn eintreten. »Danke, Ferdinand.« Sie ging mit ihm durch den kurzen Flur ins Wohnzimmer. Durch die offene Terrassentür tauchte die Frühlingssonne den Raum in gleißendes Licht.

Mathieu sah die Bilder an der Wand. Er zwang sich, nicht das eine anzuschauen. Den Grund seines Besuchs. »Liebe Marlene, wie geht es Ihnen? Ich habe mir große Sorgen gemacht, als ich vom Tod Ihres Enkels erfahren habe.«

Mathieu überlegte, ob er einige lobende Worte über Lennard sagen sollte, und entschied sich dagegen. Marlene West sollte besser nichts von seiner Bekanntschaft mit ihm wissen. Er wickelte den Blumenstrauß aus dem Papier. »Ich wollte Sie ein wenig aufheitern mit einem Frühlingsgruß.«

»Das ist sehr aufmerksam, vielen Dank.« Marlene West nahm den Strauß und legte ihn auf den Tisch. »Kommen Sie, wir setzen uns auf die Terrasse. Wir sollten die Sonnenstrahlen ausnutzen.« Sie nahm ein Sitzkissen aus dem Wohnzimmerschrank, ging nach draußen und rückte einen zweiten Stuhl zurecht. »Möchten Sie einen Kaffee oder Tee?«

»Kaffee wäre schön.« Mathieu hoffte, dass es eine Weile dauern würde, bis sie wieder aus der Küche herauskäme. Er wartete, bis sie im Flur verschwunden war, und huschte zurück ins Wohnzimmer. Er schwitzte etwas.

Er betrachtete die Bildergalerie. Das Bild mit dem Mädchen im roten Kleid hing zentral in eineinhalb Metern Höhe zwischen einem Holzschnitt von Heini Linkshänder und einer Collage der Dadaistin Hannah Höch. Vorsichtig streckte er die Hand aus.

»Ich habe leider keine Kaffeesahne.« Frau West steckte den Kopf aus der Küchentür.

Seine Hand zuckte zurück. »Äh ... nicht schlimm. Ich trinke ihn schwarz.«

Frau West kam ins Wohnzimmer und stellte sich neben ihn. »Sie sind schön, nicht? Die Bilder sind meine große Freude.« Sie machte einen Schritt nach hinten, um die Wand besser betrachten zu können. »Jedes hat eine Geschichte. Ich weiß sie alle noch.«

Ferdinand Mathieu überlegte, ob sie bemerkt hatte, dass er sich für das Modersohn-Bild interessierte.

Sie ließ sich zumindest nichts anmerken. »Und ich bin Ihnen so dankbar, dass Sie uns damals zu so vielen Schätzen verholfen haben.«

Mathieu stieß einen Laut aus, der entfernt nach verhaltenem Lächeln klang.

»Aber Metas Bild ist mir das teuerste. Ich hoffe, Sie nehmen mir das nicht übel.«

»Das ist nur verständlich.«

Es war seit den Vierzigern im Familienbesitz. Marlene West hatte es von ihrer Mutter Meta zur Hochzeit geschenkt bekommen. Eins der wenigen Bilder, das er den Wests nicht vermittelt hatte. Und das wertvollste der Sammlung.

Frau West seufzte und ging wieder den Flur hinunter, um den Kaffee zu holen. Mathieu ergriff erneut den Rahmen, um ihn anzuheben. Aber nicht schnell genug, um auch noch auf die Rückseite zu schauen. Die alte Dame kam mit klirrenden Tassen und der Kanne auf einem Tablett zurück. Für ihr Alter war sie erstaunlich flott auf den Beinen. Sie gingen zusammen auf die Terrasse.

»Mein armer Enkel. Er hatte noch so viele Pläne in seinem Leben.« Sie stellte mit zittriger Hand die Tassen auf den Tisch. »Seit dem Tod seiner Eltern war er so ruhelos. Ich hätte ihm sehr gewünscht, dass er noch seinen inneren Frieden gefunden hätte.«

Mathieu übernahm es, den Kaffee einzuschenken.

Frau West ließ sich auf einem der Stühle nieder. »Wenn er mich besuchte, hat er immer von seinen Erfolgen erzählt. Ich habe ihm nicht beibringen können, dass es Bedeutenderes im Leben gibt. Geld und Anerkennung waren ihm immer wichtig.«

Sie rührte etwas Zucker in den Kaffee. »Unsere Familie ist sehr arm gewesen. Natürlich haben wir uns nach dem Krieg über den wachsenden Wohlstand gefreut. Und wir waren voller Pläne, diese Gesellschaft zu etwas Gutem zu bringen. Freundschaft und Familie waren damals wichtig, die Menschen nahmen Anteil an der Not der anderen.«

Sie trank einen Schluck und schaute über das Blumenbeet. »Die Welt hat sich verändert. Ich fühle mich fremd, wenn es nur noch um materielle Werte geht.« Sie seufzte. »Aber er war ein guter Junge. Er hat sich rührend um meine Pflanzen gekümmert, als ich in der Rehaklinik war.« Sie schwieg.

Mathieu wusste nicht, was er sagen sollte.

»Es ist nicht gut, wenn junge Leute vor einem gehen. Eigentlich wäre ich dran gewesen, nicht er.«

»Liebe Marlene, das sollten Sie nicht sagen. Sie sind doch noch fit.«

»Das sieht nur so aus, lieber Freund. Jetzt muss ich auch sein Foto zu den Bildern meiner verstorbenen Lieben stellen. Ich bin als Einzige noch übrig geblieben.« Sie stand auf. »Entschuldigen Sie mich.« Sie verschwand durch die Terrassentür.

Mathieu sah, wie sie im Flur die WC-Tür öffnete. Er erhob sich und ging hastig zu dem Bild. Vorsichtig hob er den Rahmen mit beiden Händen an, lugte auf die Rückseite und stöhnte. Er ließ den Rahmen wieder an die Wand sinken und setzte sich zurück auf die Terrasse, wo er sich ein Zigarillo anzündete und einige Rauchwölkchen in die Luft stieß. Seine Gedanken rasten. Schweiß rann ihm den Rücken hinunter. Diese Typen von der WG wollten ihn bescheißen! Er sprang auf.

»Bitte bleiben Sie doch sitzen, lieber Freund.« Frau West war zurückgekommen. Sie hatte sich wieder gefasst und machte eine einladende Bewegung. »Ich bekomme so selten Besuch. Und der Duft Ihres Zigarillos erinnert mich an meinen Mann.«

Zögerlich nahm er wieder Platz. Frau West plauderte noch eine lange Stunde mit ihm, während er unruhig auf dem Gartenstuhl hin- und herrutschte. Schließlich gelang es ihm, die passenden Abschiedsworte in das Gespräch einzuflechten.

Als er in seinem Jaguar saß, hatte er Mühe, die Geschwindigkeitsgrenze einzuhalten. Doch erst am Stadtrand traute er sich, Gas zu geben. Mit zweihundert Sachen raste er über die Autobahn Richtung Tütort, während er darüber nachdachte, was er mit John, Kevin und vor allem Max anstellen würde.

30

Nebel hüllte Wiesen, Kühe und Bäume noch in einen kühlen Schleier. Dazu die morgendliche Stille. Tiere und Menschen waren in der frühen Kälte noch nicht bereit, den Tag mit Geräuschen zu füllen. Jegliche Laute oder Bewegungen würden den Zauber zerstören. Wenn sich der Nebel doch hielte. Und alles in dieser friedlichen Starre verharren könnte.

Zoe drückte die Stirn an die Fensterscheibe. Nach dem Streit in der Kneipe gestern Abend hatte sie unruhig geschlafen. Jetzt quälte sie ein hoher Ton, der sich in den Kopf bohrte. Sie stöhnte. Was würde mit der WG passieren? So schlimm hatten sie sich noch nie gestritten. Diesmal steckte mehr dahinter als ein paar Meinungsverschiedenheiten. Wenn sie nur wüsste, was sie tun könnte, damit sich alle wieder vertrugen.

Eine Wagenkolonne bewegte sich hinter dem Dunst in Richtung Tütort. Keine Chance, die Welt anzuhalten. Die Invasion stand kurz bevor.

Zoe sprang auf, öffnete die Tür zu Max' Zimmer und rief: »Aufstehen! Die Polizei kommt!« Ohne auf seinen verstörten Gesichtsausdruck zu achten, rannte sie die Treppen hinauf, wo Marianne, John und Kevin ihre Zimmer hatten. »Alle aufstehen! Die Bullen sind da!«

Kurz danach drang eine Horde von Männern und Frauen durch die Tür. Wie ein Überfallkommando besetzten sie das Haus. Sie strömten wie Ameisen in alle Zimmer, die Küche, den Keller, die Scheune. Öffneten Schränke, zogen an Schubladen, krochen auf den Fußböden umher. Immer wieder sprühten sie eine Flüssigkeit auf die Wände und Böden, wahrscheinlich um Blutspuren zu entdecken. John stöhnte genervt, als sie in der Küche das Gewürzregal auseinandernahmen und sämtliche Lebensmittel in der Vorratskammer umdrehten. Selbst im Garten waren sie, nahmen Erdproben, inspizierten das Gelände und entdeckten den Weg durchs Gartentor zur Wümme.

Zoe und ihre Freunde hatten sich ins MAMU verzogen. Sie tranken schweigend Tee und starrten vor sich auf den Fußboden. Einmal sagte Marianne: »Ich hasse das alles. Sie beschmutzen unser Heim. Sie beschädigen die Seele des Hauses.«

Max stand nach einer Weile auf. »Ich geh ins Atelier. Ich will nicht, dass sie meine Bilder anfassen.«

Wahrscheinlich fürchtete er, dass man das Versteck auf dem Dachboden der Scheune entdeckte. Zoe hatte es einmal heimlich betreten, als Max verreist gewesen war. Sie hatte sich gewundert, warum er so ein Geheimnis aus diesem Raum machte. Außer einem großen Tisch mit Stuhl befand sich nur noch ein alter Backofen in der Ecke. Sonst nichts. Keine Schränke, keine Bilder, keine Kisten. In der Schublade des Tisches waren einige Pillen und etwas Dope gewesen. Das war das Einzige, was man vielleicht vor der Polizei verstecken sollte.

Zoe blieb auf dem Diwan sitzen. Die angewinkelten Beine mit den Armen umschlungen, wiegte sie den Körper unentwegt auf und ab. Neben ihr hatte Kevin den Arm um die fröstelnde Susanne gelegt. Sie trug eins von seinen Hemden und war in eine Decke gehüllt. John erhob sich und rannte vor dem Fenster hin und her. Wie ein Löwe im Käfig. Er schwitzte.

Draußen hatte mittlerweile die Sonne den Nebel verdrängt. Es musste bald Mittag sein. Ein schwarzes Auto fuhr am Haus vorbei.

»Das war doch der Jaguar von Ferdinand!« John drehte sich zu den anderen und verzog die Mundwinkel. »Hat wohl keine Lust, sich mit der Polizei zu unterhalten.«

Plötzlich ging die Tür auf, und ein Typ mit schwarzer Jacke, nach hinten gegelten Haaren und einer Sonnenbrille mit gelben Gläsern betrat das MAMU. »Mein Name ist Tietjen. Wem gehört das?« Er warf einen Beutel mit Pillen auf den Tisch. Daneben stellte er einen Schuhkarton. Den Deckel hielt er in der Hand.

Der Kasten war voll mit kleinen Päckchen, verpackt in Alufolie. Am Geruch erkannte Zoe sofort, was es war. Sie sah John an.

Die Hände in den Hosentaschen hatte der sich vor dem Kommissar aufgebaut und sah ihn mit vorgeschobenem Kinn an. »Ist es das, was Sie gesucht haben?«

»Nein. Aber ich kann es auch nicht ignorieren. Wir konfiszieren die Drogen. Ich nehme an, es sind Ihre. Zumindest waren sie in Ihrem Zimmer.«

John zuckte mit den Achseln.

»Sie werden eine Anzeige wegen Verstoßes gegen das Betäubungsmittelgesetz bekommen.«

Hinter dem Kommissar war die kleine dralle Kommissarin mit dem spanischen Akzent eingetreten. Diesmal trug sie unter ihrer Lederjacke ein kanariengelbes T-Shirt, dazu pinkfarbene Creolen. »So, ich habe einige Kleidungsstücke, die wir mitnehmen müssen.«

»Was wollen Sie mit meiner Jacke?« Kevin griff nach der Wetterjacke, die Kommissarin Müller-Esteban über dem Arm hängen hatte.

»Wir müssen sie mit den Faserspuren an dem Toten abgleichen. Ich habe hier eine Liste der Sachen, die ich Ihnen quittiere. Sie bekommen sie nach der Untersuchung zurück, sofern der Abgleich negativ war.« Sie legte den Zettel auf den Tisch.

»Außerdem …« Sie wühlte umständlich in ihrer Handtasche. Dabei fielen einige Jacken und Pullover auf den Boden. Tietjen hob sie auf, nahm ihr die restliche Kleidung ab und legte sie auf einen leeren Sessel. Müller-Esteban legte fünf Tütchen mit steril verpackten Stieltupfern vor sich. »Ich würde gerne noch einen DNA-Abstrich bei Ihnen machen. Wenn Sie einverstanden sind.«

»Und wenn nicht?« John klang immer noch, als ob er die beiden Bullen am liebsten rausschmeißen würde.

»Natürlich können wir Sie nicht zwingen.«

»Dann werden wir den Abstrich verweigern.«

»Hm.« Die Kommissarin schnaubte und kniff die Lippen zusammen. »Wir laden Sie alle heute Nachmittag um drei Uhr aufs Präsidium nach Verden vor. Zur erneuten Vernehmung. Sie können bis dahin darüber nachdenken, ob Sie uns nicht doch bei der Aufklärung helfen wollen.«

»Ich k…ann verstehen, dass Sie zusammenhalten und nicht riskieren möchten, dass einer von Ihnen Probleme mit dem Gesetz bekommt.« Der Kommissar reichte seiner Kollegin die Tupfer, damit sie sie wieder verstauen konnte.

Zoe konnte seine langsame, zögerliche Art nicht ausstehen. Der Mann wirkte hinterlistig. Das lag nicht nur an der Brille mit den gelben Gläsern. Er klang freundlich, aber er war dafür verantwortlich, dass die WG auseinandergenommen wurde.

»Ihnen ist hoffentlich klar, dass wir in einem Mordfall ermitteln. Die bisherigen Indizien und Informationen deuten darauf hin, dass einer von Ihnen oder Ihren Freunden der Mörder ist.« Der Kommissar nahm die Kleidung vom Sessel und machte seiner Kollegin ein Zeichen.

Als sie verschwunden waren, sprang Zoe auf. Sie hatte ein Rauschen im Kopf. Ihr Puls raste. Sie hatte das Gefühl, nicht genug Luft zu bekommen. John ging auf sie zu, um ihr zu helfen. Sie holte mit aller Kraft aus und hieb mit der Faust auf seine Brust. Dabei schrie sie: »WAS HABT IHR GETAN?«

31

Es fühlte sich falsch an, wieder in der Praxis zu arbeiten, als ob nichts gewesen wäre. Die Helferinnen hatten sie mit Blumen und Umarmungen begrüßt. Aber Ellas Lächeln war verkrampft. Sie misstraute der Freundlichkeit. Sie misstraute allen.

Sie schloss die Tür des Sprechzimmers, setzte sich auf den Schreibtischstuhl und sah nach draußen. Es war noch nicht richtig hell, die Zimmer im Haus gegenüber waren erleuchtet. In der Wohnung über der alten Praxis stand ihre ehemalige Nachbarin in der Küche und stellte eine Kaffeekanne auf den Tisch. Aus der Haustür taperte Hausmeister Pachulke die Treppen hinunter. Missmutig betrachtete er die Schmierereien an der Hauswand.

Als ihr Rechtsanwalt sie vor drei Tagen aus der U-Haft abholte, war sie wie auf Wolken gegangen. Sie wäre beinahe vor Freude gehüpft. Jensen musste ihr alle Details erzählen, die zu ihrer Entlassung geführt hatten. Viel mehr als dass Lennards Tod nicht durch den Unfall verursacht worden war, hatte sie nicht erfahren.

Jensen hatte ihre Euphorie gebremst. »Dir steht immer noch eine Klage wegen Fahrerflucht ins Haus. Allerdings kann man davon ausgehen, dass Lennards Tod gewaltsam herbeigeführt wurde. Ich tippe auf Mord.«

Diese Neuigkeit hatte sie die nächsten Tage und Nächte bewegt. Wochenlang hatte sie unschuldig in diesem Loch von Gefängnis gelitten. Für jemand anders die Strafe abgesessen. Womöglich war der zweite Mann, der auf der Landstraße wie ein Beschützer den Arm um Lennard Cordes gelegt hatte, der Mörder gewesen. Wenn sie sich bloß an das Gesicht erinnern könnte! Dieser Mensch hatte es so inszeniert, dass sie an seiner Stelle verurteilt würde. Dass ihr Leben zu seinen Gunsten ruiniert würde. Und sich gefreut, dass die Sache für ihn elegant geregelt wäre.

Ihre Freude war schnell in Wut umgeschlagen. Wenn sie das, was sie über den Unfallabend wusste, richtig deutete, hatten die Leute aus der Tütort-WG etwas verschwiegen. Zoe wusste wahrscheinlich mehr, als sie so scheinheilig behauptet hatte. Auf diese Freundschaft konnte sie nicht vertrauen.

Oder steckte Susanne hinter allem? Vielleicht hatte sie mit ihrem neuen Lover Kevin schon vorher Kontakt gehabt. Und Lennard, voller Eifersucht, hatte sie angegriffen. Im Streit hatte Susanne …

Es klopfte. Ella schreckte hoch. Es war Peggy, die ihr eine Tasse Kaffee brachte. »Alles klar, Frau Doktor?«

»Ja, danke. Bin immer noch etwas müde.«

»Soll ich die erste Patientin reinbringen?«

Ella nickte. Der Alltag würde sie von den Grübeleien ablenken.

Dass ausgerechnet die Frau des Kunsthändlers an ihrem ersten Arbeitstag ihre Sprechstunde aufsuchte, war eine unangenehme Überraschung.

»Guten Tag, Frau Mathieu.« Sie begrüßte sie mit Handschlag und stellte sich selbst vor. »Was führt Sie zu mir?«

Isabelle Mathieu wirkte diesmal nicht so schillernd wie auf der Portweinprobe im Spätsommer. Eher blass und traurig. Die rote Mähne war hochgesteckt, eine graue Bluse unterstrich die Blässe. »Ich«, sie atmete tief durch, »ich bin schwanger. Und ich möchte die Schwangerschaft abbrechen.« Es schien ihr schwerzufallen, diesen Satz auszusprechen. Ob sie sich daran erinnerte, dass sie sich schon einmal begegnet waren?

Ella sah in die Unterlagen. »Wissen Sie, in welcher Woche Sie schwanger sind?«

Isabelle Mathieu biss sich auf die Unterlippe und sah aus dem Fenster. Ihre Augen hatten einen feuchten Schimmer.

Ella stellte eine Taschentuchbox auf den Tisch. »Sie haben meiner Helferin gesagt, dass Ihre letzte Regel vor zehn Wochen war. Wie kommt es, dass Sie erst jetzt zu mir kommen?« Viele Patientinnen, die so spät zum Vorgespräch kamen, haderten, sich gegen die Schwangerschaft zu entscheiden.

»Es war kein leichter Entschluss. Der Vater des Kindes …« Jetzt liefen Tränen über ihre Wangen. »Entschuldigen Sie.« Isabelle Mathieu griff nach den Taschentüchern und drehte sich weg.

Ella wartete, bis die Patientin sich wieder gefasst hatte. »Der Vater des Kindes ist nicht Ihr Mann?«

»Nein. Unsere Ehe hat …« Sie räusperte sich und sah sie wieder an. »Wir haben gerade eine schwierige Phase. Mein Mann ist mit seinem Beruf sehr beschäftigt. Und ich fühlte mich so einsam.« Ihre Stimme brach. Sie schnäuzte sich.

»Ich habe mich in einen anderen verliebt. Er ist … das Gegenteil von meinem Mann. Voller Esprit und Lebensfreude. So jung.« Sie schaute wieder zur Seite aus dem Fenster. Es war mittlerweile Mittag, und der seit Tagen andauernde Regen zeichnete feine feuchte Linien auf die Scheiben. Dahinter war die Welt verschwommen. »Aber natürlich vollkommen indiskutabel als Vater.« Ihre Stimme hatte eine gewisse Härte angenommen. »Er hat sich gegen die Schwangerschaft entschieden.«

Frau Mathieu öffnete ihre Tasche. »Ich muss mich damit abfinden. Auch wenn es meine letzte Chance ist, Mutter zu werden.« Sie legte einen Mutterpass auf den Schreibtisch. »Ich hatte vier Fehlgeburten. Dies ist die erste Schwangerschaft, die ich behalten habe.« Sie weinte erneut.

»Und Ihr Mann? Weiß er von der Schwangerschaft?«

Frau Mathieu tupfte ihr Gesicht mit einem Tuch trocken. »Ferdinand ist sehr wütend geworden. Aber inzwischen hat er sich beruhigt. Meine *Affäre*«, sie betonte das Wort, »ist inzwischen beendet. Damit hat sich die Sache für ihn erledigt.«

»Wäre er vielleicht bereit, das Kind als sein eigenes anzunehmen?«

Isabelle Mathieu lachte verächtlich auf. »Sie kennen meinen Mann nicht. Nichts wäre schlimmer für ihn. Den Beweis seiner Unfähigkeit täglich um sich zu haben, wäre die schlimmste Strafe.«

»Wie geht es Ihnen mit dieser Entscheidung? Sie müssen damit leben können.«

»Ich werde damit zurechtkommen.«

»Aber werden Sie damit auch später glücklich? Sie sind im Moment noch frei in Ihrer Entscheidung. Auch, sich gegebenenfalls für das Kind zu entscheiden. Und gegen eine unglückliche Beziehung.«

Isabelle Mathieu seufzte. »Ich hätte mir so gewünscht, dieses Kind mit Max großzuziehen. Alleine schaffe ich das nicht.« Sie suchte erneut in ihrer Handtasche nach Papieren und legte sie zu dem Mutterpass. »Hier sind die Beratungsbescheinigung der pro familia und die Überweisung.«

Ella sah sich die Dokumente an. »Wir werden gleich noch einen Ultraschall machen. Zunächst erkläre ich Ihnen, wie der Eingriff durchgeführt wird. Wenn Sie sich in den nächsten Tagen bis zum OP-Termin noch umentscheiden, ist das kein Problem. Dann sagen Sie einfach ab und gehen zu Ihrer Frauenärztin.«

Dass ausgerechnet Max der Liebhaber von Isabelle Mathieu war! Die Leute aus der Tütort-WG hatten viele Geheimnisse.

32

»Wo kann man hier auf dem Dorf etwas zu essen bekommen? Ich habe ein großes Knurren.« Vicky hielt sich mit beiden Händen den Magen.

Sie hatten gerade die Gemeindemitarbeiterin beim Ottersberger Rathaus abgesetzt. Die war, ohne sich umzudrehen, hinter den Türen verschwunden. Wahrscheinlich war sie immer noch verärgert, dass sie den ganzen Vormittag als Durchsuchungszeugin vergeudet hatte, statt am Schreibtisch zu sitzen.

Tietjen drehte eine Runde im Kreisverkehr und entdeckte auf beiden Straßenseiten je einen türkischen Imbiss. »Rechts oder links?«

»Da igual.«

Wenig später saßen sie auf harten Stühlen mit triefenden Dönerbroten im »Izmir«. An der orangeroten Wand hingen einsam zwei Fotografien von der Blauen Moschee und dem Bosporus. Ein beleuchteter Kühlschrank voller Limonaden neben der Tür unterstrich das funktionale Ambiente. Hinter dem Glastresen säbelte ein vollbärtiger Typ mit einem roten Käppi, den Schirm im Nacken, Fleisch von einem rotierenden Grillspieß.

»Ich bin gespannt, ob bei der Hausdurchsuchung etwas herauskommt. Immerhin hat die KTU auf dem Küchenfußboden Blutreste gefunden.« Vicky schob sich den Dönerfladen in den weit geöffneten Mund.

»Blut in der Küche. Das kann auch vom Wildschwein oder anderem Fleisch sein.«

Mit vollem Mund sprach Vicky weiter. »Nur leider weit und breit kein Baseballschläger.«

»Es gab aber mal einen. Hat Marianne Schwanitz gesagt.«

»Der ist wahrscheinlich im Ofen verschwunden.«

»Oder in der Wümme.« Tietjen hob seinen angebissenen Rollo hoch. »Nicht schlecht.«

»Im ›Viertel‹ sind sie noch besser.« Vicky sah auf die Uhr. »In einer Stunde beginnen die Vernehmungen.«

»Ich werde bei den Männern dabei sein. Wir müssen unter anderem herausbekommen, wie das Verhältnis der einzelnen WG-Mitglieder zu Lennard Cordes war.«

»Es ging an dem Abend ja wohl um ein Geschäft zwischen Mathieu und Cordes. Darüber gab es Streit. Ferdinand Mathieu muss ebenfalls vorgeladen werden.« Vicky leckte sich die Soße von den Fingern. »Der Handel, der da abgewickelt wurde, könnte der Schlüssel zum Mord sein.«

»Hat jemand schon die Wohnung von Herrn Cordes untersucht?«

»Ist in Planung. Schmitti hat bei der Überprüfung der Kontobewegungen von Lennard Cordes festgestellt, dass er bis zum Herbst in finanziellen Schwierigkeiten gesteckt hat. Im September hat er eine größere Geldsumme eingezahlt, die den Kontostand auf ein leichtes Plus hob.«

»Vielleicht weiß seine Freundin Susanne Meier, woher das Geld kam.« Tietjen nahm einen Schluck aus der Wasserflasche. »Gut gewürzt, der Rollo.«

»Frau Meier muss auch als Zeugin vorgeladen werden. Cordes hat sie an dem Abend um ungefähr ein Uhr nachts angerufen. Schmitti hat Cordes' Handy gecheckt.«

»Ich glaube allerdings, dass sie uns informiert hätte, wenn etwas Wichtiges bei dem Telefonat gesagt worden wäre.«

»Nicht wenn sie etwas mit dem Mord zu tun hat. Wir wissen auch noch nicht, wo sie zum Todeszeitpunkt war.« Vicky lehnte sich zurück. »Ist das viel. Ich kann das nicht aufessen.« Sie schob die Reste des Essens von sich weg.

»Dieser fingierte Unfall kann nicht die Tat eines Einzelnen gewesen sein. Deshalb kommt Frau Meier als Täterin nicht in Frage.«

»Vielleicht hat sie die Tat mit jemand anderem geplant und –«

»Es hat wenig Sinn, darüber jetzt zu spekulieren.« Tietjen hasste es, wenn ohne Kenntnis der Fakten herumgeraten wurde.

»Ich sage nur: Die meisten Taten sind Beziehungstaten.«

Vicky tupfte sich die Lippen ab und trällerte ein paar Takte »Amor, amor …«.

Tietjen sah, wie zwei Männer am Nachbartisch herübersahen. Peinlich berührt senkte er die Stimme. »Wir brauchen das Motiv. Warum ist Cordes ermordet worden? Was ist in den Stunden zwischen Mitternacht und halb vier passiert?«

33

»Du siehst schlecht aus.«

Ausgerechnet die makellose Verena musste ihr die Wahrheit sagen. Die Anästhesistin sah kühl und perfekt geschminkt über das grüne Tuch hinweg auf Ella und lächelte mitfühlend.

Ella zog eine Grimasse und konzentrierte sich auf die letzten Handgriffe der Curettage. Sie saß zwischen den Beinen von Isabelle Mathieu und war dabei, die Schwangerschaft zu beenden. Die Galeristin hatte einige Minuten zuvor mit schmalen Lippen und ernstem Gesicht ihren Entschluss noch einmal bekräftigt. Jetzt lag sie auf dem OP-Tisch und schlief.

»Danke, Peggy.« Sie übergab der Assistentin die Curette, erhob sich und verließ den Saal. In der Küche goss sie sich mit zitternder Hand einen Kaffee ein und ließ sich auf den Stuhl fallen. Es ging ihr nicht gut. Nach dem Gefängnisaufenthalt hatte sie wieder mit Tabletten und Dope angefangen. Sie hätte sonst nicht arbeiten können. Die Nächte waren ohne Tranquilizer eine Qual. Lennard und Rainer waren in ihren Träumen ihre ständigen Begleiter, meist nur einer von ihnen, manchmal auch zu zweit. Es war schlimmer als vor ihrer Therapie bei der Heilerin. Sie musste John unbedingt um Nachschub für die Glückspillen bitten.

»Was ist denn los mit dir?« Verena war in die Küche gekommen und setzte sich auf einen der Stühle. Sie hatte die Tagesklinik ihres Mannes Rainer nach dessen Verschwinden übernommen, und Ella war mit ihrer gynäkologischen Praxis bei ihr eingezogen.

»Ach.« Ella zuckte abwehrend mit den Schultern. Ihr war schlecht. Saurer Mageninhalt brannte in der Brust. Natürlich war es »nett gemeint«, dass Rainers Witwe sich um sie kümmerte. Aber sie konnte Verena wohl kaum erzählen, dass sie jede Nacht von der Leiche ihres Mannes träumte.

»Vielleicht solltest du mal Urlaub machen. Der Gefängnisaufenthalt hat dich seelisch sicherlich sehr belastet. Und jetzt bist du gleich wieder voll eingestiegen. Das kann doch keiner aushalten.«

Verena klang, als ob sie aus einem Psychoratgeber für Hausfrauen zitierte. Ella wurde wütend. »Ich glaube nicht, dass du eine Vorstellung hast, wie es mir geht.«

Schon damals, als Rainer seine Frau betrog und ausnutzte, hatten alle den Eindruck gehabt, dass es sie nicht berührte. Ella wünschte, Verena hätte sich gewehrt. Vielleicht hätte sie Rainer mit einem Wutausbruch zur rechten Zeit gebremst. Und Ella hätte ihn nicht aus dem Verkehr ziehen müssen.

»Nun, ich will dir nur helfen.« Verenas Tonfall war schnippisch. Sie erhob sich.

»Wenn du mir helfen willst, kannst du mir ja mal etwas aus deinem Sortiment geben.«

»Was meinst du damit?« Die Anästhesistin drehte sich um und sah Ella starr an.

»Du könntest mir etwas geben, damit es mir besser geht.«

»Was zum Beispiel?« Sie hörte sich ratlos an.

»Mein Gott, Verena. Wie soll ich das wissen? Fentanyl, Propofol? Was hast du da?«

Verena schüttelte wortlos den Kopf und verließ den Raum.

»Dumme Kuh!« Ella sagte es leise. Da hatte sie die immer korrekte Kollegin wohl schockiert. Sie verschränkte die Arme auf dem Tisch und legte den Kopf darauf. Noch vier Operationen. Das würde sie schon schaffen.

Um fünf Uhr nachmittags war sie mit dem OP-Programm durch. Zwei Stunden zuvor hatte sie das Abschlussgespräch mit Isabelle Mathieu geführt. Die Patientin saß auf der Bettkante im Wachzimmer.

»Wie geht es Ihnen? Haben Sie Schmerzen?«

„Nein.« Isabelle Mathieu hatte Tränen in den Augen.

Ella legte ihr die Hand auf den Unterarm. »Denken Sie nicht so viel nach. Sie müssen sich jetzt erst mal erholen. In den nächsten drei Tagen sollten Sie Ruhe einhalten.«

Isabelle Mathieu nickte.

»Ist heute jemand bei Ihnen? Sie brauchen eine Betreuung wegen der Vollnarkose.«

»Mein Mann.« Sie presste die Worte heraus, als ob sie ersticken würde.

»Haben Sie jemanden, mit dem Sie reden können?«

»Nicht nötig.«

Die Frau aus dem Nachbarbett, eine mollige Endfünfzigerin in rosa Nachthemd, sah neugierig zu ihnen rüber. Ella bot Frau Mathieu den Arm an. »Kommen Sie, ich bringe Sie zur Anmeldung. Dort bekommen Sie noch Schmerztabletten und ein paar Unterlagen für die Nachsorge.«

Als sie das Wachzimmer verlassen hatten, konnte Ella frei sprechen. »Ich weiß nicht, ob Sie sich erinnern. Wir haben uns schon mal in der WG von Max getroffen. Im September auf der Portweinprobe.«

Isabelle Mathieu sah sie überrascht an. Dann blickte sie wieder geradeaus.

»Wenn Sie möchten, könnte ich mal mit Max reden. Er muss wissen, was Sie seinetwegen durchmachen, und die Verantwortung übernehmen. Er sollte sich um Sie kümmern.«

Isabelle Mathieus Wangen röteten sich. »Nein!« Ihr Ausruf war ein Befehl. Sie blieb stehen. »Auf keinen Fall.« Sie stoppte und atmete tief aus. »*Ich* werde mich um *ihn* kümmern.« Sie ging weiter. »Nie wieder soll er eine Frau so verletzen.«

Ella fuhr aus der Tiefgarage auf die Bremerhavener Heerstraße. Der Feierabendverkehr bildete eine lange Kolonne bis zum Ihlpohl-Verteiler. Aus den Wagen stiegen qualmende Abgaswolken in die klamme Frühlingsluft. Ellas Glieder fühlten sich an wie Eisenstangen, steif und schwer. Der lange OP-Tag, ununterbrochene Anspannung und die Sehnsucht nach Drogen hatten ihr alle Energie entzogen. Den Blick auf die Bremslichter ihres Vordermanns gerichtet wühlte sie in der Handtasche. Es mussten doch noch in den Tiefen ein paar von Johns Wunderpillen sein.

Erleichtert fischte sie das Tütchen heraus und schob sich

gleich zwei in den Mund. Sie musste funktionieren. Und zum Tütort fahren, damit John ihr weiterhalf. Der andere Grund war mindestens genauso wichtig: Sie musste endlich herausbekommen, was am Unfallabend in der WG passiert war. Und wer ihr die Schuld in die Schuhe schieben wollte. War Susanne für ihre schlimme Zeit im Gefängnis verantwortlich? Hatte Susanne ihren Geliebten getötet? Das hätte ihr sicher gut gepasst, dass Ella für sie in den Knast wanderte.

Sie musste die Wahrheit wissen. Anders konnte sie keine Ruhe finden.

34

»Hot Crease« Zosseder, der Gründer der GEIS, der deutschen Sektion der Extrembügler, würde am Wochenende den Wettkampf in Bad Stürzing eröffnen. Und Joost Tietjen würde sein Idol wieder einmal verpassen.

»Natürlich hätte ich den gerne mal kennengelernt. Aber du siehst doch selbst, dass da im Moment nicht dran zu denken ist.« Tietjen sah Al Pacino bedauernd an.

Die beiden saßen mit Schmitti, Vicky und Staatsanwältin Karola Kattenhorn vor der versammelten neu gebildeten »Soko Tütort«. Tietjen sah sich im Besprechungsraum um. Beinahe alle Stühle waren besetzt. Ein paar Kollegen kannte er noch nicht. Sie unterhielten sich, lachten und riefen sich Begrüßungen zu. Einige husteten oder putzten sich die Nase. Es war immer noch Erkältungszeit. Ein Gelärme wie in einer Schulklasse. Er räusperte sich. »Liebe Kollegen.«

Er hätte auch stumm die Lippen bewegen können. Der Tumult war unverändert.

Er wollte die Meute etwas lauter um Ruhe bitten, als Vicky sich erhob: »*Atención!* Wir wollen anfangen.« Die durchdringende Stimme brachte sofort Erfolg. Überrascht sahen die Herren aus der letzten Reihe auf die kleine Kubanerin. Im gelben Jackett mit orangefarbenem Schal leuchtete sie wie eine Butterblume zwischen den Kollegen in Jeans und dunklen Hemden.

Tietjen winkte den Männern zu. »D…darf … ich Sie bitten, über die Ergebnisse der Hausdurchsuchung letzte Woche zu berichten?«

Der lange Kurt Tuppermann erhob sich. Leicht gebeugt und schniefend schlurfte er nach vorn. Seine Cordhose hing auf Lendenhöhe, im Hosenbund steckte ein braun gemustertes Hemd. Sein Nachbar hatte sich mit der gleichen Geschwindigkeit vom Sitz erhoben und zog die grünen Vorhänge des Sitzungssaals zu.

Anschließend setzte er sich neben ein Tischchen mit Beamer, das in der Mitte im Gang zwischen den Stühlen stand.

»Wir haben sämtliche Räume des Hauses am Tütort durchsucht. Spuren des Opfers haben wir lediglich in der Küche des Hauses und im Nebengebäude, im Atelier, gefunden. Insbesondere frische Absplitterungen am Küchentisch«, Tuppermann gab dem Kollegen am Beamer ein Zeichen, und das vergrößerte Foto der Tischkante mit hellem Holzabrieb erschien an der Wand hinter Tietjen, »und Blutspuren auf dem Küchenboden bestätigen, dass hier ein Kampf stattgefunden hat.« Das Foto der Blutflecke wurde gezeigt.

»Wir haben außerdem einzelne Haare mit Blut des Opfers und einen abgebrochenen Fingernagel gefunden. Näheres dazu werden die Kollegen gleich berichten. Bei den Tabletten handelt es sich um Beruhigungsmittel und Crystal Meth. Weiterhin wurden hundertfünfzig Gramm Marihuana gefunden, alles im Zimmer des Bewohners Lazlov, John.«

»Es geht eine Anzeige gegen Lazlov wegen Drogenhandels raus.« Schmitti nickte der Staatsanwältin zu, die mit den Schultern zuckte.

Kurt Tuppermann zog ein großes Taschentuch aus der Hosentasche und wischte sich die Nase trocken. »Leider konnten weder der Baseballschläger noch andere ähnliche Schlaginstrumente gefunden werden.«

Das war ärgerlich. Aber nicht unerwartet. Tietjen drehte den Kuli zwischen Daumen und Mittelfinger. »Und was ist mit den grünen Stofffasern, die bei dem Opfer gefunden wurden? Passt irgendein Kleidungsstück oder eine Decke dazu?«

»Leider nein.« Ein Mann mit Halbglatze, großer platter Nase und Brille stand auf. Er wischte sich die Hände an seinem Karohemd ab. »Wir haben alle grünen Textilien, die Sie gesichert haben, untersucht. Keine Übereinstimmung.«

Dann folgte ein dreiviertelstündiger Monolog über diverse Untersuchungsergebnisse der über zweitausend Spuren aus der WG am Tütort und vom Unfallort.

»Abschließend können wir davon ausgehen, dass aufgrund

der Absplitterungen am Küchentisch und der Blutspuren des Toten auf dem Küchenboden der Kampf zwischen den Männern in der Küche stattgefunden hat. Spuren im Flur und im Atelier bestätigen die Aussagen der Zeugen, dass dort nur verhandelt wurde oder zumindest nicht gekämpft.« Tuppermann trottete zu seinem Platz. Sein Kollege zog die Vorhänge wieder auf.

Tietjen hatte Mühe gehabt, während des Vortrags wach zu bleiben. Er würde später alles noch einmal in den Protokollen nachlesen. »Ist der Tod in der Küche eingetreten?«

»Das ist möglich. Es muss reichlich Blut geflossen sein. Wir gehen nach Spurenlage und den Ergebnissen der Gerichtsmedizin davon aus.«

Tietjen klopfte nachdenklich mit dem Kuli auf den Tisch. »Es könnte aber auch sein, dass das Opfer erst später starb, nachdem es die WG nach dem Streit verlassen hatte.«

Vicky erhob sich und klappte ihr Notebook auf. »Das behaupten jedenfalls die Bewohner vom Tütort. Wir haben alle noch einmal eingehend befragt. Danach wurde nach dem Abendessen im Atelier ein Bilderverkauf abgewickelt, den Ferdinand Mathieu einige Wochen zuvor initiiert hatte. Das Bild wurde im Auto des Opfers sichergestellt. Es ist ein Werk von Max Husten. Herr Cordes hat nach Mitternacht den Tütort verlassen. Er fuhr mit seinem Pkw Richtung Bremen und rief von unterwegs seine Freundin Susanne Meier an.«

»Dann stimmt die ursprüngliche Aussage nicht, dass Cordes nach dem Essen zu Fuß am Fluss entlanggegangen ist!« Arndt klang aufgebracht.

»Die Bewohner der WG haben einige Wahrheiten verdreht bei unseren früheren Vernehmungen. Die halten zusammen und geben die Informationen nur häppchenweise heraus.« Vicky kniff die Mundwinkel ärgerlich zusammen. »Leider haben wir keinen Zugriff mehr auf die Handylokalisationen. Die Daten der Funkmasten sind inzwischen gelöscht.«

Sie sah auf ihr Notebook. »Um null Uhr siebenundvierzig hat Cordes aus seinem Auto heraus ungefähr zehn Minuten lang mit seiner Freundin telefoniert. Gegen ein Uhr ist er wieder in der WG aufgetaucht, wo zum selben Zeitpunkt der Galerist Ferdinand Mathieu eintraf.«

»Worum ging es in dem Telefonat mit Frau Meier?« Staatsanwältin Kattenhorn sah aus wie Tietjens Englischlehrerin auf dem Parseval-Gymnasium. Der Kommissar entdeckte erst jetzt, dass sie heute eine schwarzrandige Brille trug. »Kontaktlinse verloren.« Sie grinste ihn an.

»Angeblich nur darum, dass er später nach Hause kommen würde, weil er noch etwas klären müsse.« Vickys orangefarbener Schal war nach vorn gerutscht. Sie warf ihn über die Schulter. »Keine weiteren konkreten Angaben.«

»Z…iemlich langes Telefonat für diese kurze Information.« Tietjen machte sich eine Notiz. Ihm war Susanne Meier unsympathisch. Besonders, nachdem sie Ella Carbonne verpetzt hatte.

»Was wollte der Galerist mitten in der Nacht bei den Bewohnern vom Tütort?« Frau Kattenhorn blickte Vicky über den Brillenrand an.

»Er hat ausgesagt, dass er das Geld für einen Auftrag, den der Maler für seine Frau erledigt hatte, vorbeibringen wollte.« Schmitti hatte den Galeristen vor drei Tagen zusammen mit Vicky vernommen.

»Mitten in der Nacht? So ein Quark!« Arndt wurde rot, als alle ihn ansahen. »Ääh, ich meine«, er sah Tietjen unsicher an, »der Maler hat doch gesagt, dass Mathieu eifersüchtig auf ihn war. Er hatte sich mit seiner Frau Isabelle gestritten, weil Herr Husten eine Affäre mit ihr hatte. Also lügt Mathieu.«

Vicky nickte. »Wir konnten –«

Al Pacino unterbrach sie mit tiefer Stimme. »›Ich sage immer die Wahrheit, sogar wenn ich lüge.‹« Auch wenn er das Filmzitat nur geraunt hatte, reagierte die Runde mir Gekicher.

Vicky beachtete ihn nicht. »Wir konnten Isabelle Mathieu noch nicht befragen. Sie ist zurzeit krank.«

»Grippe?« Die Staatsanwältin pulte Papier von einer Rolle Pfefferminzbonbons.

»Sie ist operiert worden.«

»Max Husten hat ausgesagt, dass er seit einem halben Jahr mit Isabelle Mathieu ein Verhältnis hat. Mathieu sei deshalb voller Wut bei ihnen angekommen, um ihn zur Rede zu stellen.« Seine Vernehmung hatte Tietjen zusammen mit Arndt geführt. »Cordes ist wohl nur einige Sekunden später angekommen und hat den Streit unterbrochen.«

»Warum ist er zurückgekommen? Was hat er gemacht?«

»Laut Aussage des Malers hat er herumgebrüllt, sich auf John Lazlov gestürzt und ihn gewürgt. Max Husten und Kevin Brauer haben zunächst erfolglos versucht, Cordes' Umklammerung zu lösen. Als Lazlov blau anlief, hat Husten den Mann vor lauter Angst um seinen Freund niedergeschlagen. Herr Cordes ist daraufhin zu Boden gestürzt und kurze Zeit bewusstlos gewesen. Es habe ein paar Minuten gedauert, bis er wieder fit gewesen sei.«

»Wie hat er ihn niedergeschlagen?«

»Angeblich mit seinen Fäusten.«

»Da tippe ich eher auf einen Baseballschläger.« Karola Kattenhorn kaute inzwischen auf einem Bonbon und klang etwas undeutlich. »Warum war Cordes so wütend?«

»Wohl wegen des Bildes. Er wollte es zurückgeben.«

»Was war mit dem Bild?«

»Das konnte keiner der WG-Bewohner zufriedenstellend erklären. Er wollte es nicht mehr.«

Karola Kattenhorn kniff die Augen zusammen und schüttelte den Kopf. »Sie müssen die Leute noch mal ins Kreuzverhör nehmen. Die Ursache für Lennard Cordes' Wut ist von zentraler Bedeutung.« Sie sah Tietjen an, der sie nickend bestätigte. »Wieso ist John Lazlov angegriffen worden und nicht der Maler?«

Al Pacino war im Laufe der Sitzung immer weiter auf seinem Stuhl zur Kante gerutscht. Nun lag er fast, ein Bein weit unter den Tisch gestreckt. »Lazlov hatte die Geschäftsverhandlungen geführt. Mit Max Husten habe der Käufer kaum gesprochen.«

»Was hat Lazlov nach dem Angriff gemacht?«

»Der hat sich auf einem Stuhl erholt und war angeblich so geschwächt, dass er bald ins Bett gegangen ist.«

»Und Mathieu? Was sagt er zu Cordes? War dessen Wut berechtigt?«

Staatsanwältin Kattenhorn war unzufrieden mit den Aussagen, das konnte Tietjen hören. Er war es selbst. Sie waren von den Neuigkeiten des leitenden Forensikers und der darauf erfolgten Entlassung von Dr. Carbonne überrannt worden. Innerhalb kürzester Zeit hatten sie den Fall neu aufrollen und die Ermittlungen ausdehnen müssen. Einige Spuren waren sicherlich schon kalt. Die Lügen der Tütort-Bewohner, die ihre Wohngemeinschaft um jeden Preis schützen wollten, erschwerten die Ermittlungen zusätzlich.

Er sah auf die Teilnehmer der Soko. Die meisten wirkten tiefenentspannt. Einige saßen zusammengesunken auf ihren Stühlen, schauten aus dem Fenster, kritzelten Muster auf Papier oder tippten etwas ins Handy.

»Mathieu ist angeblich genauso ahnungslos.« Vicky schnaubte. »Er ist ein Typ, glitschig wie ein Aal.«

»Aa…aalglatt, meinst du.« Tietjen runzelte die Stirn, als er seine Notizen durchlas. »Was hat der eigentlich die ganze Zeit gemacht, während er dort war?«

»Er sagte aus, dass alles so schnell gegangen sei, dass er nicht dazwischengehen konnte. Saß wohl nur auf seinem Stuhl. Er habe noch gerufen, dass sie sich beruhigen sollten.«

Tietjen fuhr fort. »Dann ist Lennard Cordes wohl aufgestanden. Er hat stark aus der Kopfwunde geblutet, die er sich angeblich bei seinem Sturz auf den Küchenboden zugezogen hatte.« Er räusperte sich. »Na … das wissen wir besser. Durch den Baseballschläger natürlich. Aber keiner der Männer will das bestätigen. K…evin Brauer hat ihm ein Küchenhandtuch gereicht, das er sich auf die Wunde drückte. Cordes sei dann aus dem Haus gerannt. Da war es kurz nach zwei.« Er sah in die Runde. »Wurde das blutige Handtuch gefunden?

Die Kollegen schwiegen.

Wohl nicht. Tietjen machte sich eine Notiz.

»Das klingt nicht sehr überzeugend.« Karola Kattenhorn beendete die Stille. »Wo waren die Frauen? Haben sie etwas von dem Streit mitbekommen?«

»Die waren schon zu Bett gegangen. Zoe Falcke hat laute Stimmen gehört und den Zeitpunkt des Streits bestätigt.«

»Vielleicht ist Cordes geflüchtet. Und die Männer aus der WG haben ihn verfolgt und dann getötet.« Die Staatsanwältin sog schmatzend an dem Pfefferminz.

»Aber warum sollten sie das tun?« Vicky war aufgestanden und stellte sich an den Flipchart. »Warum ist Cordes so wütend gewesen? Wer hat Cordes so gehasst, dass er ihn töten wollte? Oder sie. Wer hatte einen Grund dazu?« Sie nahm den Stift und schrieb: Liebe/Eifersucht. »Neunzig Prozent aller Morde sind Beziehungstaten. Deswegen ist seine Freundin Susanne Meier die Hauptverdächtige. Weiter: Gier. Cordes machte Geschäfte mit John Lazlov. Vielleicht ging es um Drogendeals. Und das Bild ist als Grund des Streits nur vorgeschoben.« Sie trug auch seinen Namen in die Liste der Verdächtigen ein.

»Er selbst war aber clean. An der Leiche waren keine Hinweise auf Drogenkonsum.« Schmitti setzte sich gerade auf. Als ob er mit dieser Ansage signalisieren wollte, wieder an der Diskussion teilzunehmen.

»Was ist mit Ferdinand Mathieu? Es ging um einen Bildverkauf. Kann es sein, dass dieses Bild Auslöser für einen Mord war? Er ist als Kunsthändler auch für Max Husten tätig. Und er lässt sich nicht in die Karten schauen. Wir müssen dieses Bild näher untersuchen. Und Ferdinand Mathieu kommt auch auf die Liste.«

»Also«, Karola Kattenhorn klopfte mit der Bonbonrolle auf den Tisch, »eins nach dem anderen. Wir haben noch nicht den ganzen Abend rekonstruiert. Was ist nach der Auseinandersetzung passiert?«

»Husten und Brauer haben die Küche aufgeräumt, die Kampfspuren beseitigt und sind ebenfalls ins Bett gegangen. Der Kunsthändler ist direkt nach Hause gefahren.« Vicky ging zurück an den Tisch und klappte ihren Laptop zu.

»Und wie ist Herr Cordes dann auf die Landstraße gelangt?«

»H…aben S…ie dazu etwas herausbekommen, Herr Aykur?« Tietjen blickte auf einen drahtigen Mann mit kurzen dunklen Haaren.

Der Leiter der Hundestaffel machte eine bedauernde Geste. »Wir haben mit unserem Mantrailing-Hund keine Spur außerhalb vom Tütort aufnehmen können. Lediglich an der Landstraße kam es zwischen Kläranlage und Unfallort zu einem Anschlagen. Allerdings ist es nach mehreren Wochen Regenwetter schwierig, noch Spuren zu finden.«

»Der Dreck von den Schuhen ergab auch keine Hinweise auf den vom Opfer zurückgelegten Weg. Er war durch den Regen zum größten Teil weggespült.« Erneuter Bericht des Plattnasigen. Tietjen hatte seinen Namen vergessen.

»Hmm.« Die Staatsanwältin hatte die Brille wie einen Haarreif in die blonde Mähne geschoben und massierte ihre Nasenwurzel. »Diese Geschichte kann nicht stimmen. Die Zeugen lügen. Ich gehe davon aus, dass Herr Cordes kurz nach dem Streit ermordet wurde. Dass er nicht mehr in der Lage war, zur Landstraße zu gehen. Alle Indizien sprechen dafür, dass der Unfall nur der Vertuschung der Tat diente. Vielleicht war es Susanne Meier? Hat sie Cordes vom Tütort abgeholt? Und ihn dann bei einem Streit getötet? Was ist mit ihrem Alibi?«

»Sie sagt, sie sei den ganzen Abend zu Hause gewesen.« Al Pacino blätterte in seinen Aufzeichnungen. »Zeugen gibt es dafür nicht.«

»D…ass ihre DNA auf der Jacke des Opfers gefunden wurde, ist leider kein Hinweis. Allerdings wurde auch DNA von John Lazlov, Kevin Brauer und Max Husten nachgewiesen. Frau Meier kann unmöglich ohne fremde Hilfe den Unfalltod vorgetäuscht haben. Wir haben immer noch keinen Hinweis auf die wahrscheinlich männliche Person, die das Opfer kurz vor dem Aufprall auf Frau Carbonnes Pkw gestützt hat.«

Tietjen hatte sich die Aussage der Ärztin noch einmal durchgelesen. Er schämte sich, sie unter Druck gesetzt und ihr nicht geglaubt zu haben, obwohl sie unschuldig war. Rückblickend war der Ehrgeiz von Susanne Meier, Frau Dr. Carbonne als Täterin darzustellen, jetzt besonders verdächtig. Womöglich hatte Meier von ihrer Person ablenken wollen.

»Vielleicht Kevin Brauer? Er scheint ein sehr enges Verhältnis zu Frau Meier zu haben«, merkte Vicky an. »Es muss auf jeden Fall ein Mann gewesen sein. Ein Toter ist für eine zierliche Frau wie Frau Meier viel zu schwer.«

»Sie ist gut durchtrainiert und um einiges größer als du, Vicky.« Dann hatte Tietjen eine Idee. Er erinnerte sich an eine Spur, die sie bisher noch nicht besprochen hatten.

»Diese Fasern im Achselbereich des Opfers könnten von einem Tau stammen. Ich denke, dass mit Hilfe dieses Taus das Opfer in eine aufrechte Position gebracht wurde. Das Tau ist vielleicht über einen Ast geschlungen worden und hat Cordes in Position gehalten. Die Person neben ihm musste nur wenig Kraft aufwenden, um ihn zu halten, bis das Unfallauto vorbeikam.«

»*Buena idea!*«

»So könnte es gewesen sein.« Die Staatsanwältin klang nachdenklich. »Nur, was ist das Mordmotiv?«

»Ich komme auf drei mögliche Motive.« Vicky hob die Stimme. In den hinteren Reihen rückten einige Männer und Frauen mit den Stühlen, um sich aufrechter hinzusetzen.

»Nummer eins: Susanne Meier wollte sich von Lennard Cordes trennen und hat ihn im Streit getötet. Bei der Inszenierung auf der Landstraße hat ihr vielleicht jemand aus der WG, zum Beispiel Kevin Brauer, geholfen. Ich glaube, die beiden haben ein Verhältnis.«

Tietjen stellte sich vor seinem inneren Auge die Gruppe vor, wie sie an dem kalten, ungemütlichen Winterabend in der warmen Küche gesessen hatte. Die Stimmung war aufgebracht, vier der fünf Männer waren ziemlich alkoholisiert. Die drei Männer vom Tütort hielten zusammen. Jegliche Beschwerde von Cordes wurde abgeschmettert. Er war klar im Nachteil. Fühlte sich vielleicht hilflos. Und Ferdinand Mathieu stand ihm auch nicht bei. Saß nur stumm auf dem Stuhl, wie die anderen Männer berichteten.

Was war aus Mathieus Wut auf Max geworden? War das, was Cordes zu sagen hatte, so wichtig, dass Mathieu seinen Ärger vergessen hatte? Und was war der Grund für Cordes' Wut? Er dehnte seine Schultern und machte ein paar Lockerungsübungen, indem er seinen Kopf hin- und herdrehte.

»Möglichkeit zwei: Die Männer aus der WG hatten Streit mit Cordes wegen irgendwelcher faulen Geschäfte und haben ihn deshalb umgebracht. Möglichkeit drei, dass Cordes zufällig an der Landstraße von einem Fremden überfallen wurde, schließe ich aufgrund der Spurenlage aus. Da kommt eher Ferdinand Mathieu in Frage. Und der müsste auf jeden Fall Komplizen gehabt haben.«

»Ich frage mich, was für Geschäfte mit einem Kunsthändler einen Medizintechniker in den Tod treiben können. Dann schon eher Drogenhandel mit John Lazlov. Gibt es Spuren aus der Wohnung von Cordes?« Frau Kattenhorn warf den Männern auf den hinteren Plätzen einen Blick zu.

Der Plattnasige mit dem karierten Hemd antwortete. »Außer einigen minimalen Spuren Koks nichts, was auf Drogen hinweist.«

»D…dann checken wir noch einmal die Konten sämtlicher Verdächtiger. Vielleicht können wir herausbekommen, wer Herrn Cordes den großen Geldbetrag gegeben hat, den er letzten Herbst auf sein Konto eingezahlt hat.« Tietjen blickte auf sein Notizbuch. »Was … ist mit den Pkws?«

In der dritten Reihe meldete sich eine dürre Frau mit Brille. »In den Wagen von Husten und Brauer war nichts, was den Fall weiterbringt. Im Pkw von Frau Meier waren Spuren vom Mordopfer.«

»D…as war zu erwarten. Kampfspuren?«

Die Frau schüttelte den Kopf.

»Das Auto von Herrn Mathieu sollte sich das Team der KTU auch noch genauer anschauen.« Karola Kattenhorn stopfte Laptop und Pfefferminz in den Beutel. »Wir müssen den Druck auf die Verdächtigen verstärken, ihren Zusammenhalt durchbrechen. Wir werden jeden Einzelnen noch einmal intensiv befragen. Früher oder später wird einer einknicken und uns verraten, was wirklich passiert ist. Dann haben wir unseren Täter.«

Die Dürre von der KTU räusperte sich. »Allerdings haben wir eine interessante Spur aus dem Auto von John Lazlov.«

Erwartungsvoll sahen Tietjen, Kattenhorn und die anderen Mitglieder des Teams auf die Kriminaltechnikerin.

»Wir haben Fasern eines Taus gefunden. Sie passen zu den Fasern an der Jacke des Toten.«

Tietjen seufzte. »Danke für diese wichtige Information.« Die du auch schon vorher hättest äußern können, wenn du nicht gepennt hättest, fügte er in Gedanken hinzu. »Dann brauchen wir jetzt einen Haftbefehl für John Lazlov.«

35

Wäre Max Katholik, wäre er zur Beichte gegangen. War er nicht. Er glaubte an nichts. Nicht mal an sich selbst. Hätte man ihn gefragt, hätte er vor einem Monat noch geantwortet, er glaube an die Freundschaft. Seit jenem Abend im Februar, dem schlimmsten in seinem Leben, wurde der Abstand zu seinen Freunden von Tag zu Tag größer. Sein Leben zerbrach.

Wie konnten seine Freunde so tun, als wäre nichts geschehen? Kevin ging jeden Tag in Schlips und Anzug zur Arbeit, als hätte er diesen schrecklichen Abend nie erlebt. Zoe wirkte teilnahmslos, beinahe entspannt. Jetzt, da wieder Frieden eingekehrt war. Hauptsache, die »Familie« funktionierte. Ferdinand Mathieu, der Übervater, war vollkommen ungerührt. Er hatte sogar die Chuzpe, ihm einen neuen Auftrag zu geben. Keiner nahm Anteil.

Marianne spielte sich auf, als ob sie die Mutter der WG wäre, und klagte sie an. Dabei wusste sie nichts. Er hatte ein Opfer für die Freunde gebracht. Sonst wäre es wahrscheinlich viel schlimmer ausgegangen. Wenn Marianne nur ihren dummen Mund gehalten hätte. Vielleicht hätte die Polizei dann nichts gegen sie ausrichten können.

Max versuchte, an dem Bild zu arbeiten. Es war eine Studie, die er anhand eines Kunstdrucks anfertigte. Ein Stillleben mit Äpfeln und einem Krug. Er legte den Pinsel auf die Farbpalette und lehnte sich zurück. Die Gedanken drängten sich zwischen ihn und das Bild. So konnte er nicht malen.

War er der Einzige, der die Solidarität der Freunde vermisste? Was bedeutete Freundschaft, wenn man in der Krise allein war? Er glaubte nicht an die Liebe. Er konnte sich nicht daran erinnern, je geliebt worden zu sein. Außer als kleiner Junge. Seine ältere Schwester hatte nach dem Unfalltod der Eltern den Verlust nicht ausfüllen können. Er war nur ein knappes Jahr bei ihr in Worpswede geblieben. Mit vierzehn war er auf den Straßen

Hamburgs das Maskottchen der Junkies gewesen. Bis Gudrun, die sich um ihn kümmern wollte, ihn mit nach Hause genommen hatte. Es folgten viele andere Frauen, die ihn unterstützten und von der Straße fernhielten. Die Beziehungen fanden hauptsächlich im Bett statt. Geliebt hatte er keine. Die vielen Affären hatten ihn geprägt: Er nahm jede, die hübsch war und ihm nicht zu nah kam.

Er stöhnte. Bei Isabelle hatte er sich geirrt. Dabei schien sie ideal. Rothaarig, schlank, humorvoll und unkompliziert. Und verheiratet. Warum musste sie alles kaputt machen? Was hatte sie sich dabei gedacht, schwanger zu werden? Sie dachte nur an sich. Wenn sie ein Kind wollte, dann ja wohl mit Ferdinand. Er, Max, war draußen.

Das Glas auf dem Tisch neben der Staffelei war leer. Er goss sich den Rest aus der Rotweinflasche ein. Draußen war nur Schwärze. Kein Mondlicht, die Sterne hinter Wolken verborgen. Seine Stirn gegen die kalte Fensterscheibe gedrückt starrte er in das endlose Nichts. Gab es dort in der dunklen Unendlichkeit etwas, das wichtig war?

Der Schmerz, der sein Herz umschloss, breitete sich im ganzen Körper aus. Die Glieder waren schwer. Sein Schädel fühlte sich an wie in Watte gepackt. Ein elektronisches Rauschen strömte durch die Hirnwindungen und verspannte die Nackenwirbel. Er war so traurig. Und allein.

Wenn sie jetzt nicht zusammenhielten, würde alles auseinanderbrechen. Vor fünf Jahren, als er Mitglied der WG wurde, hatte er gedacht, die perfekte Lebensform gefunden zu haben. Mit Menschen, denen er vertraute. Ihre Freundschaft wurde das Wichtigste in seinem Leben. Sie waren eine verschworene Gemeinschaft gewesen. Hatten einen eigenen Lebensrhythmus gehabt. Sich inspiriert und ergänzt. Alle zusammen gegen den Rest der Welt. Sie hatten ihre eigene WG-Sprache: Ausdrücke für unsympathische Gäste, ungenießbares Essen, lange Abende mit viel Alkohol, reiche Freunde. Nach und nach hatten sich Rituale ergeben: sonntagmorgens gemeinsames Frühstück nur für WG-Mitglieder, seit zwei Jahren an Donnerstagen Vorleseabend im MAMU aus »Das Bildnis des Dorian Gray«, am Monatsanfang las Marianne im Schatten der »großen Mütter« aus dem Kaffeesatz, und jedes Jahr begrüßten sie den Frühling und verabschiedeten den Sommer mit einem großen Fest. Und jetzt?

Er leerte sein Glas in einem Zug und knallte es wütend auf den Tisch. Sie hatten seit Wochen nicht mehr gemeinsam gegessen. Abends machte jeder sein eigenes Programm. Außer letzten Freitag. Da waren sie noch einmal zusammengekommen, nachdem die Verhöre bei der Polizei vorbei waren. Bleich und stumm hatten sie rund um den Tisch gesessen. Und konnten nicht fassen, was passiert war.

Wie bei einem Erdbeben kam es ihm vor, als ob der Tütort Risse bekommen hätte, Steine herausgebrochen wären. Ein Krater hatte sich aufgetan, und es war auf einmal möglich, dass alles, was ihnen lieb und wichtig war, darin verschwinden konnte: John war verhaftet worden.

Am Tag zuvor hatte John sie eindringlich instruiert. Sie sollten alle die gleiche Geschichte erzählen und nicht davon abweichen. Max hatte ihm vertraut.

Der bräsige Kommissar Tietjen hatte Max über zwei Stunden mit Fragen genervt. Er hatte sogar behauptet, Marianne hätte ihn beschuldigt. Er hatte sich aber nicht verwirren lassen und war bei seiner Aussage geblieben. Trotzdem hatten sie John in die Untersuchungshaft gesteckt.

Zoe hatte geweint. Marianne fragte schließlich, wie es jetzt weitergehen solle. Keiner antwortete. Und dieses Schweigen hing seitdem in den Räumen wie ein stummer Hall. Erfasste das Haus und den gesamten Tütort, hielt es in einer Starre. Als ob jedes Wort die zarte Decke des friedlichen Zusammenlebens zerreißen ließe.

Sie konzentrierten sich auf die Arbeit. Die gab ihnen den Schein der Sicherheit. Marianne bearbeitete ihren Stein, als ob sie ihn in Stücke schlagen wollte. Kevin ging morgens, bevor alle aufstanden, in die Bank und kam erst abends spät nach Hause. In Zoes Zimmer war stundenlang Musik bis zum Anschlag aufgedreht. Dazu trommelte sie ohne Unterlass auf ihrem Schlagzeug und brachte die Wände zum Vibrieren.

Max stand auf. Die Skizze konnte er vergessen. Er würde dieses Projekt nicht zu Ende führen. Er atmete tief ein. Die Schuld. Sie fraß sich durch sein Herz. Er musste John helfen. Es war seine Pflicht. Auch wenn John sie in diese Situation gebracht hatte. Aber er, Max, war der Einzige, der John entlasten konnte.

Er schaute nach oben, als ob eine Macht aus dem Dachzimmer ihn zurückhielt. Die verhinderte, dass er sich für John entschied. Er müsste sich für den Freund opfern. Und er müsste sein Geheimnis preisgeben. Das war zu viel.

Es drängte ihn nach oben auf den kleinen Dachboden. Max erklomm die Leiter wie ein alter Mann. Er schob die Heuballen zur Seite und betrat die Dachkammer. Zum Glück hatten die Bullen seine kleine Werkstatt hier oben nicht entdeckt. Und die Freunde hatten auch nichts verraten. Bedächtig holte er das Paket aus seinem Versteck und legte es auf den Kartentisch.

Er drehte sich zunächst einen Joint und zündete ihn an. Er merkte, wie die Spannung in seinem Körper nachließ. Er nahm die Zipfel des Leinentuchs und legte die Seiten nach rechts und links. Leuchtend rot schimmerte das Kleid im Schein der Tischlampe. Das Mädchen sah ihn aus klugen Augen an. Zärtlich strich Max über die hundert Jahre alten Furchen der Ölfarbe. Wie schön sie war. Eine tröstliche Wärme durchströmte ihn. Sie ließ ihn alle Schlechtigkeit vergessen. Sie war sein Schatz. Und die erste Liebe in seinem Leben.

Wenn er mit Paula Modersohns Mädchen zusammen war, spürte er, wie sein Leben mit ihrem verbunden war. Das Wesen der Malerin und die vielen Jahre bis heute hatten das Bild geprägt. Man sagte, dass jedes große Gemälde auch ein Selbstporträt sei. Wenn er die Hand auf den Rahmen legte, den alten, leicht staubigen Geruch einatmete und die Augen schloss, spürte er den Geist dieser beiden Frauen.

Wie war es damals zu dem Treffen zwischen dem Mädchen und der Künstlerin gekommen? Es war sicherlich eins dieser Häuslerkinder. Das Mädchen hatte feine Gesichtszüge. Aber auch etwas Altes, Weises, das man Kindern ansah, die schon früh die Härte des Lebens erlebt hatten. Es hatte Glück gehabt, die Kindheit zu überleben. Viele Kinder waren an Unterernährung oder Krankheit gestorben. Paula, die Malerin, hatte die Häusler Anfang des letzten Jahrhunderts im Armenhaus in Worpswede aufgesucht, um sie zu porträtieren. Er sah auf die Jahreszahl. Sie hatte das Bild kurz vor ihrer Trennung von Otto Modersohn vollendet. Und er hatte das Gefühl, die Kraft und das Feuer der Malerin in diesen einfachen, aber nachdrücklichen Pinselstrichen zu entdecken.

Max entsorgte den Joint zwischen zwanzig alten Kippen in einer Untertasse auf dem Kartentisch. Wenn er das doch auch könnte: dieses Brennen für die eigene Kunst wieder zu spüren. Das innere Bild auf die Leinwand zu bringen und zu wissen, dass es richtig ist.

Als Paula dieses Mädchen getroffen hatte, musste sie in einer ähnlichen Situation wie er gewesen sein. Auch sie hatte erlebt, dass die Menschen, die sie umgaben, nicht loyal waren. Nicht an sie und ihre Kunst glaubten. Die gesetzten Worpsweder Kunstmaler verachteten ihren Esprit und ihren Stil, mit einfachen Strichen und flächigem Farbauftrag das Wesen der Bauerngesichter festzuhalten. Kurz darauf war sie nach Paris gegangen und hatte gemalt, wie es andere, berühmtere Künstler frühestens zehn Jahre später geschafft hatten.

Erneut berührte er das Bild mit spitzen Fingern. Als ob die Magie des Mädchens mit dem roten Kleid auf ihn übergehen könne. Ob Tränen auf die Leinwand gefallen waren? Hatte Otto Modersohn das Bild nach Paulas Tod in sein Haus gehängt? Er fühlte sich wie ein Verbündeter von Paula Modersohn. Auch seine Freunde ließen ihn im Stich. Er war für sie nur interessant, wenn er sich ihren Plänen fügte.

Sorgfältig schlug er das Bild wieder in das Leinentuch und schob es in das Versteck. Als er die Heuballen vor die Türöffnung schob, hörte er, wie Matisse unruhig schnaubte. Er schaute über die Dielen in die Tiefe und sah, dass die Stalltür zuschlug. Es war jemand im Stall gewesen. Der ihm nachspionierte.

Er lehnte sich gegen die Ballen. Ihm war speiübel. Langsam atmete er tief ein und aus. Nach einer Weile hatte sein Puls sich normalisiert. Niemand konnte ahnen, dass er das Original besaß. Nur wenn der Spion die Leiter hochgeklettert wäre, hätte er das bemerkt. Kein Grund zur Panik.

36

Zoes Welt bestand nur aus Musik. Sie war eingehüllt in den bombastischen Sound von Metallica und begleitete das Stück mit ihren Beats. Sie drosch auf das Schlagzeug ein, als könne sie so die düstere Stimmung vertreiben. Sie wollte, dass die bösen Geister, die den Tütort belagerten, endlich verschwanden. Seit mehr als zwei Stunden wummerte die Bassdrum, schepperten die Becken und dröhnten die Toms, ohne dass jemand der anderen Bewohner sich beschwert hätte. Ihre Ohren glühten unter den Kopfhörern. Ihr Shirt war klitschnass vom Schweiß.

Erschöpft und außer Atem legte sie die Drumsticks auf die Snaredrum, schleppte sich zum Bett und ließ sich fallen. Sie schloss die Augen. Wahrscheinlich könnte sie spielen, bis sie tot vom Hocker fiel, ohne dass jemand sich blicken ließe. Seit Tagen verkroch sich Max in seinem Atelier. Marianne bereitete eine Ausstellung in Groningen vor. Kevin war sowieso meistens in der Bank. Wenn er im Tütort war, verzog er sich mit Susanne in sein Zimmer am anderen Ende des Hauses.

Nach und nach wurde ihre Atmung wieder langsamer. Sie wünschte sich, die Gedanken würden sie in Ruhe lassen. Wie laute Stimmen hallten sie in ihrem Kopf. Sie kniff sich in den Arm, der schon einige Quetschungen und blaue Flecken hatte. Der Schmerz beruhigte sie für kurze Zeit. Doch dann kamen die Gedanken zurück. Und mit ihnen die Angst.

Sie brauchte einen Joint. Und im Schrank hatte sie noch eine halbe Flasche Korn. Als sie ihr Zimmer verlassen wollte, um aus der Küche ein Glas zu holen, öffnete sich die Tür. Durch den Spalt blickte Susanne.

»Klopf, klopf. Ich hoffe, ich störe dich nicht. Aber ich dachte, du bist jetzt mit dem Proben fertig. Da kann ich dich vielleicht zu einem Glas Wein einladen.« Sie schaute sie mit unangebrachter Fröhlichkeit an.

Zoe war wie versteinert. Nur langsam begriff sie, dass Susanne auf eine Antwort wartete. Sie schob sie zur Seite und ging mürrisch an ihr vorbei. »Warum?«

Susanne folgte ihr in die Küche. »Ach, ich fühle mich so allein. Und Kevin hat gerade angerufen, dass er etwas später kommt.«

Zoe konnte sich nicht daran gewöhnen, dass Kevin und Susanne ein Paar waren. Was fand er nur an dieser unechten Blondine? Sie war aufdringlich. Geltungsbedürftig. Zu stark geschminkt. Falsch. Zoe ging zum Küchenschrank und nahm sich ein Wasserglas.

»Ich habe schon zwei Gläser!« Susanne stellte sie auf den Tisch und goss aus der geöffneten Weißweinflasche ein. »Komm schon. Wir müssen ja nicht beste Freundinnen werden. Aber wir können uns doch ein wenig unterhalten. Immerhin haben wir einen gemeinsamen Freund.«

»Was auch immer er an dir findet.« Zoe wollte sich hinter Susanne aus der Küche drängen.

Susanne stellte sich ihr in den Weg. »Ich weiß, dass du mich nicht magst. Und auch die anderen lassen mich spüren, dass ich nicht zu euch gehöre. Aber ich denke, dass ich ein bisschen Mitgefühl von euch verdiene. In eurem Haus hat mein Freund seine letzten Stunden verbracht. Vielleicht ist er sogar hier gestorben. Womöglich hat John ihn mir genommen.«

»Pass auf, was du sagst!« Zoes Puls stieg. Ihr wurde heiß. »Du hast doch schon Ersatz für ihn gefunden.«

»Kevin hat mich getröstet. Ich weiß nicht, wie ich diese Zeit ohne ihn überstanden hätte.« Susanne nippte an dem Glas. »Er ist so einfühlsam. Ich war so verzweifelt, weil ich nicht verstanden habe, was Lennard spätnachts bei euch gemacht hat. Kevin hat mir alles erzählt.« Sie trank erneut und studierte das Etikett. »Nicht schlecht.«

»Ach, hat er?« Zoe nahm das andere Glas, trank einen großen Schluck und setzte sich auf einen der Stühle. »Was ist denn damals passiert?«

»John hat Lennard angegriffen. War es Notwehr?«

»Ich weiß gar nichts über den Abend.«

Susanne setzte sich neben sie. »Du weißt nicht von der Sache mit dem Bild?«

Zoe starrte sie nur an. Es würde sie wundern, wenn Susanne mehr wüsste als sie.

»Max hat für Lennard doch ein Bild gemalt. Ein besonderes Bild.« Susanne sah Zoe prüfend an.

»Max' Bilder sind alle besonders.«

»Du bist aber nicht wirklich so ahnungslos, wie du mir weismachen möchtest, oder?«

Zoe reckte das Kinn vor und sah sie mit hochgezogenen Augenbrauen an.

»Lennard hat eine Fälschung gekauft. Ich bin Max gefolgt. Und habe den Raum über Max' Atelier gesehen. Wo der Trockenofen steht. Und wo die kopierten Bilder so lange trocknen, bis sie so aussehen wie alte.«

Zoe lehnte sich zurück und nippte an dem Weinglas. Susanne hatte den geheimen Raum entdeckt. Das war schlimm. Max hatte immer darauf geachtet, dass die Frauen aus der WG nichts von der Fälschertätigkeit mitbekamen. Auch Zoe hatte immer wieder durch ihr Zimmerfenster gesehen, wie er die Leiter im Stall hochgeklettert war. Und dann stundenlang auf dem Boden verschwunden blieb. Sie hatte niemandem erzählt, dass sie wusste, was Max dort machte.

»Wie bitte? Eine Fälschung?« Sie gab ihrer Stimme einen überraschten Klang. »Was für eine Fälschung?«

»Das weiß ich nicht. Kevin meint –«

»Kevin hat dir sicher kein Wort erzählt. Er würde niemals darüber reden, was wir tun.«

»Da hast du leider recht. Er redet nicht gerne über euch.« Susanne stieß ein trockenes Lachen aus. »Eure Geheimnisse gehen mir ziemlich auf die Nerven. Ihr glaubt, dass ihr dadurch etwas Besonderes seid. Dass eure Gemeinschaft einzigartig ist. Kevin hat mir schon zu verstehen gegeben, dass ich hier nur als Gast willkommen bin.« Sie atmete tief ein und aus. »Ich will wissen, wer Lennard getötet hat. Darum habe ich selbst ein wenig geforscht.«

»Was soll dann diese Lügengeschichte?«

»Kevins Geschichte ist voller Lücken. Niemand hat mir mehr verraten als das, was ich schon selbst herausbekommen habe.«

»Von mir wirst du auch nicht mehr erfahren.« Zoe stand auf.

»Setz dich!« Susannes Stimme war streng. Wie damals im Heim spurte Zoe sofort. »Ich denke, dass du nichts mit Lennards Tod zu tun hast. Aber du musst mir helfen. Oder willst du mit Mördern zusammenleben?«

Zoe sank in sich zusammen. Sie senkte den Kopf, starrte auf die Hände. »Mörder«. Das Wort, das sie die ganze Zeit unterdrücken wollte. Die innere Stimme hatte sich immer wieder an die Oberfläche ihrer Gedanken gedrängt, aber Susanne sprach es laut aus. Einer der Freunde war ein Mörder. Vielleicht John. Sie wollte schreien. Stattdessen blieb sie stumm und reglos.

»Was weißt du über den Abend? Als Lennard zurückkam, gab es einen Streit. Hast du was gehört? Hast du John gehört?«

Zoe stand auf. Die Wahrheit, die sie bisher verdrängt hatte, war schmerzhaft. Nicht zu ertragen. Wie eine innere Wunde, die brannte und ihr Leben bedrohte.

»Zoe, setz dich wieder hin. Geht's dir nicht gut?«

Zoe war zum Fenster gegangen und starrte über das graue Wasser der Wümme in die Wiesen. Bäume mit zartem Grün bogen sich im Wind. Sonnenflecken blinkten durch Wolken, die über den Himmel jagten, und zeichneten Muster auf das grüne Gras. Sie konnte sich kaum erinnern, was sie damals gehört hatte. Sie war ziemlich betrunken gewesen. Sie hatte schon geschlafen, war aber wieder aufgewacht. *Lennard brüllte die Männer an. Ein Schrei.* Dann war sie wieder weggedämmert. Ein- oder zweimal hatten noch Türen geklappt. Vielleicht aber auch nur in ihren Träumen.

»Sie waren zu fünft. Kevin hat mir erzählt, dass John, Max und Mathieu außer ihm und Lennard in der Küche waren. Und dass sie sich geprügelt haben.« Susanne klang aufmunternd.

Wenn sie erwartete, dass Zoe jetzt weiterplaudern würde, hatte sie sich getäuscht. *Das Klackern eines umfallenden Stuhls. Und Max: »Lass ihn los!«* In Gedanken sah sie sich in ihrem Bett liegen, im Halbschlaf den Stimmen in der Küche lauschend. Es war kalt gewesen, und der Regen hatte von Nordwest gegen ihr Fenster getrommelt.

»Es kann doch nicht sein, Zoe, dass du davon nichts gehört hast. Dein Zimmer ist direkt gegenüber der Küche.«

Dann war die Küchentür aufgegangen. Geraschel im Flur. Ein Stöhnen. Dann schnelle Schritte zurück in die Küche.

Susanne erhob sich und legte von hinten eine Hand auf Zoes Schulter. »Du machst dich zur Komplizin, wenn du nicht sagst, was du weißt.«

Da war dieses schreckliche Geräusch, kurz danach. Ein Krachen. Und dann Stille. Jemand schloss die Küchentür.

»Jetzt rede schon!« Susannes eben noch milde Stimme klang harsch.

Zoe hatte nicht vor, ihr Schweigen zu brechen und Susanne bei ihrer Suche nach dem Täter zu helfen. Sie drehte sich um und sah ihr in die Augen. »Es tut mir leid, dass du deinen Freund verloren hast.« Sie ging wieder zurück an den Tisch und griff nach dem Weinglas. »Ich habe Lennard ja kaum gekannt. Er wirkte auf mich eher wie ein Einzelgänger.«

Die Frauen setzten sich. Susanne schenkte sich noch einmal nach. »Er war jemand, der gut allein sein konnte. Das stimmt. Er hat nicht gerne geredet.«

»An dem Abend hat er aber ganz schön vom Leder gezogen. Er hat meine Freunde angebrüllt. Ist ausgerastet.«

»Dann hast du ja doch etwas gehört.« Susanne seufzte. »Das war seine dunkle Seite. Er war ab und zu cholerisch.«

»Bei dir auch?«

»Ist schon mal vorgekommen. Besonders, wenn er getrunken hatte.« Sie hob das Glas und prostete Zoe zu. »Konnte Alkohol nicht gut vertragen.«

»Das habe ich mir gedacht. Während des Essens hat Lennard viel weniger getrunken als die anderen. Und auch kaum gesprochen.« Zoe beruhigte sich langsam. Und es fiel ihr etwas ein.

»Was hat er denn gesagt, als er nach Mitternacht zurückkam? Konntest du das verstehen?«

»Seine Stimme war durch die Türen gedämpft.« Zoe überlegte, wie sie das Gespräch in die richtige Richtung lenken konnte.

»Du musst doch wenigstens das eine oder andere Wort verstanden haben!« Susanne hatte gerötete Wangen. Der Alkohol ließ sie lauter reden.

»Ich weiß nicht, was er geschrien hat. Ich war im Halbschlaf. Er wurde auch schnell wieder leise.«

»Kevin hat mir geschildert, wie er ihn wieder beruhigt hat. Danach hätten sie sich ganz normal wieder unterhalten.«

»Kevin ist ein entspannter Typ.« Zoe lächelte Susanne an.

»Ja, ganz anders als Lennard. Ich bin froh, dass ich ihm begegnet bin.«

»Du kennst ihn schon eine Weile, oder?« Zoe grinste immer noch. Etwas hatte sie vergessen. Es gab noch eine weitere Verdächtige. »Ich habe dich hier schon einmal vor ein paar Monaten gesehen.«

Susannes Gesicht wurde noch etwas dunkler. »Wir hatten uns zufällig beim Fitness getroffen. Kevin hatte mich zu sich eingeladen.«

»Dein Besuch damals hat ziemlich lange gedauert.« Zoe erinnerte sich, dass Susanne erst spätabends die Treppe heruntergekommen war.

»Lass uns lieber über das Treffen der Männer reden. Sie hatten eine Auseinandersetzung, bei der Lennard verletzt wurde. Konntest du hören, wer den Streit geführt hat? Hast du John gehört?«

»Es tut mir leid. Ich habe den Rest des Abends geschlafen.«

»Das war doch ziemlich laut. Wie konntest du das nicht hören?«

»Ich habe einen tiefen Schlaf. Besonders, wenn ich vorher gesoffen habe.« Zoe goss den Rest des Weins in Susannes Glas. Und grinste sie an. »Da lief doch schon etwas zwischen dir und Kevin, oder?«

»Na ja. Jetzt kann ich es ja sagen. Wir hatten eine kleine Affäre.«

»Und dann habt ihr euch erst nach Lennards Tod wieder getroffen?«

Susanne zögerte mit der Antwort. »Nicht ganz.« Sie spielte mit dem Glas, hielt es gegen das Licht. »Kevin ist genau der Mann, auf den ich immer gewartet habe.«

»Wusste Lennard davon, dass du ihn betrogen hast?« Jetzt hatte sie Susanne da, wo sie sie haben wollte.

Susanne presste die Lippen aufeinander. »Ich wollte es ihm sagen. An dem Abend.« Ihre Stimme kippte. »Als er mich nach Mitternacht anrief, dass er wieder zum Tütort fahren wollte, bin ich wütend geworden. Wir haben uns gestritten. Ich wollte ihn nie mehr wiedersehen.« Tränen liefen ihr über die Wangen. »Das waren die letzten Worte. Hätte ich geahnt, dass ich ihn tatsächlich nie wiedersehen würde …«

»Du hast kurz vor Lennards Tod Streit mit ihm gehabt?« Zoe triumphierte. Sie beobachtete, wie Susanne sich ihre Krokodilstränen abwischte. »Wahrscheinlich hast du Lennard sehr verletzt mit deinem Geständnis. Vielleicht habt ihr euch ja doch noch getroffen, damit du es ihm erklären konntest. Und dann ist Lennard handgreiflich geworden, der Choleriker.« Sie tätschelte Susannes Arm. Die blickte sie mit geröteten Augen an.

»Ich kann verstehen, dass du dir das nicht gefallen lassen wolltest. Ich hätte mich auch gewehrt.«

»Was willst du damit sagen?«

»Dass du deinen Freund im Affekt erschlagen hast. Und es jetzt meinen Freunden in die Schuhe schieben willst.«

»Spinnst du? Ich habe nur mit ihm telefoniert!«

»Wer weiß das schon außer dir? Gibt es Zeugen?«

Susanne sprang auf. Der Stuhl kippte um. »Du tickst doch nicht sauber! Deine Freunde betreiben hier eine Fälscherwerkstatt und haben Geschäfte mit Lennard gemacht. Das ist hochkriminell. Selbst wenn die nichts mit seinem Tod zu tun haben sollten, was sehr unwahrscheinlich ist, denke ich, dass die Polizei sich sehr dafür interessieren wird. Ich habe einen guten Draht zu Kommissar Tietjen. Mal sehen, was der zu dieser Neuigkeit sagen wird.«

»Na endlich! Jetzt fällt die Maske. Du miese Schnüfflerin! Schmeichelst dich bei uns ein, nur um uns wie eine todbringende Krankheit zu verpesten. Ich bin gespannt, was Kevin von deinen Spitzeleien hält.«

Susanne wurde bleich. Sie hob den Stuhl auf und stellte ihn an seinen Platz. »Bitte, Zoe. Sag ihm nichts.« Sie riss ein Papiertuch von der Rolle neben dem Herd und schnäuzte sich. »Ich werde der Polizei nichts verraten. Ich bin nur verletzt, dass du mir unterstellst, ich hätte Lennard getötet.«

Zoe stand ebenfalls auf. Sie presste die Lippen aufeinander. Ihre Wut schlug Wellen in ihrem Blut. Sie umfasste die Stuhllehne mit beiden Händen, sodass die Knöchel weiß hervortraten. Am liebsten hätte sie auf Susanne eingeprügelt.

»Ich war wirklich den ganzen Abend zu Hause.« Susanne schlurfte zur Tür wie eine alte Frau. »Ich möchte nur wissen, was Lennard an der Landstraße gemacht hat. Und wer ihn umgebracht hat.« Leise verließ sie die Küche.

Nach ein paar Minuten hatte sich Zoes Puls wieder normalisiert. Sie hatte Susanne entlarvt. Je länger sie darüber nachdachte, desto mehr passte alles zusammen. Sie kannte ihre Freunde. Weder John noch einer der anderen Freunde wäre in der Lage, jemanden zu ermorden. Sein Leben über das eines anderen zu stellen. Dazu musste man skrupellos sein. Und selbstsüchtig. Wie Susanne.

37

»Super Tipp von Iron-Lion: Als Ärmelbrett-Ersatz eignet sich hervorragend ein dickes Handtuch, um einen Ast gewickelt.« Plätt-Man.

»Hat bei mir prima funktioniert bei der Schwarzwald-Competition.« ErPresser.

Tietjen stöhnte. Er hasste die Kommentare seiner Bügelgruppe auf dem Handy. Lieber wollte er wissen, wann der nächste Wettkampf stattfand. Er scrollte die Nachrichten. Ein paar Regentropfen fielen auf das Display. Er sah sich suchend um. Hinter ihm lag die Helenenstraße, wo die Nutten die ersten Kunden bedienten, dann ein Internetladen und zwei der Dönerläden, die sich im Ostertorviertel breitgemacht hatten. Gegenüber war das Café Ziege. In dem Moment traf ihn ein Schlag auf die Schulter.

»Na, Probleme?«

»Bertram!« Tietjen umarmte seinen Kumpel und ehemaligen Kollegen aus Bremen. »Was für eine Überraschung!« Sie trafen sich selten.

Bertram Flachs hatte inzwischen eine Stelle beim LKA Niedersachsen angenommen. Deshalb wohnte er unter der Woche in Hannover.

»Hast du Zeit?« Bertram zeigte auf das Café.

Der Regen hatte zugenommen, und die beiden Männer sprinteten auf die andere Straßenseite. Im Café Ziege erwischten sie den letzten freien Tisch.

»Heute in Bremen? Bist du in Hannover rausgeflogen?« Tietjen nahm seinen Schal, um die Brille zu trocknen.

Bertram lachte. »Ich feiere Überstunden ab. Bei uns ist es nicht so entspannt wie auf dem platten Land.«

»Das denkst du! Ich bin seit Wochen mit einem Mord in Fischerhude beschäftigt. Ein Sumpf von Geheimnissen und Lügen.«

»Fischerhude.« Bertram hob die Brauen und sah Tietjen bedeutungsvoll an. »Da wohnt doch …«

»Fff…rau Carbonne. Stimmt.« Tietjen bemühte sich um einen sachlichen Tonfall.

»Haben Sie schon gewählt?« Er war dem Kellner dankbar für die Unterbrechung. Sie bestellten beide ein Bier.

»Dr. Ella Carbonne. Hast du sie mal wiedergetroffen nach der Sache mit diesem Anästhesisten?«

»Ich habe sie sogar verhaften lassen.«

Bertram beugte sich vor. »Was?« Er sah zum Nachbartisch und flüsterte. »Hat sie jemanden ermordet? Erzähl!«

»Z…um Glück hat sich der Verdacht nicht bestätigt.«

»Kommt mir bekannt vor. Damals hattest du sie ja auch auf dem Kieker. Obwohl sie unschuldig war.«

»Sie hatte sich verdächtig gemacht. Und die Indizien sprachen gegen sie. Ich war von ihrer Schuld überzeugt. Du hast mir später selbst vorgeworfen, dass sie mich bezirzt hatte und ich nicht objektiv geblieben war.«

»Warst du nicht. Du warst erleichtert, als dein Verdacht nicht zutraf.«

Tietjen schwieg. Die Schwärmerei für die Ärztin war ihm peinlich. Er wollte Bertram nicht zeigen, dass ihm Ella Carbonne immer noch nicht gleichgültig war. »Diesmal hat sie Fahrerflucht begangen.«

»Zwei Bier, die Herren.«

Bertram und Tietjen beobachteten den Kellner, als ob es sich um ein wissenschaftliches Experiment handelte, wie er die Gläser auf die Bierdeckel setzte.

»Immerhin … Gab es Verletzte oder Tote?«

Tietjen nahm einen großen Schluck. Dann berichtete er seinem Freund von den Ermittlungen.

»Dann ist Ella Carbonne von ihren Freunden reingelegt worden.« Bertram schüttelte den Kopf. »Dass die geschwiegen haben, als sie für eine Tat, die sie nicht begangen hat, ins Gefängnis musste …«

»Wenn diese sogenannten Künstler nicht so eine verschworene Truppe wären, hätten wir den Fall längst gelöst. Sie halten alle dicht, keiner macht bei den Befragungen einen Fehler. Sie haben sich abgesprochen, die Aussagen ähneln sich alle. Aber das ist nicht strafbar.« Tietjen starrte frustriert auf den Tisch.

»Einer von ihnen ist der Mörder.«

»Du wirst ihn finden. Da bin ich mir sicher.«

»Und du? Was machst du jetzt beim LKA?«

»Ich bin bei der Dienststelle Kunst und Antiquitäten. Sehr interessante Tätigkeit. Du weißt ja, wie gerne ich auf die Flohmärkte gegangen bin. Jetzt besuche ich sogar teure Geschäfte, Galerien und Auktionen.«

»Eine ganz andere Branche als vorher. Da brauchst du doch Fachwissen.«

»Ich habe mich weitergebildet. Jetzt kann mir keiner mehr einen falschen Picasso oder Dalí unterjubeln. Wir hatten neulich einen gefakten Spitzweg, da wurde wirklich jeder Fehler gemacht, den ein Fälscher machen kann: Die Leinwand war keine zwanzig Jahre alt, das Rahmenholz kam aus Kanada und war aus dem zwanzigsten Jahrhundert, auf der Rückseite war ein Transportaufkleber, befestigt mit einem modernen Klebstoff, und die benutzten Farben wurden erst seit 1930 produziert.« Bertram grinste. »Es war eine Freude für die gesamte Ermittlungstruppe.«

»Wieso machen die Fälscher solche Fehler? Das ist doch klar, dass sie damit nicht durchkommen.«

»Leider kommen sie damit sehr oft durch. Es geht beim Kunsthandel um Geld, nicht um die Kunst. Es gibt Händler und Zwischenhändler, die für den Profit gerne ein Auge zudrücken. Zumal sie sich immer rausreden können, dass sie von dem Schwindel nichts geahnt haben. So deckt einer den anderen. Sogar die Käufer, wie beispielsweise viele Museen, verschweigen, dass sie reingefallen sind. Sie stellen wissentlich die Fälschung aus. Man weiß nicht, wie viele unechte Meister an den Wänden der Ausstellungsräume zwischen Los Angeles und Tokio hängen. Es müssen Hunderte sein.«

»Die Welt ist schlecht.« Tietjen winkte dem Kellner. »Noch zwei Bier.«

»Apropos Tokio. Wie findest du mein neues Outfit?«

Tietjen hatte die malvenfarbene Einkaufstüte nicht bemerkt, die Bertram neben sich auf die Sitzbank gestellt hatte. Aus der zog sein Freund jetzt ein Etuikleid mit pinkfarbenen Seerosen in Größe 44. »Mit passenden Schuhen!« Er öffnete eine schwarze Tasche. Die rosa Pumps mit Schleifen hätten eher zu Audrey Hepburn gepasst, allerdings waren sie acht Nummern zu groß.

Tietjen zögerte. »Ernsthaft?« Er hatte Bertrams Neigung, sich in Frauenkleider zu hüllen und unerkannt durch die Stadt zu spazieren, ganz vergessen. »Das ist genau dein Stil.«

38

Ella rührte in dem Kaffee, der vor ihr stand, und starrte lustlos auf die Stachelbeer-Mohn-Torte. Vor zehn Minuten war sie, erfrischt von der kurzen Radtour in die Bredenau, noch bestens gelaunt gewesen und hatte sich auf die Torte gefreut. Jetzt saß sie vor dem großen Fenster im Rilke-Café und fühlte sich schlecht.

Die alten Worpsweder Holzstühle schimmerten in der Nachmittagssonne. Auf dem Tisch standen rote und gelbe Tulpen. Der Raum war früher das Atelier von Clara Westhoff gewesen, Bildhauerin und Ehefrau des Dichters Rainer Maria Rilke. Die Blumen-Stillleben und Landschaftsgemälde an den Wänden sollten wohl an die Freunde aus der Künstlerkolonie Worpswede erinnern. Mit den Bildern von Clara Westhoffs bester Freundin, der Malerin Paula Modersohn, hatten sie nichts gemein.

Ella rutschte genervt auf dem harten binsengeflochtenen Stuhl hin und her. Hoffentlich kam Zoe bald. Und brachte die Bestellung mit, die sie bei John aufgegeben hatte. Sie brauchte den Stoff, der ihr nach schlaflosen Nächten half, den Arbeitstag durchzustehen. Sie hatte die letzten Pillen vor drei Stunden eingeworfen. Wenigstens konnte sie sich Tranquilizer selbst verschreiben. Ohne Beruhigungsmittel wäre sie noch unruhiger.

Nachts wälzte sie Bettdecke und Kissen von einer Seite zur anderen. Die Bilder des Unfalls begleiteten sie. Immer wieder versuchte sie, den Unbekannten zu erkennen, der neben Lennard Cordes gestanden hatte. Sie sah nur eine vermummte Schattengestalt. Wie ein Dämon. War es einer der Männer vom Tütort gewesen? Oder gab es diese Gestalt nur in ihrer Einbildung?

Sie blickte aus dem Fenster. Der weite Himmel über den Wiesen war blau, mit vielen Wattewolken verziert. Zart begrünte Zweige der Weiden und Birken am Wümme-Ufer wiegten im Wind.

Lennard Cordes war ein Bekannter von Kevin gewesen. Lennard hatte bei Max ein Bild bestellt, nachdem er die Freunde aus der WG auf dem Gartenfest kennengelernt hatte. Das hatte Ella alles schon von ihrer Freundin Irmtraut erfahren. Gab es noch andere Verbindungen zwischen den Freunden und Lennard?

Auf dem gegenüberliegenden Deich spazierte eine Person, verpackt in Wetterjacke und Schal. Ein schwarzer Labrador umkreiste sie, rannte ans Ufer und bellte einem Entenschwarm hinterher, der sich flügelschlagend in die Luft erhob.

Was war vorher passiert, dass die beiden Männer dort in der Kurve hinter der Schaphuser Dorfstraße auf sie gewartet hatten? War der Mann neben Lennard allein gewesen, oder hatte ihm jemand geholfen, die Schuld am Tod von Cordes auf sie abzuwälzen?

Ein Schulterschlag ließ sie zusammenzucken. Zoes Stimme summte leise: »Mutter, der Mann mit dem Koks ist da.«

»Sei leise!« Ella griff nach dem Päckchen, das Zoe auf den Tisch geworfen hatte, und stopfte es schnell in die Tasche. »Auffälliger geht's wohl nicht.«

»Stell dich nicht an. Ist doch sonst keiner hier.« Zoe hängte die Jacke über die Lehne und ließ sich auf den Stuhl fallen.

Sie waren die einzigen Gäste. Es war noch zu früh für den täglichen Ansturm der Touristen.

»Freu dich mal. Beinahe hätte ich dir nichts liefern können. Aber gestern Abend stand John in der Tür.« Zoe strahlte sie an.

»Sie haben ihn entlassen. Aus Mangel an Beweisen.«

»John war im Gefängnis? Das wusste ich nicht.«

»Nur ein paar Tage. Aber natürlich haben sie ihm nichts anhängen können.«

Ella lehnte sich zurück. War es John gewesen, den sie auf der Landstraße neben Lennard gesehen hatte? John war etwas kleiner als Lennard. Und dicker. Sie schloss die Augen. Das Bild vor ihrem inneren Auge wurde nicht deutlicher. Es kam ihr vor, als ob die Gestalt neben dem Toten gleich groß gewesen war. Aber sie war sich nicht sicher.

Seufzend erhob sie sich, schulterte die Tasche und verschwand hinter der Toilettentür. Im Spiegel sah sie ihr bleiches Gesicht mit blassblauen Schatten unter den Augen. In wenigen Minuten hatte sie das Päckchen geöffnet, eine Prise des weißen Pulvers auf ihrem iPad in Linie gebracht und die Portion inhaliert. Entspannt kehrte sie zurück.

»Und, was hat John berichtet? Was werfen sie ihm vor?«

»Sie haben den Tütort durchsucht.«

»Ich weiß.« Die Hausdurchsuchung am Tütort war seit Wochen das Dorfgespräch. »Und, haben sie was gefunden?«

»Irgendetwas in Johns Auto, das ihn angeblich belastet. Ich weiß nicht, was. Sein Rechtsanwalt hat aber erreicht, dass sie John nicht festhalten dürfen.«

Die blonde Kellnerin stellte Kuchen und Teekanne mit Stövchen auf den Tisch. »Der muss noch fünf Minuten ziehen.« Sie ging.

»Sie haben sämtliche Wagen konfisziert. Marianne ist sauer und macht die Männer dafür verantwortlich.« Zoe sezierte mit der Gabel eine Aprikose aus dem Kuchen. »Die Polizei hat das Haus auf den Kopf gestellt. Es war ein Chaos. Marianne hat noch tagelang nach ihrem Werkzeug gesucht. Jetzt ist alles wieder an seinem Platz.« Sie sprach und kaute gleichzeitig. »Was macht der Benz?«

»Der ist wieder bei Matjes. Ich bin glücklich, dass er repariert ist. Ich will ihn wieder hellblau spritzen lassen.« Ella stach ein Stück Torte ab. Sie überlegte, wie sie Zoe befragen konnte, ohne dass sie sich angegriffen fühlte. »Ich kann mir immer noch nicht erklären, wieso Lennard nach dem Essen bei euch zu Fuß an die Landstraße gegangen ist. Sein Auto war doch okay, oder?«

Zoe hantierte umständlich mit dem Teebeutel herum. Sie schenkte sich ein. »Das Auto konnte nicht fahren. Das haben jedenfalls die Männer gesagt.«

»Dann hätte er sich doch ein Taxi nehmen können. Oder seine Freundin hätte ihn abholen können.«

»Was weiß ich, warum Lennard das nicht gemacht hat!« Zoe wurde laut. »Ich habe geschlafen!«

Ella streckte die Hand aus und legte sie auf Zoes Unterarm.

»Beruhige dich. Ich will nur wissen, wieso ich im Gefängnis war. Das kannst du doch verstehen?«

Zoe zog ihren Arm an den Körper. »Ich habe genug von den ewigen Fragen. Die Bullen haben uns stundenlang verhört.«

»Sie verdächtigen euch.«

Zoe lachte schnaubend. »Klar. Sie haben uns auf dem Kieker. Wahrscheinlich haben sie bis jetzt keine andere Spur.«

»Ist alles recht?«

Erschrocken sahen beide Frauen die Kellnerin an. Sie stand auf den Treppenstufen und lächelte. Sie nickten und warteten, bis die junge Frau hinter dem Tresen verschwunden war.

Ella senkte die Stimme. »Ihr Frauen werdet ja wahrscheinlich nicht von der Polizei verdächtigt. Außer der Frau des Kunsthändlers, Isabelle Mathieu.«

»Was soll die denn mit Lennard zu tun gehabt haben?«

»Ich dachte nur. Wie John mir erzählt hat, war sie an dem Abend ebenfalls bei euch. Vielleicht kennt sie Lennard aus der Galerie.«

»Die hat mit Lennard kaum geredet. Sie kennt ihn wahrscheinlich nur als Geschäftskunden ihres Mannes.«

»Dafür kennt sie Max umso besser.«

Zoe zog die Augenbrauen hoch. »Ach, hat sich das rumgesprochen?«

»Sie war mal in meiner Praxis. Da war sie ziemlich sauer auf Max.«

»Die beiden sind nicht mehr zusammen.« Zoe nippte an der Teetasse, die sie mit beiden Händen an den Mund führte. »Ihrem Mann Ferdinand, dem traue ich einiges zu. Das ist so ein glatt gebügelter Anzugträger. Hat immer so ein fieses Lächeln im Gesicht. Als überlege er, wie er dich als Nächstes bescheißen kann. Ich wäre an Isabelles Stelle auch fremdgegangen.«

»Und was hat der mit Lennard zu tun?«

»Der Mathieu hat diesen Bilderverkauf arrangiert. Max hat ein Bild für Lennard gemalt, nachdem Lennard nach der Portweinprobe damals in der Galerie von Mathieu gewesen ist.«

»Hatte Mathieu Streit mit Lennard?«

»Ich glaube nicht.« Zoe schüttelte den Kopf. »Ich weiß es nicht. Keiner sagt genau, was passiert ist.« Sie klang verzagt. »Die Stimmung bei uns ist so traurig. Wir reden nicht mehr miteinander.«

Die beiden Frauen starrten durch das Fenster. Die Sonne brachte Hortensien, Glockenblumen, Primeln und Perlhyazinthen in den Gartentöpfen zum Leuchten. Einige Gartenstühle standen schon auf der Terrasse. Sie waren an die Tische gelehnt. Noch war das Wetter zu ungemütlich, um draußen zu sitzen.

»Ich weiß nur, dass Mathieu kurz nach Lennard weggefahren ist. Das hat Kevin gesagt.«

»Dann könnte Mathieu Lennard verfolgt haben. Vielleicht hat er ihn mitgenommen.« Ella fand das plausibel. Als Lennard, womöglich nach dem Streit verletzt, nachts die Straße entlangging, hielt der Galerist an und lud ihn ein mitzufahren. Und dann kam es zu einer Auseinandersetzung, bei der Mathieu Lennard umbrachte. »Weiß man, wie Lennard ermordet wurde?«

»Die Polizei hat nichts gesagt.« Zoe stocherte in ihrem Stück Schmandtorte herum. »Ich glaube eher, dass Lennard von seiner Freundin Susanne abgeholt wurde.«

»Ach!« Das klang interessant. Ella freute sich, dass Zoe Susanne im Visier hatte.

»Susanne ist seit Monaten mit Kevin zusammen.« Sie sah Ella an. »Sie hatte schon mit ihm angebandelt, als sie noch mit Lennard Cordes liiert war.«

»Das passt zu ihr.«

Zoe sah sie erstaunt an. »Kennst du sie?«

Ella erinnerte sich, wie Susanne sie damals nach Rainers Tod erpressen wollte. Sie atmete tief ein. »Seit ein paar Jahren. Sie ist Arzthelferin. War früher mit einem Kollegen liiert.« Das musste als Erklärung reichen. »Sie ist hinter dem Geld her. Da ist sie sehr zielorientiert. Ein Banker ist natürlich attraktiver als ein Medizintechniker.«

»Susanne geht mir auf die Nerven. Sie ist bei uns Dauergast. Den ganzen Tag lungert sie in der Küche herum, lauert Max oder den anderen auf dem Gelände auf. Kevin geht mir seit Wochen aus dem Weg. Und wenn er nach Hause kommt, verkriechen die beiden sich in seinem Zimmer.«

»Vielleicht hat Kevin Angst vor unangenehmen Fragen.«

»Er kümmert sich sehr um sie. Hat er früher bei mir auch getan. Wenn er etwas mit dem Tod von Lennard zu tun hat, dann nur, um ihr zu helfen.«

»Könnte sein. Sie ist sehr manipulativ.«

»Bei ihm spielt sie immer das schutzlose Mädchen. Ich verstehe nicht, dass er nicht merkt, wie falsch sie ist.« Zoe setzte sich gerade hin.

»Dann glaubst du, dass Lennard zu Susanne ins Auto gestiegen ist?« Ella hatte die Szene vor Augen.

»Sie hatten sich vorher am Telefon gestritten. Vielleicht wollte Susanne das Gespräch fortsetzen und mit ihm Schluss machen. Sie hat ihn am Straßenrand gesehen und ins Auto geholt. Und ihm mitgeteilt, dass sie einen anderen hat.«

»So könnte es gewesen sein!« Ella beugte sich vor. »Lennard rastet aus und fängt an, sie zu schlagen oder zu würgen. Sie wehrt sich und verletzt ihn so, dass er stirbt. Oder zumindest so angeschlagen ist, dass sie ihn überwältigen kann.«

»Am Ende ist er jedenfalls tot. Und sie muss sehen, dass sie die Leiche loswird. Das konnte sie unmöglich alleine schaffen.«

»Könnte gut sein, dass Kevin ihr dann behilflich war, Lennard an die Landstraße zu bringen.« Ella sprach wieder leise. »Ich habe einen vermummten Mann neben Lennard stehen sehen, als ich ihn angefahren habe. Der Mann hat Lennard gestützt.«

»Das ist ja interessant.« Zoe machte große Augen. »Das müssen wir den Bullen melden.«

»Die wissen schon Bescheid.«

»Aber nicht, dass Susanne Meier sich kurz vor seinem Tod mit Lennard gestritten hat.«

39

Ferdinand Mathieu war wütend. Seit drei Tagen konnte er nicht still sitzen, nicht schlafen oder essen. Man hatte ihm die falsche Paula Modersohn untergejubelt. Er wollte John, Max und Kevin zur Rede stellen. Sie unter Druck setzen. Zur Not die Wahrheit aus ihnen rausprügeln. Aber die Polizei verhinderte dies. Sie belagerte den Tütort wie eine Festung nach der Übernahme. Er musste mit den Freunden sprechen. Auf deren Freundschaft er verzichten konnte. Jeder von ihnen hatte ihn hintergangen. Ihn freundlich angelächelt, wenn sie sich gesehen hatten, wissend, dass sie ihn betrogen hatten. Nun war John wieder zu Hause. Jetzt würde er, Ferdinand, Antworten verlangen.

Bis zu dem Anruf vom Gutachter hatte er kein einziges Mal gezweifelt. Die Neuigkeit seines Bekannten, eines Kunsthistorikers aus der Neuen Pinakothek in München, war ein Schock gewesen. Er hatte das Bild der kleinen Meta geprüft und war auf Unstimmigkeiten gestoßen. Mathieu hatte lange mit ihm telefoniert. Der Bekannte erklärte ihm umständlich, wie er das Bild geprüft hatte. Die Altersbestimmung nach der Radiokarbonmethode habe eindeutig ein Entstehungsdatum aus der heutigen Zeit ergeben. Die Aufkleber des früheren Galeristen auf der Rückseite des Bildes waren zwar die Originale, sie seien aber mit einem Leim aufgetragen worden, der erst in den fünfziger Jahren aufkam. Da existierte die Galerie schon nicht mehr. Während des quälend langen Telefonats erfuhr Mathieu, dass es sich bei dem Bild von Paula Modersohn wohl um eine Fälschung handelte.

Das war schlimm. Aber noch keine Katastrophe. Das Original musste dann ja wohl bei Lennards Großmutter Marlene West hängen. Er musste nur die Fälschung gegen das Original austauschen. Hatte er gedacht.

Von dem Schock, den er bei der Untersuchung der Rückseite von Marlenes Bild erfuhr, hatte er sich bis heute nicht erholt.

Er konnte es nicht fassen: Der Rahmen war zwar alt, aber die Markierung, die sich auf dem Original befand, fehlte. Damals hatte er nicht darauf geachtet. Der Aufkleber der Galerie Garvens, Hannover, klebte an der richtigen Stelle. Aber es war eine Kopie. Dieses Bild war ebenfalls eine Fälschung. Noch dazu eine schlechte. Vielleicht würde es der alten Dame nicht auffallen, weil das Gemälde seit Jahren zur Einrichtung gehörte. Aber das Bild, das er nach Lennards Tod und noch vor Marlene Wests Rückkehr aus der Kur selbst dorthin gehängt hatte, war nicht echt.

Lennard hatte das Bild während der Kur entwendet. Max sollte davon eine Kopie machen. Es war ursprünglich abgesprochen gewesen, die Kopie anstelle des Originalbildes in die Wohnung der abwesenden Großmutter von Lennard zu bringen. Mathieu sollte das Original behalten, um es zu verkaufen. So hatten sie es nach Lennards Tod auch wieder vereinbart. Jetzt gab es zwei Fälschungen statt einer: eine, die er seinem Bekannten, dem Gutachter, geschickt hatte, und eine bei Marlene West. Das Original war verschwunden. Aber er wusste, wo er suchen musste.

40

Wind trieb den Regen über den Hof und grub Wellenmuster in die Pfützen. Dunkelgraue Wolkenhaufen eilten über den Himmel und zerstörten jegliche Hoffnung auf Frühlingssonne. Max sprang im Zickzack durch den Matsch und war nass bis auf die Haut, als er die Haustür hinter sich schloss. Aus der Küche drangen wütende Stimmen von John und Ferdinand Mathieu. Max blieb kurz im Flur stehen und lauschte. Er ahnte, worum es in dem Streit ging.

»Ich werde mir das nicht bieten lassen! Ihr glaubt doch nicht, dass ihr damit durchkommt?« Der Kunsthändler brüllte, als ob es um sein Leben ginge.

»Ich habe genug von deinen Launen! Du bist doch gestört! Das ist jetzt schon das zweite Mal, dass du zu uns kommst und ausrastest! Du leidest unter Verfolgungswahn.« John war fast genauso laut.

»Ihr meint, ich bilde mir das ein?« Ein Stuhl fiel polternd um. »Ich kann euch gerne zeigen, was ich meine.«

Max flüchtete leise in sein Zimmer. Er zog sich zitternd seine feuchte Kleidung aus. In der Kommode fand er trockene Wäsche. Dann legte er sich ins Bett, zog die Bettdecke bis an die Nase. Er wartete, dass ihm wärmer wurde und die Angst verschwand. Und hoffte, dass Ferdinand nicht in sein Zimmer kam.

Die Stimmen waren leiser geworden. Das Gemurmel aus der Küche wirkte entspannend auf Max. Ferdinand schien sich beruhigt zu haben. Draußen rüttelten Windböen an den Fenstern. Es war jetzt dunkel. Langsam dämmerte Max weg.

»Hier bist du!«

Max schreckte auf aus tiefem Schlaf. Ferdinand Mathieu setzte sich auf die Bettkante. Er blickte ihn aus schmalen Augen an, während er seine Nägel mit einem von Johns Küchenmessern manikürte.

An der verschlossenen Zimmertür rüttelte John an der Klinke. »Ferdinand, was soll der Scheiß? Mach die Tür auf!«

»Max, geht es dir gut?« Zoes sonst volle Stimme klang verzagt.

Mathieu verzog den Mund zu etwas, das einem Grinsen ähnelte. »Halt's Maul.« Er nahm das Messer und prüfte mit dem Daumen die Schneide. »Na, Max, ausgeschlafen?«

Max sah ihn aus angstvoll geweiteten Augen an.

»Hast du gedacht, du könntest dich vor unserem Treffen drücken?« Mathieu schüttelte mit hochgezogenen Brauen den Kopf, während er das Messer ansah, als ob er es auf Mängel untersuchte. »Was bist du doch für ein Baby. Ich kann nicht verstehen, was Isabelle an so einem Loser gefunden hat.«

Max wollte ihm zustimmen. Aber er ahnte, dass er nichts machen konnte, um den Kunsthändler zu besänftigen. John hämmerte vom Flur aus gegen die Tür.

Mathieu stand auf, drehte den Schlüssel und öffnete die Tür. »Wenn ihr euch nicht sofort verzieht, gibt es hier gleich ein zweites Blutbad.« Dabei setzte er die Messerspitze senkrecht auf Johns Brust. Zoe machte einen Schritt auf Mathieu zu und hob die Faust.

John sprang zurück, drängte Zoe mit der Hand nach hinten und schrie. »Mein Gott, Ferdinand. Du bist ja wahnsinnig!«

»Du weißt, was dein lieber Freund Max getan hat. Also halt dich da raus.«

»Gib mir das Messer.«

Mathieu schloss die Tür und versperrte sie, ohne sich weiter um John und Zoe zu kümmern. »Wo war ich stehen geblieben?« Er setzte sich zu Max, der inzwischen auf der Bettkante saß, aber es nicht geschafft hatte aufzustehen. »Ich bin enttäuscht von dir, Max. Du hintergehst mich und glaubst, ich lasse mir das gefallen.«

»Ferdinand, es tut mir so leid. Ich wollte dich nicht verletzen. Isabelle hat mir versichert, dass es dir nichts ausmachen würde.«

Mathieu stieß schnaubend den Atem aus.

»Ich schwöre dir, ich habe Isabelle schon seit Wochen nicht

mehr gesehen. Ich habe nichts mehr mit ihr zu tun.« Max' Herz raste.

Mathieu drehte die Klinge des Messers so, dass er sie als Spiegel benutzen konnte, und bleckte die Zähne.

»Ich wünschte, ich könnte es ungeschehen machen.«

Ferdinand Mathieu schwieg und sah Max lange in die Augen. Dann, mit einer abrupten Bewegung, schwang er den linken Arm um Max. Mit der rechten Hand hielt er ihm das Messer an die Gurgel. »Bist du so blöd oder verstellst du dich?«

Max stockte der Atem. Im Kopf spielten die Gedanken Chaos. Er merkte, wie es warm und feucht zwischen den Beinen wurde. »Bitte, Ferdinand ...«

»Ich habe ein paar merkwürdige Erlebnisse in den letzten Wochen gehabt.« Die Stimme des Kunsthändlers war leise und heiser. »Der Käufer hatte Beweise verlangt, dass es sich bei dem Bild, das du mir gegeben hast, wirklich um das Original handelt. Ich dachte, man will mich für dumm verkaufen und den Preis drücken. Also habe ich zur Sicherheit Frau West besucht.«

Max verstand nicht. Sein Puls raste. Er dachte nur an das Messer.

»Frau West ist die Großmutter von Lennard.« Mathieu setzte sich etwas aufrechter. »Verdammt. Hast du in die Hose gemacht?« Er rückte etwas zur Seite, ohne das Messer von Max' Hals zu nehmen. »Es wird dich vielleicht freuen zu hören, dass sie nur mäßig um den Enkel trauert.«

Max gab einen wimmernden Laut von sich.

»Hör auf zu jammern, du Memme. Ich habe mir dort noch einmal ihr Paula-Bild angeschaut. Ein Traum. Und tatsächlich konnte ich auch einen Blick auf die Rückseite werfen. Alles war so wie geplant: eine sehr gekonnte Originalkopie von Max Husten.« Der Druck des Messers ließ etwas nach. »Hinten das schöne Siegel des Galeristen. Zumindest sah es so aus. Kevin hat sich bei der Fälschung des Siegels so viel Mühe gegeben, dass man es von dem echten kaum unterscheiden kann.«

Max versuchte, sich aus der Umklammerung zu lösen. Sofort wurde der Druck des Messers wieder stärker. Er stöhnte, als das Messer die Haut verletzte. Ein kleines Rinnsal tropfte rot und warm auf sein Schlüsselbein.

»Verdammt. Halt gefälligst still.« Mathieu grunzte. »Ich denke, du musst dir darum keine Sorgen machen. Die alte Dame wird höchstwahrscheinlich nichts merken.«

Ferdinands Worte waren für Max nur ein Geräusch. Er konnte an nichts anderes denken als an das Blut, das sein Unterhemd tränkte. Ihm war schwindelig.

»Tja, wenn die Fälschung bei Lennards Großmutter ist, dann brauche ich mir ja keine Sorgen zu machen, oder? Keiner außer uns weiß davon. Und wenn ich sage: ›uns‹, dann heißt das: du und ich.« Ferdinand Mathieus Stimme wurde wieder lauter. »Denn stell dir vor: John ist vollkommen ahnungslos. Und Kevin auch. Sie tun jedenfalls so.«

Jetzt drang das Gesagte in Max' Hirnwindungen. Er räusperte sich. »Was meinst du damit?«

»Wie bitte? Ich hör wohl nicht richtig.«

»Ferdinand, nimm bitte das Messer weg. Ich kann so nicht reden.«

»Das brauchst du auch nicht! Jedenfalls nicht sofort!« Mathieu machte ein paar rotierende Lockerungsübungen mit den Schultern. Als er fortfuhr, klang er wieder ruhig. »Das Originalsiegel der Galerie Garvens ist, wie du weißt, auf der Rückseite von dem Gemälde in meiner Galerie. Ich habe das Bild einem Lehrer angeboten, ein Pennschieter, der von Kunst keine Ahnung hat. Aber dumm ist er nicht.«

Erneut spürte Max das Rauschen des Bluts in seinen Ohren. Kleine weiße Punkte flimmerten vor seinen Augen.

»Hey, mach jetzt bloß nicht schlapp. Die Geschichte ist noch nicht zu Ende.« Mathieu rüttelte ihn und gab ihm ein paar Ohrfeigen. Das Messer legte er auf den Boden. Max sank auf das Bett.

»Stell dich nicht so an. Das ist nur ein kleiner Ritzer. Blutet fast nicht mehr.« Mathieu hob Max' Beine in die Luft. Als er sah, dass es ihm wieder besser ging, ließ er die Beine fallen und fuhr fort: »Der Gutachter ist glücklicherweise ein Freund von mir. Ich brauche also nicht damit zu rechnen, dass die Polizei morgen bei mir an die Tür klopft. Aber rate mal, was er über das Bild gesagt hat. Es ist auch eine Fälschung! Ich war fassungslos.«

Er suchte in den Taschen seines Jacketts und fischte eine Packung Zigarillos heraus. Der stinkende Qualm füllte den Raum.

»Stell dir vor«, Mathieu gab seiner Stimme einen versonnenen Klang, »der Oberstudienrat hätte das Bild einfach so gekauft.«

Max nahm den Zipfel der Bettdecke und drückte ihn auf die Wunde. Er spürte, wie er wieder kräftiger wurde. Vielleicht konnte er Mathieu mit seinen Beinen wegkicken.

»Dann wäre ich früher oder später dran gewesen! Ich wäre in den Knast gekommen!«

Max winkelte die Beine an. Der Kunsthändler saß mit dem Rücken zu ihm.

»Natürlich hätte ich alles über unsere Zusammenarbeit erzählt. Und über den Abend mit Lennard.«

Max verlagerte sein Gewicht und drehte sich minimal in Mathieus Richtung.

»Und was du …« Blitzschnell hatte Mathieu sich gebückt, das Messer ergriffen und sich zu Max umgedreht. In dem Moment, in dem Max ausholte, saß das Messer wieder an seiner Kehle. »… damals getan hast.« Sein Zigarillodunst wehte Max direkt ins Gesicht. »Denk gar nicht dran.«

Max hielt mitten in der Bewegung inne. Dann legte er sich wieder flach ins Bett. Schwer atmend sahen sich beide Männer in die Augen.

Mit einer Hand fischte Mathieu nach dem Glimmstängel, der auf den Boden gefallen war. Er nahm einen Zug. Wartete. »Wenn das Bild bei Lennards Oma eine Fälschung ist«, er zog erneut an dem Zigarillo, »das Exemplar in meiner Galerie zwar ein echtes Siegel hat, aber ebenfalls eine Fälschung ist …« Er nahm einen letzten Zug und trat die Kippe auf dem Boden aus. Mit einer Hand drückte er Max' Schulter auf das Bett, mit der anderen verstärkte er den Druck des Messers. Sein Gesicht war nur wenige Zentimeter von Max entfernt. »… wo ist dann das Original?«

Tränen lösten sich aus Max' Augenwinkeln und vermischten sich mit dem Blut am Hals. Er wagte kaum, seine Lippen zu bewegen. »Ich weiß es nicht.«

»Das ist die falsche Antwort.«

Max weinte jetzt wie ein kleines Kind. Der Rotz tropfte ihm aus der Nase. Alle Last der vergangenen Wochen quoll mit den Tränen aus ihm. Es war aussichtslos. Sein sinnloses Leben war nichts mehr wert. Er wollte, dass alles ein Ende nahm. Dass der Druck, der sein Herz seit Wochen umklammerte, endlich nachließ. Sollte Ferdinand Mathieu ihn doch umbringen. Dann wäre wenigstens die Qual vorbei.

»Max, mir fällt das hier auch nicht leicht. Beruhige dich.« Mathieu hob das Messer hoch und setzte sich gerade hin. »Jetzt hör auf zu flennen.« Er blickte genervt auf das verquollene Gesicht des Malers. »Du weißt, dass ich dich mag. Sag mir, wo das Original ist. Dann vergessen wir unseren Streit. Und machen weiter, als wäre nichts passiert. Es läuft doch sonst alles super.«

Er stand auf, fand ein Handtuch über einer Stuhllehne, holte eine Unterhose aus dem Schrank und warf beides Max zu. »Hier. Und trockne dich mal ab.« Mitten im Raum stehend, das Messer in der Linken, sah er zu, wie Max die Hosen wechselte und sein Gesicht ins Handtuch drückte. »Besser?«

Max nickte. Er wusste, dass er aus der Sache nicht herauskam. Verloren. Seit dem Tag, an dem sie von Mathieu den Auftrag für die Fälschung erhalten hatten, glich sein Leben einer Fahrt in den Abgrund. Er hatte sich den Deal noch schöngeredet. Dass Lennard der eigentliche Betrüger war. Der seine Oma hinterging und ihr eine Kopie ihres Bildes unterjubelte.

Mathieu zündete sich einen weiteren Zigarillo an. Rauch schwebte durch den Raum und brannte in Max' Augen.

»Ich bin wirklich enttäuscht von dir, Max. Ich hatte immer gedacht, dass uns mehr verbindet als eine reine Geschäftsbeziehung.«

»Du hast fast nur mit John verhandelt. Er hat doch die Aufträge von dir bekommen.«

John hatte das Ganze organisiert, alte Leinwände und Bilderrahmen besorgt und die Bedingungen mit Lennard und Mathieu ausgehandelt. Lennard hatte gleich einen Vorschuss von Mathieu erhalten. Er wollte beide Bilder nach Fertigstellung der Fälschung vom Tütort abholen. Das Original hätte er dem Kunsthändler vorbeigebracht und dann den Restbetrag kassiert.

Als John Max das Bild brachte, das er von Lennard erhalten hatte, war Max sofort von dem Mädchen im roten Kleid verzaubert gewesen. Während der Wochen, in denen Lennards Oma wegen ihrer Brustkrebserkrankung zur Kur war, kopierte er das Bild. Immer mehr verliebte er sich in das kleine Mädchen, das ihm mit seinem Blick tief in die Seele schaute. Wenn er die alte Leinwand berührte, spürte er den Zauber. Mehr als hundert Jahre waren vergangen, in denen das Leben des Mädchens seinen Lauf genommen hatte, Paula Modersohn gestorben war, das Bild von Kriegen und dem Dritten Reich bedroht worden war und sicherlich auch viele Menschen erfreut hatte. Es hatte ein eigenes Leben bekommen. Jetzt war es bei ihm. Jeden Tag drehten sich alle Gedanken um dieses Bild. Als ob es für ihn gemalt worden wäre. Er wollte sich nie wieder von ihm trennen.

Ferdinand Mathieu sah ihn mitleidig an. »Ich glaube, die Drogen haben dich krank gemacht. Irgendetwas ist in deinem Kopf passiert.«

Max sah auf den Boden. Seine Stimme war leise. »Ich kann ohne Paulas Bild nicht leben.«

Lennard hatte sich den Plan mit John und Mathieu zurechtgelegt. Er hatte das Bild bei seiner Großmutter entwendet. Ursprünglich war er damit einverstanden gewesen, der Oma hinterher die Fälschung an die Wand zu hängen und das Original über Mathieus Galerie zu verkaufen. Dann bekam er Skrupel und änderte den Plan. Bevor Frau West aus der Reha zurückkam, wollte Lennard das Original wieder heimlich ins großmütterliche Wohnzimmer zurückbringen. Stattdessen sollte Mathieu die Kopie verkaufen. Der hatte sich damals mit der Änderung des Plans zunächst einverstanden erklärt.

»Ich wollte das Bild von Paula behalten. Es hätte doch niemanden gestört.« Max verachtete sich selbst für seine verzagte

Stimme. Er hatte sich über Lennards Sinneswandel gefreut. Das war die Chance für ihn, das Original bei sich zu behalten, ohne dass jemand es ahnte. »Ihr hattet zuletzt sowieso abgemacht, dass du in der Galerie die Fälschung verkaufen solltest. Und Lennards Oma wäre gar nicht aufgefallen, wenn sie anstelle des Originals eine Kopie an der Wand gehabt hätte. Das Bild hing doch schon jahrelang in ihrem Zimmer. Da schaut man gar nicht mehr so genau hin.«

Max hatte eine zweite Kopie angefertigt. Er suchte aus Johns Flohmarktsammlung eine passende alte Leinwand aus, zog sie auf einen alten Rahmen, entfernte den Farbauftrag, so gut es ging, bis auf die Grundierung. Darauf malte er ein weiteres Mädchen im roten Kleid. Er trocknete das Bild tagelang in seinem Ofen auf dem Atelierboden. Zum Schluss löste er das Siegel vom Original, um es auf die Rückseite der Kopie für Mathieu zu kleben. Es sah perfekt aus. Bis auf ein kleines Zeichen, das Lennard auf den Originalrahmen gemacht hatte. Aber davon wusste Max damals noch nichts.

»Lennard wollte, dass ich die Fälschung verkaufe.« Ferdinand Mathieu tippte die Asche seines Zigarillos auf den Boden. »Du weißt genau, dass ich damit nicht mehr einverstanden war. Das wäre viel zu gefährlich gewesen.« Er wies mit dem Zeigefinger auf Max. »Das habe ich dir auch gesagt.«

»Das war aber erst einen Tag vor der Bilderübergabe.«

»Na und? Du solltest lediglich das Original und die Kopie an Lennard übergeben. Den Rest hätte ich schon allein geregelt.«

»Wie wolltest du das denn machen?«

»Im Altenheim kennen sie mich als alten Freund von Frau West. Ich wäre sicher unter einem Vorwand in ihre Wohnung gekommen, um die Bilder auszutauschen.« Er hustete. »Ist ja jetzt auch egal. Mit dem Zweitschlüssel aus Lennards Tasche konnte ich am Tag nach seinem Tod ohne Probleme die Kopie an ihren Platz hängen.« Mathieu schüttelte den Kopf. »Du hast ein Chaos angerichtet, als du Lennard zwei Fälschungen mitgegeben hast.«

Deswegen war Lennard wieder zurückgekommen. Voller

Wut. Er hatte zu Hause festgestellt, dass er lediglich zwei Kopien bekommen hatte. An dem fehlenden Bleistiftzeichen auf der Rückseite. Das Original fehlte. Er hatte geschrien. Sich auf John gestürzt, den er für den Schuldigen gehalten hatte. John, der sich immer um alles kümmerte. Der alles organisierte.

»Keine Angst, Max. Ich kann Geheimnisse gut für mich behalten. Besonders, wenn es um meine Freunde geht.« Mathieu hatte sich wieder aufs Bett gesetzt.

Max wünschte, er würde nicht so mit ihm reden. Es klang bedrohlicher als die Messerattacke.

»Jetzt musst du mir das Original geben. Komm, steh auf.« Er reichte ihm eine Jeans, die auf dem Stuhl gelegen hatte.

Max setzte sich auf die Bettkante und schlüpfte umständlich in Hose und T-Shirt. Seine Bewegungen waren die eines alten Mannes, als er sich erhob. Er duckte sich, als Mathieu ihm auf die Schulter klopfte.

»Ich freue mich, dass du so vernünftig bist. Ich hätte dir ungern größere Wunden zugefügt.« Er bog Max' Kopf etwas zur Seite, um die Wunde am Hals zu betrachten. »Blutet schon nicht mehr.«

Einige Minuten später überreichte Max ihm das Paket aus der Verschalung des Atelierbodens.

»Ich packe das jetzt nicht aus. Ich vertraue dir.« Mathieu klemmte sich das Bild unter den Arm. In der Tür drehte er sich noch einmal um. »Ich hasse es, hintergangen zu werden. Mach so etwas nie wieder.«

Max bereute, ihm nachgegeben zu haben. Er hätte die Nerven behalten müssen. Mathieu hätte ihn nie ernsthaft mit dem Messer verletzt.

Als ob der Kunsthändler seine Gedanken gelesen hätte, ergänzte er: »Ich hoffe, ich muss nie wieder mit dir über diesen Abend sprechen. Du willst sicher, dass niemand erfährt, was du getan hast.«

Ferdinand Mathieu hatte ihn in der Hand.

41

»Hier, ein Päckchen für dich.« Marianne knallte ein kleines braunes Paket von der Größe eines Kaffeebechers vor Max auf den Tisch. Seit der Hausdurchsuchung war sie schlecht gelaunt. Trotzdem hatte sie alle aufgefordert, sich zu einem Treffen in der Küche zu versammeln.

Max war überrascht. Auf dem Absender stand Isabelles Adresse. Neugierig pulte er das braune Papier ab. Susanne und Kevin, die gegenüber auf der Bank saßen, beobachteten ihn.

»Das ist ja eklig!« Zoe, die ihm über die Schulter geschaut hatte, zuckte zurück.

Ratlos betrachtete Max den durchsichtigen, mit klumpigem Blut gefüllten Becher. Er war mit schwarzem Filzstift beschriftet: »Die Reste deines Kindes. Bist du jetzt zufrieden?« Er stöhnte, stand auf und warf die grausige Post in den Mülleimer.

»Können wir uns jetzt bitte mal alle hinsetzen?« Marianne klang genervt.

John setzte sich neben Max, nachdem er eine Flasche Rotwein in Gläser geschenkt und auf dem Holztisch verteilt hatte. Hinter dem Fenster wippten zartgrüne Zweige im Wind. Die Abendsonne brach sich rubinrot in den Weingläsern.

In der Küche war die Stimmung gedrückt. Marianne hatte sich mit dem Rücken zum Fenster an den Tisch gesetzt. Sie räusperte sich. »Ihr wisst, dass die Polizei noch immer den Schuldigen für Lennards Tod sucht. Und dass sie vermutet, dass jemand von uns dafür verantwortlich ist.« Ihre Augen waren auf das Weinglas gerichtet, als ob sie darin die Zukunft lesen könnte. »Ich möchte genau wissen, was bei dem Streit in der Küche passiert ist.«

»Dazu haben wir doch alles gesagt.« Kevin klang schon wieder aggressiv. Max konnte verstehen, dass er keine Lust hatte, darüber zu reden.

»Wir werden morgen alle noch einmal verhört. Und die

Wahrheit wird herauskommen. Es wäre also besser, wenn ihr Männer jetzt alles erzählt.« Marianne nahm einen großen Schluck. Sie zögerte, bevor sie fortfuhr. »Ich will niemanden verurteilen. Aber ich will auch nicht von meinen Freunden belogen oder hintergangen werden.«

Max' Herz klopfte. Er hatte das Gefühl, seine Zunge wäre zu einem Kloß angeschwollen. Er würde keinen Ton herausbekommen. Selbst wenn er es gewollt hätte.

»Spiel hier nicht die Ahnungslose, Marianne.« Kevin hatte den Arm um Susanne gelegt. Sie saßen da wie siamesische Zwillinge. Es wirkte unpassend. »Du weißt doch, dass Max für Mathieu Auftragsarbeiten malt.«

Marianne runzelte die Stirn. »Ja und? Das ist doch nicht verboten. Er kopiert diese Bilder als Deko für die Wohnzimmer, Büros oder Wartezimmer irgendwelcher Idioten. Das wissen die Käufer doch, dass das keine Originale sind.«

»Willst du behaupten, dass du von Max' Fälscherwerkstatt in der Scheune nichts gewusst hast? Sogar ich habe sie entdeckt!« Susanne sah triumphierend in die Runde. Kevin tätschelte ihre Schulter, als ob er sie davon abhalten wollte weiterzureden.

»Was?« Marianne ließ sich gegen die Lehne fallen.

»Ich bin ihm mal gefolgt. Und etwas später, als Max nicht mehr da war, habe ich mir den kleinen Dachboden genauer angeschaut!« Sie schaute in die wütenden Gesichter. »Ganz schön gut versteckt.« Jetzt klang sie mutlos. Sie biss sich auf die Lippen.

»Susanne weiß, dass sie das für sich behalten muss.« Kevin spielte mit dem Glas. Er wollte noch weitersprechen, fand aber nicht die richtigen Worte. »Ich habe ihr versprochen, nicht mehr weiter mitzumachen.« Er seufzte.

»Ich mache morgen meine Aussage, und dann … Die Bullen haben den Boden mit dem Trockenofen nicht entdeckt. Ich glaube, die ahnen nichts von unseren Aktivitäten. Dass wir Bilder fälschen. Also gibt es keinen Grund für mich, darüber ein Wort zu verlieren.« Er hob abwehrend die Hand, um Marianne davon abzuhalten, ihn zu unterbrechen. »Ich wollte mit der

Mitteilung warten, bis die Sache vorbei ist. Aber jetzt erfahrt ihr es eben früher: Ich werde die WG verlassen. Ich ziehe zu Susanne.«

John stöhnte. Er legte den Kopf in den Nacken. »Mein Gott, Kevin. Du bist so ein Arschloch. Wir müssen jetzt zusammenhalten. Stattdessen machst du dich aus dem Staub.«

»Ihr könnt euch auf mich verlassen. Ich werde der Polizei kein Wort verraten.«

»Mir reicht's!« Mariannes Wangen waren dunkelrot. Sie war laut geworden. »Jetzt kommt endlich mit der Wahrheit rüber!«

Kevin sah John an. Max rutschte unruhig auf seinem Stuhl hin und her.

»Lennard hat letzten Herbst Ferdinand Mathieu eine echte Paula Modersohn zum Verkauf angeboten. Allerdings war die Bedingung, dass er zuvor eine Kopie anfertigen lassen sollte. Die wollte er seiner Großmutter, der eigentlichen Besitzerin des Bildes, als Ersatz hinhängen. So fing alles an.«

John hatte das Schweigen gebrochen. Er holte eine alte Blechdose aus der Hosentasche und entnahm ihr eine Packung Blättchen.

Marianne beobachtete, wie er den Tabak darauf verteilte und das Ganze zusammenrollte. »Weiter?«

»Max hat die Kopie angefertigt. Sie ist sehr gut geworden.«

Marianne sah ihn mit starrem Blick an. »Eine Fälschung, die ihr auf den Markt bringen wolltet?«

»Du hättest sie sehen sollen! Ich hatte wunderbare Leinwände vom Flohmarkt mitgebracht. Max ist ein Genie! Die Farben waren absolut identisch. Der Pinselstrich stimmte. Und Kevin hat sehr gekonnt das Siegel der Kunstgalerie auf der Rückseite nachgemacht.«

»Ihr spinnt doch. Das war hochkriminell!«

»Die Kopie war doch nur für die Großmutter bestimmt. Das war zumindest Lennards Idee am Anfang. Damit sie nicht merkt, dass das Bild verkauft ist.«

»Dann habt ihr die alte Frau also betrogen.« Marianne verschränkte die Arme und lehnte sich zurück.

Max hielt Mariannes Fragen nicht aus. Er stand auf und lehnte sich gegen die Anrichte.

Kevin beugte sich vor. »*Wir* haben niemanden betrogen. Das war alles Lennards Plan. Wir haben nur im Auftrag von Mathieu gehandelt. Und der hat gut gezahlt.«

»Natürlich seid ihr Betrüger. Da gibt es nichts schönzureden! Ich kann euch«, sie drehte sich zu Max, »und besonders dich nicht verstehen. Ein Bild ist etwas Einzigartiges.«

»Aber es sieht genauso aus wie das Original. Du würdest den Unterschied nicht bemerken.« John würde nie begreifen, was Marianne meinte.

Max wusste, was den Zauber des Originalbildes von Paula Modersohn ausmachte. In der Zeit, in der er das Bild kopiert hatte, wurden ihm Paulas Wünsche und Gedanken, die ihr den Pinsel geführt hatten, immer vertrauter. Er wusste auch, was das Gemälde für die Familie von Lennards Großmutter bedeutet hatte. Mathieu hatte ihm die Geschichte des Bildes erzählt.

»Das ist eure Einstellung? Ihr führt nur einen Auftrag aus? Und man kann die Leute ruhig betrügen, wenn sie es nicht merken?« Marianne hatte gerötete Wangen. Die Lippen waren schmal, die Mundwinkel verzogen. »Das ist doch krank.«

»Wir sind nicht allein. Es gibt viel mehr Kopien auf dem Kunstmarkt, als du glaubst. Sogar in den Museen hängen viele Fälschungen, ohne dass jemand es weiß.«

»Und das findest du gut, Kevin?«

»Dass wir die Großmutter betrügen sollten, hat mir auch nicht gefallen. Aber Lennard hatte ja seine Pläne geändert. Damit wäre die Fälschung auf den freien Markt gekommen.« Er beugte sich wieder vor. »Ich finde, dass Leute, die Hunderttausende oder gar Millionen für Kunst ausgeben, pervers sind. Die wollen die Werke besitzen, ohne sich für die Hintergründe zu interessieren. Kunst ist für die eine Geldanlage. Dann gehören sie auch betrogen.«

John meldete sich zu Wort. »Freunde, das bringt doch nichts. Hört auf …«

»Ihr habt doch bei diesem Deal auch ganz gut abgesahnt. Wie viel hast du denn ausgehandelt, John?«

»Fünfzehntausend.«

»So viel Geld für einen Haufen Farbe auf Leinwand.« Sie stieß verächtlich den Atem aus.

»Das finde ich aber sehr hart geurteilt, Marianne. Max hat sich über Wochen sehr viel Mühe gegeben.« John inhalierte tief und atmete den Rauch in langen Schwaden aus. »Du hättest das Bild sehen müssen. Es war perfekt.«

»Das war sicherlich gutes Handwerk. Aber nicht mehr.« Marianne schenkte sich noch einmal ein. »Wieso machst du so etwas, Max? Du weißt doch, wie viel an Jahren und Erfahrung, manchmal auch Zweifel und Mühen es kostet, seinen Stil zu finden und dann das Bild zu malen, das man zuvor in sich getragen hat.«

Max sah nickend auf den Fußboden.

»Wo finde ich das in eurer blöden Kopie?« Sie schüttelte den Kopf. »Und jetzt wird Paula Modersohn verraten, weil geldgeile Banausen sich über alles, was ihr wichtig war, hinwegsetzen.« Marianne streckte den Zeigefinger in Johns und Kevins Richtung. »Mit ›geldgeilen Banausen‹ meine ich euch. Wieso ist Lennard tot?«

Die Uhr an der Wand rückte mit lautem Klacken auf acht. In der Küche war es inzwischen dunkler geworden. John stand auf und drückte den Lichtschalter. »Es wäre alles kein Problem gewesen, wenn Lennard die beiden Bilder genommen hätte und für immer abgezogen wäre.«

»Was ist passiert?«

Die Männer schwiegen. John drehte sich zu Max und nickte ihm zu. Max klammerte sich an der Anrichte fest, unfähig, einen Muskel zu bewegen. Die Zähne klebten aneinander, die Kieferknochen schmerzten.

Zoe wippte auf dem Sofa auf und ab. »Lennard ist zurückgekommen.«

»Das weißt du?« Kevin sah sie erstaunt an.

»Vorher hatte er sich noch mit seiner Freundin gestritten.

Susanne hat ihm mitgeteilt, dass sie ihn betrügt. Du weißt, mit wem.« Sie mied Susannes Blick und sah Kevin mit hochgezogenen Brauen an.

Er starrte zurück.

»Ich habe gehört, dass Lennard vor Wut schreiend hier hereingestürmt kam. Bei dem Krach konnte man nicht schlafen.« Zoe zuckte mit den Schultern. »Dann habt ihr euch geprügelt. Danach war Ruhe.«

Max erinnerte sich an Lennards wutverzerrtes Gesicht. Wie er John die Hände um den Hals gelegt hatte. John, dessen Augen aus den Höhlen traten. Augen, die wild hin- und herrollten.

»Was wollte Lennard von euch? Oder hat er sich nur mit Kevin gestritten?«

»Max, wenn du jetzt nicht selbst erzählst, was passiert ist, mache ich es.« John klang ungeduldig.

Max öffnete den Mund. Er brachte nur ein Krächzen zustande. Seine Gedanken konnten sich nicht von dem Kampf lösen. Wie John blau angelaufen war. Und röchelte. Kevin hatte an Lennard gezerrt, der sich nicht von John trennen ließ. Max' Stimme, die in der Panik einen seltsam hohen Klang hatte: »Lass ihn los!« – »Dann hol das Bild. Aber das richtige!« Lennard hatte die Worte leise herausgepresst. Die Knöchel seiner Hände weiß im Licht der Küchenlampe.

John seufzte. »Max, sag ihnen, warum Lennard zurückgekommen ist.«

Max räusperte sich. »Er hatte zwei Kopien von mir bekommen. Das Original hatte ich behalten.«

»Und?« Marianne hatte ihren Stuhl so gedreht, dass sie Max ansehen konnte. »Hast du ihm dann das echte Bild von Paula gegeben?«

Max erinnerte sich, wie er gedacht hatte, dass weder Mathieu noch Lennard das Bild verdienten. Lennard hatte nicht gespürt, dass dieses Bild ein Teil seines Lebens, seiner Familie war. Lennard und Mathieu traten das Leben der kleinen Meta posthum mit Füßen. Das Bild musste bei ihm, Max, bleiben. Denn nur er konnte es richtig beschützen. Alle anderen waren nicht interessiert an seiner Geschichte. Sie waren nur darauf aus, Gewinn aus dem wertvollen Kunstwerk zu schlagen. Sie hatten nichts Besseres verdient als eine schnöde Kopie ohne Seele.

Max stieß sich von der Anrichte ab. Stellte sich an den Tisch wie vor ein Tribunal. Sein Gesicht war nass, Tränen liefen ihm über die Wangen. Jedem Einzelnen sah er durch den Tränenschleier ins Gesicht. Die Worte, die den Schrecken der Todesnacht beschreiben sollten, steckten tief in seinem Inneren. Unmöglich, sie zu Gehör zu bringen.

Er drehte sich um und rannte raus. Vorbei an dem Weidekorb in der Garderobe. Aus dem er damals den Baseballschläger geholt hatte. Voller Panik, weil er befürchtet hatte, John würde sterben. Er lief in sein Zimmer und knallte die Tür zu. Warf sich aufs Bett. Die Bilder waren in sein Gehirn eingebrannt und verfolgten ihn in den Nächten. Und auch jetzt.

Dieses schreckliche Geräusch. Und die Stille danach. Er war in die Küche gestürzt. Mit rasendem Puls hatte er noch im Laufen ausgeholt. Der Schläger sauste auf Lennards Haupt. Das schreckliche Krachen des gespaltenen Schädelknochens.

Max stöhnte. Er bekam kaum Luft. Seine Nase war vom Weinen geschwollen. Er drückte das Gesicht in die Kissen. Und sah das Blut. Vor seinen Augen schimmerte es rot. Die riesige Lache, die sich um Lennards Kopf gebildet hatte. Dazu das hastige Keuchen von John. Er war selbst atemlos gewesen. Wankte und musste sich am Backofen festhalten. Er sah die Szene vor sich.

John hustete und atmete schwer. Er sog den warmen, nikotingeschwängerten Raumdunst ein wie ein Süchtiger.

»Scheiße.« Kevin klang, als ob er einen Kloß im Hals hatte. Er ging zur Tür und schloss sie. »Ist er tot?«

Max sah auf den blutenden Mann am Boden. »Ich glaube, ich muss k...« Er riss die Tür wieder auf und rannte raus. Er schaffte es gerade noch bis zur Kloschüssel. Hinter ihm wankte John durch den Flur Richtung MAMU. Max schlug sich Wasser ins Gesicht. Er vermied es, sein Spiegelbild anzusehen.

Kevin kam zu ihm und legte die Hand auf seine Schulter. »Geht's?« Max schwankte, nickte. Nach einer Weile folgten sie John. Sie legten sich zu ihm auf den Java-Diwan. Sagten nichts. Irgendwann griff Max zu den Blättchen und der Tabakdose. Er entnahm ihr etwas Tabak und ein paar Krümel von einem dunklen, in Alufolie gewickelten Cannabisstück. Er baute einen riesigen Joint, paffte ihn routiniert an und reichte ihn seinen Freunden. Sie ließen ihn mehrere Runden kreisen.

»Hat jemand seinen Puls gefühlt?« Johns Stimme war heiser.

»Ich habe mich nicht getraut. Da war so viel Blut.« Kevin flüsterte, als ob er Angst hätte, dass jemand von ihrer Komplizenschaft erfuhr.

»Wo ist Ferdinand?«

Sie hatten nicht gemerkt, dass der Kunsthändler sie nicht ins MAMU begleitet hatte.

»Wahrscheinlich in der Küche. Vielleicht hilft er ihm gerade.« Mit einem Ruck stand John auf. »Wir müssen einen Notarzt holen.«

Er ging mit schnellem Schritt zurück in die Küche. Die anderen hinterher. Als sie den Raum betraten, saß Ferdinand Mathieu am Tisch. Er blickte in sein Calvadosglas, das bis zum Rand gefüllt war. »Er ist tot.«

42

Sie hatte es geschafft. Ella atmete tief ein und genoss die Sonnen-wärme, die sich auf den Körper legte. Mit Glück hatte sie einen freien Tisch auf dem Platz vorm Café Engel erwischt. Das hatte sie schon lange nicht mehr gemacht: mitten in Bremen unter Bäumen zu sitzen, zu träumen, Menschen zu beobachten oder die Radfahrer zu zählen.

Wie absurd, dass eine Bahnfahrt in die Stadt zu einer Mut-probe für sie geworden war. Trotzdem war sie stolz, jetzt hier zu sitzen.

Gegenüber verließ eine Kundin den Laden von Korsett-Frie-del. »Betten Wührmann« hatte die gleiche Werbung wie zu ihrer Kinderzeit. Die alten stuckverzierten Häuser sahen schöner aus als damals. Viele Läden waren neu: ein Supermarkt, ein spani-sches Restaurant, Boutiquen. Autos und Radfahrer gondelten durch den Ostertorsteinweg, wie früher.

Seit einer Woche war sie krankgemeldet. Der Gedanke, Rai-ners Witwe Verena über den Weg laufen zu müssen, verursachte ihr neuerdings Übelkeit. Sie bekam Herzrasen, sobald sie sich vors Steuer setzte. Mit Benzodiazepinen hatte sie ein paar Tage einigermaßen schlafen können. Johns Drogen halfen ebenfalls. Irgendwie ging es immer weiter.

Sie lächelte der Bedienung zu, die den Cappuccino brachte. Und freute sich über die Freundlichkeit. Sie hätte weinen kön-nen vor Rührung. Wie bei John, den sie vor ein paar Tagen be-sucht hatte. Er hatte den Arm um sie gelegt, voller Mitgefühl für ihre schlimmen Erlebnisse im Gefängnis.

Ein dürrer Punk in schwarzen Klamotten taumelte mit einer Bierflasche am Penny-Markt vorbei und warf mehrere Fahr-räder um. Frauen in langen Gewändern mit Kopftuch und Kin-derwagen gingen desinteressiert an ihm vorbei.

Warum war John auf keine ihrer Fragen eingegangen? Er hätte ihr helfen können, Klarheit über den Ablauf des Abends vor dem Unfall zu schaffen. Die Fragen zu Kevin ignorierte er. Stattdessen schilderte er ausführlich das Menü und wie er es damals zubereitet hatte. Und über Lennard sagte er: »Der war ja ein eher unauffälliger Typ. Ich habe ihn gar nicht richtig kennengelernt. Er war ein Kunde von Mathieu, dem Kunsthändler, der auch Max vermarktet.« Das war das Einzige, was Ella aus ihm herausbekommen hatte.

Es war seltsam still am Tütort gewesen. Max hatte geschlafen, Marianne war in der Kunstschule und Zoe auch nicht zu Hause gewesen. Zumindest hatte niemand geantwortet, als sie an die Zimmertür geklopft hatte. Das Haus wirkte traurig. Irgendwie leer. Wie alte Gutshäuser im Osten, deren Bewohner alles stehen gelassen hatten, um woanders ihr Glück zu suchen.

Ella hatte es aufgegeben, John weiter auszufragen. Er gehörte zu den Männern, die immer freundlich, aber unverbindlich waren. Die mit sonorer Stimme alle beruhigten, weil es im Grunde ja keine Probleme gäbe. An ihm glitt alles ab. Ella war nicht in der Stimmung gewesen, das kommentarlos hinzunehmen. Bevor sie eine genervte Bemerkung machte, hatte sie die bestellten Pillen genommen und war gegangen.

Sie war müde. Ihre Nachforschungen hatten nichts ergeben. Sollte die Kripo sich um die Lösung des Rätsels kümmern. Vielleicht hatte Zoe sich ja schon bei Tietjen gemeldet und ihm das Geheimnis von Susanne verraten. Sie unterdrückte ein Gähnen.

»Hallo, Frau Carbonne. Wie geht es Ihnen?« Wie eine Erscheinung stand Kommissar Tietjen an ihrem Tisch. Er war vom Fahrrad gesprungen. Im Lenkerkorb lag eine Kaufhaustüte.

»Ich … habe gerade an Sie gedacht.« Sie war verwirrt, ihn aus ihrem Tagtraum heraus nun direkt vor sich zu sehen.

»Oh … sch…ön.« Joost Tietjen strahlte sie durch seine gelben Sonnengläser an.

Ella merkte, dass sie sich freute, den Polizisten zu sehen. Das war merkwürdig. Ein Zeichen, dass sie wirklich neben sich stand. Tietjen war einer der wenigen Menschen, der sie aus ihren schwersten Zeiten kannte. Jetzt, wo sie nicht mehr zu den Verdächtigen zählte, konnte sie vielleicht unbefangen mit ihm sprechen. »Setzen Sie sich doch.«

Tietjen zögerte kurz, schob dann sein Fahrrad zu einem der Bäume und schloss es dort ab. »Ein ... schöner Tag.« Er schob einen Stuhl zurecht.

Sie deutete auf die Tüte. »Karstadt liegt aber in der anderen Richtung.«

Tietjen lächelte. »I...ch habe Sie hier sitzen sehen und einen B...ogen geschlagen.« Er öffnete die Tüte und zeigte ihr den Inhalt.

»Ein Bügeleisen. Toll.« Sie verzog den Mund zu einem ironischen Grinsen.

»Nicht irgendein Bügeleisen! Sondern eine echte Neuheit. Kommt aus China.« Mit seiner Begeisterung verschwand die Sprachbehinderung. »Die neu gestaltete Düsenverteilung ergibt ein deutlich besseres Bügelergebnis. Und dabei wiegt es nur fünfhundert Gramm.«

»Wow. Hätte ich nicht gedacht, dass Sie sich so für Hausarbeit begeistern.«

»Ja, tatsächlich.« Tietjen winkte der Bedienung und zeigte auf Ellas Tasse. »Das Bügeleisen brauche ich aber für mein nächstes Treffen mit den Kumpels.«

»Sind Sie Mitglied in einer Selbsthilfegruppe für ahnungslose Hausmänner?«

Tietjen lachte. »Ich bin Extrembügler. Unsere Gruppe macht nächstes Wochenende eine Kanutour mit Wettbügeln. Dieses Bügeleisen ist drahtlos, hat aber eine Akkuleistung von zweitausend Watt und einen dreihundert Milliliter großen Wassertank. Da kann ich einiges wegbügeln.«

»Super. Kann ich Ihnen noch zwei Blusen von mir mitgeben? Ich hasse es zu bügeln.«

Erneutes Lachen. Der Cappuccino für Tietjen kam.

Ella bestellte noch ein Mineralwasser. »Ich habe tatsächlich an Sie gedacht. Ich weiß, dass ich mit der Fahrerflucht einen Fehler begangen habe. Aber ich war so erschrocken. Der –«
Sie zuckte zusammen. Lautes Klingeln und das Heulen der

Straßenbahn unterbrachen sie. Sie wartete, bis der Puls sich wieder normalisiert hatte.

»Der Schock hat mich noch nicht verlassen. Ich muss wissen …« Sie überlegte, suchte nach Worten. Auf der anderen Straßenseite fielen sich zwei Freundinnen in die Arme. Ein Vater nahm sein trödelndes Kind auf den Arm. Dann fiel ihr das Satzende wieder ein. »… wie Lennard Cordes gestorben ist. Haben Sie schon etwas herausbekommen?«

Tietjen legte den Kopf schief und strich seine Haare glatt. »Ich … darf vielleicht so viel sagen: Wir sind auf der richtigen Spur. Herr Cordes war nicht allein an die Landstraße gekommen.«

Sie schwieg. Wieso war sie nur so fahrig? Sie hatte Mühe, die Augen aufzuhalten. Obwohl sie bis zum Mittag geschlafen hatte. »Das habe ich mir gedacht. Ich habe die zweite Person ja gesehen. Es war ja wohl kein normaler Unfall. Das hat mir zumindest mein Rechtsanwalt gesagt.«

»Tut mir leid. Ich kann Ihnen keine weiteren Auskünfte geben. Die Ermittlungen laufen noch.«

»Aber ich bin an dieser Sache doch beteiligt. Da könnten Sie ja vielleicht eine Andeutung machen. Damit ich meine inneren Dämonen besänftige.« Sie sah ihn grinsend an. »Sie sind hier ja nicht auf einer Pressekonferenz.«

»Wir ermitteln inzwischen wegen Mordes. Wir sind dabei, den Kreis der Beteiligten zu konkretisieren. Mehr kann ich Ihnen nicht sagen.« Er zog eine Schachtel Gauloises aus der Jackentasche. »Was … sind Ihre inneren Dämonen?«

Ella war froh, dass gerade das Mineralwasser serviert wurde. Sie schluckte.

»So … ein Unfall steckt einem noch lange in den Knochen.« Er schüttelte eine Zigarette aus der Packung.

Ella nickte. Unmöglich, ein Wort herauszubringen.

Tietjen steckte sich umständlich die Zigarette an. Er ließ das Feuerzeug mehrmals schnappen. »Manchmal dauert es Wochen, bis man alles überwunden hat.« Er nahm genussvoll einen ersten Zug. »Das ist normal.«

Ella gab ein zustimmendes Geräusch von sich. Sie trank etwas Wasser.

»Und … wie haben Sie den Aufenthalt im Gefängnis verdaut? Ich weiß, dass das für ›normale‹ Menschen eine schlimme Erfahrung sein kann.«

Ella wusste, wenn sie nur einen Ton dazu sagte, würde die Stimme weinerlich klingen. Sie versuchte, tief ein- und auszuatmen.

Tietjen sah in die Baumkronen und paffte dabei. »Wir hatten mal einen ganz harten Typen. Hatte schon mehrere Vorstrafen wegen Dealen und Gewaltdelikten. Jedes Mal wenn wir ihn geschnappt hatten, machte er ein Riesentheater. Mit Händen und Füßen wehrte er sich. Er wollte partout nicht in die Einzelzelle. Das wurde von Mal zu Mal schlimmer.« Er senkte seinen Blick und bemerkte erst jetzt Ellas bleiches Gesicht. »Frau Carbonne …« Er legte seine Hand auf ihren Unterarm.

Sie konnte nicht mehr. Einzelne Tränen liefen ihr über die Wangen. Hektisch suchte sie nach einem Taschentuch. »Entschuldigung. Ich weiß auch nicht, was mit …« Sie drückte das Papiertuch in die Augenwinkel. Sie konnte nicht aufhören zu weinen.

»Sie müssen sich nicht entschuldigen. Das ist doch okay. Sie haben viel erlebt.« Die Worte sprudelten aus Tietjen heraus. Er rückte den Stuhl etwas näher an Ella und legte tröstend einen Arm um sie.

Jetzt liefen die Tränen erst recht. Eine Flut löste sich aus ihren Augen. Die Nase schwoll an, sie bekam nur schwer Luft. Sie zupfte ein Taschentuch nach dem anderen aus der Packung. Jedes war innerhalb von Sekunden nass. Sie schluchzte und bebte. Und war entsetzt, dass sie hier in der Öffentlichkeit keine Kontrolle mehr über sich hatte. Sie bekam noch mit, dass Tietjen die Rechnung beglich, sie hochzog und stützte. Am Straßenrand hielt er ein Taxi an und schob sie auf den Rücksitz. Erst als er neben ihr saß und dem Fahrer seine Adresse gab, ließ der Weinkrampf langsam nach.

43

Vielleicht waren sie zum letzten Mal gemeinsam auf Tour. Alle zusammen fuhren sie in Mariannes Wagen nach Hause. Johns Kombi war noch bei den Kriminaltechnikern. Marianne saß auf dem Beifahrersitz, John am Steuer, Zoe und Kevin hinten. Max war nicht mitgekommen.

Das zarte Grün der Bäume an den Landstraßen ließ sie wie durch schimmernde Tunnel fahren. Die Maisonne malte kaleidoskopische Schattenmuster auf den Asphalt. Es hätte ein Ausflug zu Freunden sein können. Oder eine Entdeckerfahrt nach Hamburg. Oder ans Meer. Das hatten sie im letzten Jahr gemacht. Als sie noch wie eine Familie zusammenhielten.

Max war seit seinem Zusammenbruch in der Küche nicht mehr aus seinem Zimmer gekommen. Heute Morgen hatte Zoe an seine Tür geklopft. Er wollte nicht mit ihnen fahren. Er würde sich selbst abmelden bei der Polizei.

Das Schweigen im Auto fand John bedrückend. »Wollen wir noch ins Café Lindenlaub, Eis essen?«

»Bitte fahr nach Hause.« Marianne sah aus dem Seitenfenster.

»Ich werde packen. Ich fahre heute zu Susanne.« Auch Kevin hatte keine Lust mehr auf Gemeinsamkeiten.

Die erneute Vernehmung in der Polizeiinspektion Verden war anstrengend gewesen. John hatte das Gefühl, als wollten sie die WG »weichkochen«. Stundenlang wurde er zu dem Abend mit Lennard befragt. Mit hundert Detailfragen nach der Kleidung, den Uhrzeiten, dem Essen, dem Baseballschläger, dem Wetter, den Autos. Sogar dem Sofakissen. Und dem Ablauf: vorwärts erzählt, von hinten, unstrukturiert. Sie wollten genau wissen, wer Zugang zu dem Tau gehabt habe. Ob er es zwischendurch vermisst habe. Die Antworten waren die gleichen wie beim letzten Mal, als er noch in Haft gewesen war: Er habe es immer im Auto und würde nicht jeden Tag kontrollieren, ob es noch da war. Das könne jeder sich ausleihen, der davon wusste.

Auf dem öden Flur hatten sie sich nach Stunden wieder getroffen. Susanne und Mathieu waren schon gegangen. Niemand hatte von der eigenen Vernehmung erzählt.

John hätte gern gefragt, was die Freunde den Polizeibeamten gesagt hatten. Ob sie Max verraten hatten. Oder ob sie sich alle an die Absprachen von gestern gehalten hatten. Bei Zoe und Kevin war er sich sicher. Marianne war immer sehr ehrlich. Aber sie war auch eine zuverlässige Freundin. Mathieu war kein Problem. Das größte Risiko war Susanne.

»Meinst du, dass Susanne ...?«

»John, ich weiß es nicht. Ich habe ihr gesagt, dass meine Karriere als Banker beendet ist, sollte herauskommen, dass ich als Fälscher gearbeitet habe. Und dass ich einem Mörder geholfen habe.«

»Totschläger.«

»Ja ...«

»Hört auf!« Mariannes Schrei hatte kaum Platz in dem Auto.

John klangen die Ohren. Er konzentrierte sich auf die Straße. Das Verhör hatte ihn erschöpft. In seinem Kopf rotierten die Erinnerungen an den Kampf und Lennards Tod. Vor seinem inneren Auge liefen die Bilder der Nacht ab wie ein Film. Als Lennard reglos auf dem Küchenboden lag. Und Max die Fassung verlor.

»Nein!« Max raufte sich die Haare. »Nein, nein, nein ...« Wie ein Mantra stieß er jammernd die Worte aus, während er wie ein wild gewordenes Tier im Käfig in der Küche hin und her lief.

»Hör auf. Du machst den ganzen Boden blutig.« John setzte sich auf einen Stuhl, griff nach dem Calvados. »Wir werden sagen, dass du mir das Leben gerettet hast.« Er trank direkt aus der Flasche. Der Alkohol brannte in der Kehle.

Max ließ sich schwerfällig auf den Stuhl neben Mathieu fallen.

Kevin stand noch in der Tür. »Ich hole das Telefon. Wir müssen die Polizei anrufen.«

»Pass auf!« Marianne hielt sich krampfhaft am Türgriff fest, die Beine in den Fußraum gestemmt.

John sah im letzten Augenblick die roten Lichter seines Vordermanns und trat aufs Bremspedal. Er atmete aus. Ein Prickeln überzog seine Kopfhaut bis in den Nacken.

Es dauerte ein paar Minuten, bis sich sein Puls wieder beruhigt hatte. Er hörte das Zetern von Marianne und Kevin und verstand die Aufregung nicht. Es war doch alles gut gegangen.

»Halt!« Ferdinand Mathieu blickte nur halb auf von seiner Position hinter dem Calvadosglas. Sein Tonfall war ruhig, aber mit Nachdruck. »Komm rein und mach die Tür zu.« Er wartete, bis Kevin auf der Bank Platz genommen hatte. »Ihr solltet mal nachdenken, bevor ihr wie die Kaninchen durch die Gegend rennt und das Falsche tut.«

John sah ihn an. »Wie meinst du das?«

»Was wollt ihr denn der Polizei sagen, wenn sie euch nach dem Grund des Kampfes fragt?«

»Dass Lennard mit der Ausführung eines Bildes von Max nicht zufrieden gewesen war.« John überlegte. »Und als er bezahlen sollte, ist er wütend geworden und hat mich angegriffen.«

»Welches Bild?«

»Tja, wir werden wohl nicht die Paula-Modersohn-Fälschung angeben können.«

»Wir nehmen eins meiner Landschaftsbilder.« Max klang hoffnungsvoll.

Mathieu sah die beiden stumm an. Er schenkte sich ein und nahm einen Schluck Calvados. »Klingt das plausibel?«

Max schien sich nicht von dieser möglichen Lösung abbringen lassen zu wollen. »Warum nicht?«

»Hol mal eins deiner Bilder.«

Max lief raus und kam Minuten später zurück. »Hier.« Abrupt blieb er vor dem toten Lennard stehen, der am Kopf des Tisches auf dem Boden lag. Er stöhnte und ging vorsichtig um den Leichnam herum. Die graublaue Winterlandschaft, die er vor zwei Tagen vollendet hatte, hielt er wie einen Schild vor seine Brust.

Mathieu sah das Gemälde nur aus dem Augenwinkel an. »Du meinst, dass dieses ›Werk‹ im Wert von maximal dreihundert Euro Auslöser für Lennard Cordes' rasende Wut gewesen sein könnte?«

Max nickte.

John wusste, dass niemand ihnen diese Geschichte glauben würde.

»Wenn ihr nicht eine lupenreine Erklärung für Herrn Cordes' Tod abgeben könnt, fliegt hier alles auf.« Ferdinand Mathieu sah die Freunde eindringlich an. »Dann wird eine Hausdurchsuchung veranlasst, und die Fälscherwerkstatt wird entdeckt. Dann seid ihr alle dran. Nicht nur wegen Mord, sondern auch wegen Kunstfälschung.«

»Nicht nur wir, Ferdi.« John wollte den Kunsthändler auf seine Beteiligung an diesem Handel wenigstens hinweisen. »Du bist schließlich die treibende Kraft in unserem kleinen Unternehmen.«

»Da hast du recht. Obwohl es schwer sein dürfte, meine Spur von euch zu mir zu entdecken. Das Geheimnis eines guten Kunsthändlers ist, sich immer diskret und vorsichtig zu verhalten. Run silent, run deep.« Mathieu schwieg einen Augenblick. »Aber ich würde solche äußerst lukrativen Nebeneinkünfte durch Max' wunderbare Fälschungen natürlich schmerzlich vermissen.«

John räusperte sich. »Hast du denn eine bessere Lösung?«

»Ich habe da so eine Idee.«

Hätten sie sich nur nicht auf Mathieus Vorschlag eingelassen. Immerhin hatte Max ihn, John, nur retten wollen. Ein guter Rechtsanwalt würde seinen Freund bestimmt vor einer hohen Strafe bewahren können. Aber Mathieu hatte sie alle überzeugt, der Polizei nichts von der Fälscherwerkstatt zu erzählen. Sie könne sonst bei Max' sogenanntem Rettungsschlag Mord aus Habgier vermuten. Und alle würden als Beteiligte am Fälschungsgeschäft in den Knast wandern.

Deswegen hatte John den Baseballschläger von der Brücke in die Wümme geschleudert. Er dachte an das Glitzern des Mondes in den Wellen. Das blutige Holz war kurz untergetaucht, um dann wie ein kleines Kanu in der Strömung flussabwärts zu ziehen.

Danach hatte er eine von Mariannes großen Bauplanen in die Küche geholt. Sie war schwer und raschelte laut, als er sie durch die Küchentür gezogen hatte. Er erinnerte sich, wie heiser er noch von Lennards Würgeattacke gewesen war.

»Mann, hilf mir mal!« Die Kehle tat ihm weh.

Er sah Max wanken, als er die Füße der Leiche fasste und den Toten mit Johns Hilfe auf die Plane legte. Der Typ war lang wie ein Brett. Die Beine starr wie zwei Baumstämme. In der warmen Küche neben dem Ofen setzte die Totenstarre der Extremitäten schon früh ein. Kevin zog die schwer biegbaren Arme gerade und legte sie an die Hosennaht. Zu dritt rollten sie ihn in die Plane hinein. Mathieu half ihnen, das Paket nach draußen zu schleppen. Vor dem Haus stand Johns Kombi. Sie hievten die schwere Rolle auf die Ladefläche. Max warf ein Bündel Taue hinterher. Er hatte es aus dem Schuppen geholt. Wenn der Plan des Kunsthändlers aufging, würden die Verletzungen und Veränderungen nicht auffallen.

»Die Bilder.« Mathieu nickte Max zu. »Mit Original bitte.«

Max lief in sein Atelier. Es dauerte eine Weile, bis er mit zwei Bildern zurückkam. »Dies ist das Original. Du kannst das Zeichen hier auf der Rückseite erkennen.«

Mathieu leuchtete mit der Taschenlampe den Rahmen ab und nickte. Er öffnete die Heckklappe seines Jaguars, holte eine Decke heraus, wickelte die Bilder darin ein und legte sie in den Kofferraum. »Ich fahr dann mal.«

»Was?« Max sah ihn entsetzt an. »Du kannst uns doch nicht mit diesem Typen allein lassen!«

»Reg dich ab. Ihr schafft das auch ohne mich. Immerhin habe ich mit eurem Kampf nichts zu tun. Das Problem müsst ihr ohne mich lösen.«

»Du lässt uns im Stich!« Max atmete hechelnd. Tränen standen ihm in den Augen. »Du warst dabei. Das geht dich genauso etwas an.«

John legte ihm den Arm um die Schultern. »Alter, das schaffen wir auch ohne Ferdi.« Er war froh, dass sie etwas taten. Versuchten, alles wieder normal aussehen zu lassen. So vergaß er den Druck in seiner Brust, der ihm zwischendurch immer wieder den Atem nahm. Das Blut auf dem Küchenboden würden sie nach der Entsorgung der Leiche wegwischen. Jetzt galt es, die Zeit zu nutzen. Sonst würden die Zeichen des Todes an der Leiche eindeutig auf den Tatort weisen. So hatte Mathieu es ihnen erklärt.

Mathieu richtete seinen kalten Blick auf Max. »Hör auf zu heulen. John und Kevin helfen dir. Es wird alles gut ausgehen.« Er öffnete die Fahrertür und ließ sich auf den Sitz gleiten. »Immerhin nehme ich euch die Arbeit mit dem Rücktransport des Bildes ab. In einer Woche kommt Frau West aus der Kur. Bis dahin muss das Bild wieder an seinem Platz hängen.«

»Komm jetzt, Max!« John saß schon am Steuer seines Wagens und legte den Gang ein. Kevin saß auf dem Rücksitz.

Mathieu ließ die Fensterscheibe runtergleiten. »Du stehst in meiner Schuld, Max. Ich bringe dir in den nächsten Tagen einen neuen Auftrag. Und lass die Hände von meiner Frau.« Die Scheibe glitt langsam wieder nach oben. Der Jaguar fuhr mit knirschenden Reifen durch den Matsch.

John folgte ihm mit dem Kombi, nachdem Max auf der Beifahrerseite Platz genommen hatte.

»Wir parken in der Straße beim Klärwerk. Von da aus tragen wir ihn ans Ende der Kurve.« John sah mit starrem Blick auf die nasse Straße. Die Höfe auf der linken Seite lagen mächtig und still in der Dunkelheit. Ein Hund bellte. Einzelne Regentropfen landeten auf der Windschutzscheibe.

»Meinst du, es wird klappen?« Kevin klammerte sich mit den Armen von hinten an die Vordersitze.

»Ich finde die Idee gut. Das Wichtigste ist, dass wir ihn kurz in den Stand bringen.« John bog links auf die Landstraße nach

Sagehorn ab. Durch die klappenden Scheibenwischer sah er rechts die Kneipe »Am Backsberg« liegen. Die Fenster waren dunkel. Er drosselte die Geschwindigkeit. »Hier, die Eiche.« Er deutete auf einen Baum auf der linken Seite, dessen Ast weit über die Straße reichte. »Die wäre passend.«

Fünfzig Meter weiter fuhr er in die Schaphuser Dorfstraße und hielt kurz darauf auf dem Parkplatz rechts der Straße. Er machte die Lichter aus.

John stöhnte. Er drosselte die Geschwindigkeit und bremste. Sie blieben am Straßenrand stehen.

»Was ist los? Geht es dir nicht gut?« Marianne legte die Hand auf Johns Unterarm.

»Ich muss mal eben Luft schnappen.« John öffnete die Fahrertür und stieg aus. Es dauerte ein paar Sekunden, bis sein Puls sich wieder beruhigte und die Übelkeit verschwand. Die Polizei hatte nichts von diesem Teil der Nacht erfahren. Zumindest nicht von ihm. Er hatte diesem Typen, der aussah wie dieser amerikanische Filmschauspieler, lediglich geschildert, wie Max ihn gerettet hatte. Er war dabei geblieben, dass Lennard sich erholt und den Tütort lebend verlassen hatte. Aber hatten die anderen sich auch an diese Version gehalten? Wenn alles herauskäme, würden sie ihn mindestens wegen Beihilfe drankriegen. Zusammen mit den Drogengeschäften würde er im Knast landen.

»Geht's wieder?« Zoe hatte sich neben ihn gestellt und zündete eine Zigarette an.

Er nahm sich auch eine. Schweigend und rauchend blickten sie auf die Landschaft.

Wenn alle dichtgehalten hatten, würde niemand die Wahrheit herausfinden.

Sie ächzten, als sie die dicke Bauplanenrolle mit der Leiche aus dem Kofferraum zogen. Im Gänsemarsch stiefelten sie am Straßenrand entlang. John hatte den vorderen Teil übernommen. Glaubte er wenigstens. Er versuchte, den Gedanken an den toten Lennard in der Plane zu verdrängen. Das Gras war rutschig. Max stolperte und riss sie mit. Fast wären sie die Böschung hinuntergefallen. Kurz darauf mussten sie sich unter dem Straßenwall ducken, um den Scheinwerfern eines vorbeifahrenden Autos auszuweichen.

»Hier ist es gut.« Sie legten Lennard am Fuß der Böschung unterhalb der Eiche ab. John löste eins der Taue und knotete eine Schlaufe in das Ende. Dann schwang er es in die Luft. Kevin beleuchtete mit der Taschenlampe den Baum. Regentropfen brannten in Johns Augen, als er das Gesicht nach oben richtete. Immer wieder warf er das Tauende in die Luft. Die Zeit kam ihm ewig vor, bis der Versuch gelang und das Tau über den Ast glitt, der horizontal über die Straße reichte. Er sicherte das lose Ende am Baumstamm und zog die Schlinge nach unten. Anschließend half Kevin ihm, die Plane von der Leiche zu entfernen. Sie legten die Plane zusammen, und John brachte sie zurück zum Auto. Dann nahmen Kevin und er den Mann beidseits unter den Armen, während Max die Füße trug. Am Straßenrand blieben sie stehen.

Max ließ die Füße los. Der Tote war jetzt steif wie ein Stock. Er stand wie ein Betrunkener zwischen den Freunden. »Und jetzt?«

»Wir müssen ihn auf die Straße stellen und auf ein Auto warten.« John ächzte unter der Last der Leiche, die sich auf seine Seite neigte. Rostgeruch stieg ihm in die Nase. Lennards Kopf war direkt neben seinem. Das geronnene Blut löste sich im Regen und floss über seine Hand. »Das ist ja widerlich. Zieh ihm mal die Kapuze über den Kopf, Max. Übernimm mal, du bist größer.«

Max und Kevin nahmen Lennard mit zur Mitte der Fahrbahn.

»Ich will aber nicht überfahren werden.« Max' ängstliche Stimme nervte John.

Regen ließ Lennards bleiches Gesicht im Mondschein glänzen. Die dunklen Haare klebten ihm an den Schläfen.

»Keine Angst. Wir legen ihm jetzt die Schlinge unter die

Arme. Mit dem Tau kann ich ihn noch ein paar Sekunden in der Senkrechten halten. Ihr müsst ihn weiter stützen und im letzten Augenblick in Deckung gehen. Aber nicht zu früh. Sonst liegt er schon auf dem Asphalt, wenn das Auto kommt.«

Ferdinand Mathieu hatte ihnen eindringlich erklärt, wie wichtig die richtige Höhe der Prellmarken an den Beinen seien. Sonst würde auffallen, dass der Unfall gestellt war.

Sie warteten. Der Regen nahm zu. John hielt am Straßenrand das andere Ende vom Seil. Ihm war kalt. Die Kleidung war durchnässt. Vom oberen Rand der Kapuze tropfte es auf die Nase.

»Das dauert ja ewig. Wann kommt denn endlich mal einer?« Kevin klang genervt. »Lange halte ich das nicht mehr durch.«

»Ich denke, du machst Fitness.«

»Komm mir bloß nicht so, Max. Du hast uns doch …«

»Da kommt einer!« Johns Puls stieg.

In der Ferne sahen sie Autolichter hin- und hergleiten. Auf der kurvigen Straße war die Fahrt gut zu verfolgen.

Dann ging alles sehr schnell. Das Auto schoss um die Kurve. Kevin sprang von der rechten Seite weg zu John. Er rutschte an ihm vorbei die Böschung hinunter. Max blieb wie hypnotisiert an Lennards Seite stehen. Das gleißende Licht der Scheinwerfer ließ die beiden leuchten wie Statuen einer Ausstellung. John schrie: »Max, komm!« Dann wurde Lennard weggerissen. John ließ das Tau los. Lennard nahm es bei seinem Flug in die Dunkelheit mit. Max bekam einen heftigen Stoß und taumelte den Freunden hinterher. Hinter sich hörte er das Krachen von Zweigen. Reifen quietschten.

»Komm schnell. Wir müssen weg!« Kevin lief in Richtung Klärwerk.

»Halt! Das Tau!« John griff nach Max und zog ihn an seiner Jacke den Abhang hinunter. Sie durchquerten das Gestrüpp unterhalb der Straße.

»Verdammt, wo ist er?« John hatte eine Taschenlampe angemacht und ließ den Lichtkegel über das Gras gleiten.

»Da!« Max stürzte sich fast auf den Toten und zerrte an dem Tau.

»Lass mich das machen.« John schob ihn zur Seite und löste mit wenigen Handgriffen die Schlinge. Sie hielten kurz inne, betrachteten den toten Lennard. Dann hörten sie das Klacken der Autotür. Der Fahrer des Unfallautos hatte den Wagen verlassen und würde gleich hier sein. Sie drehten sich um und hasteten Kevin hinterher. Nasse Zweige peitschten John ins Gesicht. Die Schuhe versanken im weichen Ackerboden am tiefen Rand der Böschung. Er war fast euphorisch. Es hatte geklappt.

Endlich hatten sie den Kombi erreicht. Leise stiegen alle drei ein, John startete den Motor und fuhr ohne Licht in die Schaphuser Landstraße.

»Wow, Max, du warst ja eiskalt! Das war das perfekte Timing.« Kevin rang nach Luft. »Hast du dich verletzt?«

Max rieb sich sein rechtes Bein. »Das Wadenbein hat was abgekriegt. Und meine Schulter tut weh.«

Sie bogen hinter der Eisenbahnbrücke ab. Es gab einen Schleichweg zurück. John hatte die Scheinwerfer inzwischen eingeschaltet. Sie zeigten ihm den Weg durch die Wiesen.

»Das war eine Meisterleistung. Echte Teamarbeit. Genial!« John hob die Faust in die Höhe.

Max starrte stumm vor sich hin.

»Morgen werden die Bullen zu uns kommen.« Von Kevins Nervosität war jetzt nichts mehr zu spüren. »Wir müssen uns absprechen, was wir denen sagen.«

»Ich bleibe morgen den ganzen Tag im Bett.« Schon wieder hatte Max diesen weinerlichen Tonfall. »Ich bin krank.«

»Kannst du ja. Aber wir müssen uns trotzdem alle einig sein. Wir müssen alle dieselbe Geschichte erzählen.«

»Wir müssen den Frauen sagen, dass wir alle nach dem Essen ins Bett gegangen sind.« Johns heisere Stimme war ihm selbst fremd. Er atmete tief ein.

Die Scheinwerfer tasteten das kurze vor ihnen liegende Stück Schotterweg ab. Als ob es dahinter nichts mehr gäbe. Am liebsten wäre er immer so weitergefahren. Die Ereignisse der letzten Stunden hatten etwas Surreales.

»Wir erzählen der Polizei nur von unserem gemeinsamen Es-

sen mit Isabelle und Lennard. Und wir müssen uns mit Mathieu absprechen. Wir müssen absolut identische Abläufe schildern.«
Sie besprachen die Einzelheiten der Geschichte. Sie wäre ganz einfach zu erzählen. Wenn alle zusammenhielten.

John fürchtete, dass ihr Plan, den Tod von Lennard zu verschleiern, heute gescheitert war. Er hatte dieses schlechte Gefühl im Bauch. Auf seinen Bauch konnte er sich meistens verlassen. Er drückte die Kippe ins Gras und ging mit Zoe zurück zum Wagen.

Eine Viertelstunde später waren sie zu Hause. Er parkte das Auto auf dem Hof. Nach und nach stiegen alle aus. Marianne war als Erste an der Haustür. Sie stieß einen leisen Schrei aus. Und deutete auf das Kreidezeichen. Ein Gruß von der verrückten Rabea: ein Omega, das Zeichen für das Ende. Darunter ein bizarres Arrangement mit Kerze, Rose und altem Laub.

44

»*Querido, me vuelves loca!*« Es folgte eine Salve spanischer Wörter, die Vicky in das Handy rief.

»Jesús?« Tietjen dachte, Vickys Freund wäre noch zu Besuch bei seiner Mutter in Málaga.

Vicky nickte. »Er hat sich mit Mama gestritten und ist früher zurückgeflogen.« Sie hob wieder die Stimme. »*No!* Ich kann dich nicht abholen! *Tengo que trabajar!*« Sie drückte stöhnend den roten Hörer.

Sie saßen im Dienstwagen und fuhren gerade durch Oyten. Tietjen hatte erfolgreich eine Fahrt mit Vickys »Speedy Gonzales« verhindern können.

»Er will nicht mit der Straßenbahn fahren.« Es klang wie ›Strassenbann‹ mit scharfem S. »Manchmal ist er wie ein Baby.«

Tietjen fand das untertrieben. Er saß am Steuer und genoss den Luxus des Dienstwagens. Überall Knöpfe und ein Bildschirm, über den er den Bordcomputer bedienen konnte. Das Navi zeigte die schnurgerade Hauptstraße an. Sie fuhren im Schritttempo. Auf der A 1 war wieder Stau, der Umgehungsverkehr schlich durch den Ort.

Er drückte auf den Schalter für die Sitzheizung und dachte an die Vernehmung von Kevin Brauer. »Die Aussagen der Bewohner stimmen überein. Die haben sich abgesprochen und ihre Geschichte gut geübt.«

»Jeder hat uns belogen. Sogar diese große Blonde. Marianne Schwanitz.« Vicky hatte von der Künstlerin nichts Neues erfahren. Sie sei heute wesentlich wortkarger gewesen als damals bei Tietjen.

»Sie werden trotzdem nicht damit durchkommen. Das Tau, mit dessen Hilfe der Unfall fingiert wurde, stammt von ihnen. Immerhin hat sich dein Verdacht bestätigt: Susanne Meier und Kevin Brauer waren schon länger ein Paar. Und ich bin mir sicher, dass der Mord an Lennard Cordes in der Küche stattfand.

Dort spielte sich laut Aussage von Frau Schwanitz und Herrn Brauer der Streit ab zwischen John Lazlov, Mathieu, dem Maler und dem Opfer. Und damit gehört Susanne Meier nicht mehr zu den Verdächtigen.«

»*Momento!* Sie kann immer noch die Komplizin von dem Banker sein! Und wenn Lennard Cordes doch noch die WG verlassen hat? Dann kann sie ihn im Wagen mitgenommen und getötet haben.«

»Ich glaube nicht, dass sie in der Nacht in der Nähe vom Tütort war.«

»Warten wir ab, was bei der Untersuchung ihres Wagens herauskommt.«

Hinter dem Gewerbegebiet ordnete Tietjen sich links ein und bog in das Dorf Schaphusen ab. In den kleinen Vorgärten blühten Forsythien, einzelne Rosen und Azaleen. Ein Schild warnte vor spielenden Kindern, obwohl die Straße wie ausgestorben wirkte.

»Jetzt werden wir uns Max Husten vornehmen. Er ist das schwächste Glied der Gemeinschaft. Er ist bestimmt aus Angst nicht zur Vernehmung gekommen.«

Tietjen dachte an Ella Carbonne. Sie hatte sich etwas beruhigt, als sie gestern bei ihm zu Hause angekommen waren. Er hatte ihr angeboten, sich aufs Sofa zu legen. Wenig später war sie eingeschlafen. Wie ein Kind hatte sie dort gelegen. Entspannt, aber mit roter Nase und geschwollenen Lidern. Er hatte sich nicht getraut, die Wohnung zu verlassen, um das Fahrrad zu holen. Es stand immer noch beim Café Engel.

»Was war das Motiv? Es macht mich wahnsinnig, dass wir immer noch nicht wissen, warum Lennard Cordes sterben musste.« Vickys Worte drangen nicht wirklich zu Tietjen durch.

Als Ella Carbonne wieder wach geworden war, klang sie sehr gefasst. Sie hatte sich für ihren Zusammenbruch entschuldigt. Er hätte ihr gern weitergeholfen. Sie hatte nur resigniert auf den Boden gestarrt. Dann hatte sie ihn gebeten, ein Taxi zu bestellen. Es sollte sie nach Bremen-Ost ins Krankenhaus bringen. Sie wollte sich selbst einweisen.

»Es muss etwas geben, das wir nicht über diese Gruppe wissen. Sie haben das Geheimnis nicht verraten.«

»Vielleicht haben wir ...« Tietjens Handy klingelte. »Ja?«

»Wo seid ihr?« Aus den Lautsprechern klang Schmittis Stimme.

»Wir sind auf dem Weg zur WG. In spätestens fünf Minuten sind wir da.«

»Das ist gut. Wir haben eine Meldung reinbekommen. Die Leitstelle hat schon das Einsatzkommando hingeschickt. Und die KTU. Es gibt wieder einen Toten am Tütort.«

Die Mitglieder der Wohngemeinschaft saßen im Gras auf dem Deich in der Nähe des Hauses. Fünf Meter entfernt zu ihren Füßen lag reglos ein Mann auf dem Rücken. Seine Kleidung war feucht. Sie hatten ihn wohl aus dem Fluss gezogen.

John Lazlov hatte den Arm um Zoe Falcke gelegt. Der Banker Brauer starrte ins Gras, die Arme auf die Knie gestützt.

»Ich habe versucht, ihn zu beatmen. Aber er ...« Marianne Schwanitz konnte nicht weitersprechen. Sie sah Tietjen aus verweinten Augen an.

Tietjen und Vicky gingen hinunter ans Flussufer. Es war Max Husten. Es berührte Tietjen, schon wieder einen jungen Mann zu sehen, der noch vor Kurzem voller Lebenskraft war. Er prüfte Puls und Atmung. Traurig betrachtete er das friedliche Gesicht. Der Künstler sah im Tod immer noch schön aus.

»Wer hat ihn gefunden?« Vicky wandte sich an die Freunde.

»Wir alle. Wir haben Max gesucht.« John Lazlov schien der Einzige zu sein, der in der Lage war zu antworten. »Als wir von den Befragungen nach Hause kamen, haben wir eine Botschaft von Rabea an der Tür vorgefunden. Und uns deswegen Sorgen gemacht.«

»Wir haben ihn alleingelassen. Wir haben ihn nicht ...« Das Jammern und Schluchzen von Marianne Schwanitz begleitete seine Aussage.

»Wer war alles bei dem Toten?« Sie mussten wissen, wer seine Spuren an dem Leichenfundort hinterlassen hat. Tietjen stellte sich neben Vicky. Am Haus sah er die Wagen des Einsatzkommandos vorfahren.

»Kevin und ich haben ihn aus der Wümme gezogen. Die Frauen haben geholfen.« John Lazlov tätschelte die Schulter von Zoe, die ebenfalls heulend ihr Gesicht an seine Brust drückte. »Wir haben ihn gedreht, auf den Rücken geklopft, Herzmassage gemacht.« Seine Stimme klang seltsam schief. »Es hat alles nichts gebracht.«

Tietjen winkte den Kollegen vom Einsatzkommando. »Ich schlage vor, wir gehen ins Haus. Dort können Sie sich ein wenig ausruhen. Und vielleicht ein paar Fragen beantworten. Kommen Sie.«

In der Küche kochte John Lazlov eine große Kanne Tee. Alle setzten sich um den Tisch, trockneten die Tränen und nippten an den Bechern.

»Bitte erzählen Sie genau, wann und wie Sie Herrn Husten gefunden haben.« Tietjen lehnte an der Anrichte und beobachtete jeden der Bewohner.

Vicky nahm alles mit ihrem Handy auf. »Wie heißt diese Rabea mit vollem Namen? Ich nehme an, sie ist eine Bekannte des Hauses.«

»Sie ist meine Freundin.« Marianne Schwanitz sah erschöpft aus. »Wir haben beide eine spirituelle Ader. Sie kommt mich oft spontan besuchen.« Sie stieß einen tiefen Seufzer aus. »Ich habe sofort gewusst, dass etwas Schlimmes passiert war. Die welken Blätter. Und das Kreidezeichen.« Tränen sammelten sich in ihren Augen. »Rabea hat Max schon vorher gefunden. Aber wahrscheinlich wusste sie gleich, dass sie ihm nicht mehr helfen konnte. Sie hätte ihn sonst nicht einfach so liegen lassen.«

»Dann muss er schon vor Ihrer Ankunft gestorben sein. Wir werden Ihre Freundin befragen.« Tietjen ließ sich von ihr die Adresse geben. »Sie haben ja alle ein perfektes Alibi.«

»Was? Haben Sie geglaubt, dass wir Max umgebracht haben?« Kevin Brauer sprang auf. Sein Becher kippte um. Eine Lache gelben Kräutertees breitete sich auf der Tischplatte aus, die niemand beachtete.

»Max ist doch nicht ermordet worden!« John Lazlov hatte einen roten Kopf bekommen. »Er …« Er konnte nicht weitersprechen.

»Er ist an der Wahrheit zerbrochen.« Der Banker brachte den Satz zu Ende.

»Dann rücken Sie endlich mal raus mit der Wahrheit, verdammt!« Tietjen atmete stöhnend aus. Diese Truppe von Verschwörern, die meinten, sie könnten sich gegen alle Regeln ihre Insel der Seligkeit erhalten, ging ihm auf die Nerven.

»Max hat sich selbst getötet. Da bin ich mir sicher.« Kevin Brauer stand auf und holte ein Handtuch von der Heizung.

Der Tee tropfte mittlerweile in einem dünnen Rinnsal Tietjen vor die Füße. »Und warum?«

»Er hat Lennard Cordes erschlagen.« Kevin Brauer breitete das Handtuch über die Lache.

»Um mich zu retten.« John Lazlov hatte seine Sprache wiedergefunden. Er erzählte, was in der Nacht im Februar nach Lennard Cordes' Rückkehr in der Küche passiert war. »Seitdem war Max nicht mehr er selbst. Er konnte nicht damit leben, für Lennards Tod verantwortlich zu sein.«

Vicky seufzte. »Warum haben Sie das nicht schon eher erzählt? Sie haben ein Verbrechen gedeckt!«

»Sie kommen jetzt alle wieder mit nach Verden. Das Haus wird gesperrt, damit die KTU hier jeden Stein umdrehen kann.«

»Was?«

Tietjen ignorierte Kevin Brauers Zwischenruf. »Und dann werden Sie uns jedes Detail dieses Abends erzählen! Hätten Sie es schon vorher getan, wäre Ihr Freund vielleicht noch am Leben.« Ernst sah er jedem Einzelnen in die Augen. »Lennard Cordes ist nicht an den Folgen des Schlags gestorben. Er wurde erstickt.«

45

Wenn sie sich ganz tief ins Gras hockte, konnte sie niemand sehen. In ihrer Kleidung in Braun- und Grautönen verschmolz sie mit der Umgebung. Über ihr der klare kaltblaue Himmel. Die Sonne hatte noch keine Wärme und ließ das Wiesengras blassgelb und graugrün schimmern. Nur einzelne hellgrüne Knospen an Büschen und Bäumen wiesen auf die schlummernden Kräfte der Natur, die bald die Landschaft in leuchtende Farben tauchen würde.

Durch die Zweige eines Strauchs sah Rabea die weiß gekleideten Gestalten am gegenüberliegenden Wümme-Ufer knien. Mit Pinzetten füllten sie Fundstücke in Plastiktüten, machten Fotos, vermaßen den Fundort, drehten den toten Freund von Marianne auf die Seite.

Sie hatte entschieden, sich nicht zu zeigen. Sie fühlte sich nicht stark genug, sich den Forderungen der Polizei auszusetzen. Es waren harte Menschen aus einer anderen Welt. In den letzten Wochen hatte sie bemerkt, wie das Karma dieses Ortes auch von ihnen zerstört wurde.

Hätte sie etwas ändern können? Hätte sie der Gier und Brutalität etwas entgegensetzen können?

Ohne das Reißen in den Knien hätte sie von den Veränderungen am Tütort nichts mitbekommen. Sie hätte sich damals eher im Wald aufgehalten, aber sie brauchte Löwenzahn und Hagebuttenblätter, damit sie die Schmerzen behandeln konnte. Die fand sie in den Wiesen und am Ufer der Wümme. Sie war nur zufällig am Tütort gewesen, als das Böse seinen Lauf nahm.

Jetzt wurde dem Haus und seiner Umgebung auch der letzte Frieden genommen. Es würde Monate dauern, bis das spirituelle Gleichgewicht am Tütort wiederhergestellt wäre. Sie konnte hier nichts mehr ausrichten.

Sie hatte gesehen, wie Luzifer sein Werk vollendete. Es würde wieder Ruhe einkehren. Dazu brauchte man keine

Polizei. Die hatte nur Unruhe gebracht. Keine Hilfe. Jetzt war es zu spät.

Vorsichtig kroch sie zurück. Ihr Fahrrad stand auf der anderen Seite der Brücke. Sie hatte einen alten Lederkoffer auf dem Gepäckträger. Darin Wäsche und Zahnbürste, einige Kräuter und homöopathische Kügelchen. Sie stieg auf ihr Rad und fuhr Richtung Bahnhof. Die Zugfahrt in den Süden würde sie zu ihrer Schwester bringen. Dort würde sie bis zum Pfingstfest bleiben. Sie wollten zusammen die Freiheit der Seele feiern. Mit den Ritualen bewusst verstehende Kraft schöpfen. Sie brauchte endlich Erlösung.

Tietjen drückte sich am liebsten vor der pflichtgemäßen Anwesenheit bei Leichenöffnungen. Heute war es aber besonders wichtig, dabei zu sein. Er würde Petersen von der ersten Leichenschau vor Ort berichten. Der würde klären, ob Max Husten sich wirklich umgebracht hatte. Staatsanwältin Kattenhorn hatte sofort eine Obduktion angeordnet. Außerdem sollte Petersen ihm noch einmal erklären, was bei Lennard Cordes zu der Diagnose »Ersticken« geführt hatte. Er war bei dem Vortrag des Rechtsmediziners darüber so überrascht gewesen, dass er ihm kaum zugehört hatte.

Arndt begleitete ihn. Er öffnete die Tür vom Treppenhaus zum neonbeleuchteten Gang der Pathologie. Tietjen hatte gleich diesen typischen Geruch in der Nase: süßlich-mineralisch, vermischt mit salmiakhaltigen Chemikalien. Am Ende des Ganges stieß er die Metalltür des Sektionssaals auf.

»Moin, Tietjen. Wer ist denn der Grünschnabel, den Sie da mitgebracht haben?« Petersen stand am Tisch. Neben ihm der Assistenzarzt. Ein blasser schmaler Mann, dessen muskulöse Arme komplett mit Tattoos bedeckt waren. Vor ihnen lag der Leichnam von Max Husten. Die Präparatorin, eine junge Frau mit Pferdeschwanz und blauen Augen, ordnete die Instrumente auf einem grünen Tuch.

Tietjen versuchte, den Tisch mit Messern, Scheren und Skalpell zu ignorieren. Er stellte Arndt vor und setzte sich halb auf den Schreibtisch an der Wand, auf dem die Unterlagen zur Leichensache Husten lagen. Er wollte den blutigen Arbeiten des Gerichtsmediziners nur von Weitem zuschauen.

Der Raum war gekachelt und hatte in der Ecke einen Wandschrank mit Glastüren, in dem sich diverse Lösungen, Instrumente, Gläser und Schalen befanden. Es standen einige Stühle herum und zwei weitere Metalltische, beide leer. An der Wand hing die schwarze Tafel. Neben den Beschriftungen von Milz,

Lunge rechts, Lunge links, Herz und anderen Organen war noch nichts eingetragen.

Petersen wanderte mit dem Diktiergerät um den Toten herum. Er trug über dem grünen Anzug eine Plastikschürze, dazu Mundschutz, OP-Haube und Handschuhe. Mit monotoner Stimme beschrieb er den äußerlichen Zustand des Toten. Der Assistent begann, die Fingernägel zu beschneiden und in Plastikbechern zu asservieren. Über den Beinen des Toten stand noch ein weiteres Stahltischchen. Dort würden bald die Organe liegen, begutachtet, gewogen und aufgeschnitten werden.

Arndt hatte eine blassgrüne Gesichtsfarbe. Tietjen bezweifelte, dass er seine erste Sektion komplett durchhalten würde. Er selbst war froh, dass er nur ein Müsli zum Frühstück gegessen hatte. Ihm war der Ärger mit der KTU schon auf den Magen geschlagen. Tuppermann hatte ihm wieder mal eine endlose Geschichte über kranke Kollegen und unbesetzte Stellen erzählt, als er ihn vor einer halben Stunde durchs Telefon angebrüllt hatte. Immer noch fehlten Untersuchungsergebnisse der Wagen von Kevin Brauer und Susanne Meier.

Er fischte eine Magentablette aus der Hosentasche. Die hatte er seit seiner Bremer Zeit immer dabei. In Verden brauchte er sie nur selten, aber jetzt wollte er kein Risiko eingehen. Er sah auf die bleichen Füße von Max Husten. An der Wand über den Kacheln hing eine eckige Uhr. Sie stand auf zwanzig nach acht.

Die Knochensäge setzte eine Stunde später am Schädel an. Arndt machte schon um acht Uhr einundvierzig schlapp.

Petersen diktierte die abschließenden Befunde in sein Gerät. Dann zog er die Handschuhe aus, rollte sie zusammen und zielte auf einen zwei Meter entfernten Papierkorb. »*Goal.*« Er drehte sich zu Tietjen. »Wir müssen die Ergebnisse der toxikologischen Untersuchung abwarten. Erst dann kann ich Ihnen eine endgültige Diagnose sagen.«

»Was schätzen Sie?«

»Die Todesursache ist mit ziemlicher Sicherheit Ertrinken.

Andererseits ist der Fluss so flach, da hätte er sich genauso gut in der Badewanne ertränken können.«

Tietjen nickte. »Warten wir mal ab, wessen Spuren am Leichenfundort gefunden wurden.«

»Spuren eines Kampfes konnte ich nicht feststellen.«

»Das Opfer hatte genug Gründe, sich selbst zu töten. Wir sind aber noch auf der Suche nach einer Zeugin, die den Toten gefunden hat. Sie scheint sich zurzeit in Süddeutschland aufzuhalten.«

»Na denn. Viel Glück.«

Sie waren den Gang hinuntergegangen und standen vor Petersens Bürotür.

»Ich will mich noch mal wegen der Todesursache bei Lennard Cordes absichern. Wieso sind Sie sich so sicher, dass er erstickt wurde?«

Petersen öffnete die Tür und ließ Tietjen folgen. »Da waren Sie baff, was?« Er grinste. »Die Sache wäre mir auch nicht sofort aufgefallen. Immerhin war dem armen Mann körperlich einiges widerfahren. Es gab ein richtiges Schatzkästchen an Symptomen.«

Das Zimmer war klein und fensterlos. Es wurde hauptsächlich von einem Schreibtisch ausgefüllt. Petersen stieg über Aktenberge, schob ein paar Unterlagenhaufen auf dem Schreibtisch zur Seite und setzte sich auf die Kante. »Der arme Huber muss also nicht gleich in Sack und Asche gehen. Allerdings ist so ein Dämpfer gut für die Demut der jungen Kollegen.« Er zog die Mundwinkel noch breiter. Seine Goldkronen blitzten.

»Die typischen petechialen Stauungen, die bei Erstickungen auftreten, waren nicht so eindeutig. Ebenso der erhöhte CO_2-Gehalt im Blut. Auch die Hyperämie im Inneren, also Blutstau in den Organen, war lediglich ein Hinweiszeichen. Aber wenn man das sieht, macht man sich natürlich auf die Suche.« Er beugte sich quer über den Tisch und angelte nach einer angebrochenen Nusstüte. »Auch eine?«

Tietjen schüttelte den Kopf. Er hatte sich an die Wand gelehnt. Einen freien Stuhl gab es nur hinter weiteren Aktenhaufen auf der anderen Seite des Schreibtischs.

»Sollten Sie aber. Hilft beim Denken.« Petersen zerbiss knackend eine Nuss. »Die Lunge war erwartungsgemäß gebläht und auch gestaut. Und dann waren dort klitzekleine grüne Fasern im Lungensekret unter dem Mikroskop.« Er sah Tietjen zufrieden an. »Da war natürlich alles klar.«

»Die Wollfasern.«

»Genau. Ein grüner Wollstoff wurde ihm aufs Gesicht gedrückt. Haben Sie das Objekt schon gefunden, das den Tod herbeigeführt hat?«

»Bisher passt keiner der Pullover, Schals, Decken oder Kissen zu der Spur.«

»Tja, das ist Ihr Problem.« Petersen schwang sich in den Stand.

Tietjen winkte ihm dankend zu und machte sich auf den Weg nach oben. Gleich war Besprechung. Sie hatten viel entdeckt bei der erneuten Durchsuchung des Tütorts. Die Sensation war natürlich die Fälscherkammer. Dass die KTU den Raum über dem Stall damals nicht gefunden hatte, würde personelle Konsequenzen haben. Aber er wusste schon, dass Tuppermann und Konsorten wieder jammern würden, dass die Abteilung unterbesetzt sei. Immerhin fügten sich jetzt ein paar lose Enden zusammen. Die Herren Lazlov und Brauer waren endlich geständig. Sie redeten unentwegt. Dieter Thomas Heck wäre neidisch geworden.

Diese sogenannte Künstler-WG war eine Fälscherbande. Und jetzt wurde auch klar, warum es zum Streit gekommen war. Die große Frage war, wer Lennard Cordes das Kissen aufs Gesicht gedrückt hatte. Das hatte bisher niemand gestanden. In der Zeit nach dem Streit hätten sowohl Max als auch Kevin oder Mathieu die Gelegenheit dazu gehabt. Falls niemand der anderen Verdächtigen in der Nähe gewesen war. Ferdinand Mathieu sollte die Antwort kennen, denn er hatte die ganze Zeit die Küche nicht verlassen.

Er war nicht nur Mitwisser und hatte die Männer vom Tütort

gedeckt. Er hatte auch die Fälschung bei Frau West aufgehängt, was man ihm, genauso wie seine Beteiligung an der Vertuschung der Spuren, wohl nur schwer würde nachweisen können. Er und seine Frau wurden gerade vernommen. Sicher war, dass er der Hehler für das Bild war. Und er wusste, wo sich das verschollene Original befand.

Im Gras in der Nähe von Max Hustens Leiche war auch ein rotes Haar gefunden worden. Es gehörte sicherlich Isabelle Mathieu. Sie musste von den Geschäften ihres Mannes gewusst haben. Die Freunde des Toten hatten von einer Liebesbeziehung zwischen ihr und Max und einer abgebrochenen Schwangerschaft berichtet. Und der Eifersucht des Kunsthändlers.

Im Atelier auf dem Tisch hatte eine Art Abschiedsbrief gelegen. Eine herausgerissene Seite aus einem Karoheft, das bisher nicht gefunden wurde. Der obere Rand fehlte: »Wie soll ich damit weitermachen? Ich habe keine Energie mehr. Sie war die Einzige, die mir geholfen hat, den nächsten Schritt zu machen. Wenn ich nicht mehr malen kann, dann ist das Leben sinnlos.« Keine Unterschrift. Aber eindeutig als Max Hustens Schrift identifiziert. Mit »sie« konnte Isabelle Mathieu nicht gemeint sein. Für den Weiberhelden Max hatte sie keine wichtige Rolle gespielt. Sagten zumindest seine Freunde.

Tietjen hatte kein Verständnis für Männer, die Frauen konsumierten wie Pralinenschachteln. Isabelle Mathieu hatte wegen Max Husten einiges durchmachen müssen. Er konnte sich vorstellen, dass sie unter der Trennung und der abgebrochenen Schwangerschaft sehr gelitten hatte.

Die »Soko Tütort« musste die Laborergebnisse abwarten, bis sie weitere Schlüsse ziehen konnte. Tietjen wäre froh, den Fall als Selbstmord abzuhaken. Dann würde der Kanutour mit den Büglern nächstes Wochenende nichts im Wege stehen. Und er hätte Zeit, Ella Carbonne mal in der Klinik zu besuchen.

47

Diesmal war es ein anderer Kommissar. Trotzdem kam er Ferdinand Mathieu seltsam bekannt vor.

»Kommissar Flachs, LKA Niedersachsen. Wir haben hier einen Durchsuchungsbeschluss für Ihre Wohnung. Außerdem wird Ihre Galerie im Fedelhören durchsucht, sämtliche Bilder werden beschlagnahmt.«

Er war nicht groß und leicht übergewichtig. Für einen Mann hatte er fast weibliche Gesichtszüge. Das lag nicht nur an den wulstigen Lippen und vollen Wangen. Mit den etwas zu langen blonden Locken erinnerte er an einen Barockengel.

»Wie bitte?« Isabelle hatte, wenn sie wütend war, eine unangenehm kreischende Stimme. »Wie kommen Sie dazu?«

Der Lockenkopf machte einen Schritt in die Wohnung. Hinter ihm drang eine Gruppe von Männern und Frauen hinein, die sich sofort auf die umliegenden Räume verteilten. Isabelle sah ihnen hinterher. Sie schnaubte.

Kommissar Flachs schloss die Tür. »Wir sind vom Dezernat für Organisierte Kriminalität. Wir ermitteln im Zusammenhang mit dem Verdacht auf Kunstfälschung am Wohnort Ihres Freundes Max Husten und Verkauf der Bilder in Ihrer Galerie.«

»Max!« Isabelle bekam feuchte Augen und drehte sich weg.

Mathieu durchfuhr der hämische Gedanke, dass jetzt endlich Ruhe war mit den ewigen Sticheleien, was sowohl Max als auch er für miese Typen seien. »Sie verdächtigen uns, Kunstfälschung betrieben zu haben?« Er wusste, dass John und Kevin keinen Grund mehr hatten dichtzuhalten.

»Dazu werden Sie nach dieser Durchsuchung noch befragt. Ich empfehle Ihnen, Ihren Rechtsanwalt zu informieren.«

»Wie sollen wir unser Geschäft weiterführen, wenn Sie sämtliche Bilder beschlagnahmen?« Mathieu war sich sicher, dass die Polizei auf der Suche nach dem Modersohn-Bild war. Und der einen Fälschung. Sie würden sie nicht finden. Er hatte sie vorgestern verbrannt. Jetzt gab es nur noch die bei Marlene West. Dass dort seine Fingerabdrücke drauf waren, war nach seinem Besuch im April kein Hinweis auf eine kriminelle Handlung.

»Bitte besprechen Sie das mit Ihrem Rechtsanwalt. Wenn Sie kooperieren, wird alles relativ schnell über die Bühne gehen.« Kommissar Flachs gab einigen Ermittlern Hinweise, worauf sie besonders achten sollten. Er verschwand im Wohnzimmer.

Isabelle kam aus dem »salle d'art«. Eine alberne Bezeichnung für ihr Arbeitszimmer. Sie hatte sich wieder im Griff. »Ich habe bei Schaumburg und Partner angerufen. Er schickt einen Rechtsanwalt, der sich mit solchen Fällen auskennt.«

Der Lockenkopf kam aus dem Badezimmer. »Kann einer von Ihnen uns bitte zur Galerie begleiten? Wir wollen dort gleich weitermachen.«

»Aber wir müssen doch um sechzehn Uhr wieder öffnen. Wir erwarten einen wichtigen Kunden.« Isabelle hatte nichts begriffen.

»Ich gehe mit.« Mathieu griff nach dem Mantel.

»Nehmen Sie auch den Autoschlüssel mit. Wo steht Ihr Pkw?«

»Vorm Haus. Den haben die Kollegen aus Verden doch schon auf den Kopf gestellt.«

»Wir müssen ihn noch einmal untersuchen. Jetzt sind wir auf der Suche nach Fälschungen. Vielleicht haben Sie sie ja im Wagen versteckt.«

»Ich habe nichts versteckt.«

»Sie könnten unsere Suche übrigens sehr verkürzen, wenn Sie uns sämtliche Exemplare des ›Mädchens mit dem roten Kleid‹ von Paula Modersohn-Becker aushändigen würden.«

Mathieu freute sich. Er hatte schnell und richtig gehandelt. Er zwang sich, nicht zu lächeln. »Ich muss Sie enttäuschen. Ich habe weder das Original noch eine Kopie dieses Bildes.«

»Sie waren aber mal im Besitz dieses Bildes. Und Sie haben eine Kopie angefordert. Uns liegen entsprechende Aussagen vor.«

»Ich würde das lieber in Gegenwart meines Rechtsanwalts mit Ihnen besprechen.« Er würde der Kripo nicht mitteilen, dass das Original mittlerweile bei einem neuen Gutachter in Köln war. Am Montag würde er es mit dem dann lupenreinen Gutachten dem Käufer übergeben. Er hatte den Studienrat schon angerufen. Damit er das Geld bereithielt. Und zwar in bar.

Er beobachtete einen der Männer, wie er die Schubladen des Garderobenschranks durchwühlte. Isabelle würde Stunden brauchen, um alles wieder aufzuräumen. Das würde ihr sicherlich helfen, die Gedanken zu ordnen. Ihre Wut auf Max zu vergessen. Sie würde viel Zeit brauchen, den Verlust ihres Lovers zu verarbeiten. Wahrscheinlich Wochen oder Monate. Dabei würde er, Mathieu, ihr nicht helfen.

48

Tietjen war gut gelaunt. Der perfekte Wochenbeginn. Die Sonne schien. Er konnte zum ersten Mal seit Monaten wieder mit dem Rad zur Arbeit fahren. Er freute sich, Bertram Flachs wiederzusehen. Dass er mit dem frischgebackenen Experten für Kunstfälschung an diesem Fall noch zusammenarbeiten würde, hatte Tietjen nicht erwartet, als sie sich zuletzt zufällig in der »Ziege« getroffen hatten.

Am Osterdeich lehnte er das Rad gegen den Zaun und nahm die Stufen zum Wintergarten des »Ambiente«. Es war zu kalt, um draußen zu sitzen. Bertram hatte einen Tisch in der Ecke erwischt, wo er schon an einem Kaffee nippte.

»Moin. G…ute Idee, die Besprechung hierhin zu verlegen.« Tietjen legte den Laptop auf den Tisch und zog die Jacke aus.

Wie immer war das Café gut besetzt. Der Nachbartisch war noch frei, daneben zwei Frauen in Fair-Trade-Kleidung, die wahrscheinlich gerade ihre Kinder im Hort abgegeben hatten. Ein Gemisch aus Geschirrgeklapper, Musik, Lachen und Stimmen füllte wie ein einziger Klang den Raum.

Eine junge Frau, deren Blässe durch eine schwarze Schürze betont wurde, nahm die Bestellung entgegen. »Rührei, Spiegelei oder gekocht?«

»Gerührt. Nicht geschüttelt.«

Sie hob die Brauen, notierte die Wünsche und ging.

»Bisschen gestresst, die Kleine.« Tietjen grinste.

»Besser sie als wir. Ich bin so froh, heute mal nicht die langen Kilometer über die Autobahn fahren zu müssen.«

»Sch…ön, dass wir jetzt auch wieder beruflich miteinander zu tun haben.«

»Tja, dass der Fall so eine Wendung genommen hat …« Bertram Flachs zog einen Laptop aus der schwarzen Tasche neben seinem Stuhl. »Das wird gleich etwas eng werden, wenn das Frühstück kommt.«

»Wie war der Mathieu drauf, als ihr ihn verhört habt?«

»Sehr gelassen. Sein Rechtsanwalt hat die gesamte Konversation übernommen. Der fand die erneute Befragung natürlich schikanös.« Bertram lehnte sich zurück. »Wir haben in Mathieus Räumlichkeiten inklusive Pkw keine gefälschte Kunst gefunden. Das Bild bei Frau West, der Großmutter des mutmaßlichen Auftraggebers, ist untersucht worden. Die alte Dame war sehr bestürzt darüber, dass sie eine Fälschung an der Wand hängen hatte.«

»Sie hat schon Anzeige erstattet. Und, habt ihr etwas Brauchbares herausgefunden?«

»Die Farben für die Kopie stammen aus der Werkstatt von Max Husten. Zusammen mit den Werkzeugen, Papieren, Leim und Stempeln aus den Räumlichkeiten am Tütort können wir zumindest Husten und Brauer die Fälschertätigkeit nachweisen. Allerdings ist der Hauptverdächtige tot. Ich bezweifle, dass wir beweisen können, dass Mathieu der Auftraggeber war.«

»Mir würde es reichen, ihn oder einen der beiden Freunde von Herrn Husten des Mordes an Cordes überführen zu können.«

Bertram drückte einige Tasten auf seinem Laptop. »Es sind Fingerabdrücke von Max Husten, Kevin Brauer und John Lazlov auf dem Bild. Und natürlich von Lennard Cordes und seiner Großmutter. Auf dem Bilderrahmen fanden sich auch Abdrücke von Ferdinand Mathieu. Er ist wohl ein alter Bekannter von Frau West und hatte sie mal besucht.«

»Und dabei das Bild befummelt?«

»Hat er tatsächlich. Er sei von dem Werk immer wieder fasziniert.«

»Ha.« Tietjen konnte sich vorstellen, wie der Kunsthändler es genoss, dass man ihm nichts nachweisen konnte. Sie hatten ihn nach der Vernehmung durch die Hannoveraner Kollegen ins Kreuzverhör genommen. Er war, neben Max Husten, der Hauptverdächtige für den Mord an Cordes. Beide waren auf das Modersohn-Original scharf gewesen. Wenn die Männer vom Tütort die Wahrheit gesagt hatten. Er stöhnte. Diese WG kam ihm vor wie ein mittelalterlicher Mönchsorden. Voller Geheimnisse. Man konnte niemandem trauen.

Die Bedienung kam mit einem vollen Tablett und blickte ratlos auf den mit Computern belegten Tisch. Bertram sprang auf und stellte den Nachbartisch dazu.

»Eigentlich geht das nicht.« Der Frau wurde das Tablett zu schwer. Sie zuckte mit den Schultern und stellte es ab. Nachdem sie Teller, Besteck, Saft, eine weitere Tasse Kaffee und eine Käse-Wurst-Platte aufgedeckt hatte, zog sie ab. »Ei kommt gleich.«

»Das Original bleibt verschwunden?«

Bertram nickte. »Mathieu hat dazu geschwiegen. Wie bei vielen anderen Fragen. Sein Rechtsanwalt ist ihm mehrmals ins Wort gefallen und hat ihn aufgefordert, sich zurückzuhalten. Er sei als Verdächtiger nicht verpflichtet auszusagen.« Er langte nach zwei Scheiben Schinken und balancierte sie auf ein gebuttertes Brötchen.

Tietjen nahm einen Schluck Orangensaft. »Ich f…ürchte, dass man ihm die Beteiligung an dem Fälschergeschäft nicht nachweisen kann. U…nd wenn wir nicht das Mordwerkzeug finden, werden wir niemandem eindeutig den Mord an Cordes nachweisen können. Es sei denn, der Täter gesteht.« Er biss in sein Käsebrötchen. »Ihr habt nicht zufällig einen grünen Pullover oder ein Kissen gefunden?«

Bertram schüttelte den Kopf. »Wir werden jetzt noch auf diversen Kunstseiten im Internet einen Suchaufruf nach dem Modersohn-Bild starten. Und wenn ihr einverstanden seid, lassen wir den Weser-Kurier darüber berichten. Vielleicht meldet sich jemand, dem das Bild angeboten wurde.«

»Gute Idee.«

»Wo soll jetzt das Rührei hin?« Die Bedienung stand mit dampfendem Teller und gelangweiltem Gesichtsausdruck vor ihnen.

»Moment.« Tietjen schob zwei Teller zusammen und nahm das Ei an. »Und sonst habt ihr nichts, was uns weiterhilft?«

»Ein paar SMS auf dem Handy von Isabelle Mathieu von und an Max Husten.« Bertram scrollte und biss dabei in sein

Brötchen. »Die letzte ist aber schon zwei Wochen her. Sie war ziemlich garstig und wünschte ihm lebenslanges Leiden und einen baldigen Tod.«

»Das widerspricht sich. Na ja, ein Wunsch hat sich zumindest erfüllt.« Tietjen schob sich eine Gabel Rührei in den Mund. »Lass mich noch einmal die Liste von den Spuren der Durchsuchungen bei den Mathieus sehen.«

Bertram öffnete die entsprechenden Ordner und reichte Tietjen den Laptop. »Nimm dir Zeit. Ich esse inzwischen dein Rührei auf.« Er langte nach dem Teller.

Tietjen starrte auf den Bildschirm und scrollte durch die Seiten des KTU-Berichts. Schaute sich die Fotos an. Und dann fand er gleich zwei Indizien. Er fühlte plötzlich das ersehnte Kribbeln. Das ihn immer überfiel, wenn er spürte, dass der Fall eine entscheidende Wendung nahm.

49

Das MAMU wirkte immer etwas düster, trotz der großen Giebelfenster. Jetzt brachen sich die Sonnenstrahlen an dem umherwabernden Qualm, der von den Räucherstäbchen ausging.

Marianne hatte an der Südwand einen Altar eingerichtet. Ein Foto von Max, umgeben von Rosen und flankiert von zwei Sandelholzstäbchen und einem kleinen Ölbild. Davor stand eine große Kerze.

»Ich wünschte, Rabea würde uns zur Seite stehen.« Marianne hatte zum ersten Mal, seit John sie kannte, schwarze Kleider an. Sie sah aus wie ein griechisches Klageweib.

Er hatte einen Stapel von Max' Ölbildern aus dem Atelier geholt. Er verteilte sie im Raum, stellte sie auf Stühle, lehnte sie an die Wand, dekorierte einzelne Skulpturen damit. »Dieses Porträt kenne ich noch gar nicht.« Es zeigte einen ernsten Max mit grauen Wangen und düsterem Blick.

»Er sieht traurig aus. Seit mindestens einem Jahr war er nicht mehr gut drauf.« Marianne ließ sich auf dem Diwan nieder und legte einen Arm um Zoe. »Immer auf der Suche. Mal hat er wie ein Besessener gearbeitet, dann war er wieder vom Dope so verlangsamt, dass er zu nichts zu gebrauchen war.«

Zoe hockte dort, die Knie unter einem riesigen Pullover von Max, und betrachtete mit geröteten Augen, wie John ein größeres Landschaftsbild auf den Sessel hinter dem Tisch stellte. »Wir haben nichts getan, um ihm zu helfen.«

»Er wollte sich auch nicht helfen lassen.« Marianne klang müde. Sie schlief schlecht, wie sie alle.

»Oft hatte er auch gute Tage. Wenn es gut lief mit dem Malen. Dann war er ausgelassen, wie ein kleiner Junge. Die Drogen haben ihn fertiggemacht.«

»Daran bist du nicht ganz unschuldig, John.«

»Ich bin nicht sein Therapeut. Und außerdem habe ich ihn

immer wieder aufgefordert, weniger Pillen zu nehmen. Wäre er einfach beim Dope geblieben, dann –«

»Oh nein. Ich kann es nicht mehr hören!« Marianne unterbrach ihn. »Jetzt hast du doch den Beweis, dass euer so ›harmloses‹ Gras die Depressionen verstärkt. Und Max nur noch einen Ausweg sah.«

»Willst du behaupten, dass es meine Schuld –«

»Hört auf!« Zoe standen wieder die Tränen in den Augen.

John schluckte und drehte sich zum Fenster. Draußen sah die Welt so unschuldig aus. Das leuchtende Grün der Büsche, violette Hortensien. Die ersten Rosen lockten Vögel und Insekten. Am weiten Himmel blies der Wind weiße Wolken zu einem unbekannten Ziel. Ob Max dort irgendwo war? Er konnte es sich nicht vorstellen, ihn nie mehr in der Küche hantieren zu hören, durchs Fenster in ein verwaistes Atelier zu blicken oder abends am Tisch seinen leeren Platz zu sehen. »Wenn er gewusst hätte, dass er unschuldig war an Lennards Tod, wäre er vielleicht noch am Leben.« Er hatte es leise vor sich hin gesagt.

Marianne seufzte. »Seine dunklen Gedanken hatte er auch schon vorher. Ich habe ihm geraten, Tagebuch zu schreiben. Offenbar hat es ihm nicht geholfen.« Sie nahm sich eine Decke, die auf dem Diwan lag, und breitete sie über die Füße. »Hier ist es immer kalt.«

»Das Tagebuch wurde von den Ermittlern nicht gefunden.«

»Vielleicht hatte Max noch weitere Verstecke. Das Paula-Bild hätten sie wahrscheinlich auch nicht entdeckt, wenn es noch hinter der Dachverschalung gewesen wäre.«

»Ob Mathieu es schon verkauft hat?« John setzte sich auf einen freien Sessel. »Es ist doch am wahrscheinlichsten, dass Ferdinand Lennard getötet hat. Er hatte das stärkste Motiv.«

»Wie meinst du das?«

»Als Lennard sich weigerte, ihm das Original zu überlassen, war sein schöner Plan gestorben. Er hätte sich nie getraut, ein gefälschtes Bild zu verkaufen. Früher oder später wäre er entdeckt worden. Wie dieser Fälscher Beltracchi.« John zog seine Tabakdose aus der Hosentasche. »Außerdem bekommt

Ferdinand jetzt die gesamte Kaufsumme, abzüglich der fünfzehntausend für Max und unsere Arbeit.«

»Daraus wird ja wohl nichts. Die Polizei wird ihm das Bild abnehmen. Und dann ist er dran.« Zoe wischte sich mit dem Ärmel die Augen trocken.

»Und du warst nicht scharf auf das Original, John?« Marianne beugte sich vor und sah ihm ins Gesicht. »Ihr habt schließlich die ganze Arbeit gehabt. Vielleicht war Lennards Tod ein Gemeinschaftsprojekt von euch. Um das Bild zu verkaufen, hättet ihr Mathieu nicht gebraucht. Das kannst du mindestens genauso gut.« Sie lehnte sich wieder zurück und beobachtete ihn aus schmalen Augen. »Sicherlich warst du auch noch ganz schön in Rage, nachdem er dich fast erwürgt hatte. Hast du dich an ihm gerächt?«

John sah sie stumm an. Dann schüttelte er den Kopf, zog ein Blättchen aus der Dose und verteilte den Tabak darauf. »Es macht mich traurig, dass du denkst, ich könnte einen Mord begehen. Ich habe es nicht getan.« Er leckte den Kleberand, rollte das Papier und steckte die fertige Zigarette in den Mund.

»Ihr wisst, dass ich gut mit wenig Geld leben kann. Ich war nie scharf auf das Geld, sondern nur auf den Deal. Das ist meine Leidenschaft: Organisieren und Handeln. Aber nicht um jeden Preis.« Er hielt das brennende Feuerzeug an die Kippe. »Ich war genauso fertig wie Max, nachdem er Lennard niedergeschlagen hatte. Max hat mir das Leben gerettet. Das werde ich ihm nie vergessen.«

Die Frauen schwiegen. Betrachteten das Bild auf dem Sessel, das eine schwarzblaue Wümme vor dem Haus zeigte. Dahinter Wiesen.

»Ich frage mich, was mit Kevin ist.« John nahm einen tiefen Zug. »Ist er nicht nach dem Kampf viel später aus der Küche ins MAMU gekommen?«

»Warum sollte Kevin Lennard töten? Außerdem saß Mathieu doch noch in der Küche. Der hätte das doch mitbekommen.« Marianne runzelte die Stirn.

»Er hat Lennard nicht ausstehen können.« John blieb dabei.

»Seit Wochen hatte er Susanne aufgefordert, sich endlich von ihm zu trennen. Er war sehr eifersüchtig.«

»Kevin?« Zoe rückte auf die Kante des Diwans. »Das glaube ich nicht.«

»Kevin fand Lennard zum Kotzen. Er wartete auf den Tag, an dem der Bilderdeal endlich über die Bühne gegangen sein würde. Damit er ihm die Meinung sagen konnte. Und Ferdinand Mathieu«, er wandte sich an Marianne, »hatte nur ein einziges Interesse: Er wollte, dass unser kleines Unternehmen nicht auffliegt und er damit weiterhin viel Geld verdienen kann.«

»Seht mal! Das sind ja wir!« Zoe war aufgestanden und zeigte auf das Landschaftsbild. Eine Gruppe von Menschen saß hinter Büschen am Ufer der Wümme am Küchentisch und trank Wein.

John stellte sich neben sie. »Stimmt. Auf dem Sofa sitzt du, Zoe, daneben ich, und links ist Marianne.« Das Sofa stand unter einem Baum.

»Und Kevin ist nicht dabei?«

Zoe tippte auf zwei Figuren am linken Bildrand. »Der wird von Susanne aus dem Bild gezogen.« Sie lachte. »Das ist richtig gut gemalt. Man kann sogar das Muster von Mariannes Schal erkennen.«

»Aber sehr düster. Und Max mit schwarzen Flügeln und der erloschenen Kerze hier unten, am anderen Ufer. Sieht aus wie Thanatos, der Totengott.« John paffte eine Rauchwolke gegen das Bild.

»Die Wümme könnte der Styx sein. Eine traurige Stimmung. Als ob er seinen Tod mit diesem Bild ankündigt.« Marianne hatte sich ebenfalls erhoben. »Isabelle ist auf der gleichen Flussseite. Mit einer schwarzen Lilie in der Hand. Was soll das bedeuten?«

»Vielleicht hat Max das Bild für uns gemalt. Eine Botschaft, damit wir verstehen, warum er sich umgebracht hat.« Zoe setzte sich wieder auf die Kante des Diwans.

John entdeckte einen Wolf, der im unteren Bereich des Bildes hinter einem Busch lauerte. »Das könnte gut sein.«

Die weichgezeichnete Landschaft in graublauen Pastelltönen

bildete einen starken Kontrast zu den fotografisch scharfen Gesichtern der Menschen. Weitab von allen anderen Figuren sah man Ferdinand Mathieu durch das hohe Wiesengras stapfen. Er trug ein großes Bild auf der Schulter. Den Mund zu einem höhnischen Lächeln verzogen. Hinter sich zog er einen Strick, an dessen Ende sich ein Galgenknoten befand.

50

Der Oberstudienrat hatte ihm im Jogginganzug die Tür geöffnet. Die Augen vor Überraschung weit aufgerissen, hatte er den Kunsthändler zunächst regungslos angestarrt. Mathieu hatte sich einfach an ihm vorbei in das Haus gedrängt, das verpackte Bild in den Händen. Im Wohnzimmer machte er halt. Es war ein hoher, düsterer Raum, vollgestellt mit Mobiliar aus den Siebzigern. Zwei deckenhohe Bücherwände auf beiden Seiten des Zimmers wirkten bedrohlich. Mathieu wollte so schnell wie möglich wieder weg.

Der alte Herr war ihm erstaunlich flott gefolgt. »So früh habe ich gar nicht mit Ihnen gerechnet. Ich wollte gerade zum Fitnessstudio.« Dann entdeckte er das große rechteckige Paket. »Sie haben das Bild.« Seine Gesichtszüge machten eine Aufwärtsbewegung. Die Augen blitzten. Die Wangen schimmerten rötlich. Zittrig riss er das Packpapier von dem Rahmen. Er stellte das Bild auf die Armlehnen eines Sessels. Zart strich er mit den Fingerspitzen über die Leinwand. Dann machte er zwei Schritte zurück und betrachtete das Mädchen im Ganzen. Er seufzte.

Mathieu zog einen braunen Umschlag aus dem Mantel. Er hatte ihn zusammen mit dem Bild vor drei Stunden aus Köln abgeholt. »Die Expertise.« Er hatte keine Zeit für Sentimentalitäten.

Herr von Brunau war auch sofort bei ihm, griff danach, zog die Papiere heraus und nickte zufrieden. »Sehr schön. Ich kenne den Gutachter.« Er überflog den Text, nickte erneut und legte die Unterlagen auf den Tisch.

Mathieu beobachtete ihn, wie er langsam und schwer atmend das Wohnzimmer verließ. Er war ein wenig enttäuscht, dass der Käufer dem Gutachten so wenig Achtung zukommen ließ. Es hatte ihn viel Aufwand gekostet und den ganzen Deal fast zum Scheitern gebracht. Aber er tröstete sich damit, dass der Studienrat entweder einen Herzinfarkt bekommen würde, wenn er erfuhr, dass man nach dem »Mädchen im roten Kleid« fahndete, oder er würde das Bild verstecken und es niemandem zeigen können. Denn sonst würde man ihm »die Modersohn« wegnehmen. Das Geld wäre dann auch futsch.

Herr von Brunau kehrte kurz darauf mit einer schwarzen Aktentasche zurück. »In bar. Wie Sie es wünschen.«

Mathieu zog den Reißverschluss auf und zählte die Scheine. Dann überreichte er dem Lehrer die vorbereitete Quittung. Das angebotene Glas Sekt zur Besiegelung des Kaufs lehnte er ab. Er musste sich beeilen.

Die Garage, in der er immer parkte, erreichte er nach nur fünf Minuten Fahrt mit seinem Jaguar. Vorsichtig bog er um die Ecke. Der Hof war leer. Das Siegel klebte immer noch zerrissen an dem Tor. Sie hatten es noch nicht erneuert. Er wollte das Geld noch umpacken. Falls man ihn an der Grenze kontrollierte, sollte man es nicht finden.

Er fuhr den Jaguar rückwärts in die Garage und schloss das Tor bis auf einen Spalt. Ein Sonnenkegel beleuchtete die fleckig weiße Wand. Während er einen Teil des Geldes zusammenrollte, in Plastiktüten legte, die er gut verschloss, und in den vorbereiteten Behälter packte, klingelte das Handy. Isabelle.

»Was gibt's?«

»Die Polizei sucht dich. Wo bist du gerade?«

Sein Atem stockte. Die waren schneller, als er dachte. Er musste sofort los. »Beim Zahnarzt.« Es würde hoffentlich eine Weile dauern, bis sie herausfanden, dass das nicht stimmte.

»Bei welchem …?«

»Ich muss Schluss machen. Melde mich nach der Behandlung.« Er drückte das Gespräch weg und stellte sein Handy aus. Die Polizei würde wahrscheinlich als Erstes seine Handydaten checken. Es dauerte eine gefühlte Ewigkeit, bis er das restliche Geld verstaut hatte. Ein paar tausend Euro quetschte er in sein Portemonnaie. Zum Schluss goss er Wasser aus zwei Flaschen über die Tüten im Kanister und verschloss ihn.

»Das muss es sein.« Eine männliche Stimme, noch einige

Meter entfernt. Mathieu bückte sich und sah durch den Torspalt nach draußen. Ein Streifenwagen stand in der Hofeinfahrt. Er sah, wie ein Polizist durch die geöffnete Beifahrerscheibe in seine Richtung schaute. Der Wachtmeister sprach laut in die Freisprechanlage. »Hier ist alles ruhig. Der Hof ist leer.« Über Funk ertönte eine quäkige Stimme und gab weitere Anweisungen. »In Ordnung.« Die Scheibe schloss sich wieder.

Mathieu lehnte sich mit klopfendem Herzen an die Garagenwand. Jetzt war er geliefert. Gleich würden sie ihn entdecken. Ihm wurde schlecht. Den Kanister in der Hand lief er panisch hinter den Jaguar, stolperte über eine Motorölflasche und hockte sich hinter den Wagen.

Das Schlagen von Autotüren. Eine Frauenstimme. »Dahinten, die fünfte Garage.«

Mathieu stellte den Kanister zu den anderen Flaschen neben einen alten Reifen an die Garagenrückwand und legte sich platt auf den Boden. Er rollte sich, so weit er konnte, unter das Heck und versuchte, sich klein zu machen. Immerhin ragten die Beine nicht über das Chassis hinaus. Am vorderen Ende des Wagens konnte er die Schatten der Beine der Beamten sehen, die jetzt vor der Garage standen.

»Hier. Es ist offen.« Das Tor schwang nach oben.

Mathieu hielt die Luft an. Über ihm der verdreckte Auspuff. Es roch nach Öl. Minutenlang hörte er nur das Schlurfen der Schuhe auf dem staubigen Beton.

Einer ging zur Fahrerseite, schaute in den Innenraum. »Alles leer.«

»Der Motor ist noch warm.« Die Polizistin stand an der Kühlerhaube. Der Kollege ging zu ihr und sprach in sein Handy. »Der Wagen ist hier. Wurde vor Kurzem benutzt. Das Siegel ist gebrochen.«

Mathieu konnte nicht verstehen, was die Antwort war.

»Wird gemacht.« Die Polizisten verließen den Raum. Das Garagentor wurde mit Schwung nach unten gezogen.

Mathieu atmete aus. Sein linkes Bein bekam einen Krampf, doch er traute sich nicht, seine unbequeme Lage zu ändern.

Angestrengt versuchte er, die Geräusche zu deuten. Er hörte das Klacken der Autotüren. Kurze Zeit später kam einer der Beamten zurück. Ein leises Rascheln, als ob jemand über das Tor strich. Wahrscheinlich wurde das Siegel erneuert. Dann entfernten sich die Schritte. Dumpfes Schlagen beider Türen. Der Wagen wurde gestartet. Er stöhnte vor Erleichterung, als das Motorgeräusch immer leiser wurde. Sie fuhren weg.

Minutenlang lag er wie nach einem Kampf regungslos im Dreck, eingeklemmt zwischen Stoßstange und Wand. Dann wälzte er sich unter dem Auto vor, sprang auf. Er drehte die Torklinke. Millimeterweise öffnete er das Tor. Durch den Spalt beobachtete er den leeren Hof, bevor er das Tor ganz hochdrückte. Dann fischte er den Schlüssel aus der Hosentasche und zog an der Fahrertür. Im letzten Augenblick fiel ihm der Kanister ein. Hektisch ließ er den Schlüssel auf den Fahrersitz fallen. In zwei Schritten war er am Heck, öffnete die Haube, griff nach dem Kanister, setzte ihn neben den Koffer und die Tüte mit dem Kissen, sprintete zurück. Mit zitternden Händen fischte er den Schlüssel unter seinem Gesäß hervor. Erst im dritten Anlauf fand er das Zündschloss. Dann fuhr er los. Bei der Hofausfahrt bog er mit rasendem Herzen im Schritttempo in die Straße ein. Kein Polizeiwagen zu sehen.

Erst auf der Kurfürstenallee normalisierte sich der Atem. Er suchte nach einem Taschentuch und wischte sich den Schweiß von Stirn und Nacken. Mehr Glück als Verstand. Wie ein Mantra sagte er die Worte seines Vaters vor sich her. Mehr Glück als Verstand. Was sein Vater wohl sagen würde, wenn er noch mitbekommen hätte, dass sein Sohn nun doch zu Reichtum gekommen war. Ohne dass er bei der illegalen Beschaffung erwischt wurde. Mehr Glück als Verstand. Aus dem Grab heraus würde er wahrscheinlich wiederholen, dass sein Sohn sich im Leben durchmogelte. In der Schule geschickt abgeschrieben, im Studium von den guten Kontakten zu den Dozenten profitiert und die erste Galerie von einem guten Freund seines Vaters billig erstanden. Da hatte sein Vater ihm allerdings nicht sein Glück, sondern Betrug vorgeworfen.

Er fädelte sich auf die A 27 ein. Zügig fuhr er an mehreren Lkws vorbei. Penibel hielt er sich an die Geschwindigkeitsbegrenzung. Jetzt bloß nicht auffallen.

Nun hatte er wieder Glück. Ein leichtes Lächeln setzte sich in seinen Mundwinkeln fest. Wie die Bullen direkt vor seiner Nase gestanden hatten. Sie hätten sich nur einmal bücken müssen. Oder sich etwas genauer umschauen. Er grinste. Wieder war er der Gewinner. Und er hatte es verdient.

Er wollte beschleunigen, um auf die A 1 zu gelangen. Ein Laster fuhr stur an ihm vorbei, sodass er sich hinter ihm einordnen musste. Wenig später drückte er beim Überholen das Gaspedal durch und hätte sich gewünscht, dass eine Auspuffwolke dem Lkw-Fahrer die Sicht nahm. Egal. Als Jaguar-Fahrer ließ er den Abschaum gern hinter sich.

Es waren harte Jahre gewesen. Als er jung war, war alles noch ein Spiel. Er hatte alles an Kunst gekauft, was ihm gefiel. Bilder, Skulpturen, Designmöbel; und alles andere auch. Leider fanden sich nur wenige Käufer. Die begeisterten sich zwar für die Objekte, hatten aber nur wenig auf der Kante. Er erinnerte sich, wie er sich vor Hunger Mustertüten mit Babynahrung zubereitet hatte.

Dann hatte er Isabelle getroffen. Auf einer Vernissage eines Berliner Künstlers, der Objekte aus Autoteilen zusammenschweißte. Sein Name war Bruno Bazille. Oder Bastille. Ein Vollidiot. Isabelle war seine Muse. Es war eher ein Happening gewesen. Sie trug damals einen hautengen Anzug mit Schlangenprint und tanzte zu ätherischen Klängen lasziv um die Skulpturen herum. Dabei stolperte sie und fiel in die Arme von Mathieu. Er lächelte, als er sich an ihren aufreizenden Blick unter den wirren roten Haaren erinnerte, bevor sie sich elegant aus der unfreiwilligen Umarmung schraubte und weitertanzte. Er war sofort von ihr hingerissen.

Zwei Wochen später war sie bei ihm eingezogen. Und auch wenn sie ihn immer wieder mit anderen Männern betrogen hatte: Sie hatten eine spannende Zeit zusammen gehabt. Sechzehn Jahre lang hatten sie gemeinsam interessante Künstlerinnen und Künstler entdeckt, die Galerie aufgebaut und für die Kunst gelebt. Sie passten eigentlich perfekt zusammen. Aber in den letzten Jahren hatten Sorgen um die Zukunft der Galerie und Schulden ihren Alltag bestimmt. Keine Zeit für Zärtlichkeiten. Er erinnerte sich nicht einmal daran, wann sie sich das letzte Mal umarmt hatten.

Der Toyota vor ihm schlich bei Tempo hundertzehn auf der linken Spur. Er sah, wie die Fahrerin sich mit ihrem Nachbarn unterhielt. Natürlich sah sie nicht in den Rückspiegel. Sonst hätte sie seine Lichthupe bemerkt.

Er wollte so nicht weiterleben. Dieser Kunstdeal war sein Ticket in ein neues Leben. Ohne Isabelle. Seitdem sie von Max schwanger gewesen war, hatte er sie aus seinem Leben gestrichen.

Na endlich. Die Toyota-Fahrerin hatte ihn entdeckt. Ohne Winker fuhr sie auf die rechte Spur. Er gab Gas.

Das Leben hatte noch mehr zu bieten. Fremde Länder, interessante Menschen, vielleicht auch noch einmal eine neue Liebe. Der Zeitpunkt, Isabelle zu verlassen, war optimal. Hier konnte er nicht mehr bleiben. Mit dem Geld würde er sich eine neue Existenz aufbauen. Isabelle konnte sich dafür ganz ihrer Trauer widmen. Und dem Abzahlen der gemeinsamen Schulden.

Der Verkehr wurde dichter. Die Bremslichter des Vordermannes leuchteten auf. Beinahe wäre Mathieu ihm aufgefahren. Das hätte jetzt gerade noch gefehlt.

Er stöhnte. Es hätte alles anders laufen können. Max hatte alles kaputt gemacht. Mit seinem Egoismus. Und seiner Naivität. Als Lennard Cordes ihm das Bild seiner Großmutter angeboten hatte, hatte Mathieu gedacht, es wäre der Beginn eines perfekten Kunsthandels. Er kannte noch weitere Sammler von hochpreisigen Originalen und wusste, in welchen Privathaushalten sie hingen. Sie hätten Millionen verdienen können mit den Fälschungen dieser Bilder. John hätte sie mit seiner Hilfe »ausleihen« können, während die Besitzer Urlaub machten. Max hätte die Bilder und Kevin die Siegel und Papiere originalgetreu kopiert. Die Kopien wären unauffällig anstelle der

Originale aufgehängt worden, und er hätte aus der Liste seiner Kunden und Interessenten die Originale an den Meistbietenden verkauft. Hochrangige Kunst war trotz der Kunstmarktflaute weiterhin heiß begehrt als Anlageobjekt.

Er war immer noch wütend darüber, dass Lennard seine Meinung geändert und das Original zurückgefordert hatte. Dass er ausgeflippt und sie bedroht hatte, alles zu verraten, wenn das Originalbild nicht wieder bei seiner Oma hängen würde. Er, Ferdinand Mathieu, hatte die Gefahr sofort erkannt.

Es war klar, dass er jetzt mit dem Kunsthandel nicht weitermachen konnte. Und in Bremen würden alle mit dem Finger auf ihn zeigen. Selbst wenn sie ihm nichts nachweisen konnten.

Ob man schon einen Haftbefehl gegen ihn ausgestellt hatte? Dabei hatte er an alles gedacht. Nie hätte man ihm etwas nachweisen können. Alle Spuren führten zu den Bewohnern vom Tütort. Niemand hätte beweisen können, dass er etwas mit Cordes' Tod zu tun gehabt hatte. Er hatte einen Fehler gemacht. Einen einzigen!

Er war auf diesen kleinen Klugscheißer von Kommissar reingefallen. Den Lockenkopf. Der fragte auf der Fahrt zur Galerie, ob es nicht mühsam wäre, abends einen Parkplatz für das Auto zu finden. Kein Problem, hatte er lässig geantwortet. Den Jaguar würde er in der Stadt nachts sowieso nicht auf der Straße lassen. Er habe natürlich eine Garage.

Unter ihm floss für ein paar Sekunden das graue Wasser der Weser. Er warf einen letzten Blick flussabwärts. Ein Segelboot stand mit schlaffen Segeln auf dem Wasser. Dahinter die Silhouetten der Bremer Häuser.

Er lehnte sich tief in den Sitz und stöhnte. Wieso hatte er das gesagt? Er hatte sich zu sicher gefühlt. Und in der Garage war ja auch nichts, was den Fahnder nach gefälschter Kunst interessiert hätte. Nur Motorölflaschen, Putzmittel, Benzinkanister, alte Lappen und Eimer. Deswegen hatten die Beamten nur Fotos von der Garage gemacht und sie dann versiegelt.

Vor ihm gingen die Alarmsignale der Autos an. Die rechte Spur war schon zum Stillstand gekommen. Er fuhr noch an drei

Lastern und einigen Pkws vorbei, dann stand auch er. Wütend schlug er auf das Lenkrad. Ein Stau, der seine Flucht bedrohlich verzögerte. Er sah auf das Navi. Die nächste Abfahrt war in fünf Kilometern.

Das Kissen. Auf den Fotos der Ermittler von seiner Garage war auch das kleine grüne Kissen. In der Abfalltonne. Er erinnerte sich. Es hatte am Tütort damals auf dem Sofa gelegen. Er war etwas benommen gewesen von den Rotweinmengen und dem Calvados, die er im Laufe des Abends schon intus hatte. Er hatte Lennard betrachtet, während Max und seine Freunde sich zum Heulen ins MAMU zurückgezogen hatten. Lennard in der großen Blutlache auf dem Boden. Mathieu war auf Distanz geblieben, wollte ihm nicht zu nahe kommen. Er hatte gehofft, dass er tot war. Das Problem hätte sich erledigt, und niemand würde je von den Fälschergeschäften erfahren. Dann hatte Lennard gestöhnt. Und Mathieu war, ohne zu zögern, aufgestanden, hatte nach dem Kissen gegriffen und es einfach nur auf sein Gesicht gelegt. Ohne Druck. Das hatte schon gereicht. Als er die Stimmen der Männer hörte, die wieder zurückkamen, hatte er das Kissen schnell in seine große Ledertasche gestopft. Und sich wieder entspannt auf den Stuhl gesetzt.

Warum nur hatte er es danach nicht gleich entsorgt? Er hätte es einfach irgendwo in die Pampa werfen können. Oder in eine Mülltonne am Straßenrand. Stattdessen hatte er es gedankenlos in die Abfalltonne in der Garage gestopft. Mit etwas Glück würde auf den Fotos keiner das Kissen entdecken. Aber darauf wollte er sich nicht verlassen. Am selben Abend hatte er das Siegel gebrochen und das Kissen aus der Tonne genommen, in eine Tüte gepackt und in den Kofferraum geschmissen. Das war am Freitag gewesen.

Er drückte einige Knöpfe auf dem Bordcomputer. Das Navi bot ihm ein paar Länder zur Auswahl an. Er wählte Belgien. Umständlich suchte er nun die Buchstaben für den Zielort.

Mit etwas Glück hatte die Mordkommission die Fotos noch nicht ausgewertet. Oder die Spurensicherung würde jetzt erst mal stundenlang nach dem Kissen suchen. Dann wäre er schon auf der Fähre nach England. Unterwegs würde er es entsorgen. Vor seinem inneren Auge sah er sich schon an der Reling stehen. Weit ausholen. Und das Kissen mit Wucht in die Wellen schleudern.

51

»Das interessiert mich nicht!« Tietjen brüllte den Satz in den Telefonhörer. Vicky linste kurz durch die Tür, traf auf seinen wütenden Blick und schloss sie hastig.

»Ich werde eine Dienstaufsichtsbeschwerde gegen Sie einreichen. Es kann ja wohl nicht sein, dass durch Ihr Versagen Menschen in den Selbstmord getrieben werden.«

Am anderen Ende versuchte der Leiter des Kriminaltechnischen Dienstes sich den Anschuldigungen zu widersetzen.

Tietjen beruhigte sich nicht. »Ja, das habe ich mir gedacht. Im Zweifel ist immer der Personalmangel schuld! Sie haben eine Verantwortung. Und zwar, Ihre Arbeit anständig zu machen. Ich kann nicht auch noch in die hintersten Winkel eines Pferdestalls kriechen, um zu kontrollieren, ob Ihre Leute irgendwelche Verstecke wie eine Fälscherwerkstatt übersehen haben. Das müssen Sie schon machen.« Er drückte den Knopf und schmiss das Telefon in die Papierablage.

Es klopfte, und Staatsanwältin Kattenhorn steckte den Kopf ins Zimmer. »Kann ich reinkommen, oder riskiere ich dann mein Leben?«

Tietjen winkte ihr einladend zu. »Wir haben den Mord an Lennard Cordes so gut wie gelöst.« Er wühlte in den Unterlagen und zeigte Karola Kattenhorn einige Fotos von der Durchsuchung der Räumlichkeiten des Ehepaars Mathieu.

Sie beugte sich über den Schreibtisch, ließ gleichzeitig ihre Tasche mit einem dumpfen Geräusch zu Boden fallen und fischte mit dem Fuß nach einem Stuhlbein. »Wo soll das sein?«

»Das ist in der Garage für Mathieus Jaguar.«

Sie setzte sich und betrachtete den grünen Fleck auf dem Bild. »Sieht aus, als ob das vermisste Sofakissen wieder aufgetaucht ist. Haben Sie es schon mit den Fasern in der Lunge abgeglichen?«

Tietjen seufzte. »Es ist nicht mehr da. Das Siegel wurde aufgebrochen. Wahrscheinlich hat Ferdinand Mathieu das Kissen dort entwendet.« Er hatte geflucht, als Schmitti ihm die schlechte Neuigkeit mitgeteilt hatte. »Mathieu muss es gewesen sein. Die KTU hat zwar in seinem Auto keine belastenden Spuren entdeckt. Aber das Foto passt. Er steht zur Fahndung aus. Bisher wurde er aber nicht gefunden.«

Seine Kollegen versuchten seit einer Stunde herauszufinden, bei welchem Zahnarzt sich Mathieu behandeln ließ. Bisher hatten sie jedes Mal von den Medizinischen Fachangestellten erfahren, dass sie über die Patienten keine Auskunft geben dürften.

»Wenn wir das Kissen nicht haben, wird es schwer sein, Ferdinand Mathieu des Mordes zu überführen.«

Tietjen stöhnte. »Ich weiß. Wir überwachen natürlich seine Wohnung.« Er schaute auf die Uhr. »Außerdem sind wir dabei, sein Handy zu orten. Es hat ewig gedauert, bis wir die Genehmigung bekamen. Jetzt werden wir ihn hoffentlich bald aufspüren.«

»Was ist mit dem zweiten Todesfall? Sind die Laborergebnisse schon da?«

»Die hat Frau Müller-Esteban. Ich glaube, die Kollegen sitzen schon nebenan.«

Sie erhoben sich. Tietjen nahm seinen Laptop mit und folgte der Staatsanwältin in den Besprechungsraum. Arndt und Schmitti beugten sich über Al Pacinos Computer, wo gerade ein Gangsterfilm bei YouTube lief.

»Ich glaube, es hackt!« Tietjens Puls stieg schon wieder. Dieser Tag entwickelte sich zu einem Test für seine Belastbarkeit. »Es gibt genug zu tun! Wer seine Zeit lieber zum Filmegucken nutzt, dem kann ich gerne eine Arbeit im Archiv vermitteln.«

Al Pacino verdrehte die Augen. Die Männergruppe löste sich auf, jeder nahm seinen Platz ein.

Vicky stand am Kopf des Tisches und wirkte aufgeregt. »Hallo, Frau Staatsanwältin. Ich habe die Ergebnisse der KTU. Sehr interessant.«

Erwartungsvoll sahen Tietjen und Frau Kattenhorn auf die Kollegin.

»Das Buch, das die Kollegen aus Hannover bei der Wohnungsdurchsuchung der Mathieus gefunden haben, ist tatsächlich das Tagebuch von Max Husten. Es war im Zimmer von Isabelle Mathieu und hat sowohl ihre als auch Ferdinand Mathieus Fingerabdrücke. Und: Es fehlt eine Seite.«

Tietjen hatte manchmal den Eindruck, dass Vicky es genoss, das »S« zwischen den Zähnen zischen zu lassen. Dass die Handschrift im Buch dem Toten am Fluss gehörte, hatte er schon geahnt, als er sie auf dem Beweisfoto in Bertrams Unterlagen gesehen hatte. »Ist das jetzt der Beweis, dass der Abschiedsbrief gefälscht war? Oder hatte Max Husten einfach kein anderes Papier zur Hand?«

»Ich habe schon eine Anfrage an diesen Schriftexperten in Hannover rausgeschickt. Wir sollen ihm das Tagebuch und den Brief schicken.« Al Pacino klang nasal. Er war seit einigen Tagen erkältet.

Vicky öffnete eine andere Datei auf dem Computer. »Die Blutergebnisse von Max Husten zeigen einen Alkoholspiegel von zweieinhalb Prozent. Dazu waren reichlich Benzodiazepine und Marihuana in seinem Körper.«

Das war eine Überraschung. Die Männer und Frau Kattenhorn sahen sich an.

»Also möglicherweise kein Selbstmord?« Schmitti sprach es aus. »Er könnte so betäubt worden sein, dass der Täter oder die Täterin ihn mühelos unter Wasser drücken konnte.«

»Vielleicht ist er ja von alleine hineingefallen.« Arndt rutschte auf seinem Stuhl hin und her.

»Im Bericht der Gerichtsmedizin wurde erwartungsgemäß Wasser in der Lunge gefunden. Aber keine Abwehrverletzungen.« Tietjen würde so lange an der Selbstmordtheorie festhalten, bis das Gegenteil bewiesen wäre.

Vicky hielt dagegen. »Wenn er betäubt war, konnte er sich auch nicht wehren, wenn ihn jemand unter Wasser gedrückt hat. Ich glaube, dass ihm jemand die Benzodiazepine verabreicht hat. Und zwar entweder Ferdinand oder Isabelle Mathieu. Oder beide zusammen.« Sie scrollte den Bericht der KTU. »Es wurde DNA von beiden am Tatort gefunden. Allerdings nicht an der Leiche. Da wurden alle Spuren vom Wasser weggespült. Das rote Haar hatten wir ja schon direkt beim ersten Angriff entdeckt.«

Sie las einen weiteren Befund durch. »Leider sind die Schuhabdrücke nicht auswertbar, weil die Freunde von Herrn Husten und Rabea Biesenbüchler den Tatort verunreinigt haben. Ein einzelner Fußabdruck ließ sich den Sandalen von Frau Mathieu zuordnen. Wir haben entsprechende Erdreste an einem Paar Schuhe von Frau Mathieu gefunden.«

»Aber«, Arndt beugte sich vor, »er hätte die Beruhigungsmittel ja auch nehmen können, weil er vorhatte, Selbstmord zu begehen.«

Al Pacino zeigte mit dem Finger auf Arndt und nickte. »Das denke ich auch.«

Tietjen überlegte kurz, ob das wieder ein Filmzitat war. Er räusperte sich. »Wir müssen herausbekommen, woher die Tabletten kommen. Und als Erstes wird jetzt sofort Isabelle Mathieu zur Vernehmung geholt.«

Schmitti stöhnte. »Jetzt noch?«

»Ja, jetzt noch.« Tietjen war genervt. Das fehlte noch, dass er die Mitarbeiter bitten musste, ihre Arbeit zu machen. »Wie gesagt, wem dieser Job zu stressig ist: Das Angebot für den Posten im Archiv steht noch.«

52

Die beiden Buchen vor dem Polizeigebäude wurden von einem Schwarm Vögel umkreist. Einige hatten es sich schon auf den Zweigen gemütlich gemacht. Die Sonne stand tief und überzog die gegenüberliegenden Häuser mit einem rötlichen Schimmer. Tietjen lehnte sich ans offene Fenster und rauchte. Natürlich war es verboten. Aber er spürte die Ereignisse des Tages in seinen Knochen und genoss die kurze Pause. Nikotin strömte durch seinen Körper. Einzelne Muskelfasern erschlafften, der Nacken wurde weicher, Blut zirkulierte entspannter. Er versuchte, alle Gedanken auszublenden und sich nur auf die Wirkung der Zigarette zu konzentrieren.

»Wir haben ihn!« Schmitti war, ohne anzuklopfen, ins Zimmer gekommen.

Tietjen wäre fast die Kippe aus der Hand gefallen. Hastig drückte er sie am Rahmen aus und drehte sich um. »Wo ist er?«

»Also … er ist nicht hier. Aber wir wissen, wo er ist.«

»Und wo?« Er hatte am Ende dieses nervigen Tages keine Geduld mehr, Schmittis schleppende Berichterstattung zu ertragen.

»Er ist nicht in Bremen, sondern hat die Stadt verlassen. Wahrscheinlich macht er sich gerade aus dem Staub. Sie haben sein Handy auf der A 1 geortet. Kurz vor dem Autobahnkreuz Lotte. Wahrscheinlich im Stau.«

»Prima. Gebt den Kollegen von der Fahndung durch, dass sie das grüne Kissen sicherstellen, sollte es sich im Wagen befinden.« Wenn nicht, musste sich Mathieu eine gute Ausrede einfallen lassen, wo er es gelassen hatte. Vielleicht wurden ja zumindest Fasern gefunden.

»Und Frau Mathieu ist da. Wir warten noch auf den Rechtsanwalt.«

Tietjen nickte und wandte sich wieder den Bäumen zu. Für eine Zigarette war noch Zeit. »Sagt Bescheid, wenn er da ist.«

Isabelle Mathieu sah alt aus. Und traurig. Ihr sonst so perfektes Outfit war diesmal nachlässig und bestand aus Jeans, Turnschuhen und einer langen grünen Strickjacke. Die hatte sie um sich geschlungen, als ob ihr kalt wäre. Sie saß mit einem Meter Abstand an dem Tisch, den Oberkörper nach vorn gebeugt. Einzelne Strähnen der hochgesteckten wirren Mähne hingen ihr ins Gesicht.

Der Vernehmungsraum war schmucklos und kühl. Eine Neonröhre verstärkte das Gleißen der kalkweißen Wände. Es gab schwarze Stahlrohrstühle für Besucher und Personal. Auf der Fensterseite saßen Vicky und Tietjen. Gegenüber Frau Mathieu und der Rechtsanwalt, ein blasser Mann in den Sechzigern mit Vollbart, Halbglatze und Brille. Er hieß Prühn. Ein Typ, den man am nächsten Tag schon vergessen hatte.

Vicky begann mit der Aufnahme der Personalien und der vorgeschriebenen Belehrung. »Wir wissen, dass Sie am Tag des Todes von Max Husten am Tütort waren. Bitte erzählen Sie uns, was dort passiert ist.«

»Wenn ich richtig informiert bin, dann handelt es sich bei dem Ableben von Herrn Husten um Selbstmord. Ich verstehe nicht, zu welchem Zweck Sie dazu die Aussage meiner Mandantin brauchen.«

»Wir haben bis jetzt noch keine eindeutige Vorstellung vom Ablauf der letzten Stunden im Leben von Herrn Husten. Und auch im Zusammenhang mit den Mordermittlungen im Fall Cordes müssen wir uns ein vollständiges Bild machen.« Tietjen hatte mit dem Einwand gerechnet. Frau Mathieu war daher zunächst Zeugin und nicht Verdächtige.

»Also ist es auch möglich, dass Herr Husten ermordet wurde?«

Tietjen nickte. »Ja.«

»In diesem Fall ist das Gespräch hier beendet. Ich kann nicht zulassen, dass Frau Mathieu sich belastet.«

»Wir wollen zunächst nur wissen, um wie viel Uhr Sie, Frau Mathieu, bei Herrn Husten waren. Bitte.« Vicky sah die Zeugin an.

»Ich bin am späten Vormittag bei ihm gewesen. Kurz vor zwölf.« Ihre Stimme war leise.

»Was haben Sie dann gemacht?«

»Frau Mathieu, darauf müssen Sie nicht antworten.« Prühn legte seine Hand auf ihren Unterarm.

Sie zog die Brauen zusammen. »Das habe ich doch schon alles gesagt: Wir haben einen kurzen Spaziergang gemacht. Anschließend setzten wir uns auf den Deich. Wir haben uns noch ein paar Minuten unterhalten. Dann bin ich gegangen.«

»Wie spät war es da?«

»Fünf nach eins. Ich wollte in der Galerie noch etwas erledigen und war in Zeitdruck.«

»Worüber haben Sie mit Herrn Husten gesprochen?« Tietjen hätte jetzt gern einen Kaffee gehabt.

Isabelle Mathieu lehnte sich zurück, die Arme um sich geschlungen. »Wir ...«

»Frau Mathieu, bedenken Sie, dass Sie sich nicht dazu äußern müssen.« Prühn nervte.

Tietjen wollte diese Befragung zügig über die Bühne bringen. Der Abend würde noch lang genug werden. Wenn Mathieu hier eintrudelte, ging die Arbeit erst richtig los. Er wartete.

Isabelle Mathieu schwieg, hatte Tränen in den Augen.

»Hatte er Alkohol getrunken? Wirkte er benommen?«

»Ja. Nein.«

»Was denn nun?«

»Er hatte schon Bier getrunken. Aber wirkte nicht betrunken.«

»Wie ging es Herrn Husten denn? Hatten Sie den Eindruck, dass er niedergeschlagen war?« Vicky hatte einen fürsorglichen Tonfall.

Frau Mathieu räusperte sich und zog ein Taschentuch aus dem Ärmel. »Ich ...«, umständlich tupfte sie an ihrer Nase herum, »ich fand ihn ganz normal. Er war in letzter Zeit oft schlecht gelaunt. Vielleicht auch traurig.« Sie fing an zu weinen. »Ich wusste nicht, dass er so viele Probleme hatte.«

Tietjen hatte sich den letzten Satz zusammengereimt. Er war

fast nicht zu verstehen. Entweder war Frau Mathieu eine gute Schauspielerin, oder sie hatte wirklich nichts mit dem Tod von Max Husten zu tun. »Sie haben ihn noch geliebt?«

Sie nickte.

»Wie lange waren Sie getrennt?«

»Seit einem Monat.«

»Was war der Grund für die Trennung?« Sie hatten von Hustens Freunden erfahren, dass er die Reste einer Schwangerschaft von ihr geschickt bekommen hatte. »Sie waren schwanger von ihm gewesen. Hat er Sie zum Abbruch gezwungen?«

Isabelle Mathieu schüttelte den Kopf. Schwieg.

»Haben Sie sich von ihm getrennt? Oder hat Max Husten die Beziehung beendet?«

Sie räusperte sich. »Er hat Schluss gemacht.«

»Waren Sie wütend auf ihn?« Tietjen konnte sich vorstellen, dass Frau Mathieu sehr verletzt war. Eine Schwangerschaft zu beenden war sicher nicht einfach. So wie er Max Husten einschätzte, hatte der Maler sie vermutlich mit den Sorgen alleingelassen. »Haben Sie sich gestritten?«

Prühn schaltete sich wieder ein. »Darauf wird meine Mandantin nicht antworten.«

»Wieso war Max Hustens Tagebuch in Ihrem Zimmer? Die Kollegen aus Hannover haben es dort gefunden.«

»Das Tagebuch …?« Frau Mathieus tränennasser Blick wirkte ratlos.

Herr Prühn rückte seinen Stuhl geräuschvoll nach hinten. »So, hier ist das Gespräch beendet. Ich möchte von Ihnen entweder ein klares Statement zur Todesursache, oder Frau Mathieu steht für weitere Auskünfte nicht zur Verfügung.«

Isabelle Mathieu und ihr Rechtsanwalt standen auf. Sie sah Vicky mit geröteten Augen an. »Glauben Sie, dass er ermordet wurde?«

Vicky verzog die Mundwinkel und hob die Brauen. »*Puede ser*, könnte sein.«

53

Mathieu gab Gas. Endlich hatte sich der Stau aufgelöst. Es war der dritte auf der kurzen Strecke auf der A 1 gewesen, die Autobahn vier Stunden lang gesperrt. Ein Laster mit Chemikalien hatte sich quer über die Fahrbahn gelegt. Mathieu hatte geflucht. Eine halbe Stunde später hatte er Magenschmerzen. Im Kofferraum hatte er nach Medikamenten gesucht, dann die Tüte mit dem verfluchten Kissen mit nach vorn genommen. Er musste es umgehend loswerden. Zunächst war aber kein Entkommen aus der Autoschlange. Er würde am besten doch den kürzesten Weg bis zur holländischen Grenze nehmen und das Kissen gleich dahinter irgendwo in die Pampa werfen. Er wollte Deutschland so schnell wie möglich verlassen.

Er beschleunigte den Jaguar auf zweihundert. Die Zeit war knapp. Immer wieder suchte er im Rückspiegel nach Verfolgern. Der Verkehr floss entspannt. Nach der Abfahrt Richtung Amsterdam ging es noch flotter.

Doch dann bemerkte er das blinkende Blaulicht im Rückspiegel. Es war inzwischen dunkel geworden. Zwischen all den gelben Scheinwerfern war es auch aus großer Entfernung gut zu erkennen. Sie waren mindestens noch einen Kilometer hinter ihm. Er war sich sicher, dass man auf der Suche nach ihm war. Die Grenze war nur fünf Kilometer entfernt. Er drückte das Gas weiter durch und konnte den Abstand vergrößern. Vielleicht schaffte er es gerade noch.

Denkfehler! Sie würden ihn garantiert kriegen, wenn er über die Grenze wollte. Dort stand die Grenzpolizei wahrscheinlich in Wartestellung. Er schrie vor Wut. Vor ihm scherte ein Daihatsu auf die linke Spur. Mathieu stemmte sich aufs Bremspedal und hupte. Nur knapp vor der Stoßstange des Schleichers drosselte er auf dessen Geschwindigkeit. Nun tauchte das Blaulicht wieder im Rückspiegel auf. Er bremste und quetschte sich zwischen zwei Laster auf der rechten Spur. Im letzten Augenblick erreichte er die Ausfahrt. Er bog rechts ab und gelangte in ein Waldgebiet. Wie hypnotisiert kontrollierte er die Landstraße im Rückspiegel. Ein Kleintransporter näherte sich. In der Ferne hinter ihm bog ein roter Pkw von der Ausfahrt ab. Und dahinter: die Polizei! Er war entsetzt. Wieso konnten sie ihm folgen? Er hatte doch sein Handy ausgeschaltet.

Erneut gab Mathieu Gas. Er dachte nach. Sie würden ihn einholen. Es gab kein Entkommen. Wenn er wenigstens noch das Kissen loswerden konnte! Er drosselte die Geschwindigkeit, griff nach hinten und fischte die Tüte hervor. Dann öffnete er das Fenster und schleuderte sie mit aller Kraft in den Graben neben der Fahrbahn.

Nach drei Kilometern bog er in einen Waldweg ein, fuhr einige hundert Meter, bevor er hinter ein paar Tannen anhielt. Er stellte den Motor ab und stieg aus. Durch das Dickicht des Waldes beobachtete er angestrengt die Landstraße. Der Wagen mit dem blauen Signal fuhr an der Schneise vorbei. Er atmete auf. Vielleicht würden sie ihn doch nicht erwischen. Von hier könnte er zu Fuß weiter und über die Grenze gehen. Danach zum nächsten Bahnhof und mit dem Zug an die belgische Küste.

Als das blaue Flackern sich erneut dem Waldweg näherte, diesmal aus der anderen Richtung, hätte er beinahe vor Enttäuschung angefangen zu weinen. Aber irgendwie hatte er geahnt, dass seine Flucht nicht gelingen würde. Er stolperte zum Kofferraum und holte den Kanister aus dem Auto. Einige Meter entfernt stand eine große Fichte mit dichten Zweigen. Er schaffte es noch gerade rechtzeitig, den Kanister darunter zu begraben und mit altem Laub zu verdecken. Im blauen Widerschein der Bäume erkannte Mathieu das sich nähernde Fahrzeug. Er rannte zurück zum Wagen. Als die Beamten ausstiegen, stand er schwitzend und kurzatmig neben dem Jaguar. Mit leerem Blick erwartete er seine Verhaftung neben der offenen Fahrertür.

Die Fahrt zurück in den Norden dauerte ewig. Die Landschaft lag in der Dunkelheit. Ab und zu flogen beleuchtete Fenster vorbei, Menschen beim Abendessen, glückliche Familien mit banalen Problemen. Das war nicht mehr seine Welt. Er würde für den Handel mit gestohlener Kunst angeklagt werden. Wie gut, dass Max nicht mehr aussagen konnte. Den Mord an Lennard konnten sie ihm ohne das Kissen hoffentlich nicht nachweisen. Er brauchte nur einen guten Rechtsanwalt. Ein, zwei Jahre oder weniger bei guter Führung. Das würde er locker absitzen. Mit Vorfreude auf das Geld.

54

Der einzige Trost an dem gestrigen Tag war das Telefongespräch, das er spätabends mit Ella geführt hatte. Am Sonntag hatte er sie noch besucht und ihr seinen kleinen Pokal gezeigt – dritter Platz im Kanubügeln in der Kategorie Hemden. Sie hatte laut über das kleine bronzene Bügeleisen gelacht. Joost Tietjen mochte es, wenn Ella unbeschwert war. Beim Lachen warf sie den Kopf in den Nacken, und auf den Wangen erschienen Grübchen. In den zehn Tagen in der Akutpsychiatrie hatte sie sich erholt. Er würde sie nächsten Sonnabend abholen, um mit ihr Kaffee trinken zu gehen. Am Wochenende fanden keine Therapiesitzungen statt. Da durfte Ella kurze Ausflüge mit der Familie oder Freunden machen. Vielleicht war diese Krise der Beginn einer wunderbaren Freundschaft.

Isabelle Mathieus Vernehmung hatte sie keinen Schritt weitergebracht. Als er sie auf dem Gang verabschiedete, war gerade ihr Gatte in Handschellen reingeführt worden. Der Wandel der niedergeschlagenen, verheulten Frau kam vollkommen unerwartet. Mit wutverzerrtem Gesicht stürzte sie sich auf ihren Mann. »Du Mörder!« Sie zerkratzte ihm das Gesicht und bewies erstaunliche Schlagkraft, als sie ihn mit den Fäusten zu Boden boxte. Sie mussten Ferdinand Mathieu im Krankenhaus behandeln lassen. Und seine Frau hatte die Nacht im Gefängnis verbracht. Wahrscheinlich war der Kunsthändler heute vernehmungsfähig. Das Kissen war natürlich nicht bei ihm gefunden worden.

Tietjen stellte seinen Werder-Becher unter die Düse und zog sich einen Kaffee aus dem Automaten.

»*Hola, chico!*« Vicky kam gut gelaunt die Treppe hoch. »Ist diese Rabea schon da?«

»W…eiß ich nicht. Und … hast du dich schon entschieden, ob Isabelle Mathieu unschuldig ist? Nach der Vorstellung gestern könnte man glauben, sie hätte ihren Mann gesehen, wie er Max Husten ertränkt hat.«

»Ah!« Vicky machte eine abwehrende Geste. »Das war doch alles nur Theater. Diese Frau ist nicht ehrlich. Sie hatte sehr starke Gefühle für ihren Liebhaber. Ich sage dir: Sie war total wütend. Sie hat ihm dieses Paket nach ihrer Schwangerschaft geschickt. Das ist doch krank!«

Vicky holte Geld aus ihrer Tasche und steckte es in den Getränkeautomaten. »Sie wollte Rache für ihr Leiden und ihre verschmähte Liebe. Da hat sie ihn vergiftet.« Sie haute mit der Faust auf den Automaten. Im selben Moment löste sich polternd eine Colaflasche und landete im Ausgabeschacht. »Das passiert bei uns in Kuba beinahe täglich.«

»Nun übertreibst du.«

Vicky lachte und nahm einen Schluck aus der Flasche. Sie gingen zusammen zur Zentrale, wo eine schmale Frau mit grauen Haaren auf sie wartete. Sie trug lange wallende Kleider in Grautönen und roch nach Zwiebeln und feuchter Fußmatte.

»Rabea Biesenbüchler?«

»Nennen Sie mich Rabea.« Ihre Stimme war hell und jugendlich.

»Danke, dass Sie gekommen sind. Wir müssen Sie dringend als Zeugin zum Tod von Max Husten befragen.«

Sie lächelte milde. Als ob sie dieses Anliegen überflüssig fände, sie aber gnadenhalber ihr Wissen teilen würde.

Sie gingen in den zweiten Stock und betraten den Vernehmungsraum. Rabea drehte sich auf der Stelle um und verließ ihn wieder.

»Was ist los?« Tietjen hatte seinen Kaffee schon abgestellt und folgte der Zeugin auf den Gang.

»Das geht nicht. Hier kann ich nicht bleiben. Dieser Raum hat total negative Schwingungen.«

Vicky sah Rabea überrascht an. »Sind Sie religiös? Gehören Sie auch zu den Santerías?«

Rabea schüttelte den Kopf.

»Jetzt beruhigen Sie sich. Dieser Raum ist so gut wie jeder andere.« Tietjen versuchte, Rabea sanft in das Zimmer zu schieben.

»Ich gehe da nicht rein. Ich habe gerade meine Chakren aufgefüllt. Da werde ich sie nicht diesem Raum aussetzen.«

»Na gut. Wir werden etwas anderes finden. Kommen Sie.« Vicky nahm sie an die Hand. Tietjen holte den Werder-Becher und folgte ihnen. Die nächsten Minuten wanderten sie durch die Abteilung Kapitaldelikte. Tietjens Büro lehnte Rabea ebenso ab wie den Besprechungsraum.

Erst in Vickys Büro war Rabea bereit, die Befragung über sich ergehen zu lassen. »Die Fotos Ihrer Familie strahlen Kraft aus. Und die Bilder der kubanischen Göttinnen gefallen mir.« Sie legte ihren Beutel auf den Boden und setzte sich auf Vickys Schreibtischstuhl.

Das war jetzt auch egal. Tietjen und Vicky holten sich zwei Plastikstühle. Vicky nahm das Aufnahmegerät aus dem Schrank und schaltete es an. Sie gab Datum und Personalien von Rabea an.

»Beruf?«

»Heilerin, Lebensberaterin und Spezialistin für Tierkommunikation.«

»Wir haben von Marianne Schwanitz gehört, dass Sie am neunten Mai am Tütort in Fischerhude waren. Haben Sie beobachten können, wie Max Husten zu Tode kam?«

»Ja.«

»Ja?« Tietjen konnte nicht glauben, was Rabea sagte. »Sie haben gesehen, wie er starb?«

»Ja.«

Tietjen stand auf und machte zwei Schritte. »Das ist ja wohl nicht Ihr Ernst!« Ihm wurde heiß. Der Kopf drückte. Er konnte spüren, wie die Halsvene pochte. »Sie sehen einen Menschen sterben, auch noch einen Bekannten, und Sie fahren einfach in den Urlaub?« Er starrte die lächelnde Frau an und verstand, wie sonst ausgeglichene Menschen zu Totschlägern wurden. »Sie können doch nicht so tun, als ob nichts passiert wäre!«

Vicky griff nach seiner Hand und gab ihm ein Zeichen. Er atmete tief ein und setzte sich wieder.

»Ich habe andere Werte als Sie. Ich lebe in einer anderen Welt.«

»Wie? Andere Welt? Sie gehen doch auch einkaufen, gehen zum Arzt oder fahren Zug. Das ist auch Ihre Welt! Das nennt sich Gesellschaft. Da ist für alles gesorgt. Aber man hat auch Verpflichtungen. Zum Beispiel, bei der Aufklärung von Verbrechen zu helfen.«

»Alles Böse wird auch ohne Ihr Zutun bestraft. Das sieht man ja: Die Mächte haben dem Künstler den Weg gewiesen. Sie und Ihre Kollegen haben lediglich den Schaden vergrößert.«

»Wie meinen Sie das?«

»Sie haben den Ort entweiht. Ohne die spirituelle Verwüstung hätte die Natur schon nach ein paar Tagen das Gleichgewicht wiederhergestellt.«

Tietjen sah Vicky mit hochgezogenen Brauen an. Diese Frau hatte einen Sprung in der Schüssel. »Sie meinen, Max Husten wurde für seine Tat bestraft? Was hat er denn getan?«

»Durch sein Handeln wurde Leben gezeugt und Leben vernichtet.«

»Sie wissen von der Schwangerschaft seiner Freundin?« Vicky schien sich von den Spinnereien der Zeugin nicht irritieren zu lassen.

»Die Rote. Sie kam am Todestag.«

»Erzählen Sie bitte, was passiert ist.«

»Ich war auf der anderen Seite der Wümme, daher konnte ich nicht jedes Wort verstehen. Sie waren von einem Spaziergang zurückgekommen und stritten miteinander.« Rabea zog ihren Zopf nach vorn und wickelte ihn um den Finger. »Die Frau machte ihm große Vorwürfe, dass er ihr Leben zerstört habe. ›Du hast mich zu dieser Operation gezwungen!‹ Sie nannte ihn einen Mörder. Sie war sehr aufgeregt.«

»Wie reagierte Max Husten?«

»Es schien ihn nicht zu berühren. Zumindest antwortete er mit ruhiger Stimme. Ich konnte ihn nicht verstehen.« Sie wickelte ihren Finger wieder aus. »Ich hatte außerdem meine Kräuter und Hagebutten noch nicht gefunden. Da war ich beschäftigt. Es ist sehr wichtig, das Sammeln mit innerer Ruhe zu verrichten. Die Schnitte müssen mit Respekt für die Pflanzen erfolgen.«

»Ja, ja. Passierte noch mehr? Oder unterhielten sie sich nur?«

»Entspannen Sie sich, Herr Kommissar. Sie werden alles erfahren. Schauen Sie sich diese Pflanze an.« Rabea wies auf ein Usambaraveilchen, das Vicky vor Kurzem von Jesús bekommen hatte. Ein weiterer Versuch, diese Abteilung zu begrünen, der scheitern würde. »Sie ist umgeben von bösen Geschichten. Und doch zeigt sie mit ihrer Blüte, dass sie in sich ruht.«

Tietjen hatte das Gefühl zu platzen.

Vicky kam ihm zu Hilfe. »Bitte, Rabea, Sie nehmen die Umgebung so bewusst wahr. Sie haben bestimmt noch mehr gesehen.«

»Das habe ich. Die Rote wurde immer wütender. Sie stürzte sich plötzlich auf den Maler. Schlug ihm auf die Brust. Er wehrte sich nicht.«

Jetzt wurde es interessant. Das hatte ihnen Isabelle Mathieu natürlich nicht erzählt. Aufmunternd nickten Tietjen und Vicky der Heilerin zu.

»Er lag da wie tot, als sie von ihm abließ.«

»Joost, ich habe es dir gesagt!« Vicky klang triumphierend.

»Dann ist sie weggelaufen. Hat ihn einfach so liegen lassen. Aber sie wollte ihn nicht töten.« Rabea hatte einen eindringlichen Tonfall.

»Das ist noch die Frage.« Tietjen nahm einen Schluck Kaffee. Er war kalt.

»Ich wollte zu ihm, um ihm zu helfen. Als ich auf der Brücke war, regte er sich und setzte sich auf.«

»Ach.«

Enttäuscht? Tietjen formte das Wort lautlos und grinste Vicky an. »Wie ging es weiter?«

»Er stand vorsichtig auf. Er wankte, taumelte. Stolperte. Und fiel in den Fluss.«

»Also ein Unfall.« Das passte zu dem, was sie bisher gefunden hatten.

»Ich wollte ihm helfen. Er versuchte ein paarmal vergebens aufzustehen. Immer wieder fiel er hin. Hustete. Er hatte die Orientierung verloren. Ich hatte Angst, er würde in dem flachen Wasser ertrinken.« Sie räusperte sich. »Bitte, könnte ich etwas zu trinken haben?«

»Tee?« Vicky stand auf und füllte einen Becher aus der Thermoskanne, die auf dem Schreibtisch stand. »Haben Sie ihm helfen können?«

»Ich lief zu ihm hin. Es waren aber noch fünfzig Meter zwischen uns. Ich bin auch nicht mehr so schnell wie früher.« Vorsichtig nahm sie einen Schluck aus dem Becher.

Tietjen lehnte sich entspannt zurück. Ein Unfall. Jetzt konnten sie wenigstens den zweiten Todesfall am Tütort abschließen. Damit würden sie in der Statistik der gelösten Fälle einen kleinen Schritt nach vorn kommen. »Na, Sie haben sich immerhin bemüht. Letztendlich hat Herr Husten mit seinem Alkoholkonsum das Schicksal herausgefordert. Haben Sie noch versucht, ihn zu reanimieren?«

»Das war nicht nötig. Bevor ich bei ihm war, hatte er sich ans Ufer retten können. Er war sichtbar erschöpft und legte sich in die Sonne. Etwas später war er eingeschlafen.«

Tietjen sah sie mit offenem Mund an. Diese Frau testete ihn. Anders konnte er sich die perfide Art der Schilderung nicht erklären. Er atmete tief ein.

Es klopfte.

»Was?« Ärgerlich schrie Tietjen auf.

Im selben Moment kam Schmitti in den Raum. »Ah, hier seid ihr. Ich suche schon eine Weile nach euch.« Er nickte Rabea Biesenbüchler grüßend zu. »Die KTU hat noch mal die Gegend untersucht, in der Mathieu gestellt wurde. Sie haben –«

»Ist es wichtig?« Tietjen konnte seine Stimme nicht kontrollieren. Er war genervt. Erschöpft.

Schmitti nickte.

Tietjen stand auf und ging mit ihm vor die Tür.

»Sie haben das Auto auseinandergenommen. Nichts.«

»So ein Mist.«

»Dann haben sie die Umgebung untersucht.«

»Und?«

»Sie fanden einen Kanister mit Benzin, vergraben unter einem Baum in der Nähe des Zugriffsortes. Es waren Mathieus Fingerabdrücke drauf.«

»Einen Benzinkanister? Was sollte das denn?«

Schmitti zuckte die Schultern. »Aber sie haben auch die Straße zwischen Autobahnabfahrt und Zugriffsort abgesucht. Und …« Er sah ihn triumphierend an.

»Nun spuck es aus!« Tietjen suchte in den Hosentaschen nach Magentabletten. Heute brauchte er sie wieder.

»Sie haben das grüne Kissen gefunden!«

Tietjen grinste zufrieden. Endlich eine gute Nachricht. Eine Minute später saß er wieder am Tisch mit Vicky und Rabea Biesenbüchler.

»Ich ging zurück. Ich hatte gerade die Stelle mit dem Blutwurz gefunden. Eigentlich kenne ich meine Kräuterstellen. Aber in letzter Zeit hatte es so wenig geregnet.«

Tietjen seufzte.

»Ich weiß, Herr Kommissar, Sie leiden.« Sie lächelte mit dünnen Lippen und lehnte sich zurück. »Aber von meiner Kräuterstelle aus konnte ich sehen, dass der Mann mit der schwarzen Limousine vorfuhr. Da war die Rote schon weg.«

»Wissen Sie, wie er heißt?«

»Ich weiß nur, dass er dieses große Auto fährt. Sein Name ist mir nicht bekannt.«

Wahrscheinlich war Isabelle Mathieu der schwarze Wagen ihres Mannes auf der Landstraße entgegengekommen. Vicky ging um den Tisch, beugte sich über die Tastatur und ließ auf dem Computerbildschirm das Bild von Ferdinand Mathieu und einigen anderen Männern erscheinen.

»Ist er dabei?«

Rabea tippte auf Mathieu. »Er suchte den Maler. Es dauerte einige Minuten, bis er ihn am Ufer der Wümme fand. Er war sehr fürsorglich. Holte Handtücher und eine Flasche Schnaps aus dem Haus.«

»Wir wissen, dass Max Husten vor seinem Tod etwas getrunken hat.«

»Der Maler ist schon auf dem Spaziergang mit einer Bierflasche herumgelaufen.«

»Eine Schnapsflasche wurde nicht am Tatort gefunden. Nur die Bierflasche.« Tietjen machte sich eine Notiz. Sie sollten die KTU bitten, danach bei Mathieu zu suchen. »Konnten Sie sehen, wie viel die beiden getrunken haben?«

»Ich glaube, der Freund hat nichts getrunken. Er hat die ganze Zeit auf den Maler eingeredet. Wie viel der getrunken hat, weiß ich nicht. Ich glaube, viel. Er hatte oft die Flasche am Mund, wenn ich mal rübergeguckt habe.« Sie fing wieder mit dem Zopfwickeln an. »Ich bin dann aber weiter flussaufwärts gegangen. Deswegen kann ich auch nicht sagen, was die beiden Männer die ganze Zeit gemacht haben.« Sie bückte sich und wühlte in dem Beutel.

Enttäuscht ließ Tietjen den Oberkörper gegen die federnde Stuhllehne fallen. Der einzige Mensch, der die letzten Minuten von Max Hustens Leben bezeugen konnte, hatte sich vom Tatort entfernt.

»Ah, hier habe ich es.« Die Heilerin stellte eine Flasche mit einer trüben grünlichen Flüssigkeit auf den Tisch. »Ich habe Ihnen mein Kräuterelixier mitgebracht. Es hilft hervorragend gegen Erkältungen und Magenverstimmungen. Lassen Sie es noch eine Woche verschlossen stehen.«

»Vielen Dank.« Selbst Vicky wirkte erschöpft. »Dann drucke ich Ihre Zeugenaussage aus. Sie müssen sie noch unterschreiben.«

»Mo... Moment.« Tietjen fing vor Ärger an zu stottern. »Sss...ie haben doch behauptet, Sss...ie hätten Max Husten sterben sehen.«

»Ich bin auch noch nicht fertig mit der Geschichte. Ich bin tatsächlich noch auf ein Feld Kratzbeeren gestoßen. Die finde ich hier selten.«

Tietjen nickte und verzog den Mund zu einem starren Lächeln.

»Dann bin ich wieder zurückgegangen.« Sie warf einen listigen Blick auf die Polizisten. »Ich hatte ja noch mein Fahrrad beim Tütort stehen.«

Tietjen atmete tief ein und aus. »Das Fahrrad. Das hatte ich ganz vergessen.«

»Ich komme also zur Brücke und sehe den Maler kopfüber in der Wümme liegen. Regungslos. Und der Freund steht neben ihm. Er hat sich über ihn gebeugt, und es sieht so aus, als ob er ihm helfen will. Als ich näher komme, sehe ich, dass er beide Hände auf den Hinterkopf des Malers gelegt hat. Und den Kopf unter Wasser drückt. Ich bin so schnell ich konnte über die Brücke gerannt. Der Mörder hat mich nicht gesehen, denn er hat sich in dem Moment umgedreht und ist ans Ufer gegangen. Dort hat er die Flasche aufgehoben und ist den Deich hinaufgelaufen. Er verschwand im Atelier des Malers, als ich am Ufer neben dem Toten ankam. Ich konnte Max nicht mehr helfen.«

»Sie haben nicht versucht, ihn zu reanimieren?«

»Es war zu spät. Ich habe es gespürt, als ich ihn berührte. Ich konnte ihn bis ans Ufer ziehen, aber nicht an Land. Er war zu schwer für mich. Seine Lebensenergie war schon aufgebraucht, die Lebensgeister hatten den Körper verlassen.«

Tietjen schüttelte kaum merklich den Kopf. »Haben Sie den Täter noch gesehen?«

»Ich habe beobachtet, wie er aus dem Atelier kam, als ich zum Tütort ging. Er lief zu seiner Limousine und ist weggefahren.«

»Hatten Sie keine Angst, dass er Sie entdecken könnte? Warum sind Sie ihm gefolgt?« Wahrscheinlich hatte sie gar nicht über die Gefahr nachgedacht, überlegte Tietjen.

»Ich habe nie Angst. Zum Haus bin ich natürlich gegangen, um Marianne und Zoe Bescheid zu sagen. Aber es war niemand zu Hause. Da habe ich ihnen eine Botschaft hinterlassen.«

»Ja, das haben wir schon gehört.« Vicky stand auf, ging zum Fenster und sah hinaus. Sie fühlte sich wahrscheinlich genauso ausgelaugt wie Tietjen. »Hatte der Freund etwas mitgenommen, als er das Atelier verließ? Konnten Sie das erkennen?«

»Ja. Ich habe sehr scharfe Augen. Ich habe ein gutes Mittel. Damit können Sie, Herr Kommissar, sogar Ihre Sehkraft wieder verbessern. Wenn Sie möchten, schicke ich Ihnen eine Flasche meiner Tinktur.«

»Vielen Dank.« Tietjen resignierte. Er musste diese Frau noch ein wenig ertragen. Immerhin hatte sie ihnen den Täter geliefert.

»Er trug die Schnapsflasche. Und ein Buch.«

»Wie sah das Buch aus?«

»Es war schmal und hatte einen schwarzen Einband.«

Vicky drehte sich wieder zu ihnen. »Hatte der Freund dem Maler auch Tabletten gegeben? Oder hat Herr Husten selber Pillen eingenommen?«

»Das weiß ich nicht. Ich habe es zumindest nicht bemerkt.«

»Dann haben wir wohl alles Wichtige von Ihnen erfahren. Vielen Dank.« Tietjen stand auf und streckte sich. Vicky ging zum Computer und startete den Druckvorgang.

»Falls noch Fragen aufkommen, melden wir uns.« Tietjen öffnete die Tür.

»Warten Sie. Ich brauche noch Ihre Adresse. Damit ich Ihnen die Augentinktur zuschicken kann.«

»Oh, j…a.« Er zögerte. »Werfen Sie es bei Ella Carbonne in den Briefkasten. Ich bin mit ihr befreundet.«

»*Caramba!*« Vicky sah ihn mit blitzenden Augen an. »Bist du das?«

Tietjen ergriff die Flucht.

55

Tietjen keuchte. Der Weg bergauf war anstrengender als gedacht. Der Weyerberg war für viele nur ein Hügel, aber als Flachländer war er Steigungen nicht gewohnt. Braune Blätter stoben knisternd zur Seite. Sonnenstrahlen brachen sich durch rot, orange und grün schimmernde Kronen und malten leuchtende Muster auf den Waldweg. Rechts und links des Wegs stieg der feuchte Moder des Unterholzes auf. Es roch nach Vergänglichkeit.

Der Wald öffnete sich auf eine Wiese. Aus der Höhe des Berges sah er über Felder. In der Ferne der diesige blassblaue Horizont und die graue Silhouette der Bremer Stahlwerke. Eine Landschaft wie gemalt. »Der Himmel ist hier weit.« Paula Modersohns Zitat passte perfekt.

Als die Künstlerkolonie sich auf den Spuren der Natur in Worpswede niederließ, hatte es hier ähnlich ausgesehen. Der Maler Mackensen hatte Paula und ihre Freundinnen unterrichtet. Jahre später hatte sie das Mädchen im roten Kleid gemalt. Sie hatte nicht ahnen können, was dem Bild widerfahren und welchen Einfluss es auf das Leben der Menschen haben würde. In den letzten Wochen hatten die Medien beinahe täglich über den Fall und die Geschichte des Bildes berichtet. Es hatte seinen Weg in die Häuser der Reichen gefunden, das Dritte Reich überstanden, war zu der immer noch armen Meta zurückgekehrt. Und obwohl Metas Tochter Marlene das Bild in Erinnerung an die Mutter liebte und ehrte, hatte es am Ende Unglück über die Familie gebracht.

Ein Eichelhäher stieß einen schrillen Schrei aus und flog im Sinkflug über ihn hinweg. Er machte einen Bogen und verschwand in den Baumkronen des Waldes.

Eine Geschichte, die die Kopien des Bildes nicht erzählten. Sie erzählten nur von der Habgier der Männer, die sich für Paulas Gedanken und das Schicksal des Bildes nicht interessierten.

Aus Gier hatte Metas Urenkel Lennard seine Großmutter hintergangen. Und der Maler Max seine Ideale verraten.

Und Ferdinand Mathieu war über Leichen gegangen, um reich zu werden. Er würde in zwei Monaten vor Gericht stehen. Die Chancen standen gut für seine Verurteilung als Mörder. Sie hatten auf dem Kissen Mathieus DNA und Speichel von Cordes gesichert. Allerdings auch Spuren sämtlicher WG-Mitglieder.

Das Originalbild vom Mädchen im roten Kleid war nach einem Aufruf im Weser-Kurier wieder aufgetaucht und würde an Marlene West zurückgegeben werden. Der Käufer war entsetzt gewesen, dass ein anerkannter Kunsthändler wie Ferdinand Mathieu ihn betrogen hatte. Sie hatten nur zehntausend Euro bei Mathieu gefunden. Der große Rest der Kaufsumme blieb verschwunden.

Hinter Tietjens Rücken knackten Zweige im Wald. Er drehte sich um und lehnte sich wartend an einen Birkenstamm. Die Sonne schien ihm ins Gesicht. Er schloss die Augen, spürte die Energie der Strahlen.

Natürlich hoffte Mathieu, dass man ihn schlimmstenfalls des Totschlags beschuldigte. Aber er hatte ein paar Tage vor Max' Tod bei John Lazlov genau die Drogen gekauft, die in großen Mengen in Max' Blut gefunden wurden. Dafür hatte er keine Erklärung. Er würde für Jahre hinter Gitter gehen. Da halfen ihm auch nicht die dreihundertachtzigtausend Euro, die er irgendwo versteckt hatte. Die Kollegen hatten alles durchsucht. Sogar einige Skulpturen der Galerie geröntgt. Ohne Erfolg. Das Geld war unauffindbar.

Endlich sah Tietjen die Gestalt aus dem Wald heraustreten. Die dunklen Haare schimmerten wie Mahagoni. Ihre Wangen waren gerötet. Über den gelb gemusterten Schal lächelte Ella Carbonne ihn an.

Ella sah, wie Tietjen ihr zuwinkte und ihr ein paar Schritte entgegenkam.

»Schön.« Er zeigte auf den Strauß bunter Blätter, den Ella in der Hand hielt.

Sie lächelte. »Herbstdeko für meine karge Kammer.«

Ihr »Anstaltszimmer«, wie sie es nannte, hatte hohe Decken, eine Neonbeleuchtung, die das Bett, den Tisch und einen gepolsterten Stuhl mit kaltem Licht beschien, und Linoleumboden. Sie hatte einen Kunstdruck an die Wand geklebt, trotzdem war es ungemütlich. Vielleicht wollten die Therapeuten, dass man sich anstrengte, dieser elenden Unterkunft so schnell wie möglich zu entfliehen.

Tietjen hatte sie zu einem Ausflug aus der Klinik abgeholt. Seit Monaten war sie dort in Behandlung. In zwei Wochen sollte sie in die ambulante Therapie entlassen werden. Die Praxis hatte sie geschlossen. Sie wusste nicht, wie es weitergehen sollte. Ob sie je wieder als Ärztin arbeiten würde.

Immerhin konnte sie wieder besser schlafen. Die Medikamente halfen natürlich. Sie hatte lange Therapiegespräche. Ab und zu fing sie aus heiterem Himmel an zu zittern. Keine Decke oder Heizung half, sie aus dieser Starre zu befreien. Dafür gab es Tropfen in einer kleinen braunen Flasche. Sie war danach immer wie benebelt, konnte kaum die Augen offen halten, die Worte blieben zwischen erschlafften Lippen hängen. Aber die Gedanken an die Toten waren dann besser zu ertragen.

Joost Tietjen hatte sie während des Sommers immer wieder in der Klinik besucht. Anfangs war sie nervös gewesen, wenn er sie zum Kaffeetrinken ausführte. Sie sagte nie viel. Er ließ sich nicht beirren und erzählte ihr, wie sein Tag gewesen war. Was er beim Training mit den »Büglern« erlebt hatte. Wie er als Kind mit seinem Vater auf den Weserwiesen gekickt hatte. Warum er seinen Beruf liebte. Dass er eine Freundin gehabt hatte, die gestorben war.

Er fragte sie nur selten nach ihrer Vergangenheit. Manchmal sprach sie über Clara, die ihr fehlte. Sie erzählte ihm von der gescheiterten Ehe. Dass sie in Fischerhude gute Freunde gefunden hatte. Aber nie von ihrem Beruf. Und der Zeit, als Rainer Rüppel verschwunden war. Als Tietjen gegen sie ermittelt hatte.

Ella freute sich über den Ausflug. Eine Abwechslung zum

Anstaltsalltag. Die Freundinnen hatten sie in der psychiatrischen Klinik noch nicht besucht. Es war etwas anderes, in der »Klappe« zu sein als in einem normalen Krankenhaus.

Tietjen drehte sich zum Gehen. »Wir sollten uns langsam auf den Weg machen. Die Vernissage fängt um fünfzehn Uhr an.«

»Meinst du, dass Max' ehemalige Mitbewohner kommen werden?«

»John und Marianne bestimmt. Das werden sie sich nicht entgehen lassen.«

Sie gingen jetzt nebeneinander. Ella hakte sich bei ihm ein. »Zoe kommt auch. Sie hat mich letzte Woche angerufen. Sie wohnt jetzt im Viertel. Eine Musiker-WG. Es gefällt ihr dort ganz gut.« Sie hatten das Hochplateau erreicht und wanderten den Weg am Rand eines Ackers in Richtung Worpswede hinab. »Ich wünschte, Max hätte noch erlebt, dass seine Bilder so erfolgreich sind.«

»Vielleicht hätte er dann nur seine eigene Kunst gemalt. Und nicht bei anderen Künstlern gestohlen.«

»Gestohlen?«

»Diebstahl am geistigen Eigentum anderer. Plagiate. Eine kriminelle Tat. Und aus ethischer Sicht ein Frevel.«

Sie gingen jetzt im Gleichschritt. Ella musste Riesenschritte machen, um mitzuhalten. »Mein Gott, Joost! Du übertreibst.«

»Ich ärgere mich darüber. Fälschungen sind ja nur ein Aspekt der geistigen Diebstähle.« Tietjen spannte die Schultern. »Schau mal ins Netz. Da kannst du Möbel mit Mondriaan-Mustern, Kleider mit Miró-Figuren und Sparbüchsenskulpturen nach Niki de Saint Phalle kaufen.«

»Wenn die Massen so blöd sind, das zu kaufen, scheint es ja wohl einen Markt dafür zu geben.

»Im Radio spielen sie Lieder, ›komponiert‹ von DJs. Die haben geklaute Melodien verfremdet, nichts weiter. Viele verdienen sich eine goldene Nase mit den Ideen anderer.«

Ella sagte nichts. Sie wollte Joost Tietjens Neigung, Grundsatzreden über die Ungerechtigkeit der Welt zu halten, nicht noch anstacheln.

»Kreativität und Können sind nicht mehr gefragt. Im Prinzip kann alles mit Hilfe von Softwareprogrammen hergestellt werden. Alles ist Kunst.«

»Hat das nicht Beuys gesagt?«

»›Jeder Mensch ist ein Künstler.‹ Das stammt von ihm. Das war vor dem elektronischen Zeitalter.«

»Dann freu dich, dass es noch solche Künstler gibt, wie Max einer war.« Sie zog ihren Arm aus seiner Beuge und ging einen Meter auf Abstand. »Und einige Menschen schätzen auch, wie gut er malen konnte. Das Bild ›Menschen im Moor‹ mit den Mathieus und den Bewohnern vom Tütort in den Wümmewiesen ist für fünfzehntausend Euro verkauft worden.«

Sie blieben stehen. Von Weitem betrachteten sie das Dorf. Hinter den Bäumen sah man das dunkle Dach des Kirchturms. »Ja, das war zu erwarten. Seine Rolle als guter Fälscher hat ihn berühmt gemacht. Und die Tragik seines Todes. Das haben die Händler natürlich ausgenutzt. Die Käufer brauchen so eine Geschichte, damit sie für Kunst mehr Geld ausgeben. Begabung oder gar Genie allein reichen heutzutage nicht aus.«

Ella sah die gelbgrünen Blätter eines Essigbaums und knickte ein paar Zweige ab. »Wie kommt es eigentlich, dass du zur Hochzeitsfeier von Kevin und Susanne eingeladen bist?« Sie hatte die Einladung in seinem Auto gefunden.

»Susanne Meier hat mir die Einladung vorgestern persönlich überreicht. Neidisch?«

»Sicher nicht! Lieber würde ich drei Nachtdienste am Stück absolvieren, als auf diese Hochzeit zu gehen.« Sie verschränkte die Arme. Susanne Meier war heimtückisch. Sie würde nichts unversucht lassen, sie weiter bei der Polizei anzuschwärzen. Seit Ella die ehemalige Geliebte von Rainer gezwungen hatte, ihr Wissen über dessen Tod für sich zu behalten, war Susanne Meier ihre Feindin. »Diese Frau ist eine Strafe. Die Ehe wird für Kevin keine echte Alternative zum Gefängnis sein.«

»Meinst du? Sie sieht doch ganz hübsch aus.«

»Ist das dein Frauentyp?« Ella sah ihn mit hochgezogenen Augenbrauen an.

Tietjen blickte ihr in die Augen und grinste. »Warum nicht? Auf einer einsamen Insel …«

»Nicht mal dann!«

»Was stört dich an ihr? Hat sie dich geärgert?«

»Susanne Meier nimmt jeden, der nach Geld aussieht und nicht bei drei das Weite gesucht hat. Und jetzt ist der arme Kevin ihr Opfer.«

»Früher war sie doch die Geliebte von dem Anästhesisten Rüppel, oder?«

Ella setzte sich wieder in Bewegung. Sie hoffte, dass Joost Tietjen nicht merkte, wie ihr der Schweiß ausbrach. Auch er dachte also immer noch an den Fall vor drei Jahren. Und Susanne würde alles tun, damit er ihn nicht vergaß. »Hat sie über Rainer Rüppel gesprochen?«

»Ja, tatsächlich. Ich fand es merkwürdig. Sie scheint noch oft an ihn zu denken. Rüppel ist bis heute nicht gefunden worden.«

»Was hat sie gesagt?« Ella räusperte sich. »Hat er sich gemeldet?«

»Darüber hat sie nicht gesprochen. Ich glaube nicht.«

Ella zwang sich, nichts zu sagen. Sie spürte, wie Tietjen sie von der Seite ansah.

»Wahrscheinlich war diese Einladung nur ein Vorwand. In Wirklichkeit wollte sie mit mir über ihren früheren Geliebten reden. Sie trauert ihm immer noch hinterher.«

»Ach.« Ella suchte nach Worten. »Woher weißt du das?«

»Sie hat mir vorgeweint, dass sie sich noch an den letzten gemeinsamen Abend erinnere. An seine Worte zum Abschied. Und wie er ihr zugewunken habe, als er auf dem Rennrad davonfuhr.«

Ella stockte der Atem. Sie beschleunigte ihren Schritt ein wenig, ging vor dem Kommissar her. Damit er nicht sah, wie erschrocken sie war. Sie wusste genau, was Susanne Meier wollte.

»Rüppel hatte ja noch einen Pkw gerammt. Sie wollte wissen, ob sich die Frau nicht gemeldet hätte, die in dem Auto gesessen hatte. Wegen der Kratzer im Lack.«

Diese Schlange! Susanne wollte sie tatsächlich verraten. Dabei war sie eine Betrügerin. Und sollte sich lieber still verhalten. Ella hatte belastende Unterlagen über Susanne Meiers Betrügereien. So hatte Ella damals ihr Schweigen gekauft.

»Ihr Nachbar hatte den roten Kombi wohl auch gesehen. Er hatte ein Verdener Kennzeichen.«

Wann war Betrug verjährt? Dann würde Susanne Meier sich nicht mehr zurückhalten. Ella musste vorher eine Lösung finden.

Tietjen holte sie ein. »Ich finde sie etwas anstrengend. Diese alten Fälle interessieren mich nicht mehr. Das habe ich ihr auch gesagt.« Er legte ihr den Arm um die Schultern.

Fast wäre Ella zusammengezuckt. War die Umarmung jetzt ein gutes Zeichen?

»Und natürlich gehe ich nicht auf die Hochzeit.«

Der Arm wog schwer. Sie ertrug ihn. Es war besser, sich entspannt zu geben. Damit er nicht merkte, wie aufgewühlt sie war. Joost Tietjen konnte ihr vielleicht noch nützlich sein. Er durfte nur nie erfahren, dass Ella eine Mörderin war.

Epilog

Grün stand ihr am besten. Obwohl der Seidenoverall viel zu fein war für die Aufräumarbeiten, die sie vorhatte. Isabelle stand vor der Spiegel-Skyline von New York, eins der wenigen Kunstobjekte, die sie aus der Galerie hatte retten können. New York, Kunstmekka und Ort ihrer Träume, würde sie wohl nie mehr besuchen können. Sie wand einen gelben Schal mehrmals um die hochgesteckte Lockenmähne und steckte den Zipfel fest. Die anderen Kunstwerke waren versteigert worden, um die verschwundene Kaufsumme für das Modersohn-Bild zu tilgen. Die Galerie war leer, und der Nachmieter hatte schon einen Tresen und Friseurstühle in die Räume gestellt.

Isabelle war beinahe in Ohnmacht gefallen, als sie erfahren hatte, mit welcher Summe sich Ferdinand aus dem Staub hatte machen wollen. Und dazu: Er wollte sie verlassen. Und das Geld allein verbraten. Bis heute hatte er nicht verraten, wo er die Summe, die ihm für das Bild gezahlt worden war, gelassen hatte.

Natürlich musste er das Geld zurückbezahlen. Also wurde alles, was sie besaßen, verkauft und versteigert. Sie hatte die schöne Wohnung an der Contrescarpe aufgeben müssen und war in eine Zwei-Zimmer-Wohnung in die Neustadt gezogen. Hier unter all den Studenten, Menschen aus fremden Ländern und Rentnern, die in dritter Generation das Viertel bewohnten, fühlte sie sich wohl. Sie wohnte im oberen Stock eines Reihenhauses mit kleinem Vorgarten aus der Nachkriegszeit. Die Nachbarn kochten mit viel Knoblauch, dessen Geruch bis zum nächsten Morgen im Treppenhaus hing. Die kleinen Zimmer hatten mit Mühe einen Designersessel und das Lichtobjekt der japanischen Künstlerin aus der alten Wohnung aufgenommen. Sie hatte sich einen Fernseher und ein neues Bett gekauft. Und das Ehebett in den Kleinanzeigen inseriert.

Sie atmete tief ein. Nie mehr Sex mit Ferdinand. Das war

doch mal etwas Positives. Sie schaute durchs Fenster auf die Straße. Draußen beschien die Sonne fahrende Kleinwagen und Fahrradfahrer. Gegenüber verließ eine alte Frau mit Dackel das Haus. Zwei junge Männer in Lederjacken unterhielten sich neben einem Stromkasten und rauchten Zigaretten.

Bei den Gerichtsverhandlungen war sie jeden Tag gewesen. Nach und nach kam alles heraus. Sie war empört. Der ganze Betrug hatte hinter ihrem Rücken stattgefunden. Auch Max hatte sie hintergangen. Aber Ferdinands Verrat verletzte sie am meisten. Nach all den Jahren, in denen sie ihm mit zum Erfolg verholfen hatte. Sie hätte ihn längst sitzen lassen können. Es hatte genug Angebote von anderen Männern gegeben. Letztendlich hatte sie aber immer zu ihm gehalten. Auch als es finanziell bergab gegangen war. Und jetzt, wo er zu Geld gekommen war, hatte er sie heimlich zurücklassen wollen.

Sie schnaubte ärgerlich und schlüpfte in die Strickjacke, fischte den Autoschlüssel aus einer Schüssel mit Krimskrams und ging in die Küche. Aus dem Schrank unter der Spüle zog sie eine große Einkaufstasche.

Ferdinand hatte bis zum Schluss geglaubt, dass sie ihn nur wegen Diebstahl verurteilen würden. Bei der Urteilsverkündung war er leichenblass geworden. Zitternd hatte er sich an dem Tisch festgehalten und nach Luft gerungen. Weil sie ihn auch der Morde an Lennard und Max für schuldig erklärten. Vorher hatte er noch lächelnd den Gerichtssaal betreten und ihr aufmunternd zugenickt.

Zum Glück gab es noch Gerechtigkeit. Sie war der Polizei dankbar, dass sie den Mörder ihres Geliebten festgenommen hatte. Die Zeitungen hatten auf der Titelseite davon berichtet, und es waren einige gute Fotos von ihr dabei gewesen, wie sie mit Tränen in den Augen ihre persönliche Tragödie erzählte. Einer der Reporter war besonders charmant. Aber sie hatte schon nach der ersten Nacht gemerkt, dass er nur erfahren wollte, wo das Geld war. Da war er bei ihr an der falschen Adresse.

Mit Schwung ließ sie die Wohnungstür ins Schloss fallen. Sie hoffte, dass der attraktive Philosophiestudent aus dem zweiten Stock sich bald über den Krach bei ihr beschweren würde. Sie überlegte, wo sie das Auto geparkt hatte. Es war schwierig, in diesem Viertel einen Parkplatz zu finden. Drei Straßen weiter fand sie den Polo am Straßenrand. Sie warf die Tasche auf den Rücksitz und startete.

Über Wochen hatte sie die Wohnung und die Galerie nach geheimen Verstecken durchsucht. Sogar die Garagenwand hatte sie nach losem Mauerwerk und Hohlräumen abgeklopft. Natürlich ohne Erfolg. Wenn die Polizei nichts gefunden hatte, würde sie es auch nicht.

Nächtelang hatte sie wach gelegen und war alle Möglichkeiten durchgegangen. Es konnte nur so sein, dass Ferdinand das Geld vergraben hatte. Oder es in einem Schließfach aufbewahrte. Er musste ihr das Versteck verraten. Das war er ihr schuldig. Er hatte ihr Leben zerstört: ihr den Liebsten genommen und jetzt auch noch Galerie und Wohnung.

Sie hatte ihn mehrmals in der Woche im Gefängnis besucht, sich verführerisch angezogen und ihm alle Wünsche erfüllt. Inzwischen war seine Zelle mit Laptop, Fernseher, Malutensilien und zwanzig Büchern gefüllt. Sie tröstete ihn, wenn er über die rauen Mitgefangenen oder das schlechte Essen jammerte. Sie brachte ihm Feinkost von Grashoff und Schokolade von Hachez mit. Alles vergebens. Jedes Mal wenn sie das Thema anschnitt, begann er zu flüstern und bat sie, noch ein wenig zu warten. Im Moment könne er noch nichts verraten. Er würde in Berufung gehen. Das Urteil müsse zurückgenommen werden. Dann wäre er schon nächstes, spätestens übernächstes Jahr draußen.

Irgendwann hatte sie genug von diesem Theater gehabt. Sollte er in seiner Zelle verrotten. Sie würde die Scheidung einreichen. Und dann überlegen, wie es weitergehen sollte. Das Gericht war überzeugt, dass sie in das Treiben ihres Mannes eingeweiht gewesen war. Jetzt sollte sie für seine Schulden aufkommen. Sie brauchte sich keinen Job zu besorgen. Ihr Gehalt würde zum größten Teil zur Tilgung von Ferdinands Schulden an den

Bilderkäufer gehen. Da konnte sie genauso gut von der Stütze leben.

Es hatte mehr als ein halbes Jahr gedauert, die Einrichtung zu verkaufen, die Wohnung leer zu räumen und den Umzug zu organisieren. Sie musste alles allein regeln, ihre Freunde mieden sie, seit sie in den Medien beschuldigt wurde, Komplizin ihres Mannes gewesen zu sein. Besonders lange brauchte sie, die Kunstwerke aus der Galerie zu verkaufen. Das letzte Geld aus dem gemeinsamen Vermögen hatte sie vor ein paar Tagen für den Jaguar erhalten. Sie hatte einen guten Preis ausgehandelt und ihn einem Hamburger Sammler verkauft. Ferdinand hatte sie zwar während der Besuche im Gefängnis eindringlich gebeten, den Wagen nicht zu verkaufen, sondern bis zu seiner Entlassung in der Garage zu lassen. Aber sie war ihm nichts mehr schuldig.

Isabelle blieb an der vierten roten Ampel stehen. Sie fluchte. Zweihundertdreißigtausend Euro Schulden. Das war der Rest nach Abzug aller Erlöse aus den Verkäufen. Die würden ihr Leben begleiten.

Gestern hatte sie ihm von dem Jaguar erzählt und dass sie heute die Garage übergeben würde. Auch dass sie die Scheidung einreichen würde. Er wirkte nicht überrascht. Wahrscheinlich machte es ihm nichts aus.

Das vertraute Ruckeln des Wagens auf dem Kopfsteinpflaster in ihrem alten Viertel stimmte sie wehmütig. Der Garagenhof war leer, als sie durch die Einfahrt steuerte. Beim Aussteigen stolperte sie und konnte nur im letzten Augenblick einen Sturz verhindern.

Früher war sie wendiger gewesen. Sie musste mehr für den Körper tun. Könnte wieder mit dem Tanzen anfangen. Es gab ein paar interessante Kurse, leider alle zu teuer für sie. Sie musste sehen, dass sie zu Geld kam, ohne dass der Staat es gleich wieder einkassierte. Vielleicht doch eine Arbeit annehmen, schwarz natürlich. Putzen gehen oder kellnern. Von den Trinkgeldern könnte sie dann den Unterricht bezahlen.

Sie rüttelte an dem Griff des Garagentors. Es klemmte. Es war nach Monaten zum ersten Mal wieder vor zwei Wochen geöffnet worden, als der Hamburger Käufer den Jaguar besichtigen wollte.

Es hatte schon oft Krisen in ihrem Leben gegeben. Ein bisschen Chaos machte alles interessanter. Bisher hatte sie immer auch wieder Aufwind bekommen und die Probleme gelöst. Sie würde jetzt die verdammte Garage leer räumen und dann einen Schlussstrich ziehen. Ferdinand Mathieu war Vergangenheit. Mir etwas Glück gelänge es ihrem Rechtsanwalt, das Gericht zu überzeugen, dass sie tatsächlich nichts von den Betrügereien ihres Mannes gewusst hatte. Dann wäre sie wenigstens die Schuldenlast los.

Endlich bewegte sich das Tor quietschend nach oben. Zögernd betrat sie den leeren Raum. An der Wand standen eine abgegriffene Ölflasche, eine Flasche mit Poliermittel, zwei Eimer, ineinandergestellt, mit einem Knäuel verschmierter Lappen darin. Außerdem drei Benzinkanister aus der Zeit, als ihr Mann regelmäßig sein Konto in Luxemburg verwaltete und die Gelegenheit zum Billigtanken nutzte. Ein Paar alte Reifen lehnte an der Seite, daneben ein verrosteter Werkzeugkoffer. Auf dem von Ölflecken und Autodreck bedeckten Boden waren die letzten Spuren des gemeinsamen Lebens mit Ferdinand.

Sie seufzte. Kein Grund, sentimental zu werden. Sie drehte sich um und holte die Einkaufstasche aus dem Auto. Sie stopfte als Erstes die Lappen in die Tasche und schimpfte, als sie sich die Hände an der Ölflasche beschmierte. Sie hätte sich Gummihandschuhe mitnehmen sollen. Die Poliermittelflasche und zwei leere Benzinkanister passten auch noch in die Tasche. Das kam alles in den Müll. Der dritte Kanister war noch gefüllt. Sie schimpfte weiter vor sich hin. Was sollte sie mit den Reifen und dem Werkzeugkoffer machen?

»Tach, Frau Mathieu.«

Sie drehte sich um. »Guten Tag.«

Heiko, der Vermieter der Garage und Kumpel von Ferdinand, verdunkelte den Raum. Sie hatte sich mit ihm verabredet. Er lehnte lässig am Torrahmen, Lederjacke und enge Jeans, eine Zigarette in der Hand. Der Typ war ihr unsympathisch. Mit

Undercut und einem tätowierten Schriftzug am Hals sah er aus wie ein windiger Autohändler. »Der Jagu is wech, was?«

Isabelle nickte. »Hätten Sie ihn haben wollen?«

Der Mann lachte. »Kommt auf den Preis an.«

»War eher nicht Ihre Preisklasse.« Sie hatte keine Lust, freundlich zu sein. Ferdinands dubiose Freunde waren nicht ihre Welt.

Heiko schlenderte rauchend in der Garage umher, beäugte den Fußboden. »Na, auf 'ne Grundreinigung verzichte ich mal.« Er nahm den Werkzeugkoffer und öffnete ihn.

»Wollen Sie ihn haben?«

»Den nehm ich. Hat mir Ferdi versprochen. Und die Reifen auch.«

Das war ja praktisch. Da hatte sie schon ein Problem weniger.

»Überhaupt den ganzen Krempel. Ferdi hat gestern angerufen. Gibt mir Geld dafür, dass ich Ihnen helfe. Wenn er rauskommt, holt er alles bei mir ab.«

Das würde dauern. Aber sie würde sich nicht in diese merkwürdige Freundschaft einmischen.

Heiko hatte sich den ersten Reifen gegriffen und rollte ihn aus der Garage heraus. Draußen stand ein BMW, dessen Kofferraumhaube sich automatisch öffnete, als Heiko sich ihm näherte. Ohne Mühe legte Heiko den Reifen ins Auto. Er holte den zweiten Reifen und den Werkzeugkoffer.

Isabelle gab ihm die Einkaufstasche. »Die Eimer und Benzinkanister auch?«

Heiko nickte und stiefelte zurück in die Garage. Er hob den letzten Benzinkanister hoch. »Der ist ja noch voll.« Er sah Isabelle an. »Is ja wohl eher Benzin. Meiner fährt Diesel.«

Isabelle sandte ihm ein zustimmendes Lächeln. Sie zog den Garagenschlüssel aus der Jackentasche und hielt ihn an spitzen Fingern. »Dann haben wir alles erledigt?« Sie ließ ihn in Heikos ausgestreckte Hand fallen.

»Ja.«

Sie winkte Heiko zu und wollte an ihm vorbei zu ihrem Auto gehen.

Er folgte ihr und stellte den Kanister vor den Tankdeckel. »Nehm Se doch das Benzin für Ihren Wagen. Den leeren Kanister könn Se in die Garage stellen. Ich lass das Tor offen.« Dann drehte er sich um, ließ die Kofferraumklappe sanft nach unten gleiten, schwang sich in den BMW und fuhr rasant vom Hof.

Schulterzuckend öffnete Isabelle den Tank ihres Autos und schraubte den Verschluss vom Kanister. Als sie die Einfülltülle anbringen wollte, stutzte sie. Sie roch. Kein Benzingeruch. Erneut hielt sie die Nase an die Öffnung. Ein ganz schwacher Hauch von Benzin vielleicht. Aber das hier war eine andere Flüssigkeit. Sie tauchte den kleinen Finger in den Kanister. Mit der spitzen Zunge prüfte sie den Geschmack, bereit, sofort auszuspucken. Das war Wasser.

So eine Idiotie. Sie hätte sich den Motor ruiniert, wenn sie die Flüssigkeit in den Tank gekippt hätte. Ärgerlich ging sie mit dem Benzinkanister zum Gully in der Mitte des Garagenhofs. Wasser im Benzinkanister, da war Ferdinand wohl nicht ganz bei Sinnen gewesen. Gluckernd verschwand die Flüssigkeit in der Kanalisation.

Als sie den Kanister wieder hochhob, war er immer noch nicht leer. Sie schaute in das Innere des roten Behälters. Die Sonne beleuchtete den Inhalt. Sie konnte Plastikfolie erkennen und bedrucktes Papier darunter. Ihr Puls schnellte in die Höhe. Sie trug den Kanister zurück in die Garage. Dort hielt sie ihn über Kopf und schüttelte ihn. Ein Stück Plastikfolie fiel vor die Öffnung. Sie zog daran. Der sperrige Inhalt ließ sich nicht durch den Hals ziehen.

Mit den Fingern manövrierte sie ein kleines Päckchen so, dass sie es durch die schmale Öffnung ziehen konnte. Endlich hielt sie eine Tüte mit einer Geldscheinrolle in der Hand. Mit zitternden Händen nahm sie die Scheine heraus, löste die Rolle und zählte: fünfzehntausend Euro. Und in dem Behälter waren mindestens noch weitere zwanzig Päckchen. Eher mehr. Ein leichter Schwindel nahm ihr die Balance. Sie lehnte sich mit dem Rücken an die Wand. Und lächelte.

Dreihundertneunzigtausend Euro. Das war die Summe, die

der Käufer gezahlt hatte. Zehntausend hatten die Fahnder bei Ferdinand gefunden. Und einen vollen Benzinkanister, den er zuvor vergraben hatte. Da hatte Ferdi wohl den falschen eingepackt. Sie lachte laut auf. Dies war wahrscheinlich der Rest der verschwundenen Kaufsumme! Das Leben kam zu ihr zurück. Das echte Leben. Der Tanz. Die Kunst. New York!

Danksagung

Ich danke Frau Ohlhoff für ihre fachkundige Beratung. Außerdem danke ich Caroline, die viel Zeit und Mühe in die Korrektur der Rohfassung meines Romans investiert hat, und Stephie, deren Ideen dem Roman eine wichtige Wendung gegeben haben.

Herzlichen Dank an Frau Czinczoll, meiner Lektorin, die mit Akribie, Sachkenntnis und Engagement jeden noch so kleinen Fehler in meinem Text entdeckt hat.

Marina Bohlmann-Modersohn hat mich mit ihrem Buch »Paula Modersohn-Becker, Eine Biographie mit Briefen«, btb Verlag in der Verlagsgruppe Random House GmbH, München 2007, sehr inspiriert. Durch die Briefe und Tagebuchaufzeichnungen wurden das Wesen und der Geist Paulas für mich lebendig.